再次进击

潘江祥 / 著

九州出版社
JIUZHOUPRESS

图书在版编目（CIP）数据

再次进击 / 潘江祥著 . -- 北京：九州出版社 ,2018.9
（2021.4 重印）

ISBN 978-7-5108-7460-4

Ⅰ . ①再… Ⅱ . ①潘… Ⅲ . ①长篇小说—中国—当代Ⅳ . ① I247.5

中国版本图书馆 CIP 数据核字 (2018) 第 204559 号

再次进击

作　　者	潘江祥　著
出版发行	九州出版社
地　　址	北京市西城区阜外大街甲 35 号 (100037)
发行电话	(101)68992190/3/5/6
网　　址	www.jiuzhoupress.com
电子信箱	jiuzhou@jiuzhoupress.com
印　　刷	三河市嵩川印刷有限公司
开　　本	710 毫米 × 1000 毫米　16 开
印　　张	20
字　　数	250 千字
版　　次	2018 年 10 月第 1 版
印　　次	2021 年 4 月第 2 次印刷
书　　号	ISBN 978-7-5108-7460-4
定　　价	39.8 元

人皆有梦，但多寡不同。夜间做梦的人，日间醒来发现心灵尘灰深处所梦不过是虚华一场；但日间做梦的人则是危险人物，因为他们睁着眼行其所梦，甚至使之可能。而我就是如此。

——《智慧七柱》

目 录

一　编辑部来的新主管

“重塑文化”新员工张晗君连续迟到了两天，但作为一个试用期还没过的图书编辑，她好像并不在乎。倒不是她不想过试用期，而是她根本过不了。风传公司即将重组，她所在的编辑部因为年度任务完成率几乎最低，极有可能被撤销，部门所有员工将被优化掉。编辑部总监见势不好，半个月前抢先辞职。无论在什么行业，被辞退都非常不利于找下一份工作，图书行业尤其如此，因为圈子太小，今天被辞退，明天就会传遍整个行业。所以，辞职与辞退也是“先下手为强”。

图书行业是特别看重经验的，他们宁可要一个有经验但毫无建树的老编辑，也不愿意要一个有潜质但毫无经验的新手。这也在情理之中，因为没有人愿意花心思培养新编辑，何况也许刚刚把人培养出来，这个编辑就会另谋高就，或者谁又愿意培养一个将来有可能取代自己的人呢?

张晗君刚打开电脑就收到一封公司邮件，她以为又是老板的每日例汤——鸡血一碗。结果是人事总监郁震通知她10点到自己办公室，她刚坐下又接到人事助理韩小蓓的电话通知，内容与邮件所述并无二致。

揣着一颗忐忑又无所谓的心，张晗君下楼走向人事总监办公室。忐忑是因为被约谈不会是什么好事，无所谓是因为反正要被辞退，不会有更坏的事发生。她边走边想，就算失业也无所谓，她还年轻，不会因为失一次业就造成什么不良后果，而且她还与爸妈同住，不需要像“北漂”同事一样交房租，虽没什么积蓄，好歹不会三餐不继。

她不怕失业还因为妈妈可以给她搞定一个去国企混日子的工作，只要她同意，走个面试过场就可以入职慢慢等编制，熬资历，结婚生子，度过一生。这样的人生是张晗君还在读高中时父母就替她规划好的，不料张晗君在大学图书馆读了一本泛黄的民国出版家张元济的传记后，竟然向往起了出版行业，一门心思要做图书编辑。

天下没有免费的午餐，一切都是条件的交换。她接受这份工作就意味着放弃自己的职业理想，甚至需要放弃自己选择人生的自由。脑中权衡利弊，脚下步履不停，张晗君很快来到郁震的办公室外，虚掩的门一敲便开，郁震点头以示请进。张晗君坐在两个多月前来面试的椅子上故作镇静地问："郁总，您是要亲自通知，我被优化掉的事儿吗？"

郁震没料到自己招来的新编辑竟如此直接，愣了一下，然后仰到椅子上说："我首先要'通知'的是你的考勤问题。我刚才查了一下考勤记录，发现你这个月已经迟到三次，其中有两天连续迟到。劳动合同上规定：试用期员工一个月内连续迟到三次可以直接辞退。所以你不会被优化掉，而是可能被辞退。"

在不争的事实面前，张晗君无言以对。郁震坐正说："你听到的小道消息是真的，但也是假的。你们编辑部确实要被优化，但不是所有编辑都会被辞退，至少原来你并不在被优化之列。"

张晗君有些后悔这几天的破罐子破摔，但她奉行的原则是犯错就要承担后果，而不是无理争三分，况且她也没有可以夺理的说辞："我这几天确实表现不太好，我也不否认是受小道消息的影响，但也不完全是，毕竟其他编辑中心确实有整个部门被撤销的。这几天应该就轮到我们部门了吧？"

郁震盯着她："所以你就开始消极怠工？"

张晗君被盯得发毛："公司要辞掉我，我也无话可说，于情于理，我都有错。但如果我原来并不在被优化之列，我也想知道原因。"

郁震笑了笑，回顾起历史："当初你来面试的时候，共有三个人跟你竞争，其中一个文字功底不比你差，甚至比你好，工作经验还比你丰富，对图书出版的理解也比你深刻，但我最终选择了你，想知道原因吗？”

张晗君摸了摸脖子说：“想知道，但更想知道我原来不在被优化之列的原因。”

郁震故意吊她胃口，又换了话题：“你知道你们总监王翰林辞职的真正原因吗？”

张晗君觉得自己肯定会被优化，就冷淡回答：“不知道，我跟他还没有熟到交心的地步。”

对她的态度，郁震不以为忤：“哪里有什么真心话，全是大冒险。人生就是一场未知的冒险，没有人会事先知道结局。这话我赞同前半句，因为我们所有人的结局都是死亡。不同的是，有的人碌碌无为，有的人平平淡淡，有的人轰轰烈烈。”

面对郁震不着边际的人生感悟，张晗君不知如何回应，也没兴趣回应，一句话把他拉回现实：“郁总，冒昧地问一下，我们公司为什么要重组？”

郁震摸了摸下巴颏儿，喝了口依云——张晗君记得来面试时他喝的还是百岁山，仿佛为发表长篇大论做准备，他却只说了寥寥数语：“公司前年盈利不错，去年扩张过猛，今年下半年亏损严重，以重组的名义缩减人员是减少亏损最有效和迅速的手段。”

张晗君不知该如何接话，再次选择沉默。郁震好像也不在意她回不回应，在面前的一摞纸上写写画画，看了看时间说：“我当初决定向七部推荐你，是因为你是一个有朝气的新人，那个跟你文字水平差不多的成熟编辑虽然基本功底可能比你强，但他太负面。虽然我很讨厌正能量这个词，但我讨厌的是没来由打鸡血的正能量，而不是以积极、正面的态度对待工作，更甚者说是人生的正向能量。这是你被录取的原因，也是你暂时没被优化的原因。”

张晗君依然沉默，郁震继续说教：“你大概不知道，咱们这个行业大多数公司看重的是经验，不是潜力。你有潜力，但如果试用期都没过，那你的潜力就得一直‘潜’，没有机会发‘力’，你的职业理想也会化为泡影。所以，摆正心态，回去工作吧！”

张晗君起身看到郁震拿起刚才写写画画的纸，上面貌似写着“员工评估表”。他将表放在另一边，盯着下面一张纸，边拿起电话拨号边说：“公司已经开始重组，元旦后你们编辑部会由一个我三顾茅庐才请到的畅销书编辑接管，也许对你来说是一次机会。顺便说一句，我确实曾因一个编辑迟到三次没让他过试用期。我愿意多给你一次机会，是因为你笔试成绩第一。”

张晗君愣了一下才想起来，半个月前人事部突然将部门主管以下的编辑召集到大会议室进行了一次笔试，理由是年度例行技能测验，但考试内容全是成语填空或错别字改正等测验基本文字功底的题目。当时她并没有放在心上，但也发现从此之后，大量编辑陆续离职，据传大都是被补偿两个月工资劝退甚至辞退。原来郁震正是以此为由辞退不合格的编辑。

走在回办公室的路上，张晗君有点骄傲又有些忐忑，骄傲的是自己竟然又考了第一，忐忑的是她并没有放弃做编辑的想法，但以为自己会被辞退，未雨绸缪悄悄投起简历，这个圈子小，万一郁震得知，她必被辞退。此外她还有些期待郁震三顾茅庐的新主管能助追逐编辑职业理想的自己一臂之力。

原本六人编制的第七编辑部现在只剩下李安宁、赵国鑫和张晗君三人。王翰林不仅抢先辞职，还带走两个编辑，剩下的三个编辑显然是入不了他的法眼。三个小虾米无首，手里也没有几本稿子，基本处于工作停摆、等候发落的状态。

张晗君虽然不算内向，但也不是自来熟，跟这两个男编辑共事虽已两月有余，仍属狭路相逢点头而过，共处一室但几乎没有往来的关系。他们自然也不问她刚才去了哪里，她也不会告诉他们部门将有大变动、将来新主管，更何况她并不知道这两个同事是否会被优化。

李安宁戴着 IT 男酷爱的头戴式耳机继续看电影，张晗君进门时扫了一眼他的电脑屏幕，从演员的表演来看，不是《分手大师》就是《恶棍天使》。赵国鑫在读一本从书名上看可能与工作有关的书——《编辑犯》。张晗君坐下整理了一下思绪，去茶水间泡咖啡时遇到无话不谈的大学校友、二部编辑周未。

周未微笑着调侃：“你不是说刚被请喝茶了吗，怎么还要泡黑咖啡？”

“信息量太大，我需要更多咖啡因激活脑细胞消化消化。”

“那有什么信息需要我帮你消化吗？”

“第一个信息，我晚上回家要告诉我爸不去他给我找的单位面试了；第二个信息，我们部门会来一个新主管，用郁总的话说是他‘三顾茅庐才请到的’。”

“我早就说过你不会被辞退，还不信。郁总三顾茅庐请的人我知道是谁，但没想到是去七部。”

“谁？男的女的？”

“一个毁誉参半的女编辑，名叫孙蕾。”

“毁誉参半？”

“有人说她不好接近，有人说她可亲可近。但都一致认为她是个非常有能力的编辑，做过不少口碑不错的畅销书。”

张晗君好像没有听到周未前面那句话一样：“畅销书女编辑，不正是我的理想吗？！”

“是啊，以后你可以多向她学习，我这个只有一年编辑工作经验的老师就下岗了。”周未淡淡地说。

作为中文系师兄妹，周未与张晗君在大学时就被视为“友上未满”的关系，周未一直对张晗君照顾有加，张晗君也一直视其为兄长。她能进入重塑文化多少也得益于周未的内部推荐。入职后，七部总监王翰林对她不闻不问，周未也教过她一些工作技能，还教她如何在台湾的诚品、博客来和金石堂三大网店上找选题。张晗君对他的称谓也戏谑地由原来的“师兄”改为亦真亦假的“周老师”。所以她听得懂这句话的潜台词，连忙说：“怎么会，周老师永远是周老师，我以后可能也得继续向你请教。”

她不解释还好，一个“可能也”让周未更加尴尬，他讪讪地说了句“我得回去校稿了，回见”就走了，张晗君呆立当场窘了一会儿也回了办公室。

人逢喜事不仅精神爽，时间也过得非常快，一天很快就在张晗君迅速成为畅销书编辑的幻想中结束。她刚进家门，张母就说：“快去洗手，你爸做了很多菜庆祝你失业呢！”

“谁失业？我都快转正了！”

“转正？你上午不是还微信你妈说可能要失业吗？”端着菜从厨房往饭厅走的张父质问。

张晗君笑嘻嘻地说：“我说的是可能，可能！”

一家三口落座后，张父又说：“我不管可能不可能，你明天必须得去面试！”

“我不去，明天要上班！我现在辞职会让人觉得是被辞退，你也不愿意我被人这样看吧？”

“别人怎么看你对我没有影响。但是你不去我给你找的单位，我怎么向人交代？”张父说。

“你让我去面试也没经过我的同意啊！”

一直看父女二人争吵的张母插进来问：“小君，你确定要继续干这份工资低、通勤时间长，估计以后也会很忙很累的工作吗？”

还没等张晗君回答，张父又说：“我给你找的这份工作，很多人都挤不进去，你去面试走个过场就可以了。工资还比你现在的工作高一倍，离家近又清闲，就是收发文件、端茶倒水，剩下的时间你可以继续搞你的文学创作，多适合女孩子啊！”

“端茶倒水对我没有意义，我就是要做编辑，你们当初不也同意了嘛！”张晗君也正色回答。

“你是做编辑的，应该会抠字眼，当初你妈和我拗不过你，只是同意让你试试，可不是同意！”

“你们俩也是受过高等教育的人，为什么不懂得尊重一下别人的独立人格呢？高中学文还是学理听你们的，大学报哪所学校、什么专业听你们的，毕业后工作还得听你们的。是不是以后跟谁结婚也得你们说了算，我就没有一点自由选择权吗？”

张母觉得她说得有一定的道理就没接茬，但做会计的张父可不这样想：“你要自由可以，我来给你算一笔账。我们家的房子，你的房间月租2500，不算你水电燃气；你一日三餐最少70块钱，一个月2100，给你抹个零头算2000；你一天坐地铁来回10块钱，你双休，一个月上22天班，交通费220元，给你抹个零头算200。衣服、化妆品一月500不算多吧？跟朋友、同学聚会花费500也不算多吧？这些加起来一共需要月收入5700，这还需要你没灾没病，一切顺利。你住在家里不用出房租、早午饭钱，每月3600。你转正后，不扣五险一金能有这么多吗？”

这笔账确实让张晗君汗颜不已，但她也不会就此屈服：“那你的意思是，我不听你的，就把我赶出家门？”

见二人硝烟欲起，张母赶紧打圆场：“我们尊重你的选择，但咱们也得考虑现实不是？”

“现实就是我现在的工作不能养活自己，我爸妈也不想为我的理想埋单。”

“不，现实是，爸爸是为你好，妈妈也想让你选择一种轻松的活法。”

一听到“为你好”张晗君就心软无法反驳，只好嗫嚅：“你们可不可以让我自己选择一次，如果不行再让你们帮我做选择？”

张父不假思索道：“不行！”

张晗君以硬碰硬，把筷子拍在桌子上，回房间并反锁了门，听到爸妈在外面争论不休。

过了一会儿，她听到妈妈敲门：“小君，开门好吗，我跟你谈谈。”

相对而言，张母比较能够换位思考，同为女性也许更能理解她的想法。张母进去后跟张晗君说：“我们各退一步，你爸说如果你半年能策划出一本畅销书来，我们以后就不再干涉你的工作。”

半年做一本畅销书虽不是毫无可能，但也绝非易事，可现在“寄人篱下”，面对城下之盟，张晗君没有讨价还价的余地，只好点头答应。

终于达成共识，张母拉着张晗君回去吃饭，并打开葡萄酒，给父女二人满上：“饭菜都凉了，终于可以吃饭了，我们先来干一杯，提前祝贺闺女转正吧！”

三人碰杯，家中重新洋溢起温馨的气氛，父母各自聊起了单位的趣事，张晗君也提起了部门要来新主管的事情：“我们部门元旦后要来一个新主管，听说是一个非常厉害的女编辑，做过不少畅销书呢！”

张父不弹不赞：“是吗，好啊！”

张母反应略强：“好啊，那你多向她学习学习，没准半年内能做出本畅销书来呢！”结果被张父白了一眼，她又改口说，“不过呢，凡事求人不如求己，对别人抱太大希望，尤其是有利害关系的主管，可能会更令你失望。”

试用期结束时张晗君果然没有再迟到，但新主管还没有入职，部门资格最老的编辑赵国鑫奉命代写了转正评语，她顺利成为重塑文化的正式员工。元旦前最后一天上班时，张晗君早于上班时间打完卡，但显然晚一步听到赵国鑫和李安宁的谈论。

只听到李安宁的半句话：“总监坐飞机直升副总编辑，也不怕失事。他根本不会做书，估计连印张都不会算吧？”

赵国鑫并不表示赞同：“也不一定，他好像很喜欢读书。其实很多兄弟公司的管理者，原来也不是做书的，现在不一样做得风生水起。也许‘闯入者’能带来新思维，创造奇迹呢！”

李安宁对赵国鑫的不赞同表示不赞同：“你知道前段时间辞职的那个刘欣然吗？她当年不就是从责编直升一中心主编？结果就因为没有经验，根本不懂，没干半年就被撤下来了。”

“当然知道，据说是因为文案写得不错，得到老板赏识，三级跳成了主编。可是我觉得她被撤的根本原因是不读书，基础文化水平太差。”

李安宁说：“但她好歹有一项特长。文案写得让老板满意比写得好难多了。”

“到一定程度，文案好坏因人而异，基本知识水平则是有目共睹。无知到她那种程度的编辑，我但愿这辈子不要再见第二个。”

“那郁震呢？不是读书多就能做好总编辑的吧？”

原来总监直升副总编的是郁震，张晗君插嘴问：“郁震当副总编，不是吧？”

赵国鑫没有理李安宁，而是选择回答张晗君：“目前还只是小道消息，但无数事实证明，小道消息才是可靠消息，过几天就该出公告了吧？”

吃惊不已的张晗君还没缓过来，就听到赵国鑫说了一个关乎她切身利益的小道消息。

赵国鑫关上办公室门，小声说：“下面这个小道消息对我们来说才是最重要的。”

说到这里他停顿了一下环顾四周，发现成功吸引了我们俩的注意力后说：“听说我们部门要来一个新主管，一个女编辑孙蕾，在很多图书公司做过，策划过不少畅销书，最近的代表作是两年前的畅销书《问题终结者》。”

张晗君假装惊讶，李安宁脸上则闪过一丝不屑：“《问题终结者》的策划编辑不是三中心九部的王俊杰吗？”

赵国鑫说：“王俊杰根本不是这本书的策划编辑，责任编辑都不是，那本书我在书店见过，无论是版权页，还是封底勒口都没有他的名字。”

张晗君真正惊讶道：“那他为什么说自己是这本书的策划编辑啊？”

“很简单啊，我们这个行业，‘一本三，吃遍天’！”

张晗君更不理解：“什么是‘一本三，吃遍天’？”

李安宁尝试替赵国鑫解释：“就是你做一本销量过三万册的书，到哪家公司都吃得开。”

看来他解释得对，赵国鑫没有进一步解释，继续刚才的话题：“据说他上一份工作跟孙蕾是同事。孙蕾后来转行，他又没做过‘一本三’，就用孙蕾策划的书冒充到处面试，成功吃到了我们公司。”

张晗君说：“都说我们行业圈子小，一打听不就都知道了？”

“圈子是小，但也没有太小。”赵国鑫对职场小白张晗君有些不耐烦，“也有不少人这么干，听说现在自称是《京城密码》策划编辑的人能组成一个加强连了，去年还只是一个排。不过别人也只是私下说说，王俊杰明目张胆写进了简历。”

张晗君第一次听到这么多行业八卦，刷新了她对图书编辑的认知。原本她以为这是一个很高尚的职业，毕竟从业者都是读书人，后来发现并没有多少编辑读书，可她还是觉得毕竟大家都是文化人，道德底线应该高一点，没想到竟然有这种无耻之徒。

她想多打听打听情况，就问：“孙蕾来当我们部门的总监好还是不好啊？”

赵国鑫说：“一个做过好几本畅销书的策划编辑，应该还可以吧？我们部门现在这状况，任务再差，很有可能全被辞退。”说到这里他问李安宁：“对了，我记得你好像在‘普籍图书’待过，听说孙蕾是从那家公司入行的，你俩认识吗？”

李安宁淡淡地说：“不认识，我在那儿没待多久。”

赵国鑫继续发表高见：“我们部门今年码洋才完成30%，选题也没储备几个。但愿孙蕾能撞大运，做本大几十万册的畅销书，没准儿我们明年能完成任务呢！”

赵国鑫有三年图书编辑经验，但一直没做过畅销书，他认为自己主要是运气不好而非能力问题。虽然他表现得很期待新总监到来，内心却比较复杂。图书编辑晋升渠道有两种：一是做畅销书证明自己的能力，二是做不出畅销书熬几年资历。赵国鑫觉得自己资历足够，尤其是前几天代总监之职为张晗君写转正评语，更让他以为自己理所应当顺位成为本部门总监，不料却听闻要来新主管，而且还是一个比自己更有资历，也早已证明能力的主管。他服膺能力，所以有些期待，但也相信自己并非无能之辈，所以有些失落。

张晗君则充满期待，一个做过畅销书的总监无论如何都应该有可学习之处，尤其是对她这种新手来说，更何况对方还是个畅销书女编辑，想到这里她甚至有些“急不可耐”。

元旦后第一个工作日，张晗君打完卡后刚准备泡咖啡，办公室进来一个背双肩包的陌生女性，直觉告诉张晗君这就是孙蕾。孙蕾个子不高，比较瘦弱，短发淡妆，看起来大约30岁，长得不像张晗君想象中的天海佑希，而是有几分神似《花与爱丽丝》里一闪而过的广末凉子。她只说了一句话“10分钟后，到小会议室开会”，就走了出去。

李安宁轻声说：“还没入职呢，就摆架子、下命令，连个‘请’字都不说，谱儿够大。”

张晗君不理解为何李安宁蔑视一个他“不认识”的人，但也来不及多想，拿好东西走向小会议室，赵国鑫也尾随其后，只有李安宁“按兵不动”。

没有什么比看到自己不喜欢的人混得比自己好更悲惨，如果有，那就是成为其下属。李安宁在普籍图书时不仅认识孙蕾，还跟她一个部门。当时两人因为一本书的编校问题吵得不可开交。那本书李安宁负责一校，孙蕾负责二校。分工就让他不爽，因为二校通常要找比一校水平高的人进行。他更不爽的是，孙蕾二校时对一校进行了“拨乱反正”，让李安宁觉得受到侮辱。两人为某些字词、“的地得”以及标点符号的对错发生争执。最终词典、语法和公司编审一致证明他自取其辱，所以辞职后他绝不承认认识孙蕾。

张晗君和赵国鑫走进会议室，看到孙蕾正在看一本书——《从设计看企鹅》。

三人相对微笑，点头示意后坐下等李安宁，10分钟后李安宁一摇一晃地走进来。孙蕾看着他说：“你需要这么长的时间准备发言稿吗？”

李安宁愣了一下：“不需要，这不还没开始吗？”

“没开始是因为在等你。”

李安宁说：“那现在等到我了，请孙总开始‘聆询’吧！”他加重了“孙总”和“聆询”两个词的语气。

孙蕾轻声说：“请你出去，从现在开始，你不再属于第七编辑部。”

新主管甫露面就辞退老员工，震惊四座。张晗君和赵国鑫愕然地看着当事双方，李安宁面色煞白，一摔笔记本：“你，你有什么资格解雇我，你都还没有入职。你也不是人事总监，入职的也不过是一个临阵脱逃的小部门总监而已。”

孙蕾面色煞白，双手微抖，声音微颤：“我确实没有资格解雇你，我也没有解雇你，只是将你逐出这个编辑部。”

李安宁清了清嗓子，故作镇定：“其实，我也不愿意待在七部，更不愿意再跟你共事，或者说我怎么有资格做您的下属呢？”

他说完拿着东西摔门而去，孙蕾气得张了张嘴但没说话。张晗君这才明白，原来他们早就认识，貌似还有过节。

孙蕾平复了一下情绪后说：“我先做一下自我介绍。我叫孙蕾，处女座，以前是图书编辑，后来去做了一年互联网、一年影视，现在又回来做图书编辑，以后大家就是同事了，如果我有做得不对的地方请多包涵或直接指出。你们可能觉得这都是套话，但我是认真的。”

说了这一大段后情绪基本平复，孙蕾朝张晗君笑道：“部门只有一个女编辑，你应该就是张晗君吧？”

张晗君朝她微一躬身：“孙总好，欢迎您，今后请多多关照。”

孙蕾继续笑说：“关照不敢当，以后大家互相帮忙。”说完她转向赵国鑫，“你就是赵国鑫了，以后还得请你帮我回顾出版流程，我都快忘光了。”

赵国鑫也躬身说：“欢迎孙总！”

孙蕾又说：“我今天路过，顺便上来看看，下班前你俩整理一下部门所有选题，汇总给张晗君。我周一入职后，咱们讨论一下部门领多少码洋任务合适。”

她想了想，打开书包，又拿出一本书说："我之前了解过七部出的图书，感觉封面设计有很大的问题，所以今天带来两本书送给你们。一本是《从设计看企鹅》，一本是《企鹅75：设计师·作者·编辑》，希望你们有时间翻翻，下周见吧。"说完孙蕾拿起手机、背包离开。

张晗君和赵国鑫回到办公室，就看到李安宁在气呼呼地收拾东西。赵国鑫小心翼翼地说："有必要辞职吗？图书行业圈子这么小，最好不要结仇，风水轮流转，说不定哪天又会是同事呢！"

李安宁气鼓鼓地说："我才不怕，以后谁的风水好还不一定呢。"

李安宁是图书行业里最常见的编辑，此类编辑既无能力又有傲气，却是最受人事欢迎的应聘者。这种人虽然文字功底大都极其一般，但往往大学专业是汉语言文学。李安宁还有加分项，他双学位修的是另一个受出版行业人士青睐的专业——历史，虽然他的历史常识仅限于高中课本知识。此外，他还考取了中级编辑资格证书。这两个加分项也是他最自豪的，所以现在他又重复经常说的话："大不了随便找个地儿混日子呗，我可是有中级资格证的人。不过是一口饭，哪儿混不出来？！"

张晗君也劝他说："都是同行，何必闹僵呢？"

李安宁没有回答，将三本中级编辑资格考试书重重放在她的桌子上："你们没事的时候也看看，没准哪天考过了，就可以署名责任编辑，而不是什么狗屁特约编辑。"

大多数编辑都想考中级编辑资格证，张晗君早买过这三本书，但还是心领他的善意，又问："你是辞职，还是换部门？"

李安宁力求表现得不在乎但没能成功："肯定是辞职。善意提醒你们，以我的了解，她肯定会逞能认领特别高的码洋任务，而且说不定还会干到中途撂挑子跑人呢！"

做了五六年编辑，虽然没什么成绩，但自视甚高的李安宁觉得足够胜任本部门总监。赵国鑫只是心理活动，李安宁却偷偷付诸过行动，曾向主编毛遂自荐但没有成功，不料新来的主管竟是自己的死敌。当然，只是他将孙蕾当成假想敌，孙蕾应该不会视他为对手，甚至会不会把他放在眼里都不得而知。

张晗君不知道孙蕾是真心将李安宁“逐出”第七编辑部，还是一时气话。但这都不重要，李安宁辞职非常顺利，甚至都没有人假意挽留，第二天他就人去书空。公司最近陆续有人离职或者被辞退，手续办得异常顺利，好像都不必交接。同时也有一些人入职，但都是部门主管之类的级别，孙蕾的入职通知也“散见”于邮件公告。

张晗君想起李安宁的善意提醒，觉得他说的“中途撂挑子”若有所指，但又不好多问，又想起与父母的半年之约。她随手翻开《从设计看企鹅》，看到一句话：“新一代人随着企鹅一起成长起来，企鹅的前途看来一片光明。”

二　我只同意“值得为之奋斗”

周一早上张晗君到公司比以前早很多，她发现只要早上少赖一会儿床，上班倒也不必像敢死队一样横冲猛撞。早晨虽然很堵，但地铁并不堵，只是比较挤而已。今天是新总监第一天正式上班，张晗君还是非常期待的。但等待她的并不是新总监的入职演说，而是新副总编辑的就职演讲。这是张晗君第一次参加公司全体员工会议，她知道公司人多，但没想到如此多。虽然刚上班，但人几乎都已到齐，会议室都站不下，有不少晚到的只好站在门外，当然也有一些人故意晚到、故意站在门外。总编辑秘书韩小蓓点完卯之后，郁总编辑开始演讲：

各位同事好，

今天是人类非常普通的一天，但对我来说是非常不平凡的一天。你们前几天应该也收到了公司邮件，今天是我正式担任公司副总编辑，管理日常出版事务的第一天。在整个人类历史上这是可以忽略不计的一步，对我们公司来说这也是微小的一步，却是我个人的一大步。

图书出版是一个十分看重经验的行业，所以我一个人事总监被任命为副总编辑后，各种争议不断传到我耳中。有人说我一天编辑都没做过，半天发行也没干过，凭什么既管编辑又管发行？还有人说我是靠PPT做得酷炫、马屁拍得高明才会“一飞冲天”。我想说的是，谢谢你们对我的PPT技能的认可，同时，马屁拍得好确实事半功倍，有谁不喜欢别人恭维自己呢，又有谁忍心不善待拍你马屁的人呢？

当然我更相信董事长破例任命我一个人事总监做副总编，不是因为我会拍马屁，或者说不仅仅是因为我会拍马屁，更是因为认可我的个人能力。我不想说我一开始拒绝做副总编，虽然我也算惺惺作态地请过董事长另请高明，但最后我想到了一句我讨厌的鸡汤：一个人，如果不逼自己一把，你根本不知道自己有多优秀。然后我就接受了这个职位。

这一个月来，我以人事总监的名义找很多编辑、发行谈过话，有的人我希望他留下来继续工作，有的人我也毫不客气地劝他离开，当然也有人拒绝了我的挽留。同时我也以人事总监的名义到处三顾茅庐。

在座诸位都是我希望能够与之共进退的优秀人才，进以使重塑文化的图书进一步畅销，退可使重塑文化的图书减少退货。我不会跟你们谈理想，也不想给你们画大饼，但我相信只要努力付出，总有一天会过上想过的生活，实现职业理想、人生目标。

我也许没有任何编辑经验，更没有任何发行经验，但我喜欢读书，公司出版的书我基本都读过，也买了很多其他出版社或出版公司的书。我对做书的了解可能还不如刚入行的新编辑张晗君，但我自信对书的了解并不比有多年工作经验的老编辑孙蕾少。我想这才是董事长信任我的原因，这当然也是我接受这个职位，并相信自己能做好的根本原因。

今天的我作为副总编辑希望能够跟在座的诸位优秀编辑学习如何成为一个畅销书编辑，跟在座的诸位优秀发行同事学习如何将一本书发行成畅销书。

……

这是最好的时代，我们能比前人更方便快捷地获取信息。一只南美洲亚马孙河流域热带雨林中的蝴蝶偶尔扇动几下翅膀，两分钟后美国得克萨斯州的人就知道应该做好两周后龙卷风袭击的预防准备。美国亚马逊三分钟前上架一本新书，版代五分钟后就推送到各位编辑的邮箱中，我们比前人更方便地获取全球出版信息，拓展选题渠道。

这是最坏的时代，我们很难再靠信息不对称取胜，因为我们的竞争对手也能迅速获得我们掌握的信息。读者比前人能获取更多信息，有更多选择，因此需要我们在选题策划、图书包装和发行营销上付出更多的劳动，只有这样才能以万变应对多变的图书市场。

……

有句话说：“世界是美好的，值得我们为之奋斗。”我觉得图书行业也是美好的，值得我们为之奋斗——我也只同意后半句。最后我想引用约翰·F·肯尼迪柏林墙下的演讲中的话作为我发言的总结：两千年以前，最自豪的夸耀是Civitas Romanus sum——我是一个罗马公民。今天，我希望在不久的将来，我、我们最自豪的夸耀是我是一个图书出版人。

郁震的演讲获得雷鸣般的掌声，有很多人对他由衷赞赏，也有很多人不由衷鼓掌，嘴边挂着不易觉察的讥笑。尤其是那些认为自己才最有资格发表就职演讲的人，比如发行副总裁刘文明，比如已经提出辞职的第二编辑中心主编鞠恭。

张晗君刚回工位坐下就收到公司新人事总监的邮件通知：

各编辑部：

为加强了解，增强互动，自今天晚上开始，郁总编将一一与各编辑部聚餐，请各位同事按具体通知拨冗出席。

任何人不得请假，否则将视为自动离职！

人事部

2016 年 1 月 × 日

“这是不是鸿门宴呢？”张晗君刚看完邮件就听到赵国鑫说。因为感觉他是在自问，所以她没有回答，果然听到他自答：“也许大概可能是，然而未必不见得。”

但他并没有机会进行更深入的自我探讨，因为孙蕾召唤他们去开会进一步领会副总编的发言精神。他俩走进会议室时，不仅看到孙蕾，还看到一个公司其他部门的编辑。张晗君正纳闷为什么部门会议还有其他部门的编辑列席时，孙蕾说：“我介绍一下，也许你们早就认识了，这是二部编辑王萌，现在调到我们七部来，李安宁负责的选题，现在全由王萌负责，欢迎你的加入。”

张晗君和赵国鑫也随口表示：“欢迎。”张晗君之前见过王萌，但只是在走廊中擦肩而过，都不曾点头致意。王萌看起来像是一个沉默寡言的编辑，果然一言未发，只用手比了个OK。

张晗君本以为马上就会听到孙蕾解读郁总编辑的发言精神，但孙蕾并无意解读领导精神：“以后每周一下午一点半是我们部门的例会时间，如果有其他事情另行通知。今天我们先来盘点一下部门‘家产’。”孙蕾顿了顿看向张晗君，“上周不是让你汇总部门选题吗？你现在跟大家讲一下吧。”

虽然孙蕾只是随意指定张晗君汇总部门工作情况，张晗君却觉得是她重视自己的表现，三个月的试用期，她一大半时间做的是与工作几乎无关的事情，比如替王翰林打印一份稿子，替王翰林把稿子送到总编室，奉王翰林之命把李安宁等人的稿子送去排版。一直以来她觉得自己只是一个流程编辑，虽然熟悉了工作流程，但总感觉自己是编制内的编外人员，直到王翰林离职，她才接手一部稿子。

张晗君翻开笔记本开始汇报：“目前我们部门有三部稿子在编校，我手中的《你一定爱读的极简美国史》已经送社，赵国鑫的《科学怪人的新娘》正在质检，李安宁，哦，是王萌负责的《我失败的人生不需要向谁交代》正在二校，目前校对到105页。”

孙蕾边听边皱眉，等张晗君汇报完后说：“《你一定爱读的极简美国史》这个名字太山寨《你一定爱读的极简欧洲史》了，还能改吗？书号、CIP下来了吗？”

张晗君慌乱地回答说：“呃，我还不太清楚，书号就是CIP吗？这应该问谁呢？”

孙蕾惊讶地看了张晗君一眼，果然是新编辑，竟然工作三个月了都不知道何为 CIP。她略为不悦地科普：“书号就是 ISBN，全称是国际标准书号，就是封底的条形码，CIP 是版权页上的图书在版编目，包括一本书的出版者、出版日期、出版地点等信息，有 CIP 才能印刷。看公司的组织架构，应该是总编室跟出版社对接吧，赵国鑫，是不是？”

赵国鑫回答：“是的，总编室负责与出版社联系。《你一定爱读的极简美国史》王翰林王总一直想报《你一定爱读的极简欧洲史》那个社。”

孙蕾摇了摇头：“但那个社好像不对外合作吧？”

赵国鑫说：“是啊，我还听以前的编辑说，那个社觉得我们的这个名字山寨他们的书，拒绝跟我们合作。总编室给换到了另一家出版社，书号有没有下来还不知道。”

孙蕾接着说：“张晗君，开完会问一下总编室。赵国鑫，《科学怪人的新娘》的具体进展。”

赵国鑫刚要汇报，又听孙蕾连珠炮般问：“这是本什么书，外国电影同名原著吗？我怎么记得玛丽·雪莱只写了《科学怪人》，《科学怪人的新娘》倒是有个老电影，但没原著吧？难道又是现代人续写的《傲慢与偏见与僵尸》类戏作？”

赵国鑫不知道《傲慢与偏见与僵尸》是什么类戏作，回答道：“《科学怪人的新娘》是本外国电影评论集，作者是知名影评人卫生津。影评写得还不错，有些分析和解读非常有趣，书名是其中一篇影评的名字。”

孙蕾一听是影评集更是眉头紧蹙，连珠炮直接变成机关枪：“影评啊，我也很喜欢看影评，买过焦雄屏的《影像中国》、周黎明的《影君子》，毛尖的影评更是出一本收一本。刚开始做编辑时也想做影评集，但后来我发现无论写得多好，影评都卖不动，有人将它跟剧本和诗集并称为出版三大毒药。”

赵国鑫觉得孙蕾过于绝对：“市面上没有卖得好的影评集？”

“凡事没有绝对。近十年来唯一算得上畅销的影评是韩松落的《为了报仇看电影》，而且也只有第一本，《为了报仇看电影2》就卖不动了。这个选题，题材不行，书名不行，作者名更不行。”

虽然不是自己策划的选题，但毕竟是自己在做，被批得一无是处让赵国鑫十分尴尬：“书名还没有定，可以改，作者名字——卫生巾，哦，是天津的‘津’，最好不要改，他还算小有名气，有一定的号召力，内容也还是不错的。”他说话声音越来越小，到最后几近不可闻。

孙蕾根本没有注意到他的窘态，继续发问：“这俩选题都是谁签的？”

赵国鑫说：“都是前部门总监王翰林签的，他说这是我们部门的产品线。”

孙蕾听得目瞪口呆：“产品线？难怪去年部门任务完成度这么低，都是这样的选题首印怎么上得去，首印上不去，铺货肯定也好不了，铺货不行，必然卖不好，更不可能加印。”

张晗君问道：“那这两本书我们还做吗？”

孙蕾再次吃惊地看着她：“当然做啊，不做更完不成码洋任务，况且都做一半了，就尽量做吧，策划包装上尽量做好，但以后不能报这种选题。”

看到三人都点头称是，孙蕾继续讨伐卫生津：“今年的码洋任务肯定会比去年更重，这本影评集首印最多8000册，定价最多39.8，码洋只有——”她略一心算，脱口而出，“318400，如果产品线都是这种书，码洋任务再低都完不成！”

一直一言不发的王萌问道：“那我们部门的产品线是什么？”

“今年我们部门最重要的任务是完成码洋任务，无暇顾及产品线。再者部门产品线并不重要，重要的是个人产品线。”

孙蕾此言让所有人感到疑惑。周末一直告诉张晗君了解部门产品线才能策划好选题，赵国鑫也第一次听说个人产品线比部门产品线更重要，不禁疑问：“个人产品线重要？”

“每个人的兴趣面和能把握的内容都不同，所以每个人的产品线才最重要，而不是部门产品线。从短期来看，对公司来说，只要做的书能畅销就行；从长远来看，对个人而言，形成自己的产品线，成为出版某一类图书的佼佼者才最重要。我们现在是短期，所以部门没有产品线，个人也没有。接着说《我失败的人生不需要向谁交代》的进度吧。”

张晗君翻看笔记本，王萌说：“我上午在排版那儿看了看，《我失败的人生不需要向谁交代》是本外版励志书，名字是直译的，主题是只要你认真生活，每一天都是成功的。从世俗考量也许你是失败的，但每个人只需要对自己负责，不需要向谁交代。主题我很喜欢，内容也还不错。目前编校到105页了，明天下午就可以送排版改校。”

孙蕾以为《我失败的人生不需要向谁交代》是一本文艺小说，听到是励志书之后松了一口气但又深吸一口气。松气是因为她最怕做文艺小说，尤其是那些自诩纯文学的文学青年习作，畅销的可能性低于双色球中五百万；吸气是因为她出版生涯最滑铁卢的一本书就是外版励志书。当年在她的力争下，公司花大价钱成功竞价一本外版畅销励志书，结果销量奇差，直接导致她退出出版行业，甚至与男友张让分道扬镳。

“排版改完后你打印一份给我，我看一下内容。外版励志书是最需要重新包装策划的选题，你也多想想策划思路。另外，这三本书都还没开始做封面吗？”

张晗君说：“《你一定爱读的极简美国史》开始做了，设计师昨天说今天下班前会交稿。”

赵国鑫听到封面又尴尬地说：“《科学怪人的新娘》也开始设计了，但如果要改名，就得重新做，我得换个设计师，现在这个设计师做了两稿了，估计不愿意再试稿。”

现在王萌无法抢答，张晗君翻翻笔记本回答：“李安宁的原话是‘名字王总到离职也没有确定，所以封面还没开始做’。”

孙蕾真切觉得自己接了一个烂摊子，这三个选题是七部的所有储备，而且也正是不尴不尬最难做的状态，既不能完全按照原来的策划思路——因为王翰林的策划包装思路完全错误；又不能完全推翻重新策划——毕竟有经验的老编辑一看即知，这三本书付出再多心力也不过卖个首印量。

孙蕾略一思忖道："这样吧，另外两个稿子你们也打一份给我，封面抓紧问一下设计师，已经做了的抓紧要来看看，没有做的先暂停，记住一定不要让设计师展开。"

张晗君想到《你一定爱读的极简美国史》的设计师昨天晚上问她要不要展开时，她不知何为展开，但也不想显得太新手，并且觉得展开应该只是一个设计上的小程序，就同意了。现在听到孙蕾强调不要展开，她忙慌张地说："我的封面，设计师昨天晚上展开了……"

孙蕾一听又吃一惊："展开了？封面没确定你就展开？你知不知道展开就得付设计费？"

涉及钱的事，无论大小都是大事，张晗君更加慌张："我，我真不知道，我以为只是设计中的一个小程序……"

孙蕾盯着她看了三秒钟，叹气说："好，抓紧各干各的吧，也没什么选题可讨论了，散会！张晗君把封面发我一下！"

张晗君开完会后不仅不再觉得自己受重视，甚至臆想自己可能会因一问三不知而被辞退。她整理了一下思路后，敲开了孙蕾办公室的门。

"不会说了你两句就要来跟我辞职吧？"孙蕾见张晗君表情严肃，也觉得自己刚才过于严厉，甚至不近人情。

张晗君听她这么一问，慌忙辩白："没有没有没有，我还想跟您学习怎么做书呢？"

孙蕾确实比较担心张晗君辞职，虽然她没什么工作经验，连 ISBN 和 CIP 都分不清，但文字功底还可以，是个做编辑的好苗子。再者，重新招人一切都是未知，既不知何时招到，更不知招来的人是否合用。

“那你是要？”

“我是想向您解释，为什么我连书号和 CIP 都分不清。”

“我也很好奇，为什么你试用期都过了，ISBN 和 CIP 还傻傻分不清！”

张晗君说：“我入职后做的都是杂七杂八、跟编辑工作没什么关系的事情。王总辞职前半个月才甩给我一部稿子。我连编校符号都不会用，问王总，他就很不耐烦地说这些小事不需要他教，要编辑自己悟。”

孙蕾说：“那你可以多请教同事吧？”

“我确实请教过赵国鑫和李安宁，还看过他们校的稿，可是赵国鑫和李安宁用的编校符号都不一样，我也不知道该学谁。后来我师哥周末借给我《图书编校规范简明手册》和《当代编校实务速成攻略》看，我才懂了一点编校知识和编校符号。”

孙蕾越来越和颜悦色，仿佛有些欣赏这个主动学习的新编辑：“你都买了哪些书呢？”

“师哥推荐我买了《编辑人的世界》《特立独行的企鹅》和《老猫学出版》，我自己买了《编辑力》《畅销书潜规则：打造畅销书的 111 个细节》。

“对工作有帮助吗？”

“应该有吧，至少王总对我重新编排的《你一定爱读的极简美国史》目录满意，对版式也比较认可。可是这些书里都没有提到过书号之类的问题。”

孙蕾不禁莞尔：“确实没法从书中学到，尤其是大陆图书公司出版中的书号问题。”

张晗君不解地问：“我看书上说，书号就是 ISBN，只是一种编号，只要申请一下就可以了，并没有什么复杂的呀。”

孙蕾说：“书号确实就是 ISBN，在国外确实只是一种编号，在国内则是一种出版管理工具。图书公司严格意义上并不具备出版能力，没有资格直接申请

ISBN，只有出版社才有资格。”

孙蕾继续给张晗君科普她早就应该知道的常识：“公司需要先把稿子拿给出版社审校，出版社认可后下发书号，内文、封面过审后下发CIP，才能下厂印刷。”

“明白了，我不懂的原因是没有完整地跟过一本书的出版流程，也就无从请教起。”

孙蕾觉得她悟性确实很高，拍拍她的肩膀说：“我跟你说再多都没用，实际操作一本书就全懂了。不用担心，分不清书号、CIP不重要，能分清富兰克林·罗斯福和西奥多·罗斯福对你在做的书更重要。”

张晗君感觉自己仿佛是个做错事但被老师耐心开导的小学生，用力点头不语。

孙蕾说：“我很欣赏你自主学习的能力，大量阅读是做好编辑的最根本前提，但也要多向同事学习。《编辑人的世界》之类虽然不错，但并没有太多实操技能。”

人生第一份工作能遇到一个好上司是上天的恩赐，孙蕾的一席话让张晗君觉得她应该是个好上司。联想到王翰林的态度，她心底涌进一阵感动，又用力地点点头。

也许是担心说教过多，引人反感，孙蕾换了个话题：“顺便说一句，张岬没做过编辑，《畅销书浅规则》只是一些道听途说的马后炮，没太大的价值。”

一个写出《畅销书浅规则》、自称专业出版人的人竟然没有做过书，现实远远超出张晗君的想象：“可腰封上好多出版人给他推荐啊！”

“所以说是混出版圈的产物嘛！按照他书中的规则，一本畅销书也做不出来。当然，他可能会反驳说，他没做过书并不代表他的总结是错的，但他写的书没有一本卖到过一万册也是事实。我庆幸你没有买他的《畅销书浅规则》。”

“那本也买了，正打算等《你一定爱读的极简美国史》做宣传时再看呢！”

“那我庆幸你还没有看，同样是本毒物，理由同样是，他写的书没有一本卖到过一万册。日本作家井狩春男的《畅销书经验法则100招》倒可以一看。”

张晗君羞愧难当：“那我把它扔掉，买一本《畅销书经验法则100招》。”

孙蕾说：“倒也不至于扔，买错书太正常了。从某种意义上说，我们图书编辑做的事情就是用书名和文案去‘骗’读者，骗人者也难免被骗。这样一说，他的《畅销书营销潜规则》倒也不是完全没用，至少书名骗到了你。”

孙蕾的调侃让张晗君更加尴尬，但也让她觉得孙蕾并不是周末说的“不可接近”，而是“可亲可近”，就大胆问了一个重要问题：“孙总，我们部门的码洋任务是多少啊？”

孙蕾没有说话，盯着电脑看了看说：“文案尽量少用‘的’字，封面少用非常规字体，‘美国史’的封面做得还算可以，但有很多地方需要调整，你先回去再改改文案。”

孙蕾顾左右而言他的逐客令又让张晗君觉得孙蕾“不可接近”，她起身离开时听到孙蕾说：“码洋任务这几天就会定，但不是我定，也不是公司定，是我们编辑部一起定。”

张晗君回到办公室时看到周末正在跟王萌窃窃私语，跟他打了个招呼后她径自坐下开始工作。茶水间谈话后，两人有些疏远。但王萌调到七部后，周末更加频繁地来七部串门。张晗君不确定周末是来找自己未遇，还是专程来找王萌闲聊，她也没有闲暇思考这种过于微妙又不可描述的情感问题。她一心想在六个月内策划一本畅销书，而现在更想尽快改好《你一定爱读的极简美国史》文案。

当然，无论她多么心无旁骛，也难免听到周末的私语：“张让下周来，职位是营销总监，待遇是主编级别。你调到七部来真是有先见之明，以后你们的书就不愁营销了，等着成畅销书编辑吧！”说着他看了一眼张晗君，“没准儿小君也会比我早成为畅销书策划编辑呢！”

张晗君刚要回应，却听赵国鑫说：“营销很重要，但也不是万能的，书卖得好大多数情况下还得自身内容过硬。营销再厉害也只能是锦上添花啊。”

周末说：“以你们孙总和张让的关系，肯定不只会锦上添花，而是珠联璧合，重塑七部。”

赵国鑫没再反驳，呵呵一笑：“也许吧，前提是她这次不会半途而废，临阵脱逃。”

听他一说，张晗君回想起孙蕾被李安宁指斥为“临阵脱逃的小部门总监”时的表情，觉得个中必有缘由，但也不好直接问已知情者赵国鑫，况且她听孙蕾之言判断其人尚可，更想眼观其行。

三　取法其上，取法其下

第二编辑中心共三个编辑部，编辑五部主管罗旭锋是中心主编鞠恭多年的下属，虽然能力一般，但很努力很敬业，经常加班到深夜，半夜12点在公司群里提出诸如“谁知道现在公司附近哪里可以吃饭”“二中心谁知道门锁在哪里”类只有他自己能解答的问题。董事长亲自主持工作时，多次在员工大会上表扬他，导致一时间东施效颦者巨，但都被董事长斥为沽名钓誉。鞠恭手中选题大都给他，公司分配给二中心的选题也优先给他，所以五部选题丰富，加之人员配置充足，几乎年年都能完成码洋任务。

六部主管王懋平是诗歌圈小有名气的诗人，人脉极广，选题储备也很充足，加之编辑能力超强，经常能化腐朽为神奇，将烂稿包装成畅销书，手下编辑也个个经验丰富，连续两年超额完成码洋任务。

七部是二中心总码洋任务完不成的罪魁祸首。七部人员流动非常大，历任部门总监也都比较另类，不是只会夸夸其谈并无执行能力，就是宽以待己，严于律人，导致编辑纷纷辞职，王翰林则是嗜书成性，罔顾市场。如果不是公司架构规定一个中心最少三个编辑部，否则一直动荡、数次濒临解散的七部早就被撤销了。码洋任务自然难以完成，今年更创历史新低。

郁震请的果然是鸿门宴，而且现场让部门总监签署码洋任务责任书，如有不从者，主管降职，编辑降薪。重塑文化对编辑一直实行码洋考核，这是一种非常直观的考核方式，而且比那些实行毛利、纯利考核的公司要人道一些。因为毛利、纯利的计算方法不是图书编辑所能掌握的，有些公司将很多成本神不知、鬼不觉地计算在内，甚至会出现编辑做了畅销书不仅没提成拿，反而按盈亏来看会扣工资的情况。但这并不是说重塑文化有多仁慈，重塑文化的码洋任务一直比其他公司高很多，并且一年比一年高，能够完成任务的编辑部也越来越少。

在宴请二中心前，一中心已有一个主管、三个编辑辞职。有人说这些编辑铁骨铮铮，不惧淫威，不畏强权；也有人说，这其实只是郁震要的花招，他原来就想辞掉这些人但又没有合适的理由，就给他们定了一个高不可达的任务，让他们知难而退。看来“在座的诸位”并不全是郁震“希望能够与之共进退的”。

周四晚上，七部全员依人事通知来到公司附近的大鸭梨烤鸭店。郁震选这个地方宴请大家，可以说是占尽了“地利”优势，“大鸭梨烤鸭”给人一种被架在火上烤、鸭梨（压力）山大的感觉。

可能因为鸿门宴摆得过多，郁震连过场戏都懒得走，刚落座，他就直奔主题，示意秘书韩小蓓拿出一份责任书。

“我们先把正事办完，免得大家心里一直装着码洋任务，饭也吃不好，天也聊不尽兴。”

包间气氛迅速紧张起来，所有人都盯着阅读责任书的孙蕾。

张晗君看了看轻松自如的郁震，又看着严肃认真的孙蕾。孙蕾半天翻一页，仿佛在校对稿件，郁震一脸不耐：“看最重要的几条就行了，不用看太仔细，不然看你这个认真劲儿得研究到天亮。难道你还不信任我吗？”

孙蕾笑了笑：“不是我不信任你，是我不太信任公司法务，您是君子，他们可能是小人，万一坑了我们，也是坑了您不是？”

孙蕾话说得滴水不漏，但并没有说服力，郁震说：“如果是担心法务，那完全没必要，合同我亲自拟的，亲自三审三校过。你既然相信我，只看最重要的几条就好，其他都是虚的。”

孙蕾听他这么说，也不好意思再逐字逐句“细品”，就迅速浏览起来，屋子里的气氛紧张到极点，除了服务员偶尔进出上菜，只有孙蕾翻看合同时指尖划在纸上的声音和郁震轻敲桌面的声音。郁震敲桌子的声音、节奏犹如击鼓出战的鼓点，促使孙蕾更快地看完。她轻轻合上合同说：“基本上没什么疑问，但我看到码洋数字空着，不知道我们部门的任务是多少？”

郁震说：“你们部门一个主管、三个编辑，这种编制的部门任务至少是5000万码洋。”

听到这个数字，张晗君毫无概念，但她看到孙蕾惊得刚夹起的菜掉到了桌子上，赵国鑫和王萌也表情凝重，如临大敌。

郁震接着说：“这个任务并不算高，一中心第一编辑部人员配置跟你们一样，但码洋任务是6000万。”

孙蕾说：“5000万确实不算高，但是我们部门，我无意冒犯别人，包括我在内，没有一个是成熟编辑。一中心第一编辑部都是工作多年的成熟编辑，又是一个稳定的编辑部，选题储备也足，每个编辑手里都有好几个名家选题，还有很多长销书一直在加印——”

郁震打断她说：“你无意，但真冒犯到了自己部门的编辑，不要这么贬低他们，要相信他们的能力，更要相信你自己。”

“我们部门，包括我在内都可以说是新兵。底子也不好，选题没储备几个，之前的老书不仅没有加印，还有一些在大批量退货。6000万对一部来说不难，五千万对其他部门来说也不难，但对我们来说，很难！”

郁震环视一周，定睛看着孙蕾：“任务不难，那还叫任务吗？”

孙蕾没有接招，继续说：“我刚才算了一下，以我们部门现有选题估算，目前在做的三本书首印也就1万，加印的可能性非常小。三本书平均定价也就38块钱，一本书码洋满打满算38万。如果都是这种选题，我们一年要做130本书，平均每个编辑要做40多本书才勉强能完成。我们又不是做大全集的公司，不可能一个编辑一年做 40 本书。任务不难不叫任务，但任务太难就是不可能的任务了！”

郁震笑了笑说：“汤姆·克鲁斯已经完成五次不可能的任务了，你们完成一次也不难吧？对新编辑来说，这个任务确实有些高，但你不是新编辑，没有人指望新编辑找选题。新编辑的主要任务是做选题。”

孙蕾不为所动：“对一本书来说，责任编辑才是最重要的，做出来、做好、卖好才最重要，找选题是最容易的工作。”

“既然这样，那你就多找选题啊！我辗转把你找来，主要看中你的选题策划能力和包装能力。你不是曾经一个人一年做了 7 本书，完成过 3600 万码洋吗？难道现在 4 个人才 5000 万码洋就把你难住了？”

孙蕾笑了笑，以退为进：“那次是我第一次超额完成任务，还是靠了天大的运气。现在我都几年没做书了，有些生疏了，部门人员情况你也知道，选题储备情况还不如人员配置，所以不是我不敢接这个任务，一年做 130 本书实在是‘非不为，实不能’。”

“如果码洋任务靠品种数来完成，那只能说明编辑选题能力差，编校包装必然也是粗制滥造。以量取胜最终退货量必然也大，表面看起来是完成了任务，实际上却给公司造了大量库存。这也是我今年要狠抓的一件工作。”

孙蕾没说话，赵国鑫插了一句：“郁总是希望我们做的书码洋大，库存又少吗？”

郁震赞许地看了他一眼：“成熟编辑果然一点就透。我希望编辑不要多做书，而是少做书，争取单品上量，多加印，这才是长久之计。公司之前单纯以码洋考核并没有控制图书品种，所以这份责任书不仅会规定码洋任务，还严格限制图书数量，每个编辑出书量一年不能超过九本，超出的部分不计码洋任务，不计提成。不然拼命凑码洋，每本书都印七八千，我们是卖废纸，不是卖书。”

孙蕾略一计算：“那就按平均定价 40 来算，每本书都得有将近 200 万码洋，每本至少得卖到 4 万多册。3 万册按行业标准就是畅销书了，您的意思是我们做的每本书都得是畅销书？”

郁震点头说：“对，我们重塑文化才不要重塑文化，我们的终极目标是做畅销书。”

赵国鑫因为得到郁震的赞赏，开始给孙蕾助威：“行业标准两万册好像就是畅销书，平均一本书能卖到三万册都是非常牛的公司。而且我们公司的发行能力好像不是很给力……”

王萌也小心翼翼地附和道：“我听说公司有些书都还得去找别的公司代发，这样就很难本本畅销了吧。”

孙蕾的反驳就已经让郁震不满，现在两个小小的编辑竟然也蹬鼻子上脸，他面露不悦：“其他部门都是我说多少他们就签多少，难道你也想不同意走人？”

孙蕾见老虎发威，立马赔笑：“嘿嘿，郁总，这些年的工作经验告诉我，一定要量力而行。不排除有人运气会好，运气一直很好，但我的运气时好时坏，坏的时候居多。所以不能靠运气来完成任务。”

“老虎”沉着脸不说话，孙蕾继续赔笑：“公司的情况您了如指掌，我们部门的情况您比我清楚，编辑虽然都很努力，但毕竟经验不足。我呢又两年没做编辑了，也不合格，所以怕任务太重，他们会承受不起压力，要是辞职，还得重新招人，那就更完不成任务了。”

她说得头头是道，郁震也不好伸手打笑脸人，问：“那你们想怎样呢？”

孙蕾见郁震有些松口，直奔主题但仍不忘拍马：“任务是多是少，还不是您一句话，给我们少定一点，匀到还没签责任书的部门去也没多少不是？我们部门老弱病残，适度通融一下也是合情合理的吧？”

郁震三顾孙蕾时觉得她沉默寡言，整个面谈过程就是自己在唱独角戏，不料今天竟油滑如斯：“有人说女人更适合玩政治，因为她们往往比男人手段柔和、高明。我以前一直不信，一中心那个辞职的女主管让我更不信，但你让我有点信了。那你觉得七部码洋任务多少合适呢？”

孙蕾沉思片刻，轻轻但坚定地说：“3200 万！”

在场所有人目瞪口呆，张晗君嘴巴大张，赵国鑫下巴几乎惊掉，王萌也吃惊不已。

郁震鼓掌大笑：“5000 万码洋，你竟然拦胸砍到 3200 万。我敬一下你的‘海量’。”

孙蕾连忙举起杯来说：“不敢，不敢，应该是我敬您，是我们部门的人敬您。”

郁震笑说：“敬酒得有个名义，你们没来由地敬我，我觉得是罚酒。”

孙蕾一口干掉杯中酒：“那我先干就为敬酒了。名义呢，也不是没有，就是希望您能帮我们这些老弱病残编辑降一下码洋任务。您掌握着我们的生杀大权，我们的名义是在您名下艰难求生。”

这么明显的马屁竟然也管用，郁震食指摸了一下鼻翼说：“给你们降低任务并不难。但如果别人知道了，也要求降，那我该怎么办？难道都降？”

孙蕾一听大大有戏，赶紧说：“我们会严格保密的，如果您不放心我们可以签一个保密协议。对吧？”孙蕾目光扫向三个编辑，三人都点头附和。

郁震当然不会买账：“保密协议存在的唯一意义，难道不是为了白纸黑字泄密？”

“那就请您相信我们的人格。”

“我相信你们的人格，但不相信人的本性。这就像‘我跟你说个事儿你可千万要保密’一样，过不了几天就尽人皆知。无意冒犯，这是人之本性。”

张晗君也大着胆子笑问：“那要怎样才能保密呢？”

郁震故作深沉：“世上没有不透风的墙，况且也没有保密的必要，码洋定多少的权力我还是有的。”

孙蕾见缝插针：“所以，您掌握着我们的生杀大权，有权帮我们将不可能的任务降为可能。”

郁震白了她一眼：“你认为 5000 万对你们来说是个不可能的任务，对我来说不可能的任务是将 5000 万码洋降成 3200 万。”

听语气可以肯定郁震同意给他们降码洋，孙蕾更假装弱弱地问：“那降多少是可能的呢？”

郁震意识到神情出卖了自己，假装为难：“降多少？一块钱也不给你们降！公司对我也有总码洋考核，各部门的码洋任务是按总码洋来拆解分配的，给你们减掉 1800 万，这么大的缺口我去哪里找补呢？”

孙蕾也以假装为难应对郁震的假装为难：“郁总，不是我们不想为您分忧，实在是我们能力有限。而且我觉得码洋分配，您采取的是‘取法其上，得乎其中；取法其中，得乎其下’的策略。我也知道您的助理韩小姐——”她看了一眼一直笑而不语的韩小蓓，“在我入行时的公司待过。那家公司惯用这一招，这份责任书的模板都是那家公司的，有几个错字都一模一样。所以，我觉得我们的任务不仅能降一块，还能降千百万块呢？”

郁震在思考，其他人在等待他思考的结果，包间再次陷入了令人难耐的沉默，其实只过了半分钟。

郁震说：“我听发行说，他们为了多发货有时会被代理商灌酒。据刘文明副总说，他有一次为了让潍坊的代理商多要货、快回款，一口气喝了七八瓶啤酒。我们是读书人，要文比，不要武斗。你不是喜欢读书吗，我考考你对图书和市场的了解。我报书名，你报出版机构，报对一本减十万码洋，你觉得怎么样？”

孙蕾满口答应：“请——放马过来！”

郁震笑看孙蕾：“看来你胸有成竹呢！请听题——《苏联的最后一年》！”

孙蕾脱口而出：“理想——不对，社会科学文献出版社！”

虽然市面上没有多少关于苏联解体的书，但也有一些，比如《苏共亡党二十年祭》《来自上层的革命》《亲历苏联解体》。最近几年最受欢迎、销量最好的一本是广西师大理想国出版的《苏联的最后一天》，社科文献出版的《苏联的最后一年》虽然再版两次，但销量非常一般，郁震故意出了一道仅一字之差的陷阱题，孙蕾也确实差点中招，顿觉来者确实不善。

郁震见陷阱没能陷住她，立刻增加难度：“《当兵》！”

“当兵？副标题是《华北根据地农民如何走向战场》那本？”

《当兵》是一本博士论文、印量极少，题材也冷门，郁震没想到这本书孙蕾也知道：“没错，是这本。”

“没太注意是哪家社的，我想想。”孙蕾说完闭上眼睛，过了一会儿答道：“四川……人民出版社！”

郁震不得不表示佩服：“佩服，佩服，连这种书都能知道。”

孙蕾等人其实也很佩服郁震阅读面之广，但更觉得如果他全问这种书，码洋可能减不了多少：“郁总，我们做的是大众读物，不是学术研究，所以您是不是多提问市场书呢？”

郁震口头答应：“好，没问题。”但并没有降低难度，接下来报的书也很冷门，“《空中英豪》。”这种非独有书名特别具有迷惑性，好在副书名界定了它的独特性。

孙蕾先问：“副书名是《美国第八航空队对纳粹德国的空中之战》？”

郁震竖大拇指：“对！”

孙蕾白了他一眼：“指文图书。这本书我之前也想做，但竞价失败了，听说是斯皮尔伯格和汤姆·汉克斯继《兄弟连》《太平洋战争》之后的第三部迷你战争剧原著。”

郁震呵呵一笑：“行啊，既然军事类的你也这么了解，那我再问一本——《巴黎烧了吗？》”

孙蕾脱口而出：“没烧，读库和译林出版社。”

“《自由选择》！”

“机械工业出版社！”

“《一个人的朝圣》！”

“磨铁！”

“《时间的针脚》！”

“新经典！”

“《伤花怒放》！”

“磨铁！”

“《拥抱战败》！”

“买了没看，三联！”

“《设计中的设计》！”

“理想国！”

“《万物静默如谜》！”

“浦睿文化！”

“《十一种孤独》！”

“上海译文！”

“《心是孤独的猎手》！”

“三联，上海三联！”

“《午夜之子》！”

“北京燕山出版社吧，确切地说应该是——天下智慧！”

“《肖申克的救赎》！”

“九久读书人、浦睿！前者出了原著，后者出了剧本，这算两道题！”

“《项塔兰》！”

“华文天下！这书我觉得又臭又长，虽然很多人说好。”

“《我所有的朋友都死了》！”

“我唯一看过的绘本，中信！”

“《天使，望故乡》！”

“版本很多，上海译文、译林、凤凰联动都出过，我有一本乔志高译本，新经典出版！”

“《浪潮之巅》！”

“买了没看，人民邮电出版社！”

“《商业冒险》！”

“编辑送了我一本，没看，时代华语！”

“《格调》！”

“后浪！”

……

“《伯恩的身份》！”

“世纪文景，谭光磊代理，谭光磊老婆策划、编辑！”

“《伟大的电影》！”

“理想国！”

“《复眼的影像》！”

“中信！”

“《安吉拉·卡特的精怪故事集》！”

“南京大学出版社！”

“《小于一》！”

“浙江文艺！”

“《倒带人生》！”

“九久读书人！”

“《陈寅恪与傅斯年》！”

“博集天卷！”

“《我的名字叫红》！”

“世纪文景！”

“《再会，老北京》！”

“上海译文！”

“《狂热分子》！”

“理想国！”

“《睡不着：Tango 一日一画》！”

“中信！”

“《X 的悲剧》！”

“新星出版社！”

“《献给阿尔吉侬的花束》！”

“这本有意思，有两个不同的版本，作者先发表了短篇，后来又扩充成长篇。以这篇短篇小说为名的小说集是雅众文化和新星出版社出版的。扩充后的长篇单行本是广西师大理想国出版的。另外说一句题外话：小说以主人公日记的形式叙述，主人公开始是个低能儿，因此日记中有很多错别字和语法问题。雅众文化这版的编辑或者译者却自作聪明，把错误都改正了。”

“连这些掌故你都知道，看来没有再提问的必要了啊！”郁震进入图书行业后大量阅读了各种类别市场图书，也非常关注出版动态，但现在觉得还是孙蕾更了解图书市场。

如果郁震认输，那码洋可能就只能减他刚才提的那几本书，所以孙蕾连忙说：“别，千万别啊，郁总。我之所以能答上来，只是因为我们的阅读兴趣重合，您提问国内文学类的图书，我肯定答不上来。”

郁震很关注中国严肃文学，不太满意孙蕾话中透出的对国产文学的不关注：“你就这么瞧不起国内文学？”

孙蕾说：“呃，也不是瞧不起，是看得不多，欣赏不了，读不懂。郁总，您请继续！”

“《繁花》！”

“上海文艺！”

“你不是说肯定不知道吗？”

“没办法，太有名了啊！”

“《西夏旅馆》！”

“骆以军，理想国！”

“还是知道啊！”

“还是太有名啊，您换一个，比阿乙年轻的。”

“那你等我想想啊！”郁震也学刚才孙蕾闭眼想《当兵》时想了几秒，“《说部之乱》！”

“不知道！”

“《收山》！”

“不知道！”

“《生命册》！”

“不知道！”

但郁震也并没有像自己以为的那么关注国内文学，更没有严肃对待自称严肃文学的藤萝红人写的小说，没提几本就“书穷”，又回到社科文史、外国文学类。当然孙蕾也不是没有答错，比如《民主德国的秘密读者》，她就以为是三辉出版，实际则是社科文献甲骨文。也有完全答不上来的，比如青春文学类，她只答对了《未央歌》，其他诸如《烈火如歌》《骄阳似我》，她都是闻所未闻，更不可能知道其出版机构。尤其是《骄阳似我》，她以为是电影同名小说。

“考”到最后，郁震甚至绞尽脑汁才能想起一个书名，而且也觉得再问下去码洋减得过多反而骑虎难下，就说：“我最后再问一个问题，如果老死不相往来的前任突然成为同事，你会做何感想？”

严重超纲的问题让孙蕾微微一愣，张晗君又想起此前听到周未讲的八卦，也很想知道孙蕾如何作答，但听孙蕾冠冕堂皇道：“无论过去、现在、将来是什么样的私人关系，都不会影响我的工作，当然，正面影响除外。”

郁震十分满意：“好，这个回答值 80 万码洋，韩小蓓也要记下来。问答环节结束。”

鸿门宴变成急智问答，气氛也变得轻松很多。宴席后半段无事发生，只是郁震、孙蕾和赵国鑫讲了一些行业八卦。八卦总是让人开心，时间过得飞快，鸿门宴很快散了，郁震让韩小蓓回去整理录音，记录孙蕾答对多少，孙蕾也让张晗君代为统计。

郁震报了150个书名，孙蕾答对132个出版方，加上最后一问的80万码洋，总共可以减掉1400万，码洋任务就是3600万。三个编辑都很兴奋，但孙蕾兜头泼了他们一盆凉水："别想得这么美，我们的任务肯定会高于3600万，估计会在4000万左右，其实我报3200万也是取法其下，希望能够得乎其中。4000万虽然并非不可能，但也是一个非常艰巨的任务。"

4000万对家底差、人员配置弱的七部来说确实是艰巨的任务，但张晗君觉得郁震不可能言而无信，有录音为证，肯定能减至3600万。但无论如何她对孙蕾好感倍增，因为孙蕾不仅未如李安宁所言多认领码洋任务，反而极力降低，张晗君更不相信她会半途而废，不然没必要要求降低码洋任务。

孙蕾讨价还价成功的事情很快就传遍整个公司，很多原本想看她笑话的人都对她有所改观。当然也有东施效颦者，但都遭到郁震拒绝，毕竟他有降低某个部门码洋的权力，也有不降低某个部门码洋的权力。

周五下午，张晗君正准备去美编室时，被推门而入的韩小蓓拦住："你先不要出去，你们仨现在去郁总的办公室。"

张晗君问："有什么急事，我要去美编那里打《你一定爱读的极简美国史》封面呢！文案改了十几遍，孙总终于满意了，我可不想再拖到她反悔。"

赵国鑫也说："我刚联系上失踪的设计师呢。"

韩小蓓白了她一眼："不仅是急事，还是比改稿子更重要的事。"她又转头看赵国鑫，"设计师失踪了可以换，这件事你要是错过了，失踪的可能就是你。"

她又看向王萌，王萌赶紧闭嘴。

“孙总在办公室吧？”说完没等三人回答她径直出去，站在门口的张晗君看到韩小蓓敲了一下孙蕾的办公室门，直接推门而入。

五个人等电梯时，孙蕾问韩小蓓：“韩总，能不能透露一下是什么事？我们也好有个心理准备。”

韩小蓓笑着摇摇头：“不能，孙总。就是为了不让你们，尤其是你有什么心理准备，郁总才一再嘱咐我千万不要透露任何消息。”

孙蕾其实猜到与码洋任务有关，笑问：“郁总这么防我们，那是跟什么有关的事呢？”

韩小蓓不说话，其他人也只好识趣噤声，直到进入副总编辑办公室，沉默才被正在投喂金鱼的郁震打破：“你们一定也知道金鱼的记忆只有七秒这个所谓的常识吧？但最近我看了本书，上面说金鱼的记忆其实不止七秒。英国人通过实验证明，金鱼的记忆不仅多于七秒，还长达数月。但大多数人不会怀疑金鱼的记忆只有七秒的说法是否正确，还会以讹传讹。”

孙蕾笑说：“原来如此，感谢郁总把这么宝贵的知识传授给我们，我们一定会扩散出去。不过郁总派韩大美女亲自叫我们过来，想必不是为了告诉我们金鱼的记忆不止七秒吧？”

郁震撒了几粒鱼食后拿起一份文件递给孙蕾：“叫你们过来是让你们记住，今天让你们签的是一年的责任书，最好这一年都要记住，更要去完成任务。”

孙蕾接过责任书迅速翻到码洋任务条款，看到上面写的码洋任务是 4000 万，正中下怀，但还是问道：“郁总，如果统计无误的话，应该减掉 1400 万码洋才对，但现在是 4000 万。”

张晗君三人一听果然是“得乎其中”，更加信服孙蕾是老江湖，但也希望孙蕾能够再讲下一点码洋来。

郁震站在鱼缸前一边撒鱼食一边说：“你看这金鱼其实也挺有意思。给多少鱼食它们就吃多少。多给多吃，少给少吃，没有就不吃。如果人也像金鱼一样该多好，你们说是吧？”

孙蕾听得懂他的潜台词，顺势说道：“我听说金鱼不知餍足，给多少都会一直吃，直到撑死。郁总您可千万要适可而止，量金鱼的肚量而行。”

郁震回头看了她一眼，坐到办公桌前说：“你确实报对了132本书，但四千万码洋就是量你们的量而定。如果你同意就签，不同意就五千万。我的权限并没有你们想象中那么高。”

孙蕾也知道再争取反而无益，直接签上自己的名字，递给郁震说：“感谢郁总给我们降了1000万码洋，我们部门一定全力以赴去完成这四千万码洋。如果没别的事，我们就回去工作了。”

郁震说：“先不要急，如果只签这个责任书的话就不需要他们三个也过来了。你们不仅要签这个责任书，还要签一个保证书。”

“保证书，什么保证书？”

“最近有不少人来找我降任务，我都拒绝了，但他们都非常不满，甚至有人给远在美国的董事长写邮件告状，说我一碗水端不平，只给你们降任务。”

孙蕾紧张地问：“郁总，您不是要反悔吧？”

郁震看了他们一眼：“谢谢你们的关心，董事长越洋电话批评了我，让我收回承诺。但我力争说我现在代表公司，我失信于你们，就是公司失信于你们，董事长才勉强同意。所以你们也不能失信于我，我需要你们签一个任务保证书，保证完成任务，承诺如果完不成任务不仅拿不到一分提成，并且编辑部就地解散！”

四人当场震惊，孙蕾和赵国鑫都知道虽然大多数公司年年都给编辑部定任务，但如果不能完成也大都不会一分提成都拿不到，更不会就地解散。重塑文化相对比较仁慈，既没有像出版界黄埔军校一样规定工资每月扣发20%，年终再补齐，也没有像另一家据说是真正的黄埔军校一样规定完成90%的任务才能拿到提成，而是只要完成60%的任务并保证盈利就能拿到相应提成。

部门解散对孙蕾影响也不大，毕竟她有几本畅销书傍身，大多数出版机构的大门随时向她敞开。但三个编辑既无经验，又无代表作，随时会吃闭门羹。虽然共事不久，但她觉得自己应该对他们负责，不过也得征得他们同意，所以她并没有马上同意签署保证书："可不可以让我们商量一下，今天下班前给您答复？"

郁震显然不太乐意，但还是同意，反正鱼缸里的金鱼又跳不出去，即使跳出去也是死路一条，让他们蹦跶几下也无妨，还显得自己有风度。

"我觉得我们部门底子不好，所以想尽量少认领码洋，争取一个能完成的任务量，而不是一看就完不成，一年年混日子。只是没想到事情并没有按预期发展，现在有两条路摆在我们面前：一是签保证书，争取完成四千万的任务，完不成部门解散；二是把码洋任务改回五千万，只要完成60%——也就是三千万，就能拿到提成，也不会解散。这不是我一个人的事，你们的意见更重要，所以由你们三个人投票表决，也免得票数持平无法决断。"回到七部办公室后，孙蕾严肃地说。

张晗君想起了跟父母的半年之约，她想掌控自己的人生就得在半年内达成目标，想在半年内达成目标就得全力以赴，所以她举手表决："我同意签保证书。"

王萌也举起手说："郁总不是说有一句鸡汤鼓励了他吗？一个人，如果你不逼自己一把，你根本不知道自己有多优秀。我也想逼一下自己，但不是看看自己有多优秀，而是看看自己有多差，适不适合继续做图书编辑。"

两票赞成，大局已定，但孙蕾不想实行"多数的暴政"，看向赵国鑫。

赵国鑫感觉到三双眼睛的压力，举双手做投降状："我毕竟做了几年图书编辑了，不用逼就知道自己不差，但也说不上优秀。这几年我感觉自己的人生停滞了，一直在混日子，也希望有机会挑战一下自己，所以我举双手赞成！管他，我们就拼一次，解散了又怎样，图书公司多的是，招不到编辑的图书公司更多。况且只要我们努力，也不是完不成任务！"

现在，面对三双眼睛的是需要做最终决定的孙蕾。她深呼吸了一下说："其实工作一年一毛钱提成拿不到、因为完不成任务离开一家公司，我都经历过。即使我们一年后完不成任务，最终的结果我也能承受，但我不想让你们因为我的决定而受不必要的打击，尤其是不想让张晗君这样刚入行，还对图书行业心怀希望的编辑失望。我再认真地问你们一遍，你们确定要签保证书吗？”

“是的，确定要签。”张晗君说。

“是的，一定要签。”王萌说。

“是的，肯定要签。”赵国鑫说。

“好吧，重要的事你们说了三遍。那我也确定、一定以及肯定签了。”

重塑文化实行的是双重考核，每个编辑部认领一定的码洋任务，部门总监再将码洋任务分解到每个编辑身上。他们个人的码洋任务自然也成为保证书附件。签保证书之前，孙蕾让他们自主认领，点名资格最老的赵国鑫开始。赵国鑫觉得自己肯定要背负最高任务，但他不知道认领多少合适。少了孙蕾不会同意，多了自己更不同意，就把难题抛回给孙蕾，让她指派。王萌和张晗君也让孙蕾分配。孙蕾也就独断专权，将码洋任务分解为：赵国鑫七百万，王萌一千三百万，张晗君两千万。这个分配出乎所有人预料，最惊讶的当然是张晗君，比较惊讶的是王萌，十分惊讶的赵国鑫则有些不解。

张晗君直接问：“孙总，为什么我的码洋任务比赵国鑫的还要高啊？”

孙蕾说：“因为你是新编辑。”

“难道不应该是新编辑码洋任务最低吗？”

孙蕾说：“理论上是，但实际上不一定。”

“我不太明白……”

“你是新编辑，得多做文字编辑工作打好基础。你的选题能力也比较弱，我找的选题就主要给你，所以你的码洋任务就最高。”

张晗君觉得自己确实需要孙蕾的选题来多做案头工作，但如果不能在半年内策划出一本畅销书来，她根本没机会多做案头工作：“那我可以报选题吗？”

“当然可以，任何人都可以报选题，我也希望一年后你不仅码洋任务最高，选题也策划得不错。”

听二人的对话，赵国鑫明白自己码洋任务为何最低，但还想彻底搞清楚：“孙总是要我自力更生？”

“老编辑不仅要编稿子，更要多策划选题，所以你的选题主要靠你自己，王萌则介于你们俩之间。有问题吗？”

“那我就得全靠自己了？”赵国鑫问。

“也不全是，看你的策划能力吧！”

最终他们签了完不成任务七部就地解散、所有员工当场解聘的保证书，并同意公司不会给予任何赔偿。

第二天张晗君到公司时发现办公室最深处摆着一块白板，上书总码洋任务4000万，张晗君个人任务2000万，完成量是零；王萌个人任务1300万，完成量是零；赵国鑫个人任务700万，完成量是零，截止日期是12月31日。

后来他们才知道，所有部门在定任务时都讨价还价了，有的确实减了一两百万码洋，更多的是没减，只有七部减了1000万。所有人都对孙蕾刮目相看，但当得知七部签了完不成任务就地解散的保证书后，又对她侧目而视，嘲笑她“自作孽，不可活”。但是不是作孽，可不可活，得一年后方见分晓。

四　不是冤家不聚头

孙蕾一脸疲累地打开家门，坐在沙发上读书的妈妈孙兰宇头也没抬地说：“《冬日笔记》写得真好。唉，我可能一辈子也比不上保罗·奥斯特。”

“他的书销量在国内又没你好。”孙蕾一屁股瘫坐在沙发上说。

“销量又不是唯一标准，质量才是最重要的。”孙兰宇放下书反驳。

“现在对我来说，销量就是唯一标准，销量就是最重要的。”

“你才回去做编辑几天啊，就又把销量看得比什么都重了。”

“没办法啊，我这回被迫接了四千万的码洋任务。不看重销量，就会全军覆灭。”

“那要想销量好，营销就也得做得好吧？”

“我知道你的第二本书因为营销做得好销量大增，但那是个案，我依然认为对大多数书来说营销并不重要。”

“质量不重要，营销不重要，那销量也变不成最重要。”

孙蕾一时语塞，没有作声，孙兰宇欲言又止，顿了顿说：“洗手吃饭吧，我点了你最喜欢吃的那家店的外卖。”

两人相对无言，默默吃饭。最近母女二人为孙蕾重回出版行业吵过一架。

“我还是不太理解，你为什么非要再去做编辑，又会像以前一样累得不行、烦得要命，还没有多大的成就感，为他人作嫁衣裳，何必呢？”

“如果所有人都像你这么想，那你的书怎么出版呢？”

现在语塞的是孙兰宇，但也没过太久，她又说：“做影视策划不是很好吗，不是还计划好先做策划再做责编，最终写剧本做编剧的吗？”

“哪有一成不变的计划。”孙蕾不咸不淡地说。

“是啊，两年前你还准备结婚生子呢，现在又单身两年了。”

孙蕾最烦的就是这个话题，就一贯不吱声，孙兰宇又追问：“为什么非要再做编辑啊？”

“不是编辑职业需要我，是我需要编辑这个职业。”

听到这话孙兰宇笑了：“这是我今天第二次听到类似的话。”

“第二次？”

孙兰宇迟疑了一下说：“哦，张让说的，下午跟他喝咖啡聊我新书的营销了。”

听到“张让”二字，孙蕾微微一怔：“祝新书大卖。”

孙兰宇又说：“忘了他说哪天去你们公司做营销总监了。”

孙蕾脸色一沉，放下筷子冷冷地说：“下周一。我吃完了，整理要联系的作者去了。”说完她起身回到自己房间，砰的一下关上了门。

虽然重塑文化没有人告诉孙蕾张让“追随”而来之事，但正如她重回出版在圈子里传开一样，张让加盟前女友的公司也迅速传开。自然有好事的同行告诉了她，况且她从郁震“一问一答”的最后一题也隐约猜到，毕竟前任只有张让是同行。

重塑文化的图书营销一直聊胜于无，郁震早就想整顿营销部，但一直师出无名，因为营销工作不好考核，无法量化某本书因营销增加多少销量，直到营销部玩火自焚。营销部上周在藤萝网大力营销一本讲日本生活的小众文艺书《日日日本》，不仅要求公司所有编辑给这本书打五星，还找了不少藤萝书评人以及不大不小的红人加持。本书迅速登上藤萝读书首页，结果被发现图书还在预售期评论就多达五百条、评分是满分。瞎子都看得出来是雇了水军刷分，自然被众多义愤填膺的藤蔓用户发起一星运动，不到一天，分数就降到五分以下。营销部总监卢援本想用这次营销来反击编辑投诉营销部只会群发媒体稿，不料弄巧成拙，自然万分生气。气急之下，他写了工作十年来的第一篇书评放在该书页面下，大意是藤萝是喷子聚集地，这本书明明还没上市就有这么多人打一星，一点都不客观，文艺青年行事确实不理性。他不骂则已，一骂更惹众怒，更多人纷纷打一星并反问：这本书还没有上市就有五百多人打五星，评分竟然是满分，无良书商非常之客观，万分之理性。最终藤萝官方介入撤销了这本书的页面。

《日日日本》原来计划是从藤萝开始营销，打开局面后铺到全网，现在不仅没有打开局面，还被撤销页面。编辑再次投诉，卢援和自称“有才姐”的副总监林舒被郁震狠批一通，当场一个辞退，一个降职。郁震也想辞退林舒，因为她除了外号“有才”外，并无任何才能，但“有才姐”一边撒泼打滚坚决承认错误，一边把一切责任推到卢援身上，坚决不辞，最后只好对她进行降职不降薪处理。

周一早上张晗君刚打完卡看到赵国鑫和王萌往外走，刚要打招呼就听到赵国鑫说：“快走，去大会议室开会，新的营销总监来了，需要我们小破编辑去迎接。”张晗君赶忙放下东西随他们赶往会议室。张让是业界有名的营销编辑，上一份工作是某公司副总编，到重塑文化虽是主编级别，但只是营销总监，也算是“纡尊降贵”，故而郁震专门给他搞了个欢迎会以示重视。张让也不遑多让，被介绍完后就一本正经地说：“我今天想跟各位编辑同事探讨一个问题，这几年来我一直在思考的问题——新媒体时代我们如何营销图书。我准备了一个 PPT，请哪位同事帮忙接一下，谢谢！”

韩小蓓熟练地接好投影后，张让开始滔滔演讲：“大家也都很清楚，我们已经进入一个新媒体时代。这是最好的时代，营销的渠道五花八门，营销的方式也可以花样百出；这也是最坏的时代，海量的信息很快就淹没了我们的营销信息；这是智慧的时代，因为人类越来越进步，有智慧的书越来越多，有智慧的人也越来越容易慧眼识书；但这也是愚蠢的时代，人们越来越容易被不对称的信息欺骗，越来越喜欢相信所谓的小道消息，对我们以‘官方’口吻进行宣传的人越来越不利……”

张让云山雾罩的演讲说的都是正确的废话，不懂行的编辑会觉得来了一个非常懂营销的总监，懂行的编辑会觉得“国王已死，国王万岁”，张让与原总监卢援可能并无差别，唯一的差别是演讲风格颇像副总编辑郁震。

张晗君除了觉得营销总监很有能力，更关心他跟孙蕾的关系如何。她几次偷瞄，但见孙蕾一会儿面无表情地看投影，一会儿面无表情地玩手机，一副事不关己、百无聊赖的样子，当然偷瞄她的人不在少数。

张让当仁不让讲了大半个小时，众编辑也心不在焉地当耳旁风听了大半个小时。演讲结束时他要求各编辑部汇总一下部门选题，从明天起他将率部拜访各部门，尽快了解公司的所有图书，好全盘考虑，合理分配资源，制定行之有效的营销计划。

孙蕾整理完作者资源后，先联系曾经合作过或者关系还不错，至少对她是个图书编辑还有印象的知名作家，目标首先是他们的旧书，其次是新作。但第一梯队作家的作品向来是抢手货，联系了十几个，结果无论是旧雨还是新知，无论旧书还是新作全部一无所获。

退而求其次的孙蕾开始向第二梯队作家下手，她首先想到的是青年历史作家梁清锋。两人曾经合作过一本大众历史读物《民国国民》，在民国热时期年销量曾高达十余万册。因为签约条件较低，作为交换版权期并非常规的五年，所以现在已经到期，但因为知道这本书签约不是五年的编辑只有孙蕾，所以她轻松获得再版权。

孙蕾也很清楚近来历史书并不好卖，民国题材大众读物更是乏人问津，但《民国国民》内容尚可，当年口碑也不错，加之梁清锋近几年名气大增，所以再版这本书卖个三五万册也非难事。加之各大网站和北京新华书店网站都显示此书已全面断货，因此再版条件虽然是首印3万册版税率10%、定价不低于36元，还是很顺利通过选题。

欢迎会结束后，孙蕾带着分配任务之后就一直压力巨大的张晗君去见梁清锋，约见在互联网创业者云集或者说是他们的办公室——望京漫咖啡。大多数作者会姗姗来迟以示自己的重要性，梁清锋却早已到达，并不是他有多重视孙蕾和此次再版，更不是他有多守时，而是因为这儿也是他的办公室。作为某大门户时评专栏作家，他最近的专栏主题是互联网金融职业创业者观察。所谓职业创业者就是他们的职业是创业者，长年创业，长年巧立名目，长年到处拉投资，长年高薪聘请自己，长年创业失败，长年失败后继续创业，最终发家致富。梁清锋写这个专题的灵感来自他曾经的室友，一个在专业创业公司工作的员工。他给梁清锋讲了很多互联网专业创业者“发家致富”的故事，这些创业者云集望京漫咖啡自然也是室友告诉他的。

孙蕾和张晗君来到人声鼎沸的咖啡厅，环视一周，在未来乔布斯、扎克伯格最多的地方找到了正凝神偷听的观察者梁清锋。戴着耳机耐心听愚不可及的骗子忽悠更愚蠢的骗子是一种本事，能不发笑更是一种能耐，梁清锋显然具备这两种能耐。邻桌一男子正在大吹特吹一个将改变人类社交金融的创业项目，孙蕾和张晗君听了都忍不住发笑，梁清锋却在严肃认真地做记录，不得不令人佩服。

张晗君觉得跟梁清锋见面似乎没有必要，因为出版合同已经在走签约流程，签完快递寄还即可，似乎没有什么事需要面谈。但她有所不知，作者跟编辑之间的关系十分微妙，有的作者一直跟一个编辑合作，无论这个编辑跳槽到什么地方都“天涯相随”，而有的作者则一直跟某家出版方合作，无论编辑换多少人都“雷打不动”，这都有赖于编辑或者出版机构的作者的维护能力。孙蕾坚持与梁清锋见面也是一种维护作者之举，并且她还有张晗君未知的其他目的。梁清锋这几年虽然没有出书，但是开了公众号，写各种私人调查文章，从研究死人的历史写作转为研究活人的非虚构写作。孙蕾这次见他谈的正是梁清锋非虚构文章编辑成书一事。

自何伟《寻路中国》《江城》先后出版并畅销后，一些编辑也争相寻找同类题材，虽然其他写作者尤其是国内作者的水平大都令人不敢恭维、写作者往往持高高在上的知识分子悲天悯人姿态，但因持高高在上的知识分子悲天悯人姿态的读者众多，倒也能取得不俗的销量。

孙蕾兴冲冲地提起此事，梁清锋却表现得兴致缺缺：“最近半年来，也有不少编辑联系我，但大都不了了之，有的是我拒绝了，因为聊过几次后发现这些编辑水平实在让人不敢恭维，简直鸡同鸭讲。”

孙蕾问道：“就没有人得了您法眼的编辑联系您？”

“也不是没有，有一些水平还是不错的，寄给我他们过往做的书，也都比较有品质。但后来都反馈说我的这些文章不积极向上，有一些甚至有些黑暗，这些编辑就不再联系我了。其实我倒无所谓，出书又赚不了几个钱，我的公众号文章都是先发到门户专栏的，还有其他媒体的转载，一篇也能赚不少钱。”

孙蕾十分清楚梁清锋不是欲擒故纵之人，也不是想通过这种说辞来提高首印数和版税——虽然这样做的作者非常多，得逞的也不少。她之所以想做这本书是因为她真的觉得这些文章有阅读价值，传播度也比较广，编辑成书销量值得期待，至少会比矫揉造作、顾影自怜的伪调查记录高。所以孙蕾说：“梁老师，我也很清楚这几年的出版环境，《大路》那书我也看过，乍一看没什么，仔细看——算了，我就不过多评论了。您的这些文章跟它不同，在不违背文章原意的基础上略做修改，还是可以出版的。”

梁清锋还是兴致缺缺，但语气有所松动：“是可以出版，但也没必要出版。”

孙蕾勇追“穷寇”：“我知道您不是那种一字不易的作者，相信也有其他编辑向您表达过同样的意思。我希望您的第二本实体书的出版交给第一本实体书的编辑。”

梁清锋态度模棱两可：“你执意要出，我肯定同意，但忙活半年最后无功而返，也不要怪我没有提醒你，实体出版毕竟还是比网络发文要严谨一些。”

张晗君没想到自己第一次随上司见作者，编辑和作者双方谈的并不是写作、不是内容、不是编辑，而是如何规避问题，这与她所想、所听、所读之编辑工作相差太远。她并不是不知道，如今做出版都是戴着镣铐跳舞，但没想到镣铐如此重要。

孙蕾见梁清锋已然同意，就说：“说实话，我也不再是那种妄想通过一本书唤醒多少人的年轻编辑，有出版理想的人我很佩服，但我只有‘出版实际’。出这本书主要是因为我觉得它趣味性足、可读性强，具备畅销潜质，即使不会太畅销，卖个两三万册也不成问题。我今年的码洋任务很重，手上选题也非常少，所以还请梁老师多多帮忙。”

梁清锋听她这样一说，笑道：“按你们业内标准，两三万不就已经是畅销书了吗？如果这本书也能卖两三万，那我岂不也是不只一本畅销书的作家了？”

孙蕾见状忙溜须拍马：“对对对，这样别人就不会说您是靠运气才出一本畅销书了，而是靠实力出了三本畅销书，是名副其实的畅销书作家。”

梁清锋愕然不解：“三本，哪三本？”

孙蕾笑说：“一本是《民国国民》，一本还是《民国国民》，第三本才是——非虚构纪实合集。”

三人爆笑，张晗君没想到孙蕾竟然如此幽默，也壮胆帮腔道：“我看过梁老师的《民国国民》，比很多天天张口闭口民国范儿的作者水平高很多。梁老师是真正有实力的作者，也是认真的研究者，是真正的青年学者，出什么书都会畅销。更何况关注当下现实的书，不仅有市场价值，更有社会价值，是对时代的思考，也是一种记录，我非常希望能够成为这本书的编辑之一，也请梁老师多多指教。”

梁清锋笑说：“指教不敢当，指点也不会，但指指点点我还是很在行的。”他转向孙蕾，“你这个新编辑，让我想起当年的你。遥想当年，我是个新作者，没什么名气，虽然自认写的文章还有些阅读价值，但也不觉得值得集结成书。但你就像这位张编辑，一个劲儿地吹捧我。我当时第一次深刻理解了一句话，你知道是哪句话吗？”

孙蕾问："千穿万穿，马屁不穿？可是您这么谦虚的人也喜欢别人奉承？"

说话从来不掺杂英语的梁清锋说了一个"bingo"，还背了一段莎士比亚文选："他喜欢听人家说犀牛见欺于树木，熊见欺于镜子，象见欺于土穴，狮子见欺于罗网，人类见欺于谄媚；可是当我告诉他他憎恶谄媚之徒的时候，他就会欣然首肯，不知道他已经中了我深入痒处的谄媚了——莎士比亚《尤利西斯·恺撒》。"

张晗君继续挠痒："梁老师真厉害，莎士比亚文选都能张口即来，我看都没看过呢！"

梁清锋见欺于谄媚："我同意把第二本书签给你们。但我再问孙蕾一个问题，你知道我当初为什么同意把第一本书《民国国民》交给你吗？"

孙蕾说："难道不是我们公司平台优秀，编辑职业素养过硬吗？"

梁清锋说："这当然是要考虑的，尤其是后者，但最重要的其实是当初别人都要买断我的稿子，只有你跟我谈的是版税。只有你尊重我一个新作者，并为我的利益考虑。看来我们的默契度还是不够呀！"

孙蕾借坡下驴："也许我们再合作一本书，默契度就能达到只用眼神就可以交流的程度了。"

最终他们谈定合作，孙蕾执意要先签合同，梁清锋则执意来个君子协定。在孙蕾的坚持下，双方约定先由孙蕾报选题，之后再签署正式的出版合同，虽然是君子，也要有正规的出版协议。

张晗君以为与梁清锋谈妥合作，她们就要回公司上班，孙蕾却说要再去大兴见一个大作者，悬疑推理界最有名的国内作家余兴振。

虽然有东野圭吾一本书年销百万的市场表现，但中国的悬疑推理市场仍然比较小众。国内推理作品更是因为作者水平普遍过低而乏人问津，市场小得连图书编辑都不大重视。但再小众的图书类别，金字塔顶端的作者销量仍然十分可观。虽然推理名家的作品不能像鸡汤书一样动辄五六十万、上百万，偶尔也有书销量能达到五六万甚至十来万的。

尤其是现在，影视行业对悬疑推理类题材比较青睐，作者的销量也随之有所起色，余兴振虽然不是金字塔顶端的悬疑推理作家，但也因其小说逻辑推理经得起推敲，悬疑气氛渲染极其到位，尤其是从不用外星人入侵、陨石坠落来结尾，而积攒了一批忠实读者，每本书的销量倒也能达到四五万。

孙蕾从来没有做过余兴振的书，但兴之所至也看过他的不少小说，做影视后成功向公司推荐的第一个 IP 就是他的长篇处女作《漫长的挽歌》，从而跟他建立起不错的合作关系。她决定做再版书后，余兴振成为首先要联系的第二梯队作者之一。

《漫长的挽歌》同名小说改编网剧接近杀青，剧组最近转到大兴拍最后的重头戏，身为编剧的余兴振被要求跟组，孙蕾便跟他约到今天下午四点在大兴面谈。

跟梁清锋面谈时间并不长，还不如她们从城北望京赶到城南大兴所需时间。张晗君还沉浸在思考中，有些心不在焉。孙蕾发觉她有些失落，就问道："你怎么看起来有点沮丧，难道我们签了一个选题，谈好了另一本书不值得高兴吗？"

张晗君连忙说："高兴，我当然很高兴，只是……只是我以为我们见作者你们会谈一些内容上的问题以及编辑、策划上的事情，我也好借机学习学习，结果谈的都是……跟我想的不太一样。"

孙蕾笑了笑说："我们在目前环境下做出版就是戴着镣铐跳舞。"

张晗君点点头："编辑工作真是复杂，我原来以为就是找稿子、校稿子、印成书、摆书店里卖。"

孙蕾看着她笑说："我们刚才确实没谈内容，那是因为内容之前都看了，主题也十分明确，没有再谈的必要。并且这本书的责任编辑是你，内容需要你在编辑时与作者详细沟通，现在沟通也没什么用。"

张晗君又高兴又有压力："好的，我一定会做好这本书。只是我没想到我们最需要重视的问题竟然是这个，所以有一些心理落差。"

孙蕾说："不要沮丧，只有这种书会首先考虑这种问题，大多数书并不用，我们现在要见的就是一个不太可能遇到这种问题的作者。《漫长的挽歌》你看了吧？"

张晗君说："看了，看了，我还挺喜欢同态复仇这种主题的小说的。"

孙蕾说："复仇是人类永恒的话题，所以这个故事时代背景虽有些久远，但并不过时。我喜欢作者在讲故事的同时探讨一些有意思或者有现实意义的问题。单纯讲故事的书不是不好，只是生命周期会比较短，也不会长销。想想我们小时候读的流行小说，现在还有多少在出版呢？"

张晗君说："是啊，我以前还想做了编辑后把小时候喜欢的书再出给现在的小孩看，但前几天在家里翻看小时候买的书，发现大都过时了，那些不过时的也一直在出，用不着我再版。"

"那你有什么想做的书吗？我希望所有人都多报选题，不要只做责任编辑，更要成为策划编辑，要做一个编稿子、做选题都在行的全能编辑。"

张晗君记得王翰林以前开会时跟他们说新编辑不要报选题，因为出版社的新编辑都是从校对做起，一般要做五六年校对，之后再做责编，要安于坐冷板凳，修炼好基本功才能做好策划编辑。这话王翰林是针对赵国鑫所说，因为当时只有他报了个选题，其他人都安心坐冷板凳。只有赵国鑫觉得两个月无事可做，无稿可校，不能忍才报了一个选题。最终的结果当然是大家继续坐冷板凳，导致现在七部几乎无选题储备。所以张晗君之前才会问自己可不可以报选题，才觉得孙蕾让她找选题出乎意料。当然张晗君也很兴奋，兴奋地想起一个小小的理想："我们做不做新作者的书？"

"新作者，你是说一本书也没有出过的吗？一般来说，我不太建议做，但如果这个作者在网上很火的话，也可以考虑。"

张晗君说："呃，是我的一个朋友，文笔还不错，最近打算写一本自传体性质的小说，问我能不能帮忙出版。"

孙蕾问道："是从来没有在任何地方发过吗？"

张晗君见孙蕾貌似有兴趣就说："是的，没有在任何地方发表过，她想直接出版实体书，她反对电子书和任何网络形式的出版。"

孙蕾说："这样的作者除非写得非常好，我们一般不会做。别忘了我们今年最重要的是码洋任务，不要浪费时间在一本把握不怎么大的书上。"

张晗君有些失望："我们不培养作者吗？我看好多作者传记和编辑传记，都是在作者毫无名气时开始培养，作者也一辈子跟一个编辑或者一家出版社合作，这种友谊真令人羡慕又令人神往啊。培养作者不是我们编辑的责任吗？"

孙蕾说："培养作者从来不是我们编辑的责任。我以前也像你一样有这种想法，但后来才明白，这个世界上，不会有人培养你。一本书只有能赚钱才会有人出，而现在——以前也是，一本书能赚钱首先需要作者有一定的名气。"

张晗君说："可是，她不要稿费难道还不能赚钱吗？也许只是赚得少一些。"

孙蕾忍不住笑出声："一本书最大的成本从来不是稿费，而是印制成本。书卖不动，赔得最多的是印制成本，而不是稿费。"

"那新作者就没有出头之地了吗？如果没有名气，就没有人给出，那没有人给出，也就永远不可能有名气。这岂不是类似'第二十二条军规'的死循环吗？"

孙蕾说："我只能说，大多数情况下确实是这样的，但也有愿意培养新作者的出版机构，只是一是极少，二是这些机构的策划包装水平非常差，不仅培养不出什么新作者来，反而会把这些作者毁掉。"

张晗君更加不解："为什么会培养不出来，怎么会毁掉呢？"

虽然张晗君越来越像 Lucky Louie（《幸运路易》）第一季第一集中路易的女儿一样"why"个不停，但孙蕾还是很耐心地解答了她的问题。如梁清锋所说，孙蕾在张晗君身上看到了当年的自己，但当年自己面对这些问题时没有人解答，全靠自己摸索、领悟，走了不少弯路，付出了不少代价。所以现在，她更愿意将自己的经验倾囊相授，让后来者少走弯路："现在大多数出版社的思维还停留在八九十年代，根本不注重包装和宣传，如果书由他们来出版，能不能畅销只能靠运气；另一些出版公司则过度包装和宣传，往往会改变一本书的主题，往时下流行的图书类型上硬拗，这样做有可能会畅销，但更多的则是将这本书做成四不像，最终不仅畅销不了，还会对作者造成非常不好的影响。”

张晗君似懂非懂地点点头：“那这么说，新作者就永无出头之日了？”

孙蕾说：“并不尽然，现在发表渠道比以前多，并不一定要先实体出版，反倒是先发到网络平台上更好。其实现在很多畅销作家都是先在网上火起来，后来才出版实体书。比如《明朝那些事儿》的作者当年明月、《两宋风云》的作者袁腾飞、《民国国民》的作者梁清锋、《心理罪》的作者雷米、《莲花》的作者安妮宝贝。他们都是在各种网络平台上发表作品，受到追捧后再出版成实体书更受追捧。以前是先出书再出名，现在是先出名再出书。”

张晗君说：“读者都在网上看过了，就不会买实体书了吧？”

孙蕾说：“以前我也这么认为，但后来发现，那些不会买实体书的人，即使没有在网上看也不会去买。那些买实体书的可能会因为看了电子书而去买一本实体书，或者因为看了部分电子书，觉得好而去买实体书。”

张晗君不解：“电子书对实体书没有影响？”

“确实有人因为看了电子书就不买实体书，但这类读者估计本来也不会买实体书。我建议发到网络平台，主要是如果在网上受追捧，会提高知名度，出实体书也就比较容易。”

张晗君还是十分不解，但也没有再“why”：“那看来我应该建议她先把文章发到网络平台上去？”

孙蕾说：“嗯……你最好先把她的东西拿来看一下，可以根据她的内容和文风，建议她发到一个合适的网站上去。”

张晗君尴尬地说：“她只是一直打算写，到现在也没有动笔，因为她一直想找一家能够给预付稿费的出版方。”

孙蕾听后又忍不住笑了出来："国情不同，国外往往先预付，但在国内想找预付的出版方……其实倒也不难，但首先她得是余秋雨，或者易中天。对于一个无名的作者，我只能给她两点建议：一、继续找，但做好永远找不到的心理准备；二、写。"

之后不知何故，孙蕾主动提起李安宁："我并没有想过辞退李安宁，但也确实很气愤他上来就让我难堪。"

"你们之前是同事？"

"对，我们之前是同事，我二校过他一校的稿子，然后和他结了怨。"

"为什么？"

"因为我把他一校改错的又改回来了。他把'银样镴枪头'的'镴'改成'蜡烛'的'蜡'，'阴骘'的'骘'改成了'惊蛰'的'蛰'，我必须拨乱反正。"

"对的改错，竟然有这种事？！那确实应该改回来呀！他为什么还会生气呢？"

"被批评了肯定会生气啊。也怪我没改后重新打印就直接拿给领导抽检了。"

"……"

"李安宁文案写得比我好，选题能力也凑合，他一走打乱了我的计划，还好我又把王萌忽悠过来。"说到这里，孙蕾感觉在自辩，又加一句，"他执意要辞，我也没办法。但——"话没说完，手机铃声响起，她一看是郁震打来的，还没张口就听郁震大声说："孙蕾，你在哪里，怎么到处找不到你？马上回来！"

"什么事这么急？"

"董事长四点飞洛杉矶，去为公司进军美国建立桥头堡，在出国前要给所有总监员工开会，所以你必须马上回来。"

"回不去啊，我在外面要去见作者呢！"

"什么作者，余华还是余秋雨？"

"余兴振，早就约好了。"

“不是余华、余秋雨，你就抓紧回来吧！”说完郁震不等孙蕾回答就挂了电话。

孙蕾叹了口气对张晗君说：“郁总让我回去，董事长给我们开会，不去不行。”

张晗君急切地问：“那怎么办？我们放作者鸽子不太好吧？”

“唉，当然不好。不过我们也可以不放他鸽子。”

“你是说你不回去了？”

“我回去开会，你去见作者。”

张晗君瞪大了眼：“我？我自己去？那可不行啊！”

“有什么不行的，又不是相亲。”

“相亲搞砸了无所谓啊，但见作者如果搞砸了就完蛋了。”

“我会微信跟他谈好，你跟他见见面随便聊聊就行，不用担心。”

听孙蕾这么说，张晗君稍稍放心，但还是无比担忧：“可是——”

孙蕾打断她说：“好了好了，我在前面把你放下，你坐地铁去。这本书只要签了就算是你策划的选题。”

张晗君最大的难题并不是部门码洋任务，而是与父母的半年约定，但她根本不会找选题，一直在为此发愁，不料机会来得如此突然。她高兴地一边下车一边说：“好好，我会全力以赴，一定把他聊开心！孙总再见。”

“我相信你能行，再见！”孙蕾目送张晗君走向地铁站后掉头而去。

地铁风驰电掣，张晗君也飞速地求救于周末，虽然近来二人日渐疏远，但关键时刻周末还是会施以援手，将自己有限的经验倾囊相授。地铁到站，在导航的帮助下张晗君很快找到约定的 COSTA 咖啡厅。虽然时间超了一点，但好在余兴振还没有到，紧张不已的张晗君稍稍放下心来。迟到不会冒犯到别人的唯一前提是对方比你还晚到。

在张晗君的想象中，推理小说家应该都长得有点变态，不然怎么可能设计出如此匪夷所思的诡计，塑造出如此违背人伦的变态杀手来，尤其是余兴振，他的小说中的凶手心理都非常变态，作案手段都极其残忍。孙蕾给的余兴振的照片也有点像因演《机械师》而减重减得形销骨立的克里斯蒂安·贝尔，但张晗君没想到接上头后发现对方体形更像弥勒佛。

打完招呼、给作者点完咖啡后，她直奔正题："孙总也跟您说过，我们想再版您的处女座《漫长的挽歌》，由我做您的责编。"

余兴振说："其实我也一直想把这本书再出版一次，第一版虽然卖得还不错，但是也有很多人指出了一些逻辑不自洽的地方，我一直在修订。"

"那您大概多长时间修订完呢？"

"不确定，快的话一个月，慢的话三个月吧。"

张晗君迅速算了一下时间，修改时间三个月，出版费时三个月，销售最少一个月才能判断销量，所以她半年的时间根本做不出一本畅销书来，如果再有其他不确定性因素，可能《漫长的挽歌》六个月都不能如期上市。她怯怯地说："修订当然是应该的，但，逻辑上保留原样是不是更好，因为这是您的第一部作品，保留原样是不是更有价值一些呢？"

余兴振坚决地摇头："对一个推理小说作者来说，最受不了的批评就是逻辑漏洞，这几年我为这部小说想出来的补漏方法多到都可以出一部短篇小说集了。"

张晗君赶紧说："要不你写成短篇小说集，我们把它出了，诡计都设计好了的话，写起来是不是就很快了？"

余兴振说："短篇小说最难写，诡计也不是推理小说最重要的地方，谋篇布局才最费心思，情感展示更是我最大的难题，我现在没有大段时间构思新小说，所以只能修订一下《漫长的挽歌》。我知道你们担心修订会用很多时间。我不能承诺你很快会修订完，但我会尽快的。至于你说保留原样，第一版不就是原样吗？"

张晗君暗暗佩服推理小说作者逻辑能力就是强，几句话就把她的马屁拆穿、目的揭穿，但她也没有放弃："多出一版，多保留几个样本，上一版都没货了，连旧书网卖的都全是复印本，后人如果要研究您的写作历程可不能没有原始资料呀。”

余兴振哈哈大笑：“你还越来越会捧人了，不会有人研究我的，你当我是阿加莎·克里斯蒂、埃勒里·奎因和雷蒙德·钱德勒合体呢？”

张晗君越拍越顺畅，马屁脱口而出：“你现在也许是半个杰夫里·迪弗，但将来不一定不是一个阿加莎·克里斯蒂，一个埃勒里·奎因，或者雷蒙德·钱德勒呢！”

余兴振鄙视地看了她一眼：“我非常清楚自己的斤两，将来不会有人研究一个不过写故事的人。即使有，我也无所谓，我更在乎的是当下，而当下，与写作唯一有关的事就是修订我的第一本小说。”

张晗君见他如此坚决倒也不好再坚持，毕竟他也是个知名作者，并不担心不会有人再版自己的书，况且重塑文化并不是最好的选择，所以就改弦更张：“既然如此，那我们就只好多催促您尽快修订了，我们希望能稍微比电视剧开播提前一点上市，您觉得可不可以呢？”

余兴振点点头说：“电视剧应该是月底杀青，两个月的后期，一个月的宣传，杀青后就基本没我什么事了，马上可以开始修订，最晚下个月中旬交稿，你们有两个半月的时间，足够了吧？”

张晗君说：“我们肯定能在电视剧开播前让书上市。您不会拖稿吧？”

余兴振信誓旦旦地说：“放心吧，我又不是约翰·福尔斯，不会把自己的处女作《巫术师》重新写成一本新书的，只是修修补补。你要相信我是一个守信守时的作者。”

听余兴振自夸“守信守时”，张晗君不禁担心，明明刚刚才迟到，但她也不能戳破，就换了个周末推荐的话题——《漫长的挽歌》中屡次出现的鸡尾酒该如何翻译，还把探讨这个问题的整篇文章复制给她。

“我前几天看了一篇关于《漫长的挽歌》的趣文。”

她刚说完就看到余兴振小眼放光，果然对这个话题很感兴趣：“什么趣文，说来听听？”

“就是文中多次出现的那种酒的翻译。”

“哦，马洛和特里喝过，马洛和琳达喝过，马洛独自喝过。”

“余老师认为这种酒翻译成什么好呢？”

“我记得书上是翻译成‘现在喝螺丝起子还早了点’吧？”

“对，有翻译成螺丝起子的，有翻译成吉姆莱特的，还有翻译成兼烈的。”

“哦，我看过的那版翻译成螺丝起子，但翻译成琴蕾、吉姆莱特、兼烈都对吧，应该不太影响读者理解吧？”

张晗君见作者不如自己了解，有点得意忘形，眉飞色舞道：“那篇文章说，翻译成吉姆莱特、兼烈是音译，都是可以的，但翻译成螺丝起子则是错误的！”

听到最后一句，余兴振不由得坐直身子：“螺丝起子是错的？为什么？”

“因为螺丝起子应该是直译自 screwdriver，而 screwdriver 是另一种酒，不是书中描述的这种，而且原文中也没有出现过 screwdriver 这个词，原文中的词是 gimlet，直译的话应该是螺丝锥子。”

“哦，原来如此，你说得对，我学习了！”余兴振点了点头又问，“那还有人翻译成‘琴蕾’，对不对呢？”

余兴振把张晗君问蒙了，因为周末发来的文档中并没有提到有人翻译成琴蕾，她也不便在余兴振的注视下上网搜索，可也不能表现出完全不知道“琴蕾”的译法：“琴蕾，不是音译，我觉得应该是译者把它当成琴酒，也就是 geneva 了，那也是错误的。”

余兴振欲言又止，微微一笑：“有道理，有意思，长见识。”然后他看了看手机，“时间不早了，我得回剧组了，你也得回去了吧。跟你聊天很愉快，谢谢你的咖啡，我们下次再见。”

张晗君握别余兴振时已经接近下班时间，她发微信告诉孙蕾面谈情况，尤其是“跟你聊天很愉快”那句话后就回了家。

虽然董事长训政半小时后就离开，张让却提议借机跟各编辑部的总监们沟通一下营销工作。张晗君发信息时，正好轮到孙蕾向张让“汇报”工作：“我们七部正在做的都是常规书，没什么可说的，等有需要重点营销的选题了，再向张总汇报吧。”

显然她是想敷衍过去，但郁震并不同意：“你不是刚签了《民国国民》吗，可以跟张总谈谈这本再版书的营销。”

郁震一句话把孙蕾架到了火上，她不仅要应付张让，还要面对众多八卦的编辑部总监，但没等她回应，六部主管王懋平替她说了：“《民国国民》啊，不是张总和孙总当年联袂打造的畅销书吗？这是要‘场景重现’，还是要再续前——”说到这里他似乎发现自己所说不妥，忙改口为，“面的辉煌。”

他这话不仅让孙蕾尴尬不已，张让也觉得十分窘迫，但更不适的是他张口说话时，孙蕾也张口，两人说的话还有几分默契：“都是张总（孙总）的功劳——”结果更尴尬，其他人笑嘻嘻地看着他俩，郁震更是忘了身份，促狭道：“果然默契依旧，相信张总一定能在七部完成4000万码洋的任务上再立功劳的，哈哈！”

所有人都被领导的话逗笑，只有孙蕾脸色通红，面有不悦，张让也附和着他们笑，但也不忘会议初衷，让八部总监汇报工作。

当孙蕾看到微信留言时，张晗君已到家。她还沉浸在与作者相谈甚欢的兴奋中，高兴地将细枝末节都告诉了爸妈。张母替她高兴不已，张父也为她高兴，毕竟女儿得到了认可，但没像她妈妈表现得那么明显。张晗君又想到如果作者拖稿，半年内自己可能成不了畅销书策划编辑，就趁机跟他套话：“爸，你是不是总教导我做事不能半途而废？”

张父警惕地看了她一眼：“当然，做事不能半途而废，但也不能一条道走到黑。”

前半句让张晗君以为爸爸着了她的道，后半句则让她明白什么是“知女莫若父”，但她还是继续：“那如果是正确的事情肯定不能半途而废吧？”

“当然啊，但一件事正确与否也是因人而异的不是？你到底要说什么，就直说吧！”

张晗君见被识破，就笑嘻嘻地说：“嘿嘿，爸，你看我们的半年之约能不能延长到一年呢？因为图书出版会有很多不可抗力，像这本书，有可能半年都出不来呢！”

“不行，我们要言而有信，说好半年就是半年。”

“11 个月？”

“不行，半年就是半年。”

“10 个月？”

“半年就是半年。”

“9 个月？”

“不行就是不行，半年就是半年，多一天一分钟一秒都不行！”

张晗君撇了撇嘴：“好吧好吧，半年就半年，半年我也不一定做不到。”

张父白了她一眼：“我相信你能做到，只要付出就有收获。当然有时收获的是果实，有时收获的是谎话。”

五　有时收获的是种子，有时收获的是秕子

孙蕾和张晗君外出见作者的同时，赵国鑫和王萌也在公司接待两个图书版权代理人。这两个代理人据说原来也做过几年图书编辑，虽然没做过一本值得称道的书，但也在业内混了个脸熟。他们觉得中国应该效仿欧美，建立作家经纪人制度，并认为这是未来的出版趋势。与其见证历史，不如创造历史，二人索性辞职，合伙创办一家全版权代理公司，到处搜罗不知名的作者——当然也搜罗知名作者，只是搜罗不到而已。

赵国鑫在某次编辑饭局上结识二人之中的王欢乐。出于礼貌加了微信，王欢乐每次推荐的稿子他也都出于礼貌给点审读意见后婉拒。也不是全都不行，20篇稿子里也能挑出一篇差强人意的，调整一下选题立意也能抱着试试看的心态报一下选题。

只是前总监王翰林总以各种理由否定编辑找的选题，如果否定不了就会直接说“我说不行就不行，我说不能报就不能报”，几次之后，赵国鑫也就不再有报选题的兴趣。

码洋任务认领完后，孙蕾鼓励大家多报选题，除了剧本、诗集和不知名作者的纯文学作品外，题材、内容都不限。赵国鑫更需要自力更生，很久没有找选题的他首先想到了适之文化，就约他们到公司来面谈合作。

王欢乐毕业于北大医学院，自称十分敬仰北大校长胡适，所以弃医从文字编辑，言必称适之先生说或我们校长胡适先生曰。创办的公司名字就叫适之文化，自称是一家以“挖掘有品质的作品，培养有潜力的作者，提供高水平的阅读”为

己任的专业全版权经纪机构。

孙蕾曾经传授过三个选题策划经验给编辑：一、主动投稿的最好不要签；二、最显赫的身份是作协成员的作者最好也不要签；三、如果作协成员主动投稿，请参考以上两条中的任意一条。其实代理某种意义上也算是主动投稿或是代作者投稿，但因为代理相对比较了解市场，所以他们投来的稿子也不都乏善可陈，有的还可一试，甚或运气好的话，从代理公司签的稿子还能出畅销书。所以当赵国鑫说要跟代理公司谈合作时，孙蕾并没有否定，当然这也并不代表她以后不会否定。

王欢乐带来八个选题——晏几道词传、王阳明传、徐志摩传、李叔同传、林徽因传、陆小曼传、普京传和朴槿惠传。作者全是籍籍无名之辈，当然难免也有县城作协成员。

以前这些稿子最容易通过选题，因为老板最喜欢人物传记，尤其喜欢稿费低、最好可以买断的人物传记。几年前公司曾经买断过一本纳兰性德传，稿费极低，但销量高达十多万册，利润巨大。他曾多次在全体编辑会议上大谈特谈这本书给他的感悟，教导编辑要时刻牢记给公司争取利益。选题不必非得是名家名作，只要把封面做得漂亮点，文案写得文艺点，谁在乎作者是谁，反正买书的人大都是附庸风雅之辈，卖十万册能有一万册被读过就不错了。

之后编辑们签了很多质次价廉的稿子，做了很多漂亮的封面，写了很多文艺的文案，但因为作者毫无名气，内容是编校版的百度百科，销量大都惨到极点，退货率都高于 30%，有的甚至高达 50%，造成极大亏损。老板苦不堪言，又责怪编辑乱签烂稿贪小便宜吃大亏，编辑不敢怒更不敢言。

鉴于此，郁震上任后做的第一件事就是无限期延迟此类稿件出版，质量特别好的，能迎合社会热点的除外，但每个编辑部一年不得出版超过五本普通作者写的普通名人传记，尤其是作家、艺术家传记。

为防编辑“无理争三分”，郁震还拿自己非常喜欢的作家传记举反例。一是经历丰富、誉满全球的作家毛姆，他最有名的传记《毛姆传：毛姆的秘密生活》

销售数据才4000册。二是《发条橙》作者安东尼·伯吉斯写的《莎士比亚》，虽然是英国首相丘吉尔所说的“宁可失去一个印度，也不愿失去”的莎士比亚之传记，销售数据也不过两三千册。如山铁证堵住了众编辑悠悠之口。

所以王欢乐虽然带来8个选题，即使能签估计最多也只有两个，但为保证能过两个选题从概率上来讲，就至少得报四个，最终赵国鑫和王萌商量后选定了王阳明传、林徽因传、普京传和朴槿惠传。

晏几道除了是个词人之外并无可陈之处，也没有多少史料记载，根本无从写起，自然难以引起读者兴趣。徐志摩除了是个早死的风流诗人之外，虽然也写过几篇意识流小说，还翻译过《歌》等几首外国诗歌，除此之外似乎也无可称道之处。至于李叔同，与其出他的传记，还不如出他写的书。虽然现在佛里佛气的人非常多，但他们更愿意看的是李叔同的佛学理论，并非传记。

赵国鑫给出以上意见后，自认为非常懂图书市场的王欢乐以一种前辈的姿态说：“王欢乐也做过多年图书策划编辑，他策划的选题怎么可能不畅销，即使不畅销，也不会卖得太差。我司这几个选题都是我们深入市场调查、反复研究论证后挑选的人物，然后找最合适的作者撰写。我司的每一个作者都非常有水平，其中不乏北大中文系毕业生，也有北大历史系高才生，还有北大中文和历史双学位的作者。”

赵国鑫虽然没有太多编辑经验，但人生经验还是有一些，起码他懂得一点，一个人的学历跟水平并没有太大关系，如果有那就是容易让一些肤浅的货色自大起来，比如用第三人称称呼自己，比如用“王欢乐”代替“我”，比如明明不过是一个还没有注册的工作室却口口声声“我司”。

对付装腔作势者最管用的方法就是比对方更加装腔作势，当然前提是你贵为占绝对优势的甲方。赵国鑫拿起了甲方的腔调：“一本人物传记会不会有人买，首先当然得是这个人物有一定的知名度，其次是这个人物的人生经历丰富有趣。晏几道、徐志摩、李叔同人生经历不能说不丰富，但也只是比普通人丰富，并没有丰富到很多人会专门去买他们的传记的地步。至于陆小曼，在大众眼里，她不过是徐志摩的老婆而已。我们要做的是畅销书，不是满足少数读者的库存书。我们作为出版方肯定有我们的选题标准，也有我们的预判。这几个人物确实是名人，但你知道毛姆吧？他的个人经历不可谓不丰富，名气不可谓不大，但他最有名的传记《毛姆传：毛姆的秘密生活》，虽然写得非常好，但销量比较惨淡。”

王萌听到最后愣了一下，赵国鑫竟然把郁震的话一字不差地复述出来，他差点憋不住笑，赶紧有样学样附和：“是啊，我很喜欢莎士比亚的《麦克白》《李尔王》和《仲夏夜之梦》，但是我对理想国出的《莎士比亚》一点兴趣也没有，最多看看他戏剧选导读里的生平简述。”

为让自己显得更专业，也不止会拾人牙慧，赵国鑫马上附和王萌的附和：“对啊对啊，虽然我很喜欢《大河湾》《米格尔街》和《印度三部曲》，但我对《世事如斯：奈保尔传》完全没有兴趣，在单向街书店偏僻角落里看到过一本，拿起来看了看封面又放下了。”

王欢乐一听对方竟然比他还能装腔作势，再想到自己是乙方，过度装腔作势可能会得不偿失。虽然这俩编辑在他眼里什么也不是，但这两个“什么也不是”的编辑恰恰是目前这家公司唯二愿意接待自己的。他们不重要，但他们要不要自己的选题很重要，所以他不再用第三人称称呼自己，也不再张嘴闭嘴“我司”，而是小心翼翼地乱用敬语：“那您们觉得，我们工作室的这几个选题，有没有可以试试的呢？”

赵国鑫继续装腔作势：“嗯，我觉得王阳明传、普京传和朴槿惠传可以试试，王萌你觉得呢？”

王萌说：“我倒觉得林徽因传比较有畅销潜力，我个人也比较喜欢林徽因，就想看看这个稿子，其他的我兴趣不大，但林徽因传的问题就是同类书太多了。”

王欢乐一听他们相中四个选题，瞬间又飘飘然起来：“英国作家西里尔·康诺利曾经说过一句话：‘没有两本传记是相同的，因为作者在每一本中都会注入些必定始终不同的自传因素。’王欢乐赞同前半句：‘没有两本传记是相同的。’确实如此，因为写作者不同，选取的材料不同，同一个传主的传记也会大为不同。”

说到这里他顿了顿，期待赵国鑫或者王萌附和，但他们没兴趣捧哏。王欢乐只好继续编下去：“至于作者是否注入自传因素，王欢乐则认为因人而异，但无论如何你们选的这四个选题也是我司本来要重点推荐的。虽然这几个人的传记汗牛充栋，但因为他们经历传奇，知名度大，新的传记出版还是会有不少人买的。况且适之文化的作者都对历史人物有自己独特的认知，有自己专业的解读。”

人物传记是一种怕雷同但不怕相同的选题类型。在同一时间出两本内容完全雷同或者差别不大的人物传记势必有一本卖不动，但如果出两本人物相同但从内容到包装都不同的传记则有可能两本都畅销，如果是不在同一时间出版那就更好。比如克罗泽的《蒋介石传》十分畅销，陶涵的《蒋介石与现代中国》依然很畅销，购买前者的人大都购买了后者，就是因为虽然传主相同，但作者世界观、价值观和历史观大为不同，选取的材料不同，写作的角度不同，内容也大相径庭，所以都十分具有阅读价值，自然也就都畅销。

用第三人称称呼自己的人要么富可敌国如唐纳德·特朗普，要么聪明绝顶如赫尔克里·波洛，但他们无一例外都自恋无比，不信看看特朗普的发型和波洛的胡子。

赵国鑫烦透了王欢乐一口一个“王欢乐”，但又不得不继续，因为他们还有一个最重要的问题没有谈——稿费。他没有附和王欢乐，而是选择速战速决：“那你们这几个选题的版税标准大概是多少？”

钱这种东西要么增进感情，要么伤害感情，当一个选题到谈钱时说明离合作近了一步，属于增进感情的范畴，但如果双方因为版税高低谈不拢就不仅会伤感情更会伤感情维系的根本——金钱。

王欢乐冠冕堂皇地说：“我们是第一次合作，也希望不是唯一一次合作，适之文化从不漫天要价，这四个选题我司的版税要求统一是首印15000千册，10个点的版税率，每本书定价不低于45元。”

赵国鑫和王萌听到“不漫天要价”的价格沉默无言，四个没有任何名气、微博粉丝两位数、藤萝粉丝两位数、没有公众号的作者第一次出书竟然要首印15000册，见所未见，竟然要10个点的版税率，闻所未闻，竟然还规定比较高的定价，不可理喻。他们确实很需要选题，这几个选题也可能会出一本畅销书，毕竟这四个人物的号召力非同一般，他们之前的传记确实出过十万乃至百万的畅销书，但也有很多他们的传记占满了出版社、图书公司的库房。

赵国鑫说：“两位都做过编辑，想必知道定价取决于印张，印张一般取决于字数，所以这不是我们的问题。如果作者只写了十万字，贵司总不能要求我们也定价45块吧？”

王欢乐说：“定价我们也只是按行规提出的。如您所言，定价由印张决定，但也不是绝对的，随便提高几块钱也不是难事儿不是？至于字数嘛，我们保证不会低于十六七万。”

赵国鑫说：“定价其实是个小问题，本着定价越高码洋越高的原则，我们也不会往低了定。但新作者要求首印15000千册、版税10个点，即使我们同意，我们总监也不同意。即使我们总监同意，我们老板也不会同意。”

王萌接过话茬：“就算报上去，这样的作者这样的选题，条件这么高，通过的可能性也几近于零。”

王欢乐深知赵、王二人所说句句属实，但并不代表他就会主动降低条件，还是坚持忽悠：“我以前做编辑的时候就曾经以这样的价格签了一个没有任何名气的作者，那本书是一本日本史，后来卖了五六万册。我觉得我们应该看到作者的预期，而不是眼前，作者没有名气有时候对我们来说反而是好事，可以包装策划，把他打造成畅销书作家，这岂不是更有成就感？”

赵国鑫才不信这套鬼话，笑了笑说：“我们今年的第一任务是完成码洋数，根本没时间打造作者，如果您是想通过我们来打造您的作者，我想我们爱莫能助。至于您说的看到作者的预期，我们每做一本书都‘预期’这本书会畅销啊！”

“对对对，我们适之文化也是要做畅销书。”王欢乐赶紧附和。

赵国鑫继续微笑：“但我们同时也要将风险降到最低不是？所以，对于一个毫无名气的作者，我们不可能给出 15000 千册首印、10% 的版税。其他公司可能会给，但是抱歉，我们给不了。”

王欢乐讪讪一笑：“那，您觉得这几个您认为有畅销潜质的选题条件多少合适呢？”

赵国鑫又淡然一笑：“就我个人了解，我们公司给这种量级的作者开出的一般不是版税，而是买断。大概的标准是 8000 册 7% 定价 30 元的价钱。”

王欢乐笑不出来了：“买断？ 8000 册？ 7% ？你是说攒的稿子吧，我们这稿子可是写的，不是复制、粘贴的啊？！”

赵国鑫依旧笑看王欢乐，但笑得更浅：“你们这稿子我还没细看，是写是攒无法判断，但我们公司 8000 册首印标准买断的稿子不是攒的。当然也出过那样的，但那种不是 8000 册，而是 8000 块一本。”

王萌又帮腔道：“也不是都 8000，还有的 6000 块，有一本《中国抗日名将录》，因为攒得太差，据说扣了一半的钱，最后稿费只给了 3000。”

王欢乐才发现，自己面对的不是新编辑，而是两个杀价不眨眼的老油条，畅销书一本没做过，倒是懂不少贬低作者、压榨代理的伎俩。他虽不想示弱，但无奈身为乙方，只能赔笑争取：“我知道很多工作室的稿子都是攒的，但我们在做工作室之初就坚决反对攒稿。适之文化工作室的企业文化是：尊重、真诚——尊重每一位作者的劳动成果，真诚面对作者的每一个需求。尊重每一家图书公司的出版理念，真诚面对出版方的每一个需求。我们的出版理念是：才华就是事业——不仅仅提供专业的出版服务，更致力于释放作者的创作能量。适之文化是真正的创作，坚决拒绝攒稿，哪怕销量再好也拒绝。我向你们保证，这四部稿子绝对是作者一字一句写的，不会有任何复制粘贴的痕迹。”

王欢乐陶醉地吹起自己的企业文化。当一个人大谈特谈企业文化时，就可以在他脑门上盖一个“已确诊精神不正常”的章。赵国鑫赶紧把他从“精神病院”拉回来：“我不是针对你，不是说你们的稿子是攒的。我还没看过，只是说以目前的作者名气来看，我们公司确实只能给到8000册、7%、定价30元的买断价格。”

王欢乐的同伴，打完招呼后一直一语不发的邓立轩不忍王欢乐孤军奋战，加入战团：“作为适之文化的合伙人，我有一个提议：我们可不可以取中间价？我们要求放低一些，你们给出的价格也稍微高一些？毕竟我们都已经坐下来面谈了，肯定都拿出了合作的诚意不是？”

赵国鑫刚要拆招，王欢乐再出一招：“我希望我们的满满诚意能卖个好价钱。”

赵国鑫现在非常不喜欢王欢乐，甚至对他产生生理上的厌恶，更觉得为几个无足轻重的选题浪费这么多时间实在不值：“我们的满满诚意只希望能得到一个诚意价，不敢奢求好价钱。稿费当然有可商量的余地，但不会太大，我也没有太大的权限。如果你们觉得可以合作就留下选题，如果觉得没有可商量的余地，那我们就各把诚意留给其他合作方吧。”

甲方永远可以随时抛弃可有可无的乙方，乙方则不敢得罪任何比较重要的甲方，就算一次合作不成，也不能封死以后可能合作的门路。王欢乐不想放弃合作，更不希望谈崩：“我们本着合作的目的而来，你们的条件我们会考虑，我们的条件也希望你们能慎重考虑。我们肯定是要合作的！所以双方先搁置争议，适之文化商量一下，你们也商量一下，过几天再定，可以吗？”

赵国鑫站起来说：“可以，当然可以，你们把内容简介、作者简介、目录和样章等选题所需的基本资料发到我的邮箱，我们拜读后再开选题会讨论讨论，最终确定合作与否。”

王欢乐也站起来收拾东西：“那我们就不必酒桌再谈了，等你们讨论后再定，今天就打扰到这里。”

赵国鑫二人把王欢乐二人送进电梯后，去了楼东侧的小阳台抽烟。

刚到阳台赵国鑫就开始了模仿秀：“赵国鑫以前没有发现王欢乐喜欢用第三人称称呼自己。他以为只有恺撒这样的政治人物才会如此，没想到一个小破编辑，即使将来做大了也不过是个图书公司创始人，也敢一口一个‘王欢乐’，还真是精神病人欢乐多。”

王萌也忍不住戏仿：“王萌刚才一直想笑，他以为这种人物只会在书中、网络上见到。大城市就是好，小小的图书行业都能见到形形色色的极品。前几天我还看到一篇好多人都在转的前同事文章，一个顾影自怜的女编辑，化身自己的朋友来夸自己，把自己塑造成女神，但据我了解她应该也是个女神经病。”

赵国鑫还在回味王欢乐的欢乐，对王萌扯出的新话题没多大兴趣：“女神经病还少吗？或者说不是神经病的人多吗？”

王萌说：“我是说，我们平常骂一个人是神经病可能只是因为此人行为乖张，但说她是神经病就不是骂，而是客观评价，她是真·神经病。”

赵国鑫眼前一亮：“你刚才说这个女神经病的文章有不少人转？你说我们联系一下她的朋友，也就是她，出版成鸡汤书可不可以？”

“当然不可以！我们偶尔还是要考虑一下节操，书上会印我们的名字呢。而且，她三五千字就把该夸不该夸的全夸完了，估计不会有第二篇。当然她朋友多也许另说，但就我了解她只有一个朋友，那就是她自己。”

赵国鑫转回正题：“你真的觉得林徽因传可以做吗？市面上有太多太多了，会不会有过于饱和的问题呢？”

王萌说：“确实有很多版本，但仔细看看卖起来的并不多，卖得好的水平也都相当一般。所以我觉得这本内容如果过得去，好好策划包装一下还是可以一试的，你觉得呢？”

赵国鑫不置可否：“女性题材、女性人物传记以及女性读者的阅读喜好，我还真不了解，不好判断。既然你觉得可以，那就试试呗。”

王萌一直在关注外版书，但因为外版书周期太长，孙蕾不建议做，所以他几乎无选题来源：“这是你的作者资源，我能捡到一个已经不错了。希望能过，也希望能多卖点，不然我们的码洋任务真够呛能完成。”

赵国鑫安慰他说：“但愿吧，不过孙总应该还会给我们选题吧？”

“指望上司，比指望天上掉馅饼还难。”王萌刚要回答，背后传来一个冷冷的声音。

两人不用回头就能确认不是上司孙蕾，因为是个男声，但虽非背后吐槽上司被外人听到依然倍感担心。两人回头看到的是负责叮叮网的发行总监丁琰。

赵国鑫熟练地掏出烟递给丁琰，迅速给他点上后说：“丁总怎么也上这儿来了？”

“听其他编辑说你们这一层有个小阳台可以抽烟，我在楼道被人事抓了三次，罚了我三百呢！”

赵国鑫瞪眼说：“真罚啊？！我以为是吓唬人呢！”

丁琰深吸一口烟，陶醉地从鼻孔呼出后说：“何止是罚，五层公告栏还贴了通知，说什么杀鸡儆猴呢！”

赵国鑫笑说：“对您，不能够，就算是，也是杀猴儆鸡。”

“哈哈，这都是小事，真正被杀鸡儆猴，或者杀猴儆鸡的，是你们部门。”

“我们部门？”赵国鑫和王萌齐声问道。

“董事长临出国前给发行部开了个会，原本是布置发行任务，开到最后把郁震批评了一番。”

王萌问道：“那跟我们部门有什么关系？”

赵国鑫猜测：“跟我们的码洋任务有关？”

“对啊，郁震给你们降了1000万码洋，有发行也要求降任务，董事长当场就怒了，把他们骂了一通，然后又把郁震批评了一番，还说让他盯好你们部门，完不成任务就严肃处理。”

赵国鑫吃亏地说：“那，那我们怎么办？”

丁琰事不关己，轻松答道：“好办，多找选题，多做书，争取完成任务！”

赵国鑫说：“哪那么容易啊。我选题能力一般，找不到啊。”

王萌也说：“我以前主要做外版书，估计一时半会儿也找不到可以马上操作的。”

丁琰扫了他们俩一眼：“那也得找啊，别指望你们总监给，给也给不了多少。”

王萌疑惑：“丁总了解我们总监？”

丁琰掐灭烟头：“没有共事过，不了解。但你们任务重，选题少，总监一个人肯定找不到足够的选题，只能你们自己多找。”

赵国鑫和王萌各自思索，丁琰见他们没回应，接着说：“你们俩要把这件事想象成好事，可以有机会多自主策划选题。我做编辑的时候，三年才得到策划选题的机会。”

赵国鑫跟丁琰是烟友，所以知道他的工作经历，但王萌并不知道，惊讶地问：“丁总做过编辑？图书编辑？”

“当然，当然是图书编辑，还做了六年呢！”丁琰言语中透着前辈般的自豪。

王萌也赶紧敬给丁琰一根烟：“真正的前辈，以后请您多指教、多帮忙！”

丁琰摆手拒绝：“谢谢，今天抽得够了。放心，在选题水平相同的情况下，我肯定会尽力帮你们。”

王萌讪讪地将烟放回烟盒：“谢谢丁总，有劳了。”

丁琰又说：“压力出奇迹！从短期来看，你们多找选题是为了完成码洋任务；长期来看，做一本畅销书也好在行业里站稳脚跟啊！”

赵国鑫想起了“我说不行就不行”的王翰林，频频点头：“对对对，丁总说得对，这确实是个机会，不是所有部门总监都放任编辑找选题，我们确实得抓紧多找选题。”

丁琰对他的赞同表示赞同：“我相信你们，只要付出就一定会有收获。当然有时收获的是种子，也有时收获的是秕子。”

六　以彼之道，还施彼身

对于一家图书出版机构来说，选题可能不是最重要的，但选题作为它们唯一的产品——图书之源头，是需要特别重视的。对于一个图书编辑而言，选题能力即使不是最重要的，也是最为公司所重视的。一个编辑可能会因为编校能力差、策划包装水平差而遭人诟病，但不会有人就因此而认定他是个不合格的编辑，如果他凑巧做过一两本畅销书的话。但一个编辑编校水平再高，策划包装水平能力再强，也可能会因为一直没有策划出好选题而被人看作“just an editor”。

为打通选题申报第一关——孙蕾，just two editors 的赵国鑫和王萌对四个选题进行了深入的文本研究、广泛的市场调查，光同类书就买了一大堆，这其中当然包括《你若安好，便是晴天：林徽因传》《明朝一哥王阳明》《一生伏首拜阳明：明朝心灵导师王阳明“心学”大传》《绝望锻炼了我：朴槿惠自传》和《普京传：他为俄罗斯而生》，并查询了这几本书的销售数据、叮叮、咚咚和亚马逊的评论，以及文轩网的销量，甚至还包括藤萝的评论人数及评分。选题表填得天花乱坠，对作者才华、传主市场号召力极尽吹捧之能事，但也算有理有据，令人不好反驳。但不好反驳并不表示难以反驳，何况即使难以反驳，只要有权力也可以直接以“不喜欢，不愿意”，甚至“我认为没市场”为由直接拒绝。

周一例会时孙蕾并没有买赵国鑫和王萌无下限吹捧之能事之账，她扫了一遍选题立意、目录样章，就判断出这几个作者没有足够的笔力和能力来写别人已经写过多次的选题，更难以写出新意来，名气则更是全部加起来都不及白落梅之万一，最多只能算是有个名字。

孙蕾虽然不满意这四个选题但也没有否定，她不想打击赵国鑫和王萌的积极性，况且内容不好、作者无名也未必就不能打造成畅销书，更重要的是部门确实极需选题。

简单讨论了一下后，孙蕾让他们尽量压低版税，不能超过定价32、首印8000册、7个点的买断价，最多只能把买断改成同等条件下的版税，同时要求出版合同要重塑文化、适之文化和作者三方同签。

象征性地讨论了几句梁清锋的专栏稿和《漫长的挽歌》两个选题后，孙蕾以张晗君负责的选题《你一定爱读的极简美国史》为例开始进行专业技能培训。

师范专业毕业的孙蕾从没当过老师，但近半个月的观察发现，部门编辑应该没有系统学习过编辑规范，很多地方做得极不专业，只得“好为人师”。为避免赵国鑫和王萌抵触，也为了探探他俩的底，她就以张晗君负责的书为例，以讨论的名义开讲：“半个小时后我要去见作者，现在讨论一下‘美国史’的封面设计，你们都看过了吧？张晗君，你先自己说一下封面存在的问题吧？”

张晗君支支吾吾地说：“我，我没看出什么问题来……”

赵国鑫主动说：“我发表一下看法：首先这个底色太粉，没有厚重感，不符合历史类读物气质，名字里有繁体字，出版法规不允许。”

张晗君吃惊道：“不允许？可我们家的《国史大纲》书名就是繁体字啊！”

孙蕾说：“不是绝对不允许，是大多数情况下不允许，《国史大纲》归为学术出版物，用繁体字没问题，中华书局的《二十四史》内文都是竖排繁体，但普通读物通常不能用繁体字。”

王萌也说：“书名、封面文案和腰封文案用了四种颜色，显得很乱，最好调整成三种。”

孙蕾点点头说：“你们说得都对，但有一个大问题，封面字体用的是草书，非常难以辨认。我们知道书名，所以能认出来。读者可不知道，根本认不出来，谈何购买？”

张晗君认真记下以上问题："好的，我记下来了，还有其他需要修改的吗？"

孙蕾又看了一下投影上的封面："底图也要换掉，不要一做美国史就放总统山、白宫、国会山。记住一点：封面第一要义是在书堆里一眼扫过去能看清书名，第二要义是别致一点，能引人注目。"

张晗君本来感觉封面设计得还不错，但现在字体要改、颜色要改、底色要改、底图要换，已经不是微整，是动大手术，更没想到的是封面还有这么多门道。

最后孙蕾总结说："做封面的时候要多参考优秀同行的作品，不过你这本书封面要参考社科文献甲骨文。多向优秀者学习是最快的成长方式，我们这一行的好处是几十块钱就可以买到同行的作品。"

之后她意味深长地看了张晗君一眼说："提醒我明天把《天国之秋》《野蛮大陆》和《金雀花王朝》带来给你参考。我得临时去见作者了，你们继续工作吧！"她又看了张晗君一眼就走了。

赵国鑫和王萌商量之后并没有按孙蕾的条件跟适之文化谈判，而是坚持定价不高于 30 元、首印不高于 8000 册、7% 版税率的价格买断，能以更低的条件签约，孙蕾当然不会反对。适之文化这次并没有完全坚持，也许他们没有找到条件更好的公司，也许他们觉得适之文化应该"适之"甲方。之所以说没有完全坚持，是因为他们坚持要按版税来签，赵国鑫假意为难半天后又假装开心地告诉王欢乐孙蕾在他的软磨硬泡下最终同意。

赵国鑫以自己的名义提交选题立项申请，王萌则以孙蕾的名义提交。选题申报不仅重要，也需要一些重要技巧，除了要使出浑身解数把选题表填得无懈可击，还要懂得申报策略。赵国鑫以自己的名义申报也不是不能通过，王萌以孙蕾的名义申报也不一定能通过。但图书公司也跟其他行业一样，话语权也随职位之高低而不同，同一个选题职位高者申报通过概率自然会大一些。当然孙蕾也同意王萌以她的名义申报。

王萌相信孙蕾不会“占有”这个选题，不会在出版时将自己署名为策划编辑，因为选题会时孙蕾都跟张晗君说过《民国国民》由她全权负责，张晗君不仅要做责任编辑，更要做这本书的联名策划编辑，自己最多只是“监制”或者抽检。她还对张晗君说：“你要对这个选题负责，要让同行在书上看到‘策划编辑张晗君’时对你刮目相看，纷纷打听你是何方神圣，而不是破口大骂编辑毁好书。”

重塑文化的选题申报流程不复杂但比较烦琐，除部门总监之外，要经过编辑中心主编、营销主管、地面发行部、网络发行部、发行副总裁、副主编、董事长的层层审批，跨过八关才能最终立项。当然，虽然前七关审批者都有立项与否的决定权，但只有董事长有一票决定权。一个选题可能前七关都通过立项或被否决，但最终都由董事长一票决定立项与否。很多选题被毙的编辑都抱怨公司独裁，但公司是董事长全资创办，他为自己的决定承担后果，有一票决定权无可厚非，可争议的是他的选题判断能力。

为安慰图书编辑，重塑文化设有一个选题委员会。选题委员会的职责是投票决定在立项申报中有至少四票通过，最终没能立项的选题是否可以再次申报。首印15000册以下的选题由委员会直接投票表决，首印15000千册以上的提交董事长二次审批。

委员会原本有16名委员，12人是各编辑部主管，3名是三个中心主编，一名是营销总监，郁震任副总编后就修改为他也有一票，共十七票。但郁震这一票与美国副总统在参议院中的投票权一样，只有在票数持平才允许使用。所不同的是，这一票的行使频率并不低。同时规定任何委员不得弃权，一个选题达到九票就直接立项或提请董事长二次审批。

第二编辑中心主编鞠恭月中离职，郁震暂代第二编辑中心主编之职，根据一人一票的原则，他副主编的一票被剥夺。现在又是16票，为避免出现8票对8票，第二中心主编到任前，他们必须再推举一名“副总统”。

根据委员会章程，入选委员会者必须做过十万册以上畅销书，郁震寻遍公司，一个未得。扩大范围筛选后，他发现做过图书编辑的丁琰曾策划过十万册以上的图书，于是丁琰顺理成章被任命为“副总统”。

人事部发布“副总统”任命通知后，很多编辑未雨绸缪地请丁琰吃饭，丁琰要么请他们吃闭门羹，要么吃完抢先埋单，饭局上还狠狠地鄙视一通编辑的专业水平和收入水平，建议他们也做发行，不要幻想做畅销书赚大钱，更不要幻想实现出版理想，因为理想实现的一天往往就是破灭的一天。

鉴于选题的重要性，孙蕾也曾考虑请“副总统”吃顿饭联络感情，但念头也不过是一闪而过。并非她清高不屑，而是因为她觉得强行联络的感情往往不可持续，且毫无用处。赵国鑫虽然跟丁琰有烟友情谊，但他不认为自己运气会差到一个选题要申报两次，更不会差到需要“副总统”投票表决的地步。

根据墨菲定律，如果事情有变坏的可能，不管可能性有多小，它总会发生。一周后选题审批完成，《朴槿惠传》因传主名声大变几乎被全票否决，董事长一票否决；《普京传》全票通过，董事长同意立项；《林徽因传》半数票通过，因公司刚出版的林徽因文集《你是人间四月天》销量不错，董事长同意立项；王阳明传五票同意，董事长以同类书过多为由否决，进入选题委员会表决流程。

四个选题通过两个，还有一个进入委员会表决流程，命中率不可谓不高，但赵国鑫并不高兴，因为他最看重的选题是《王阳明传》，所以非常担忧二次申报：“我这个二次申报的选题肯定过不了。”

张晗君不解：“为什么过不了？起码有百分之五十的可能吧？”

王萌也说：“要相信只要付出就一定会有收获。当然有时收获的是种子，有时——”他仿佛觉得现在不适合开玩笑，住了口。

赵国鑫白了他一眼，叹气：“我本也以为肯定没问题，但周未也有个王阳明的传记要二次申报！他那本《守得仁义见阳明：王阳明传》是畅销书再版，所以我的铁定过不了！早知道跟他撞车，我就不报了。张晗君，你不知道你师哥有这个选题吗？”

自与余兴振面谈结束感谢了周末后，张晗君就没再与他联系，加之最近忙于《你一定爱读的极简美国史》封面修改和《民国国民》编校，她根本无暇社交，周末也极少再到他们部门闲逛，所以她并不知道周末在忙什么选题："最近都没见到他，不知道他在忙什么，要不我问问？"

赵国鑫一副听天由命的口吻："不用问，邮件通知里有。就这么着吧，尽量讲好，其他的听天由命吧。只要付出就一定会有收获，当然有时收获的是种子，有时收获的是秕子。"

王萌听到最后一句哈哈大笑，张晗君不解其意，也无意求解，而是在微信上问起周末："师哥，听说你有一个王阳明的选题？"

"是啊，跟你们部门的赵国鑫必有一战了，哈哈！"周末回复。

"听赵国鑫说是本畅销书再版？"

"嗯，台湾作者，我们总监的选题。"

在一般人的印象中，较之大陆作者和译者，台湾作者和译者都相对有水平，实则并非如此，但张晗君现在也只是一般人，所以也如此认为："哇，那你的选题肯定要赢了吧。"

"唉，也不一定，各有利弊吧，我准备 PPT 去了。"自张晗君告诉他要做重点选题《民国国民》后，周末对她的态度更加冷淡了。现在又属于"敌对阵营"，不知是防备，还是冷淡，但周末显然不愿多谈。

张晗君既希望赵国鑫的选题能立项，因为关乎部门任务，也希望周末的选题能立项，因为毕竟周末是对自己有情有义的师哥。但无论谁的选题立与不立都非她能左右，念及此处，她就想专心校稿，可师哥刚才那句"各有利弊"一直萦绕心头，她忍不住用师兄所教的方法到金石堂网站搜索了一下《守得仁义见阳玥：王阳明传》。不搜不要紧，一搜让她陷入了两难境地，因为她发现周末的选题有一个非常大的弊端——作者年轻时曾是陈水扁竞选团队成员，还在报纸专访中表示，他写王阳明传不是因为蒋介石，更不是因为阳明山，而是因为他在民进党时深感党内腐败，需要心灵上的指导，就研究《传习录》，为阳明“心学”折服，退而专职写作，遂有《守得仁义见阳明》。

如果选题委员会的人看到作者履历，必然会否决周末的选题，势必大大有利于赵国鑫的选题。周末肯定知道，所以才会叹息“也不一定，各有利弊”，赵国鑫肯定不知道对手弊端，所以才会叹息“尽量讲好，其他的听天由命”。现在张晗君连个商量的人也没有，既不能问周末，也不能求助于孙蕾，更不能假装一无所知。

正当她左右为难时，却听刚回来的孙蕾大喊：“张晗君，你到我的办公室来一下，马上！”

从没大声说过话的孙蕾仿佛平地惊雷的一声吼，炸裂了整个办公区，吓得张晗君更是两股战战，她不知道自己是怎么到孙蕾的办公室的，只听孙蕾劈头就问：“你最近是不是跟别的编辑部的人聊《漫长的挽歌》了？”

张晗君不明就里：“没有啊，我没跟任何人聊过啊！”

孙蕾阴沉着脸：“没有？你好好想想，确定没有吗？”

虽然不知道发生了什么事情，但应该很严重，张晗君认真想了想，想到在和余兴振面谈前求助过周末：“我就是在见余老师前跟我师哥周末聊过，问他怎么跟作者沟通。”

“你师哥？不会是二部的编辑吧？”

“对，是二部的，出什么事儿了，孙总？”

孙蕾淡淡地说：“周末撬走了《漫长的挽歌》。”

孙蕾这句语气平淡的话比刚才的大吼更炸裂，张晗君不敢更不肯相信：“不可能，我以人格担保，师哥不会撬我的选题！”

孙蕾没有说话，拿起手机，发了张她跟余兴振聊天的截图给张晗君：“这是上周我临时去见他被拒绝后的聊天记录。”

孙蕾：余老师，合同审完了吗？

余兴振：孙老师，抱歉，我可能要跟其他人签了。

孙蕾：啊？为什么？！跟谁啊？！

余兴振：你们公司二部的周末编辑。

铁证如山，张晗君不得不信："不是吧，我，师兄他——我也没告诉他作者的联系方式啊！"

孙蕾叹气："现在联系作者太容易了，我当初就是从微博联系的余兴振，周末肯定也会。"

张晗君惶恐不已："那，那作者为什么突然变卦啊？"

"有两个原因：一是周末开的版税条件高；二是，作者对你有意见。"

张晗君直冒冷汗："作者对我有意见？我，我没得罪他啊，不能吧？！"

"作者说你不懂装懂，他不放心你做他的责编。"

张晗君是真不懂这句话的意思："不懂装懂，我没有吧？"

"你说'琴蕾'不是音译，是译者把琴酒（geneva）错当成琴蕾。但作者说多读几遍'琴蕾''gimlet'，你就会发现'琴蕾'是读音差得比较大的音译。你却不懂装懂胡乱解释了一通。"

张晗君腾的一下满脸通红，额头也沁满细密的汗珠，她想起了作者听她解释"琴蕾"译法后欲言又止的反应。她几乎忘记了当时急于讨好作者，不敢承认不知道琴蕾而胡诌的事，没想到却捅了大娄子，一时又急又愧，眼泪唰地流到腮帮，她用手背擦了一下眼泪："对不起，孙总，我，那我该怎么办？"

孙蕾沉默了一会儿说："我也不知道怎么办，我再跟作者沟通沟通，他若执意签给别人，我们也没办法。"

张晗君说："不是我们先报的选题吗，周……二部编辑再抢公司不会再批吧？"

"你太天真，对公司来说，谁做这个选题都一样，谁抢到算谁的。"

"我没想到师——周末是这种人，我去跟他对质，让他撤回！"

"呵呵，我不知道你跟周末关系怎样，不过他但凡下手抢，就已经说明不怕你去对质。你先不要打草惊蛇，我想想怎么办。”

“好的，对不起孙总，我不应该不懂装懂，给部门、给您造成这么大的麻烦。”张晗君惭愧地说。

“确实不应该，但我也明白你是想讨好作者，谁都会犯这种错误，下次不要这样做就行。作者拿这个事情来说事，其实也只是借口，他是想提高版税。你回去工作吧，剩下的问题我来处理。”

张晗君不知道自己是怎么走回工位的，她的三观受到了严重冲击。关系最好的朋友、学长兼同事背后捅了自己一刀，导致自己辜负了领导的信任，最让她难过的是自己无法补救。于公，她使部门丢失一个重点选题，极大影响码洋任务的完成；于私，她使自己丢掉第一个算作自己策划的选题，失去半年内策划一本畅销书的机会。

她越想越气，越气越想，就想起了“琴蕾”，顺手搜了一下关键词，找到了那天周未发给她的那篇文章的链接。浏览之后，张晗君更是气炸，因为她发现周未发给她的文档中没有提到琴蕾，但这篇文章的所有链接中都讲到了琴蕾。与其说她现在是出离愤怒，不如说她是出奇后怕，眼前的同事周未不再是她认识三年多的师哥。她几欲跑去找周未对质，但还是忍住，因为孙蕾警告过她不要打草惊蛇，可心中的愤怒无处释放，气得她猛地捶了一下桌子，吓了赵国鑫和王萌一跳。

“怎么了，晗君老师？”张晗君回来时脸上有泪痕，赵国鑫就觉得事情不妙，但当事人不愿意说，他也不便打探，现在便借机问一下。

张晗君差点和盘托出，更想告诉赵国鑫周未的王阳明选题的弊端，但转念觉得不妥，这样做与周未并无二致，就含混过关：“没，没怎么，不小心碰到的。不好意思影响你们工作了。”

赵国鑫见事主不想多说，就没再多问：“没什么，我 PPT 做完了，一会儿就要去选题二次审批会宣讲了。”

张晗君就坡下驴：“好好讲，相信你一定能过的。”

赵国鑫潇洒地说:“做了过河卒子，就得拼命向前。尽力而为，听天由命。走吧，你们也去听听，帮我助助阵。”

选题委员会表决流程如下：申报人当场宣讲选题，委员们当场投票表决，因此宣讲者的演讲水平有时也至关重要。王萌有点庆幸他的选题不必上选题委员会，他觉得自己可能会因怯场而一败涂地。赵国鑫并不担心演讲，他最担心的是自己讲得越好越对自己不利。他的作者、文本都不如对方，只能吹嘘传主，但传主都是王阳明，他讲得越好就越给对方加分，可不讲则一点优势都没有。好在他排在周未前宣讲，讲完就会表决，还算是有“先发”优势。

选题表决会议原本由“副总统”主持，但因为本届“副总统”人选与以往不同，所以还由副主编郁震主持。因为是第二次机会，所以每个编辑都做了一个炫目夺人眼球的PPT，每个编辑都力求舌灿莲花，都拼尽全力吹嘘自己的选题。二次申报的选题依然五花八门，从社科到经管，从文学到家教，甚至还有人做教辅，事实说明重塑文化确实是致力于重塑所有文化。

终于轮到赵国鑫，他打开PPT，信心满满地正准备宣讲，却听郁震说：“因为还有一个王阳明传记的选题，所以我提议两个选题都讲完后一起表决，大家没意见吧？”

大家都没有意见，有意见的赵国鑫也只能保留并硬着头皮宣讲。大学期间为竞选系文学社社长，赵国鑫曾学习十几遍《意志的胜利》，虽未得主角真传，但他的演讲还是颇具煽动力和感染力，收获不少赞美。只是在场的都是图书编辑，且都是老师傅级别的图书编辑，不是当年的德国庸众，没那么容易被煽动，周未紧随赵国鑫之后宣讲，他的PPT做得非常一般，除了文字就是字号大一点或者小一点的文字，口才也一般，与其说是宣讲，不如说是宣读，基本照本宣科。还有复读，对传主王阳明的描述，周未完整“复读”了赵国鑫的评述。之后他大讲特讲了作者简介，强调选题的数据优势：销售原始数据就有三万册，藤萝读书评论人数上千、评分高达8.4，三大网店相关数据也非常好。之后他志得意满地走下讲台，得意地瞥了一眼七部的编辑，昂首挺胸地回到座位。这副姿态让张晗君感到阵阵恶心，她瞥了一眼周未的背影，继续低头玩手机。

优势高下立判，王萌觉得赵国鑫必败，在铁的数据面前，他显然不占任何优势，虽然有人称赞他口才了得，但没有人称赞他的选题好。

赵国鑫表情笃定，气定神闲，但谁都看得出他是“输人不输阵，输阵歹看面”，在强装泰然。

委员会表决很快结束，投票结果十分出人意料，赵国鑫选题七票同意七票反对，等待“副总统”一票决定。周未的选题竟然只得到三张支持票，当场被否决。“副总统”丁琰表达了一番他的选题观点后，建议编辑在报选题前要多做准备功课，不要万事俱备，功亏一篑，之后他给烟友赵国鑫的选题投了一票。

赵国鑫一直不太明白自己何以反败为胜，但也隐约觉得丁琰所言似有所指，直到他看到张让在公司群里发的金石堂网站作者简介截图才恍然大悟。委员们都被张让@了，想必在投票前也看到了这条信息，他们都非常清楚现在的出版环境，加之董事长严禁出版政客作家作品的保守规定，自然否决了周未的选题。有些人又在“意志的胜利”感染下觉得王阳明传是个有畅销潜质的好选题，就将同情票投给了赵国鑫，丁琰也觉得王阳明传值得一做，顺水推了赵国鑫一把。

周未看到公司群里的信息也无话可说，因为他隐瞒信息使公司陷入重大隐患，公司不追究他的责任已是宽大处理。

大数据时代，铁的数据败给了铁的证据。欣喜不已的赵国鑫十分感谢丁琰，非常感谢张让，也很感谢孙蕾，但他不知道最应该感谢的是张晗君。当然，周未也不知道自己最应该恨的是同事、朋友兼学妹张晗君。

七　他们是骨干，也是能让我们滚蛋的混蛋

如果检验友谊的唯一标准，就是两个人能否凑在一起说别人坏话，那么快速建立感情的方式就是吐槽大家都不喜欢的人。而对同事来说，老板往往首当其冲。

最近重塑文化董事长已经再不发鸡汤邮件，因为他将“煲鸡汤”的锅挪到了朋友圈。因为发邮件无法得知员工是否喝到，但发在朋友圈，员工不仅能看到还会抢着比谁第一个点赞。但孙蕾提醒七部编辑不要在工作期间给董事长点赞，以防被“钓鱼”。也许董事长在工作期间频发朋友圈的目的就是查看哪个员工在刷朋友圈。不能点赞，所以他们就只能在工作期间吐槽，反正是基层编辑，点不点赞老板估计都看不到，也不在乎。

为了让员工及时喝到自己精心烹调的鸡汤，老板或老板转发的世界五百强企业总裁语录一般在纽约时间20点到23点和7点到10点两个时间段内发。今天老板朋友圈发的世界五百强总裁语录是：根据二八定律，一个公司百分之八十的价值由百分之二十的骨干员工创造。辞退三分之二的非骨干员工，不仅能够节省开支，还会提高工作效率（纽约时间21时发）。

北京时间10：20分，非骨干员工赵国鑫首先看到董事长的朋友圈：“公司如果只有骨干，没血没肉，那就是一具骷髅，不用说发展，站都站不稳，只能躺在棺材里。”

到七部将近一个月，王萌和赵国鑫慢慢熟悉起来，他一听就知赵国鑫在吐槽老板，看了看手机说：“二八定律确实有一定的道理，但他忽略了一个事实：百分之二十的骨干员工要通过百分之八十的非骨干员工完成具体工作。”

非骨干员工张晗君也加入讨论："那咱们公司，除了老板的法务弟弟、财务妹妹，谁是骨干？"

赵国鑫说："不知道，部门总监肯定不算，中心主编呢，换起来也像走马灯，听说咱们中心主编辞职时董事长都没假意挽留。"

王萌说："可能发行高管们算吧，老板一直更重视发行，因为发行是收入口，我们是支出口。"

张晗君的关注点又跟他们不一样："那到底图书公司编辑重要，还是发行重要呢？"

赵国鑫说："这个，不好说，都很重要吧？但编辑可能觉得编辑重要，发行觉得发行重要。但如果不是骨干员工，都不重要。好了，不扯淡了，我们还是准备最重要的评级会吧！"

对图书编辑来说，图书评级会可以说是最重要的会议，对一个签了保证书的编辑部来说，评级会更是需要使出浑身解数来准备。因为一本书的评级直接决定首印数，首印数直接影响码洋，所以整个部门都严阵以待。重塑文化的图书一般分为 ABCD 四级，A 级首印最低 25000 册，B 级首印 15000 ~ 25000 册，C 级 10000 ~ 15000 册，D 级实际上是没有等级，首印最高不超过 10000 册。

第七编辑部目前有四本书报名参加评级会，分别是张晗君的《你一定爱读的极简美国史》和《民国国民》、赵国鑫的《科学怪人的新娘》、王萌的《我失败的人生不需要向谁交代》。

通常情况下一本书的销量与"能见度"高低休戚相关，因为大多数人购买东西都是随机购买，所以能见度高者销量自然高。而能见度又多依赖铺货，铺货好坏很大程度上又取决于首印数。首印量大的书如果销售势头好，商家就会加货，就有可能加印，也许会成为畅销书，即使不畅销，也会有一个不错的基本量。但如果铺货不好，读者根本"随机"不到，就不会加印，大都只有一个首印量。因此所有的编辑都希望自己的书能有一个好的首印量，作为决定首印量的评级会自然非常重要。

评级会与选题委员会议有几分相似之处，都需要编辑宣讲，编辑也都会做一个极尽吹嘘之能事的PPT，但也有很大的不同，那就是参与评级的不仅有各编辑部主管，还有各发行部以及营销部主管。选题委员会议时，各部门主管都慎重考虑给其他人的选题投否定票，以免在风水轮流转时遭到报复，评级会只有一半的票数会受此影响，因为一半票数来自发行主管和营销主管，一票的作用十分有限，所以可以随心所欲地投。

图书行业一直存在相互需要又相互排斥的两大阵营——编辑和发行。如果没有编辑就不会有选题，发行无书可发，就没有存在的必要；而如果只有编辑，无法发行，编辑同样没有存在的必要。所以他们相互需要，但编辑认为发行不懂书，或不懂如何将一本书发行好，所以十分瞧不起发行；而发行则认为编辑不在市场第一线，根本不懂市场，选题都没有市场号召力，所以也瞧不起编辑。

如果一本书最终畅销，编辑会认为是自己的选题好，策划包装到位，发行则认为是自己发行得力。久而久之，这两大阵营便成为互相需要但又互相瞧不起的关系。确实存在一本书卖得好主要功劳在编辑一方或者发行一方的情况，但大多数情况下，一本书畅销是双方通力合作的结果。只是这种情况并不多见，因为编辑希望自己做的书本本都能卖好，而发行则只要卖好自己看好的书即可。每个发行都要负责公司所有的书，也因此可以忽略某本不看好的书，甚至某个编辑的所有书，所以编辑在发行面前一直处于弱势地位，这也助长了发行的气焰，这种气焰在图书评级会上尤为嚣张。

“手中有把锤，看谁都是钉”是人类权力欲望使然，只破不立则是人类本性使然。权力与本性在图书发行人员身上表现得淋漓尽致。好像在他们眼里图书编辑根本找不到畅销的选题，有也是因为他们发行得力所致。

张晗君和王萌都十分害怕当众宣讲，尤其是旁听几次，见过发行的嚣张气焰之后。在学生时代一直是中上等成绩、从不爱出风头的两人从没当众演讲过。但现在他们不仅要当众演讲，还要接受公司几乎所有人的提问，自然紧张不已。

例会讲到宣讲时，张晗君和王萌都提出让赵国鑫代劳，赵国鑫欣然从命，但孙蕾坚决反对："其他工作可以让别人代劳，宣讲坚决不行！"

王萌说："评级会至关重要，我怕怯场影响评级。"

张晗君刚要附和，被孙蕾反问："你也怯场？"

张晗君使劲点头，以为孙蕾会念及她是新手同意赵国鑫代劳，等到的却是孙蕾的暴击："怯场就让别人替你讲？你以为编辑就是找稿子、编稿子吗？编辑还得会讲稿子，现在是向发行讲这是本什么书，以后还得去向客户讲，也让别人代劳吗？"

张晗君虽然觉得她说得对，但还是小声辩驳："可是，我真的怯场啊，从没当众演讲过啊。"

王萌也说："对啊，其他部门也有代讲的，我以前就一直让同事代讲。"

孙蕾一听更气愤："以前你找别人代讲，我不管，以后我不会让你找别人代讲。你们也许怯场，也许会紧张到说不出话来，但就算这样，你们自己讲也比别人代讲强，因为你们是责编，你们负责的书你们最了解。"

王萌没再说话，张晗君虽然觉得她说得对，但可能真是担心自己的演讲能力，声音更小且带着哭腔道："可是我一紧张就浑身冒冷汗，喉咙就像卡住一样说不出话来，怎么办呢？"

孙蕾觉得张晗君可能是真有演讲恐惧症，就安慰她说："我第一次演讲时也紧张得说不出话来，手心全是汗，最后硬着头皮讲完的，总共用了三分钟，讲得非常差，但后来慢慢就好了。"

没有人说话，孙蕾以眼神寻求赵国鑫的认同："赵国鑫你第一次演讲是不是也紧张？"

赵国鑫没明白她的示意："没有，我好像天生喜欢当众演讲，特别喜欢那种所有人都在听我讲话的感觉，所以一点儿也不紧张。”

捧哏的砸了场子，孙蕾略为尴尬：“怪不得你愿意替他们讲，但是你帮他们就是害他们。现在你可以替他们讲，以后呢？以后他们找谁替？不能一辈子让你替吧？”

现在轮到赵国鑫尴尬：“我只是，我是善意相帮，并无害人之心啊。”

孙蕾说：“你哈耶克白读了吗？通往地狱的道路，往往是由善意铺成。”

赵国鑫没想到这句话还可以这样理解，更没想到自己没有在朋友圈发哈耶克书摘，孙蕾却知道，吃惊地问道：“你怎么知道我在读哈耶克？”

孙蕾也意识到自己不小心说漏了嘴，就避而不谈：“言归正传，既然你善意相帮，演讲水平又高，那你就帮助他们俩提高一下演讲水平吧。我要去楼下接作者，你们快去准备吧！”

他们仨回到办公室后，赵国鑫并没有马上帮他们提高演讲水平，而是八卦起来：“孙总怎么知道我在看哈耶克，我没发朋友圈啊！”

王萌呵呵一笑：“我也知道。”

赵国鑫骇然：“不是吧？！你怎么知道的？我真没发朋友圈啊！”

王萌说：“你帮我们搞定评级会演讲，我就告诉你！”

“快告诉我，我马上帮你们。你不告诉我，我心里一直有个事儿，无法全情投入。”

张晗君现在满心都是两个选题的PPT，想尽快学习演讲技巧，根本没兴趣八卦，就催王萌：“快点，你快点告诉他吧！”

王萌故意慢条斯理道：“很简单，公司营销总让我们去藤萝点想读。我通过公司最近在营销的书，按图索骥找到了你以及其他人的藤萝ID，就看到你在藤萝标注读过什么书，想必孙总也是如此。”

赵国鑫恍然大悟：“原来如此，吓我一跳。好吧，那是我的工作号，我们开始演练吧！你们谁先来？”

三人才成众，只有两个人听，而且都算是熟人，王萌的演讲还算流利，张晗君讲第一本时磕磕绊绊，甚至手都在哆嗦。赵国鑫给他们讲了很多自己的经验，但她依然紧张。赵国鑫实在没办法，就胡乱告诉了她自己从演讲类图书中看到的所谓必杀技："你记住三点：一、声音要尽量大，声音大能驱散紧张情绪；二、盯紧演讲稿，也就是PPT，不要看听众，就当是你自己在晨读；三、最重要的一点，先不要想着临场发挥，一字一句读完你的整个PPT。现在对你来说，讲完就是胜利！"

赵国鑫和王萌疑似听到孙蕾说自己要到楼下接作者，但张晗君知道孙蕾说的是截作者，截的不是别人，正是余兴振。孙蕾一直在争取余兴振，动之以情，晓之以理，好话说尽，坏话想说但没敢说，最终得到的答复是余兴振今天下午到公司来跟她和二部编辑一起谈谈，看能否达成联合编辑此书的意向。

跨部门联合编辑图书的事情也不是没有，但此类情况都是编辑套系图书，两个部门联合编辑一本书，而且是一本长篇小说的情况从未有过。孙蕾本想拒绝，但转念一想还是答应了，她打算先虚与委蛇，将《漫长的挽歌》签到自己部门后再徐图"据为己有"。周未及其部门领导肯定也如是想。因此谁先见到作者，抢先签好合同，谁就有徐图之机，所以孙蕾决定先下手为强，"绑架"作者。非但如此，为保证成功截到，她还在作者出门后要到详细地址给他叫了快车，作者的行踪全在她的掌握之中。

孙蕾站在定位地点——猫树咖啡店门口拿着两杯咖啡专心看着驶来车辆的车牌号时，听到背后有人喊她："孙老师这是在等谁呢？"

孙蕾先是一惊，接着就放松但局促起来，不用回头她就听得出来此人不是周未，不是栾志武，因为这个声音她非常熟悉，来自她最熟悉的陌生人张让。

孙蕾回头，看到张让拿着一杯咖啡，"在等作者，张、张总买咖啡呢？"

这是两年多来两人第一次单独相处，张让也有些局促，没话找话："什么大牌作者，还要跑到这儿来等？”

虽然两人分手已久，但现在是同事，以后也会有工作上的交集，所以孙蕾觉得还是要维持正常的同事关系，就面带微笑地应付他的攀谈：“不是什么大牌作者，约的是这儿见。”

“那我跟你一起等吧。”张让也笑道。

于公于私，孙蕾都不希望张让继续待在这里，就婉言谢绝：“张总总管公司所有图书的营销一定很忙，所以就不占用您的时间了，我自己等就行。”

张让谢绝了她的婉拒：“所有的书当然也包括你这个作者的书，那我更得见一见作者了。”

孙蕾刚想反驳他，但是看车型和尾号符合的快车停了下来，她赶紧迎上去，想帮余兴振开门，但发现手里有两杯咖啡，正左右为难时，张让十分默契地替她开了门。余兴振下车后，孙蕾递给他一杯咖啡：“余老师好，给您介绍一下，这是我们公司的营销主管张让张总监。这是我们公司的作者余兴振老师，推理界的大神级作家。”

两人赶紧握手寒暄。余兴振又回头跟孙蕾说：“我哪里是什么大神，不过是小作者。你不介绍，我还以为是栾志武栾总呢！”

张让听得一头雾水，不明白孙蕾见作者跟二部栾志武有什么关系，但也不便多问：“欢迎余老师到我们公司来，期待与您合作。”

孙蕾说着“这边走”后就在前头带路，张让和余兴振边走边闲聊。孙蕾十分佩服张让跟任何人都聊得来的本事，更庆幸他化解了自己担心的跟余兴振这次初见面的尴尬。

三人很快到公司，进电梯前孙蕾打了个电话，说了句“看一下微信”，就挂了电话。

张让很绅士地帮孙蕾按好楼层，但马上到他所在楼层时，孙蕾突然说：“张总，我们借用一下您的办公室吧，到您那儿去谈。”

张让更不明所以，但乐得为孙蕾效劳，便满口答应，在前领路；余兴振虽有疑问，但他疑惑的是栾志武和周未的去向，而不是面谈地点，他以为张让是营销总监，早介入利于营销，就“亦步亦趋”。

在咖啡店外跟张让聊天时，孙蕾觉得余兴振肯定告诉周未他到了，当时就决定将余兴振骗到张让的办公室，让周未和栾志武找不到他们。为了双重保险，她又发微信让张晗君去缠住周未和二部总监栾志武，张晗君没有回复，所以她才打了个电话给她。

张晗君正在用赵国鑫教的宣讲法试讲第二个选题，电话响起，她接起刚说“孙总”俩字就被打断，被挂了电话。张晗君看了看微信，思考了三秒说“我有急事出去一下”，就抱起电脑跑出办公室，惊得赵国鑫和王萌张大嘴巴看着她的背影。

张晗君抱着电脑跑到二部办公室时跟刚要出来的周未撞了个满怀：“师哥你要去哪里？”

“鞋子终于落下来了，师妹来秋后算账了。”周未撞到张晗君时想，同时纳闷她为什么抱着电脑：“小君，你抱着电脑这是要干吗呢？”

“师哥、师哥，江湖告急，紧急求救！”

“什么事啊这么急？”

“待会儿我得上宣讲会，我来求你帮我准备《民国国民》的选题宣讲！”

周未还未开口，栾志武就说：“找你们部门的赵国鑫啊，他不是挺会宣讲的吗，都干掉我们的王阳明选题了。”

张晗君尴尬地说：“赵老师也要宣讲，正在忙自己的选题，还得帮王萌弄，所以我就只能求助于师哥了。请栾老师多多包涵。”

栾志武不置可否：“这是你们之间的事，不过，周未你不是要下去见——出去有事儿的吗？”

周未看了看手机，又看了看张晗君期待的眼神说：“他没回我微信，应该还没到。这个点咱们公司这儿车堵得不行，过十分钟再下去也行吧。”

栾志武显然并不愿意，但也没有拒绝："你不急，我也不急，那就过会儿再下去吧。"说完回了自己办公室。

张晗君见计谋得逞，立刻拉着周末的胳膊进了一中心会议室，迅速接好电源、打开笔记本，推给周末看："师哥快帮我看看 PPT 做得怎么样。"

周末快速浏览完《民国国民》的 PPT，敷衍道："整体挺好的，就是有几个地方的格式需要略微调整一下，或者不调整也行，反正发行也只会听你讲不会认真看。"说完他就要走，张晗君迅速拉住他说："师哥先别走啊，我讲一遍给你听听，你帮我练习一下。"

周末错愕不已："讲一遍？没必要吧？"

"很有必要，很有必要，我最怕演讲，所以更需要讲一遍，师哥帮我看看哪里出错，哪里需要改进。好了，我开始了啊——"不给他拒绝的机会，张晗君便开始预演，"大家好，我是七部的编辑张晗君，我现在要讲的选题是——"周末见状也不好直接离开，只好坐下来听师妹宣讲。

张让的办公室竟然比郁震的大不少，可见郁震对他的重视程度。将孙蕾和余兴振领进办公室，请他们坐下后，张让熟练地在立体雕弥勒佛茶盘上摆弄起了宜兴紫砂公工茶具，完全忘记或者忽略孙、余二人手里的咖啡。

孙蕾越发觉得不认识张让了，他曾说过凡在办公室摆茶盘的必属脑残，自己却摆上了。看来两年不见，他的职位和品位都有了不小的变化，孙蕾扫了一眼后说："张总，借用一下您的电脑打印个东西。"

"用吧，密码跟我以前的电脑一样。"张让头都没有抬。

这句话再次让余兴振不明所以，更让孙蕾尴尬脸红，她道谢后用鼠标唤醒张让的电脑，键入自己的名字和张让的生日，登录邮箱，下载文件、打印。此时张让也忙活完毕，招呼两人喝茶："来尝一下我刚买的正宗正山小种。"

余兴振啜饮一口，啧啧赞叹，孙蕾将文件装订后直接递给余兴振："余老师，您看一下，如果没有问题的话就签了吧，版税条件和周末给您报的一样。”

余兴振条件反射般接过文件后才反应过来：“孙总，这样不合适吧。我们不是说要跟二部周末老师商量一下联合编辑的事儿吗？”

孙蕾说：“我们先签出版合同，再谈编辑出版也是理所应当的啊。”

余兴振没这么容易被说服：“既然是联合编辑，合同也应该是两个部门联合签吧？”

孙蕾脑袋短路，一时语塞，现在大致明白事由的张让帮了她一把：“是这样的，余老师，不管是联合编辑还是单独编辑，一个选题只能提交一个合同流程，商不商量其实都一样。”

孙蕾感激地看了张让一眼，又添了一把火：“余老师，您请放心，这个选题我全程负责，也保证会跟二部联合编辑。”

余兴振知道自己提出联合编辑的建议十分荒唐，他其实是想签给周末的部门，因为自己变卦已经得罪了孙蕾，所以他不想再变卦得罪周末，因此提出联合编辑，以为孙蕾会拒绝、退出，但不料她满口答应，还“认真对待”，甚至将他绑架到营销总监的办公室逼自己签城下之盟。见余兴振犹豫不决，孙蕾情急之下说：“我会亲自编辑，一定会和二部联合，也请张总监督，您总可以放心了吧？”

张让没想到只是行借办公室之便的自己被逼蹚浑水，本能想拒绝的他觉得如此一来就有了接近孙蕾的正当理由，立即答应：“好！余老师，请您放心，作为重塑文化营销总监，我一定监督二部和七部联合编辑好您这本书！也一定举营销部之全力来推广您这本书。”

话说到这种程度，余兴振确实也找不出什么理由拒绝，勉为其难地接过孙蕾手中的笔，在合同上签了名。孙蕾接过合同，看了看签字页，端起茶牛饮而尽：“余老师字写得真漂亮，张总这茶也非常好喝！你们先聊，我去把周末和栾总找来。”她说完一手拿合同，一手拿着咖啡走了出去。

孙蕾走到一中心办公室时，听到张晗君的声音从会议室传出来，就敲了一下门，探进去半个身子：“张晗君，你怎么跑这儿来了，找你半天了，抓紧回去准备 PPT 宣讲啊！”

张晗君也假意回答：“我在准备呢，在让师哥帮忙彩排呢，这就结束了。”

孙蕾朝周未微微一笑：“谢谢周未同学。对了，余老师到了，在营销部那儿等你们呢。”

周未之所以同意帮张晗君彩排就是因为抢了她的选题有些内疚，但也鸵鸟心态般不想承认她已经知道，没想到被孙蕾当面戳破，他脸一阵红一阵白地说：“好的，谢谢孙总，您不去吗？”

“我就不去了，得回去跟他们准备宣讲。”孙蕾笑看周未，又加了一句，“反正，该谈的刚才也都谈过了。”

周未一听，夺门而出，奔向栾志武的办公室。

孙蕾目送他离开的同时，招手让张晗君跟自己走。走到电梯间时，张晗君问：“搞定了吗？”

孙蕾高兴地晃晃手中卷成纸筒的合同：“搞定了，合同都签了。你现在帮我把合同交给法务，然后回来准备宣讲。”

张晗君弄丢的选题又被孙蕾抢回来了，她是又内疚又开心，虽然她觉得孙蕾可能不会再让她负责，但还是想做好孙蕾交代的每一件事，所以她走向步行梯：“我走楼梯吧，楼梯快一点。”

因为与首印数直接相关，因为本次评级会是春节前的最后一次，所以参评选题多达 32 个。其实有些书并不需要评级，只要是名家名作，可能会直接就是 B 级、A 级，甚至是特 A 级重点书，但还要在评级会上宣讲的一大原因是，评级会还承担着另一个重任——图书各类信息诸如封面、文案、版式甚至是目录编排的博采众议，最重要的是让发行人员知道选题内容。按正常逻辑来说，征订单上有选题的所有信息，但大多数发行人员虽然不至于不识字，可他们的阅读兴趣已经达到几乎连征订单都懒得读的程度，所以需要还有兴趣阅读征订单的图书编辑给他们当面宣讲一下内容。因此与会人员除了部门主管、宣讲编辑之外还有全体发行人员，没有参评的编辑也列席参观学习。

重塑文化共有八个发行部，地面发行分为东北区、西部区（西北和西南）、华北区、华东区、中南区五个部门，另外有叮叮、咚咚和亚马逊三个网络发行部。每个部门都有正、副两个总监，每人每本书都有一票，主管发行的副总裁也有一票，再加上编辑部的16票，总共33票，最终还是由董事长一票定级。但除非重大选题，董事长的定级标准就是大家的评级。对老板来说一本普通书的首印多三千少五千并不重要，但对每个编辑、每个编辑部来说多三千册就多近十万码洋，重要性自不待言。

经过彩排，张晗君几乎将PPT内容倒背如流，也不再过度紧张。可是刚进会议室她就又变得无比紧张，她没想到会议室乌压压地坐满了人。会议开始之后她更紧张得手心冒汗，因为她没想到提问者中有不少并不是对选题有兴趣，而是不怀好意，有的甚至故意刁难、恶意嘲笑。三部一个女编辑讲的选题是中英双语版《莎士比亚诗集》，但不知是无知，还是笔误，PPT中译者名字错成朱志豪，宣讲时读的也是朱志豪。结果被一个恰巧知道朱生豪的发行副总监嘲笑了半分钟，建议她没事多读点真正的书，不要只看鸡汤，还推荐她读一读朱生豪之子朱尚刚编的《朱生豪情书全集》，并愿意帮她从王四营搞到半价正版书。女编辑气得差点哭起来，但也没敢反驳，毕竟自己理亏，而且对方手里握着一票。大多数编辑遭到恶意攻击时只能忍气吞声，而这更加助长了一些发行人员的嚣张气焰。

三部女编辑讲完，张晗君上场。她从会议室最外层一步步艰难地挤到投影仪幕布前，好在不是像老师讲课一样站在幕布前面朝听众，而是坐在会议桌前看着电脑讲。她打开PPT，深吸一口气，心中默念不要紧张，手却抖得连点几下鼠标，PPT连翻数页，都到了目录和样章那一页。

演讲时PPT翻乱比较常见，所以没人以为是张晗君紧张所致，她赶紧翻回开头，再次深呼吸，使用赵国鑫教的必杀技第一招——声音要尽量大，开始宣讲：“大家好，我是七部编辑张晗君，我要讲的选题是《你一定爱读的极简美国史》——”声音大确实能驱散紧张情绪，她想表现得自然一些，大胆看了一眼对面的听众，就立马再次紧张起来。张晗君没敢造次，放弃临场发挥的妄想，继续盯着电脑屏幕，一字一句地读 PPT。

张晗君读了漫长的三分钟后终于翻到“谢谢”一页，好在过程中没有人打断提问，她读得比较通顺，“讲完就是胜利”。结束后开始有人挑毛病，比如书名被指模仿，且毫无吸引力，封面也被批得一无是处，甚至有发行要求重新设计，说既然是模仿，不如封面也模仿，也许读者还误以为是《你一定爱读的极简欧洲史》姊妹篇，能多卖个三五百本也未可知。

面对这些提问，张晗君一个也没有反驳，不住点头称是，因为她现在的心悬在《民国国民》上。宣讲才完成一半，她不能因为反驳别人而泄掉一口真气，好在孙蕾从旁进行了解答与总结后，让她宣讲下一个选题。张晗君继续盯着屏幕大声念《民国国民》PPT，这次用了四分钟，但她觉得没有刚才的三分钟那么漫长。幸运的是，中途也没有人打断提问。

但她读完后依旧没人提问并非好事，这说明发行人员毫无兴趣，不抱期待。孙蕾见此，主动问大家的意见：“这是我之前做的一本书，卖了大概有十万册，现在版权到期了，市面上也没货了，修订再版，请各位说说看法。”

既然孙蕾“广开言路”，听者自然恭敬不如从命，首先提意见的是周未：“‘民国热’过去太久了，那个热度让我觉得都是民国年间的事儿了，现在再版一本民国热时畅销的书，是不是市场不大了呀？”周未的俏皮逗笑了很多人，不少发行也附和说现在民国题材的历史读物已经没有市场，再版销量估计不会大。

周未的提问显然是报复，孙蕾不能直说，就跟其他人的意见一起以“你说得对，但是——”的方式一一进行批驳。这本书应该是张晗君的工作，孙蕾代庖，并且说得头头是道，令张晗君佩服不已。但这并没多大用处，因为发行人员心服口不服，甚至有的发行为反对而反对，竟然张口说出这种书不符合公司发行渠道、历史类图书市场向来不好卖等极其不专业的话，倒挺符合发行一贯的态度——在他们眼里没有一本书好卖，如果有，也是他们卖好的。

随着会议主持的一声“下一个”，张晗君如释重负，挤回原来的位置。她深刻理解了“讲完就是胜利”，并且是两次，也暗下决心，下次一定不仅要讲完，还要能够回答问题。

一想到提问，她就回想起刚才孙蕾与刁难者的过招。她原本以为图书行业是文化行业，大家都会讲文明有礼貌，不会故意刁难，恶意攻击，蓄意伤害，现在她想到的却是一句俗话——仗义每多屠狗辈，负心俱是读书人，不对，负心俱是做书人。

轮到王萌讲的时候，张晗君有点“过来人”的幸灾乐祸心态，虽然她也知道这样不好，但还是觉得这种待遇岂能独享，最好能够众乐乐。不如她所愿的是，虽然王萌也怯场，但不像她那么紧张，“照本宣科”得十分流利。他的选题《我失败的人生不需要向谁交代》还得到大多数发行的认同，虽然书名有些负面，但立意并不消极，是教导读者懂得自己的人生自己做主，不用在乎别人的眼光，也不需要向谁交代，只要遵从内心，做最好的自己就行。有个发行甚至说这是本次评级会目前为止最有畅销潜力的图书。因为这本书的包装策划非常本土化，无论从书名、封面、目录，还是文案都非常类似友商一本销量几十万的外版励志书《不曾走过，怎会懂得》。另外几本外版励志书《因为痛，所以是青春》《当时忍住就好了》也因为本土化得非常好，十分畅销，所以发行相信这本书也一定会不负期望。王萌的宣讲竟然出乎所有人预料地顺利，也令张晗君羡慕不已。

不过她的幸灾乐祸并未落空，赵国鑫的遭遇满足了她的期待，他刚打开《科学怪人的新娘》PPT，还没讲就听到几个毫不遮掩的声音透着不屑与失望——“影评集啊！”

他也毫不掩饰地接过话茬开讲：“是的，我现在讲的这本书是一本影评集，作者是小有名气的影评人，也是一个藤萝红人，名字叫卫生津。”

说到这里又听到几声窃笑，但他不以为意，继续宣讲：“这本影评集收录了他多年来写的一些深度解读美国知名电影的分析评论文章，从1915年D·W·格里菲斯拍的有歧视黑人倾向的《一个国家的诞生》，到2016年1月内特·派克拍的有歧视白人倾向的《一个国家的诞生》，每年选取一部极具代表性的电影进行点评。作者从电影的角度讲述了这一百年来美国尤其是美国大众政治意识的变迁。我们可以说这是一部美国电影评论集，但也可以说它是一部美国政治意识变迁史，更可以说它是一部百年美国史。”

赵国鑫一气不歇地说了一大段PPT上有的没有的，基本已经把作者简介、内容简介以及书的卖点全部讲完，全场鸦雀无声。他觉得自己的演讲再次震惊四座，趁热打铁想再吹嘘几句时却被刚进来的栾志武打断：“难道你不知道图书出版的三大毒药——诗集、剧本和影评集吗？”

一听此言，孙蕾便知来者也是报复，不禁有些担心。赵国鑫虽然不明白编辑为何为难编辑，但也毫不示弱，拿腔拿调地滔滔不绝起来：“‘汝之蜜糖，彼之砒霜’，没有一个人是完美的，也没有一本书是完美的。只要我们出版一本书就有人喜欢有人不喜欢，对喜欢的人来说影评也会是蜜糖，对不喜欢的人来说，诗歌、剧本和影评以外的书也都是砒霜。这三种类型的书确实不好卖，但也不是没有卖好的，诗集如辛波斯卡的《万物静默如谜》，剧本如姜文的《骑驴找马》，影评集如韩松落的《为了报仇看电影》，销量保守估计都多于5万册。我对这本影评集非常有信心，因为无论从内容还是立意来说都高出其他影评集许多，所以我相信它也许不会畅销，但肯定不会是一本无人问津的出版毒药，只要我们策划包装、营销发行到位，卖个2万册甚至3万册都不是难题。我相信作者的水平，也相信我的策划包装，更相信公司的营销，至于发行同事，我向来比相信自己还相信你们。”说到这里他停顿了一下，接着继续，“现在，我们最需要的是一个好的书名和一个能卖更多的封面设计，希望各位同事多提宝贵意见。”

主管发行但一直没说话的副总裁刘文明说："宝贵意见可能没有，我想先看一下这本书的具体内容，你把目录找出来给我们看看。"

赵国鑫把PPT翻到目录页，《一个国家的诞生》《倒扣的王牌》《公民凯恩》《唐人街》《日落大道》《日落黄沙》《银翼杀手》《我不在那儿》《刺杀肯尼迪》《纳什维尔》《安妮·霍尔》《生于七月四日》《野战排》《第25小时》《一个国家的诞生》等一百部电影名在目录中一页一页过完。

看完之后，刘文明右手肘撑着桌子，手托硕大的三层下巴："我刚开始有点相信你说的这本影评集也许不是毒药，而是什么蜜糖。但看到这个目录，这一百部电影，我看过的有两三部，听过名字的最多五六部，剩下九十来部都没听说过，所以这本影评集内容上就非常不大众，影评本身就是小众，你这是小众的二次方，不能说这书是出版毒药，但销量被受众限制了，不要说两三万，征订能过万就很了不起。"

大领导定了调子，早就摩拳擦掌的发行人员便铆足劲儿大加挞伐，最先发话的是亚马逊发行总监余大伟："是啊，去年我们出过一本影评集，发了八千，退货四千，现在好像实销也就两千吧，估计后期还会有不少退货，我们网站这边基本不动销了。"

天猫发行总监也紧跟其后："你是说《麻辣影评》吗？天猫几家网店当时也要了一千的货，目前还剩下一半，也基本不动销了，参加秒杀活动都卖不了几本。"

还有其他人正要开炮，孙蕾抢先发言企图堵住众发行的口无遮拦："影评确实不好卖，我们内部讨论时也谈过这个问题，国内写影评的也没有几个人能达到《伟大的电影》作者罗杰·伊伯特那种知名度和影响力，所以销量也不可能达到他在美国的程度。但既然我们已经签了这本书，那我们编辑就一定要努力将它做好，也对它充满期待。我不想说'我们对每本书都抱有畅销期望'这种假话，但我对这本书还是抱有一定期待的，也请营销和发行的同事对这本书抱一点点期望，给它应有的待遇。"

东北区发行总监接过她的话茬说：“对每本书都抱有期望的是我们发行，因为你们编辑只做自己的书，只关心自己的书，我们发行要发所有的书，要跟踪每本书的动销。但每个人的精力是有限的，公司的资源也是有限的，所以我希望编辑做的每一本书都是精挑细选的，而不是抓到什么就做什么，更不能明明选题不好还要占用公司资源——”

听到此处，赵国鑫觉得遭到了人身攻击，虽然这个选题不是他签的，但现在被攻击的显然是他这个在做选题的人，所以他很不礼貌地打断对方：“我们编辑并不是抓到什么就做什么，起码我不是，我们部门的人也不是，我相信公司所有编辑都不是随随便便找选题，随随便便做一做。我们都是认真做事的编辑，请不要以己度人。”

他停顿了一下，希望能得到编辑们的声援，但没有人吭声，他继续反击：“这是之前我们部门总监王翰林的选题。王总你们也了解，是一个虽然——是一个书痴，他对内容的要求之高应该无人能比，这本影评集也不是随便抓的。稿子我看过几遍，内容质量确实过硬，不像有些书除了封面之外一无是处。当然，我不否认影评集不好卖是一个铁的事实，但我相信只要我们发行和营销能够跟上，卖个两万来册并不难。”

大多数发行听到“两万来册”嘴角都浮起讪笑，区别只是幅度大小，但他们无意反驳。当然不是因为赵国鑫说服了他们，而是这种话他们都听到耳朵磨出茧了。每个编辑都会说自己努力做每本书，每个选题都是精挑细选。但努力并不一定就能做好，而精挑细选并不代表找的选题就好。大多数时候努力和认真并没有用，尤其是对一些不读书、根本就没有基本选题判断能力的图书编辑来说，越努力越认真反而错得越离谱。最终书卖不好反而怪罪市场、怪罪读者，感叹现在没有人读书，大家只读垃圾书、只看快销品，不读真正有营养价值的好书。殊不知自己做的恰恰是垃圾书、快销品——只因没人买就自以为是好书，更有人做的则是既无营养价值也无市场价值的滞销书。

编辑感叹现在读书的人少，图书行业成为夕阳产业，大多数时候是因为自己做的书卖得少。如今每本书销量少了的确是不争的事实，但并不表示现在读书的人就少，只是如今图书品种多，读者选择的余地大，所以从单本书的销量来看，好像读书的人确实少了，但总量不仅没少反而增多。因为现在不再是全民看一本《平凡的世界》的时代，况且全民看一本书并不正常。

因为无人反驳，也无可再宣讲的，全场陷入沉默，会议主持郁震总结道："从刚才的讨论也好，争论也好——来看，这个选题最终评什么级就表上见真章吧，不必再浪费唇舌，我们继续进行吧，下一个。"

七部全部宣讲完毕后，可能因为已事不关己，张晗君感觉时间仿佛过得快了许多。评级结束时离下班只有半个多小时，大家纷纷离场，孙蕾被张让拦住："你怎么把余兴振扔在我的办公室就跑了？"

"我说'去把周末和栾总找来'，并没有说我还会回去。"

"所以你就让我替你收拾烂摊子？"

"那你是怎么收拾的呢？"

"周末和栾总对作者跟你签了合同很不满，但也敢怒不敢言，就随便聊了聊联合编辑的事儿，然后就到宣讲会时间了。"

"哦，那看来也没什么需要你收拾的。"

"现在没有，不代表以后没有。我对你们负有监督之责。"

"那就以后再说，我先走了，还有事。"

孙蕾说完就走，但被张让喊住："等等，我还有重要的话要说呢！"

孙蕾迟疑了一下，正色道："张总要是对联合编辑有指示的话，得开始后再说，况且这书要交给张晗君来编辑。"

"刚才作者说变卦就是因为对她不太满意啊。"

孙蕾微一撇嘴："那是托词，他不过是被高版税诱惑了。"

"可作者提出换编辑，你坚持让她做不好吧。"

“《疑犯追踪》里你最喜欢的台词不是‘Everyone deserves a second chance’吗？”

张让定定地看着她：“我不仅喜欢，而且也希望有，你觉得呢？”

孙蕾被他盯得有些局促，但应付自如：“你应该知道我最喜欢的台词是《一一》里的那句：你不在的时候，我有个机会去过了一段年轻时候的日子。本来以为，我再活一次的话，也许会有什么不一样。结果……还是差不多，没什么不同。”

张让脸上挤出一丝笑容：“刚才和你一起劝余兴振签合同时，感觉仿佛又回到了从前。我还挺怀念以前一起工作的日子。”

圈内一直传闻张让是为孙蕾而来重塑文化，孙蕾虽不至自恋认可，也觉得功利至上的张让不会像20岁的年轻人一样盲目，但并非完全没有怀疑。也许张让的选择是一举两得，既为职业生涯镀金，又想挽回旧情人。至少他的主动不得不让她怀疑。孙蕾对张让也不是完全没有感情，但现在更多的是同事之谊，而此种情谊也因不堪往事而难再增强。所以她说：“年纪大了就容易怀旧，但我还没到怀旧的年龄。”

“呵，你一直是向前看。”

“嗯，我不仅向前看，还要向前走，再见。”说着孙蕾疾步向前走去。

张让没再阻拦，回了句“再见”，看着她的背影笑了笑，轻叹了一口气，也向前走去。

张晗君、王萌、赵国鑫三人回到办公室，刚打算关起门来吐槽一下评级会，孙蕾推门而入：“我们讨论一下评级会的情况。”

孙蕾没等他们回答就开门见山：“我现在有点后悔——我觉得你们刚才表现得比我想象中好很多。但赵国鑫你有一点表现得不是太好，很不利于选题评级。”

一直沾沾自喜于自己的演讲能力的赵国鑫问：“我哪里表现得不好了，该讲的都讲了吧？”

孙蕾说：“该讲的都讲了，不该讲的你讲得更多，比如‘请不要以己度人’。

你怎么能直接反驳发行呢？”

“他那么过分，讽刺我们工作随便、不负责，我还不能反驳他们了？”

“他们确实有些过分，可是你也不能直接骂回去。我们可以反驳，但要有度有技巧，不然倒霉的是我们，他们会给我们的书全打D级，直接影响码洋！”

赵国鑫心服口不服：“这些我都清楚，可我就是气不过，他们只要不看好一个选题就那种态度，我没忍住。编辑和发行不是对立的，是要互相配合的！”

孙蕾叹了口气说：“我原以为张晗君这样的新编辑会反驳，可她没吭声，反倒你一个老编辑没憋住。我也很想反驳，但我们不能得罪他们。编辑一直是弱势群体，在外面对作者是弱者，在内部面对发行、营销也是弱者，都得忍，除非自己创业当老板。”

见上司提到自己，张晗君就帮了赵国鑫几句：“其实赵国鑫说的全是我想说不敢说的。为什么会这样呢，发行和编辑不是‘一荣俱荣，一损俱损’的吗？”

王萌叹了口气：“发行都觉得书卖得好，‘荣’是发行有力；卖不好，‘损’是编辑选题不行、封面不行、文案不行。不只是咱们公司这样，几乎所有图书公司都这样。”

孙蕾严肃地说：“小不忍则乱大谋，从今以后不准你们直接反驳发行。发行是浑蛋，但他们是能让我们滚蛋的浑蛋。”

见他们都低头不语，孙蕾语气缓和地说：“就这样吧，评级高不了，单品上不了量，也只能在允许的范围内多做几个品种了。张晗君，你到我的办公室来一下。”

刚才虽然没有被批评，但孙蕾显然对她的宣讲表现也不满意，张晗君以为要单独接受洗礼，孙蕾却和颜悦色地说：“《漫长的挽歌》还是由你负责，还是算你独立策划，像我们以前说好的一样。”

选题失而复得，于部门，能完成很多码洋；于个人，她又有半年内成为畅销书策划编辑的可能，想到原本顺利如此却因自己的强不知以为知而生波折，张晗君惭愧又开心："可作者不是觉得我不合适吗？"

"我觉得你合适，不是每个人都值得拥有第二次机会，但你值得。"

八 所有的失败都会将人生照亮

春节来临，印厂即将停印，物流即将停发时，七部终于出版了第一本书。原本以为最先下厂的应该是《我失败的人生不需要向谁交代》，不料却是张晗君的《你一定爱读的极简美国史》。

重塑文化的流程原本是编辑三校后送质检组审读，之后按质检意见改稿，再由总编室送出版社终审。出版社审核完毕后发放书号，封面通过后发放CIP，下委托印刷单、委托发行书，副总编在印制单上签字后下厂印刷。但因“自宫”及“术后康复”需要比较长的时间，就略为变通，送质检的同时送出版社审读。

稿件要经过编辑编校、质检组审查和出版社终审三次审查。一般情况下，编辑会比质检组和出版社宽松。出版社会相对严格一些，但有时候出版社出奇宽松，质检组却意外严格，《我失败的人生不需要向谁交代》就是如此。

王萌周三下午到质检组询问稿件反馈：“我的稿子什么时候质检完呢？”

人送外号“检察长”的质检组秘书头都没抬，拖着长腔：“书名——”

“《我失败的人生不需要向谁交代》。”

“检察长”在电脑里搜了一下：“没通过质检！”

在重塑文化一年，王萌见过几次稿子通不过质检的事情，但万万没想到自己的一本外版励志书也会通不过，万分惊诧：“我的稿子没有任何不当内容啊，怎么会通不过呢？”

“检察长”尖声尖气地说：“明天下午两点收看月度审读报告。我没权力告诉你，没别的事儿了吧？”

“检察长”是一个戏称，质检组组长是返聘的某出版社退休社长，其人并无出版才能，但有升官本领。虽然在几个出版社任职时，先后导致几家社严重亏损，官职却节节攀升，最后从某大社社长之位上光荣退休。之后被重塑文化返聘，因其业界地位，所以职位只能是总编辑，但因其不懂市场，所以只能负责图书审读工作。所谓“检察长”其实是质检组秘书，因为她每次通知编辑取稿子时总说“你的稿子检查完了”，久而久之就被编辑们戏称为“检察长”，总编辑也顺理成章成为“检察总长”，有时也被称为“检察总装”，因为只要见到他，他总会装腔作势。

王萌吃了个硬钉子，但没有马上服软，继续追问是哪位老师负责质检，有没有审读意见先看看。但“检察长”一概不回，他只好灰溜溜地回到办公室，将情况汇报给孙蕾。

孙蕾也无比惊讶，但觉得不是什么大事，让他等明天的质检报告出来再说。王萌也觉得出版社终审完毕、书号已发放，只要封面通过审核就会给 CIP，难道公司内部反而会取消出版?

第二天上午刚到公司王萌就被《林徽因传》作者李斐缠住。原本他们是通过代理与作者沟通稿件，适之文化也很忌讳作者直接与编辑沟通，担心出版方抢走作者。但李斐坚持要跟编校稿子的一线编辑谈谈，否则不会进行创作，适之文化不得已而准之。

李斐说适之文化工作室想把她打造成另一个白落梅，但她既不想成为白落梅也不想成为安意如，她想成为普通读者、非普通作家弗吉尼亚·伍尔芙。她想用意识流的方式来写林徽因，并坚信自己会写成旷世奇作。王萌摆出各种理由告诉她不可能，更不可以，还直接告诉她英国伍尔芙在中国都没有销路，更不用说中国伍尔芙，到最后卖不动大家就只能学伍尔芙自杀。

李斐对王萌句句不离销量的言辞非常不满，斥责他没有出版情怀，没有为人类精神世界添砖加瓦的伟大理想，只是把编辑作为讨一口饭吃的书贩子，不配做出版人。

不管是不是激将法，王萌都没有上套：“是的，我不是出版人，就是一个小编辑，只有出版社社长或图书公司老板才是出版人。其他人要么是自封的出版人，要么是互封的出版人，谢谢！”

没料到王萌会如此回复，李斐竟一时有些语塞，但“中国伍尔芙”怎会被一个没有出版理想的小编辑轻易驳倒：“难道你不想做点与众不同的事，做本与众不同的书吗？”

纠缠了一上午，简直鸡同鸭讲，徒劳无功的王萌十分不耐烦。按李斐的创作思路确实会做出一本不同于市场同类的林徽因传，但肯定不会得到市场认可，所以超出了王萌的接受范围，他决定停止沟通，坦诚相告：“民国时期，徐志摩写意识流小说是敢为天下先，确实与众不同，确实能‘一招鲜，吃遍天’，但如今意识流不仅不独特，还有些陈旧，况且我们的选题是传记。所以，我不接受意识流，我觉得我们还是通过适之文化来进行一切业务沟通吧，谢谢！”

王萌挂断电话，准备写一封邮件给适之文化董事长、CEO、总编辑兼策划编辑王欢乐，把对书稿的要求以及后续可能涉及的沟通问题一并交代一下。就在他开始构思邮件时，听到张晗君一声尖叫：“哎呀，你们快看审读简报，《我失败的人生不需要向谁交代》被取消出版了！”

“不是吧？！”王萌和赵国鑫异口同声道，同时打开公司邮件，快速下载第三十二期审读简报：

2016 年 1 月书稿审读情况综述

本月质量检测部共审读书稿 52 部，其中：文学类 15 部、社科类 12 部、励志类 18 部、经管类 6 部，其他类 1 部。

上述所有审读图书，经董事长审定，同意出版的有 49 部，这些书稿无论从选题立意还是内容水平，总体质量达到出版要求。但仍有一些稿件存在不同程度的重要常识性甚至政治性差错，如：

《钱锺书传》第一编辑部 / 责编：万能

《胡适日记揭秘》第二编辑部 / 责编：周未

《读史点亮人生》第二编辑部 / 责编：姜惠芸

《科学怪人的新娘》第七编辑部 / 责编：赵国鑫

《金融战争——美国对中国的金融进攻路线》第九编辑部 / 责编：臧木强

《1812 年战争中的海战》第十一编辑部 / 责编：赵海生

详细审读意见在此不做赘述，这六部书稿按照审读意见修改后，也可出版。

截至今日，经质量检测部审读、唐梦总编辑复审后，并报请董事长审批，决定取消出版的书稿有两部：《我失败的人生不需要向谁交代》（第七编辑部 / 责编：王萌），《民国没有什么范儿》（第八编辑部 / 责编：王逸飞）。另有一部书稿我们也建议取消出版，已报请董事长审定，《中国人的精神》（第一编辑部 / 责编：陆博）。

上述取消出版及建议取消出版的书稿，存在的主要问题是：

一、《我失败的人生不需要向谁交代》主题思想消极，内容不积极向上，传播负能量。

二、《民国没有什么范儿》借古讽今，借古骂今，采用网络写手笔法，违背历史结论与事实，随意编造、评判重要历史人物。

三、《中国人的精神》作者辜鸿铭思想陈旧，本书中也有宣扬"封建迷信"等落后思想的言论，且版本众多，实属"炒人剩饭"，无出版价值。

为了确保图书审读质量，董事长在本月曾先后就图书审读问题做过四次批示：

一、本月 5 日关于《金融战争——美国对中国的金融进攻路线》的批示：

1. 各编辑部要加强政策学习、提高文化水平和政治素养。

2. 质检部制定处罚措施，对差错率超过万分之二，或有重大政治错误问题的稿件责编及部门总监进行处罚。

3. 外发编校稿件，若不合格，扣除相关费用以及编辑编校费，质量严重不合格者扣发编辑当月工资。

二、本月 10 日关于《读史点亮人生》的批示：

以网络流行语写史，是网络写手的一大卖点，但绝对不可以涉及政治和当今领导人，各编辑部必须加强意识形态学习，规避不必要的麻烦。

三、本月 18 日关于《民国没有什么范儿》的批示：

政治问题、历史价值观问题严重，取消出版。

四、本月 24 日关于《我失败的人生不需要向谁交代》的批示：

书名、主题传播负能量，不符合公司传播社会正能量的出版理念，取消出版。

图书出版要与时俱进，图书编辑也要不断加强学习。为此，编辑们要积极学习、主动参加质检部的培训，认真听取出版前辈的经验与教诲。首先，编辑们要认真学习党和国家的出版方针政策，其次要认真学习基础知识，不断提高专业技能，每个编辑都要清醒地认识到，自己所处的时代、面对的机遇与问题，要承担起一个图书编辑应当承担的工作职责和社会责任。唯有如此，方能进一步提高公司的图书质量和销量，不断扩大公司的知名度，增强公司的影响力，实现重塑文化图书出版发行的社会效益和经济效益最大化。

总编辑唐梦

2016 年 1 月 × 日签发

“这老东西不老老实实写黄诗，怎么犯贱把我的稿子毙了！”王萌看完后忍不住爆粗口，“我得抓紧拿回来看看，到底他们是怎么断定传播负能量了，总不能就看了书名吧。《负负得正的人生奥义书》不是还在正常销售吗？”一通发泄后，他走出办公室，直接从楼梯奔向质检组。

王萌来到质检组，不客气地问“检察长”：“我的稿子呢，可以拿回去了吧？”

“检察长”看了他一眼说：“你的稿子在唐总的办公室，他一直在等你来拿呢。”

王萌敲了下贴有总编辑而不是质检组组长门牌的办公室门，里面传来唐梦中气十足的声音：“进来！”

王萌推门而入，看到唐梦正襟危坐在办公桌前笔走龙蛇，桌子上摆的镀金毛主席半身像为之颤抖不已。

王萌轻轻走到桌前：“唐总，我来——”

他刚开口就被唐梦打断：“别出声，等我写完这首诗。”

王萌焦急地等待了并不怎么久但很漫长的时间，唐梦终于写完，抬起头来。他以为唐梦要告诉他稿子因何被毙，不料却听唐梦说：“工作的事先放一放，我先读一下我的诗给你听听，你给我提一提读者意见。”唐梦清了清嗓子，用他那不分平仄音的曲阜普通话读起刚写就的诗：

爱过是美丽

我曾经无法忍受失去你，
也不敢想象我的生活不再有你。
但我也知道，
在你飘忽不定的心里，
没有对我一丝的温柔或爱意，
因为我看到，
你曾亲吻了多少不需要它的人。
但你只用你细细的胳膊搂住我的脖子，
不肯放我走，

你装作你爱我，

我真诚地感谢你。

我用金钱换来你勉强的吻，

我原以为我们的爱会地久天长，

可现在它已经死在了天堂。

王萌为了使自己不笑出声来，差点把下嘴唇内里咬出血来，倒不是因为这首情诗写得不好，比大多数自称“半辈子写小说，一辈子当诗人”的藤萝严肃文学作家写的情诗水平高很多，但唐棼那曲阜普通话把诗的情感全部破坏，他还扬扬得意、自我陶醉：“怎么样，你觉得我这首诗写得好不好？”

有时候领导让下属评价自己或自己的作品时，并不想听真话——真话就是赞美的除外。王萌虽然不热衷拍马屁，但人在屋檐下，人类对权力的本能迎合让他脱口而出的也是马屁：“这首诗写得很好，意境深远，情感丰沛，您读得也好，您的声音完全把情感表达了出来。”

世界上唯一不会使人腻烦的应该就是马屁，虽然听了半辈子，唐棼依然喜笑颜开：“我送过你我的上一本诗集《爱的新语》吧？”

唐棼的上一本诗集出版时王萌还没有入职重塑文化，但他也“拜读”过其大作。与其说是拜读，不如说是奇文共赏。公司之前有一个策划编辑打算以重塑文化为背景写一本图书行业职场小说，他觉得审查与自我审查值得大书特书，而又因审查与直接负责人的个人修养、职业素养和政治素养有关，本着了解人物原型的目的，他收集了数套唐棼三部曲——《爱的新语》《生死之间仅余一步》《文海十年拾十贝》。可惜他还没有跟人物原型打几次交道，就因年度码洋任务未完成而惨遭辞退。

唐棼将三部曲送遍公司编辑，但认真阅读的仅此一人。他不仅独读，还拿给其他编辑共享，王萌也因此共赏过，但他并不想“惠存”，急忙回答：“送过，送过，谢谢唐总，我最喜欢里面的情诗，尤其是那首《昨晚见到你》，满满荷尔蒙气息，十足青春活力！”

唐棼谦虚地笑道：“哪里有你夸的这么好，在写诗上我是个初学者，虽然我已烈士暮年，但仍然老骥伏枥，志在文学。退休后我一直笔耕不辍，至今出版了三本书，现在正在写第四本书，也就是第二本诗集。《爱过是美丽》是我最近构思了一周多的诗，它讲述了我年轻时的一段短暂但刻骨铭心的情感经历，我至今仍难忘记她的名字。对了，你叫什么名字来着，是来拿稿子的吧？”

终于谈到正事，王萌想快点离开这个“是非之地”，连忙说：“我叫王萌，第七编辑部编辑，来拿《我失败的人生不需要向谁交代》。”

唐棼一听他来拿的是这部稿子，立刻变色道：“你刚才的几句话给我留下了很不错的印象，可你做的这本书给我留下了很不好的印象。人生怎么能不向他人交代呢？我们的人生不仅仅是自己的人生，与国家、社会、父母、兄弟姐妹、朋友同事都密切相关。无论失败与否，我们的人生需要向他们所有人交代。你说是不是？苏东坡不是也曾写过一句词表达了这个意思：长恨此身非我有，何时忘却营营。我们不仅是我们自己的我们，还是国家的、父母的、亲戚朋友的。你说对不对？”

王萌并不认同人生需要向谁交代的观念，人生就是自己的，与他人相关，但并不需要向他人交代，可现在他得向唐棼交代，不得不违心回答：“唐总说得很对，我也经常有‘长恨此身非我有’的感觉。只是我觉得您太忙了，忙于工作，忙于写作。所以您可能没有看全稿，这稿子的主题并不是书名的表面意思。”

唐棼听到王萌揣测他没有看稿子有些生气，更气愤的并非王萌的恶意揣测，而是揣测得完全正确：“我当然看过全稿，我虽然有志于文学，但主要精力一直放在工作上。先别管我对稿子的看法，你这个责编先说说你对这部稿子和书名的理解吧！”

王萌不仅要拿回稿子，更想说服唐棼收回取消出版的决定，所以只能顺着他的意思说，好在事先看过审读简报，也早打好腹稿：“我对这部稿子，也是我们部门总监孙蕾对这部稿子的理解用一句罗曼·罗兰的名言可以形容：世界上只有一种真正的英雄主义，就是认清了生活的真相后依然热爱生活。”

唐棼摸着没有胡子的下巴说：“罗曼·罗兰的这句名言我十分熟稔，万分赞同，但我不明了跟你的这个书名有何相干。你这本书里的很多观点不是认清生活的真相后，依然热爱生活，而是放弃人生，宣扬虚无主义，认为人生没有意义。”

唐棼见招拆招，让王萌确定他看过了稿子，或者他们内部还有一个详细的审读简报。这是一个更大的麻烦，因为唐棼“知己知彼”，王萌知己但不知彼，一时不知所措：“这部稿子的受众主要是年轻人，书名虽然有些标题党，但主要宣扬了独立自主的观点，每个人首先要对自己负责，向自己交代，才能向别人交代。人生是否有意义每个人都有自己的理解。如果有意义，意义是什么也由每个人自己定义，所以要不要交代、要不要向别人交代，甚至如何交代都是因人而异。我们为了能够吸引读者的眼球选取了书中的一句话用作书名。”

唐棼没有耐心听王萌大谈特谈人生意义：“一言以蔽之：传播负能量，是我一言以毙——枪毙的‘毙’之之原因，稿子你可以拿回去，但我还是坚持取消出版标题党图书《我失败的人生不需要向谁交代》。”说完他端起印有毛主席头像和语录的茶缸。

见逐客令已下，沮丧的王萌只好拿着被改得乱七八糟的稿子离开。

第一个发现坏消息的张晗君，也想第一个知道好消息，或者更进一步的坏消息，看到王萌进门，迫不及待地问：“怎么样，能继续出吗？”

王萌一脸怨愤，把稿子重重拍在桌子上，摇头回应：“唉，不都说这是个看脸的时代吗？那你注意看我的脸，表情说明一切。总编辑是一个小编辑就搞得定的吗？”

赵国鑫同情地看看他：“孙总刚才找你，估计是问稿子的情况吧。”

王萌拿起稿子往外走，刚要伸手拉门，门被人从外面推开。张晗君抬头就看到孙蕾走进来："刚才微信你也没回我，稿子拿回来了？"说着她看到王萌手中的稿子就直接伸手。王萌边递稿子边说："正要拿去给您看呢！"

孙蕾接过稿子站着浏览完审读意见，开始翻阅全稿，脸色越来越凝重，办公室里也越来越安静，只能听见张晗君打字和孙蕾翻稿子的声音。

孙蕾很快翻完，在一个空位上坐下来："你们先停一下，我们来讨论讨论《我失败的人生不需要向谁交代》。王萌，你先复述一下唐总是怎么说的。"

王萌略过读诗和探讨人生意义的环节，直接复述了唐棼的一言以蔽之："唐总说：'一言以蔽之：传播负能量，是我一言以毙——枪毙的'毙'之之原因，稿子你可以拿回去，但我还是坚持取消出版标题党图书《我失败的人生不需要向谁交代》。'"

孙蕾眉头紧皱："传播负能量？标题党？他的意思是内容传播负能量，书名不仅标题党，也传播负能量？"

王萌点点头："大意如此吧，这本书真就出版不了了吗？之前有没有被质检组毙掉又出版的书，赵国鑫？"

赵国鑫想了想说："听说2008年美国大选时有本希拉里传，披露了一些她的负面信息，唐老建议取消出版。后来编辑给董事长写邮件说这些内容国内权威媒体都报道过，逐条例证，然后得以出版。"

孙蕾问赵国鑫："以你对质检组的了解，我们这本能不能复活呢？"

赵国鑫沉吟道："这本书的内容我也看过一些，其实书名容易解决，我们可以模仿《负负得正的人生奥义书》修改一下，或者直接改一个积极正面的。但如果他认为内容传播负能量，就不太好解决了，他有一票否决权。"

孙蕾说："我刚才跟其他部门的总监咨询过，他们说即使内容、书名都没问题，也得卖唐总一个面子，因为唐总不仅仅是质检组组长，给他挂名总编辑的真正原因是他在出版界有一定的关系，能够帮公司通融一些问题，也能拉来一些资助出版项目，所以面子是一定要给的，哪怕是打折的。"

王萌愤愤然：“出版社都审过了，为什么我们自己还要谨慎到这种程度？”

孙蕾安慰说：“不要急，现在还不一定不能出版，我们也可以向董事长申诉。虽然 CIP 下来后再改书名比较麻烦，但也不是不能解决。稍安毋躁，慢慢解决。”

半天没言语的张晗君说：“我有一个不靠谱的想法，既然出版社都给 CIP 了，内容和书名应该都没有问题吧，我们可以冒充唐总签字同意出版啊。”

还没等孙蕾说话，王萌就把张晗君呛了回去：“确实不靠谱，我宁可因为完不成码洋任务被辞掉，也不干这种鸡鸣狗盗之事。”

孙蕾赞许地看了王萌一眼：“对公司来说，一本书出不出不重要，如果我们这样做，就不是一本书的问题，是职业道德问题。老板出钱做出版自然对一本书出版与否有绝对的权力。他也不会因为一本书承担不可预知的风险，我们通过不道德的手段让他承担责任，反而不道德。”

积极出谋划策却被教训一通，张晗君怯懦地问：“那，这本书就不出了？”

孙蕾不十分肯定地说：“也不全是。做出版本就是戴着镣铐跳舞，镣铐松紧全在自己心中，我们公司的特殊之处是镣铐松紧取决于唐棼。我们只能在不违背书稿原意的前提下调整内容，再跟唐棼沟通，然后向董事长申诉。”

王萌情绪稳定了一些，点了点头：“我先把稿子送排版改掉绝对错误，再打印一份，加班调整。”

“好，你打印完后分四份，我们四个人一起改，争取明天下午改完再去跟他们沟通。你们俩也帮帮忙吧？”孙蕾用目光征求张晗君和赵国鑫的意见。

张晗君迟疑了一下，点头同意，赵国鑫也爽快答应：“没问题，可——这样做有用吗？”

孙蕾说：“我也不知道有没有用，但就算是死马也得当活马医一医不是？”

无论成功与否，起码不留下“如果当初尝试了，也许就……”的遗憾，王萌拿起稿子起身再次准备出门，又被孙蕾叫住：“对了，你先再等一下。有个题外话我得跟你，包括张晗君、赵国鑫你们俩说一说。”

没等王萌坐下，孙蕾就开口说："抛开被取消出版不说，王萌你觉得这本书的编校质量怎么样？"

王萌早就看到质检组审读出的一些低级错误，红着脸说："比较一般，有一些错误。"

孙蕾听王萌说得这么轻描淡写，有些不高兴，因为她认为编校质量事关重大。虽然出版行业有"无错不成书"之说，但意思不是可以堂而皇之犯错，而是无论编校多少次都难免出错。

孙蕾刚才翻看稿子时发现书中有不少错字："比较一般？你的编校质量在我这里根本不过关，我刚才随便翻了几页就发现很多低级错误，'褊狭'错成'偏狭'，'之于'错成'诸于'。就算质检组不叫停，我也得让你再编校一遍。"

王萌脸红难堪："好的，我下不为例，以后一定好好编校。"

孙蕾又说："还有张晗君、赵国鑫，你们俩的稿子也有类似错误。做编辑要树立一种正确的职业观，编校质量是重中之重，不能得过且过，要一字一句校对三遍再送审。红要一个一个核，更不要偷懒不核。"

赵国鑫小声嘀咕一句："又没被罚，何必大惊小怪。"

他虽然声音小，但办公室更小，孙蕾听见后瞪了他一眼："不能因为没有被罚就觉得质量过关，没被罚是因为别人编校质量更差，你们的稿子都超过了万分之一差错率的最低标准。图书质量管理的规定是差错率超万分之五全部收回，你们这三部稿子都得收回！张晗君是新编辑，还算情有可原，你们俩呢？"

孙蕾边说边用手机将2004年12月颁布、2005年3月开始施行的《图书质量管理规定》链接发到编辑部微信群里："好好看看规定，再比对一下自己的编校质量。我不希望下次再出现这种情况，别的部门编校质量如何、别的公司编校质量如何、别的出版社编校质量如何，都不是我们编校质量不过关的借口！如果一个编辑连编校质量都不合格，做再多畅销书都不是合格的编辑。你们重点看看第十六、十七、十八和十九这四条惩罚条款，奖励条款就不要看了，要不张晗君你读一下吧！”

张晗君脸红到脖子根儿，像小学生一样站起来，但看不到电脑屏幕，又坐下，读了以下四条：

第十六条　对出版编校质量不合格图书的出版单位，由省级以上新闻出版行政部门予以警告，可以根据情节并处三万元以下罚款。

第十七条　经检查属编校质量不合格的图书，差错率在万分之一以上万分之五以下的，出版单位必须自检查结果公布之日起三十天内全部收回，改正重印后可以继续发行；差错率在万分之五以上的，出版单位必须自检查结果公布之日起三十天内全部收回。

出版单位违反本规定继续发行编校质量不合格图书的，由省级以上新闻出版行政部门按照《中华人民共和国产品质量法》第五十条的规定处理。

第十八条　对于印制质量不合格的图书，出版单位必须及时予以收回、调换。

出版单位违反本规定继续发行印制质量不合格图书的，由省级以上新闻出版行政部门按照《中华人民共和国产品质量法》第五十条的规定处理。

第十九条　一年内造成三种以上图书不合格或者连续两年造成图书不合格的直接责任者，由省、自治区、直辖市新闻出版行政部门注销其出版专业技术人员职业资格，三年之内不得从事出版编辑工作。

所有编辑都知道近几年图书编校质量每况愈下。赵国鑫知道这一规定但从没有看过，王萌也仅限于知道差错率必须控制在万分之一内，张晗君只知道要竭尽全力消灭错别字、病句，但完全不知道《图书质量管理规定》还有如此详细严格的条款。如果没有质检组的审读，他们三人的稿子出版后都属于“三十天内全部收回，改正重印后可以继续发行”的情况。所以编辑们虽然抱怨质检组镣铐太紧，但也不得不承认质检组拯救过他们无数次。

孙蕾刚才发火的时候，他们都觉得有点小题大做，不过是编校质量问题而已，下次多注意即可，没必要上纲上线，但了解这几项规定后才觉得这是一件非常严肃的事情。从《图书质量管理规定》条例来看，他们三个人根本没有资格做编辑，整个编辑部没有一个合格的编辑。

孙蕾刚入职时说七部是一个没有编辑的编辑部。作为一个有三年工作经验的编辑，赵国鑫嘴上不说，但心里一直不服，如今他由内到外十分服气，并为自己从业三年连编校质量都不合格而汗颜不已。

但目前的工作重点不是编校质量的问题，不是编校质量不重要，而是现在有比提高编校质量更重要的事情待解决。排版很快改完质检组编校出的硬伤，王萌将 320 页的稿子分给张晗君、赵国鑫每人 100 页，自己留下 100 页，剩下 20 页拿给孙蕾。孙蕾给他们进行修改示范后迅速离开，展开了“公关”行动，她首先“公关”的是兼任二中心主编的副总编辑郁震。

“你一来我就知道是什么事，肯定不是请我吃饭，而是请我吃我名义上直接上司的闭门羹。”郁震放下正在看的《超级 IP：互联网新物种方法论》说。

“《超级 IP：互联网新物种方法论》。”孙蕾没有接话，而是读了一遍书名，“郁总也信 IP 是新生事物这一套理论吗？可为什么我昨天看到你在微信朋友圈发了一句‘已有之事，后必之有，已行之事，后必之行。日光之下再无新事，也无新套路’呢？”

“正因为看了这本书，我才有以上感慨。IP 只不过是一个新炒作的概念，并不是什么新鲜事物。可是大多数人只会跟风，就像每年的流行色，几个时尚领袖拍一下脑袋就决定了大多数人的流行色。现在 IP 确实有越炒越热之势，老板说我们公司也不能只生产图书，隔太平洋下令让我也研究研究。”

“看来老板是要下一盘很大的棋。作为一个小员工，我想知道我们的一个小棋子《我失败的人生不需要向谁交代》确定是废子了吗？”

“唐总如果废了，那基本就没有复活的可能。虽然他只是名义上的总编辑，但有一票否决权。况且，如果你们的稿子确实传播负能量，以你的职业操守，也不会强迫公司为一部稿子冒险吧？”郁震假装无奈地叹了口气。

“稿子根本没问题啊！唐总和他手下那帮拿着放大镜找碴的返聘人员最大的问题就是读书太少而想得太多，这本书只是探讨了一个永恒的话题——人生的意义。古往今来，探讨人生意义的书汗牛充栋，最近出版的也非常多，无论是托尔斯泰的《忏悔录》，还是你最喜欢的莎士比亚戏剧都探讨过。”孙蕾越说越激动，“不信我给你找一段莎士比亚的，《麦克白》中有一段台词：‘人生不过是一个行走的影子，一个在舞台上指手画脚的拙劣的伶人，登场片刻，就在无声无息中悄然退下；它是一个愚人所讲的故事，充满着喧哗与骚动，却找不到一点意义。’”

郁震听到她激动地背诵莎士比亚大笑不已：“哈哈哈哈，你这是在演话剧吗？公司还没有开展话剧业务呢！”

孙蕾不理会他的嘲笑：“我背诵这段是因为莎士比亚每年都有好多新版本在出，托尔斯泰的《忏悔录》也有不少版本在售。他们可以出，我们这本书为什么就不可以呢？什么时候起，探讨人类永恒话题竟然成了传播负能量呢？”孙蕾开始只想表达观点，但越说越激动，到最后成为质问郁震、批判唐棼。

“不要激动，不要激动，不就是一本书出版不了吗？你也做过多年编辑，你们编辑不是有句话说‘没做出无法出版的书就等于没做过编辑’的吗？”

“这话就像失败者说‘过程才是最重要的，输赢无所谓’一样是自我安慰。输赢怎么可能无所谓，因为输了只能这样说，因为出版不了只能这样说。辛辛苦苦找选题、签合约、找翻译、做编校、做封面、做征订单、做新书信息，以及各种各样琐碎的工作，付出这么多，最后却因为一句话全白费，没有人会觉得无所谓！”

“板上钉钉的事，很难咸鱼翻身。”

“我们可是唯一签了生死契约的部门，能否完成任务不仅关系到我们四个人的去留，也关乎您的声誉不是？”

关乎自己声誉的事情才会令人关心，郁震想了想说："保证书而已，怎么到你嘴里成生死契约了，没那么严重。所以，你想怎么做，又想让我怎么做？"

"我们部门编辑在改内文，我让他们在不违背作者原意的前提下，把一些负面句段修改得不那么直观。比如把'一个人无论活多久，最终的结局都会是死亡'改成'人生是一次旅程，无论多漫长总会到达终点'。"

"不违背作者原意……好吧，这也勉强算可以，那你想让我做什么呢？我可不会改稿子！"

听他这话是同意相帮，孙蕾赶紧说："当然不敢劳您大驾做这种琐事，只是想让您在我们说服唐总时，能敲敲边鼓，吹吹枕——耳边风，您觉得可以吗？"

"这样啊，那我得看一遍稿子，也好有的放矢，你们尽快把稿子改完打印一份给我。"

"好的，我们搞定内文，马上打印一份呈送给您。就不打扰您研究 IP 了。"孙蕾说着就要走，但被郁震喊住："等等，如果我帮你搞定唐总，你也得帮我一个忙。"

孙蕾不知道郁震要提什么要求，但无论什么要求都最好不要答应："上司帮下属解决问题难道不是职责所在？"

"我的管理理念是无为而治，尸位素餐才是我的职责，帮你解决问题完全出于道义。"

"那么，您要求我出于道义帮您解决什么问题呢？"

"现在还不一定，也许需要，也许根本不需要，但你要记得有这回事，欠我一个人情。"

看来不是大忙，孙蕾就随口答应："好，我欠您一个人情，随时恭候您来取。现在可以走了吧？"郁震笑着挥了挥手，孙蕾扭头诡秘一笑，出门向唐棼总编辑办公室走去。

今天的唐棼并没有写诗，而是改写毛笔字。写作和写字是他的两大爱好，当然都只是爱好，均无所成。不过也不能说完全一无所成，毕竟他也出过三本书，也曾给图书题写过书名，虽然题的就是自己这三本。

孙蕾曾参加过几次唐棼的每周工作培训，但听来听去讲的全是车轱辘废话，无非意识形态要年年抓、月月抓、日日抓，两手都要抓，两手都要硬，不能放松一点警惕。他说的并非不对，但也卑之无甚高论，后来就让张晗君三人轮流代替整个部门去听训，代替大家签字。当然，去的次数不多，听之者众，且刚入职不久，唐棼并不认识孙蕾。但自报家门后，他立刻明白她所为何事，直接写了四个大字“不可儿戏”表明态度：“做出版不是过家家，不是演电影，不是演文明戏，也不是排话剧。不可儿戏，你们这本书太儿戏，所以我建议取消出版，我的意见不是儿戏，不可撤销。”

看到唐棼如此笃定，孙蕾做了当前唯一能做的事——承认错误，而且错得离谱：“唐总您说得对，我们的稿子确实有很大问题，三观确实有些问题，感谢唐总批评指正，也感谢唐总及时叫停。如果就此出版可能会造成不良影响，所以更要感谢唐总取消出版的建议，现在我们正在全力修改，书名也会重起，希望唐总能够给我们一次改过自新的机会。”

唐棼不置可否，也一直没有抬头看她，继续写着“不”字开头的成语：不敢苟同、不卑不亢、不可理喻、不可名状……不足为训：“看到你们对工作这么热情认真，我一口回绝也不近人情。但我一个人说了不算，你们先去征求副总编辑的意见，只要他同意，我也愿意给你们一次改过自新的机会，但质检组有最终决定权的是本书审读员朱干才老师！”

唐棼一推二六五，把责任推到郁震和审读员身上，也许是想让孙蕾在郁震那一关就铩羽而归，根本没想到孙蕾已然搞定郁震。不过混迹职场多年，孙蕾也懂如果要找有最终决定权的人通融，最好让他觉得自己大权在握，千万不要让其知道已经找过他的下属或者上司。倘若他知道自己权力遭人染指，必将适得其反，因此她假意恍悟："哦，您说得对，确实也需要跟郁总沟通一下，更得跟审读老师沟通沟通。谢谢唐总指教！另外，我有一个小小的请求。"

唐棼迟疑地问道："你还有什么请求呢？"

孙蕾说："是个小小的请求，刚才看您写毛笔字，觉得您的书法很有张旭之风，所以想请您赐一张字，写一个'下不为例'给我们编辑部。"

孙蕾一下子拍了唐棼两个马屁，他高兴得话都没说，挥毫而作，一气呵成四字狂草。

第二天中午稿子改完送到质检组的同时，孙蕾携整个部门以"今后请多多指教"的名义请《我失败的人生不需要向谁交代》的审读人员朱干才吃了一顿海底捞。席间他们每个人都说了十多遍"请多多指教"，朱干才也当仁不让地回了他们几十个"一定一定"。

当然，孙蕾不止一次暗示唐总和郁总都已经同意二审，朱干才在出版社干过多年，也知道他们献殷勤的目的，但也一直说一切决定权在稿子、在唐总编辑，不在自己。

功夫不负加班人，改后的稿子比原来含蓄很多，而且很多句子都会因读者不同而可以有正面和负面的理解，也算部分没有违背作者原意，重新起的书名也比较正能量——《所有的失败都会将人生照亮》。朱干才不过是退休返聘多赚一份工资，二审稿子确实比较符合要求，自然愿意顺水推舟做个人情。当然，为表示责任心，更为显示专业性，他在二审稿子中标出了几个无伤大雅、可改可不改之处，最终给出的意见是：稿件经过编辑认真润色后，三观正，积极向上，符合公司出版理念，但仍有几处错误，望修改。是否同意出版，请总编辑唐棼先生定夺！

唐棼的决定权很重要，但他并不审稿，且忙于写诗，意见大都来自审读人员，也因此闹出过不少笑话。比如有审读人员把某本稿子中"魏晋尚清谈"错改成"魏晋尚清淡"，唐棼虽也经常清谈，但并不知"清谈"，也认为应该改成"清淡"，为编辑部增加了一点"清谈"之资。既然朱干才认为二审稿子三观正，郁震也专门过来表示认同，尤其是书名更是透着满满正能量，所以唐梦给出的复审意见是：同意修改书稿和书名后出版，下不为例！

董事长主要参考唐梦的意见，故《所有的失败都会将人生照亮》在公司打通所有关节后，最终复活。出版社虽然对他们在终审后大动干戈改稿非常不满，因为他们必须再审一遍，但公司又付了一笔审稿费，也就没再抱怨。

货卖一张皮，励志书卖封皮更卖书名。改名为《所有的失败都会将人生照亮》后征订非常不好，原本对这本书期望较大的发行不再期待，也没有替《所有的失败都会将人生照亮》多吆喝两嗓子。最终征订只有 11000 册，首印数为 11588 册，比张晗君的《你一定爱读的极简美国史》少 1000 册，比赵国鑫那本后来改名为《在黑暗中等待》的影评集也只多 1500 册。

签印刷单时，孙蕾觉得有整有零的印数有些奇怪，自己当初做编辑时几家公司印数都以百计，不会精确到个位。但她也没多想，毕竟不同的公司有些微不同实属正常，况且现在图书市场越来越细分，销售越来越垂直，印数精确到个位数也在情理之中。

经历了整个过程的王萌虽然身心俱疲，但更庆幸《所有的失败都会将人生照亮》得以重见天日；参与了部分过程的张晗君深刻理解了什么是戴着镣铐跳舞，更明白了什么是尽力而为；参与了部分过程的赵国鑫暗想如果自己是本部门总监，估计这本书就只能“在黑暗中等待”了吧？

注：

《爱过是美丽》一诗引自毛姆《作家笔记》并有改动

九 别人的编辑部，别人的好选题

《所有的失败都会将人生照亮》首印远远低于预期，另外两本书首印也不高，选题的需求就更加迫切。孙蕾加大找选题力度，也再次鼓励编辑们广泛撒网，尽力多找选题。从过气的天涯到过气的藤萝，再到一直没成气候的知乎都不要放过。从过气的作者到过气的网络红人，再到渐渐成气候的公众号作者都可以联系，只要内容尚可，先多多益善，再慢慢筛选。

为了避免选题撞车，三个编辑划分了势力范围。张晗君平时混藤萝选择藤萝；王萌在知乎回答了不少关于出版的问题，也是个小有名气的知乎大V，自然选择知乎；早年混天涯的赵国鑫现在决定向公众号下手。

张晗君每天早到公司半小时，看藤萝首页、藤萝半刻的文章，晚上下班后再重复早上的动作半小时，但找到的文章要么不合适，要么作者粉丝太少，还有的文章适合，粉丝量也可以，但文章太少。虽然《漫长的挽歌》失而复得，但她并未感到轻松，通过王萌的遭遇，她更害怕《漫长的挽歌》也因不可控因素而无法出版或者无法如期出版。因此她希望能够多弄几个选题，有备无患，可越着急越事与愿违。

周四加班做完《你一定爱读的极简美国史》下厂文件，又浏览了半天藤萝，依然一无所获的张晗君回到家时已接近10点。她轻轻开门后发现，今天在客厅等的是最近对她比较冷淡的爸爸："爸，你怎么还没休息，我妈呢？"

"你妈今天有点不舒服，就早睡了。我在看球呢！"

张晗君当然知道爸爸是在等她回来："哈哈，你连模特走秀都不看，什么时候成球迷啦？”

“爱好是可以培养的嘛！模特跟球迷有什么关系？”

“没，没关系。你继续看吧，我洗漱去了。”张晗君意识到玩笑开得有点大，赶忙找理由开溜。

“等等，陪我看会儿模特儿，不是，看会儿球。”

就像工作场合吃饭从来就不只是吃饭，张父说看电视从来也不是看电视，而是有重要的事要谈，所以她顺从地坐下陪爸爸看球赛。

“最近你天天起早贪黑的，我晚出早睡，所以几乎见不到你。”

“最近比较忙，所以就早出晚归。”

“工作忙是好事，起码说明你的人生没有虚度，但也不能忙得没有时间考虑其他事情。”

“其他事情？现在对我来说，最重要的事就是半年内做一本畅销书出来！”

“我最近也常常想，你妈也说应该给你足够的自由。不应该以为你好的名义绑架你，但我觉得你还太小，不绑架你又不放心。”

听到这些老生常谈的说教，张晗君有些不耐烦：“爸，你到底要说什么，我都十八岁好几年了，自己的事自己能处理好。”

“你是二十好几了，但我不确定你成年没有。职场那么复杂，只靠努力工作是不行的，所以你越忙我越担心。”

因为没有服从父母的工作安排，爸爸从不关心她的工作，现在突然谈起让她既高兴又狐疑。高兴的是爸爸开始关心自己的工作，狐疑的是爸爸关心的目的可能是想让她放弃：“我就是个小破编辑，没什么复杂的人际关系，况且有什么事儿也有我们孙总顶着呢！”

“你们孙总再厉害，也不能解决你的所有问题吧？”

“但她敢跟领导讨价还价，还成功了，确实很厉害，最近有个选题被我弄丢了，她又抢回来了，也确实有两下子。”

“选题弄丢了？我怎么没听你说起过？！”

话一出口，张晗君就意识到自己失言了，想遮掩过去：“没什么，就是《漫长的挽歌》，因为我不懂装懂惹得作者不高兴，被周——其他同事抢走了，我们总监又抢回来了。”

“周？周末抢你的选题？！”张父高声问道。

张晗君真正体会到了言多必失，懊悔地站起来说：“嗯，是周末抢的，但又抢回来了。不说了，我睡觉去了，明天还得早起！”

“别走啊，我还没有说正事呢！”

张晗君指了指电视机：“正事不是看球赛吗，可都播完了啊？”

张父轻声但严厉地说：“坐下！给我讲讲怎么回事。”

张晗君条件反射般坐下，不情不愿地简单讲了讲事情经过。

张父听完后说道：“你知道周末这种做法是什么吗？杀熟。”

张晗君沉默不语，她不想知道什么是杀熟，也不想听爸爸分析周末的行为，但也不得不听。

“有些人交朋友的目的是觉得对方有利可图，这无可厚非，但这些人有时候会‘道义放两旁，利字摆中间’，抢熟人的生意，这种行为就是杀熟。”

“哦。”

“你就是被周末杀了熟。”

“哦，是。”

“我年轻时也被朋友杀过熟，你师哥真是你师哥，又给你上了一堂职场课。”

张父不仅说教还讽刺，让张晗君很不爽，她噘了噘嘴：“遇到这种事你不仅不安慰，还讽刺，你可真是我爸！”

“职场很复杂，得处处小心，所以我才想给你安排个轻松的工作。”

“你自己都被杀熟，你安排的工作也肯定会有职场斗争。”

“那免不了，但如果你有背景，别人在下手前会考虑考虑，没准就不搞你了。”

“我就喜欢这份没背景靠自己的工作，反正我们有半年之约。不说了，我真去睡觉了。”张晗君说着站起来。

“周末不错，敢杀熟，前途一定无量。”

张晗君假装没听见爸爸的二次挖苦，但张父接下来的话就难以假装了：“对了，刚才也没说到正事，正事是你妈给你物色了一个相亲对象，我们先把把关，过段时间安排你们见见。”

听到“相亲”二字张晗君再次条件反射，几乎喊起来：“你们可真行啊，我上大学时三令五申不让我谈恋爱，我刚毕业半年，就让我相亲，可真是亲生的啊！”

“小声点，你妈睡觉呢！就这么定了，你快去洗漱、睡觉吧，明天还得早起不是？”

次日张晗君照例看藤萝时发现一篇好文章，无论内容还是作者的粉丝量都符合要求，她大喜过望去联系时发现，原来此人向自己投过稿。只是当时她写的是严肃文学，张晗君以公司无此产品线为由拒绝，现在改写鸡汤。她抓紧联系作者，但得到的回复是已签约，并说即使没签也不会与重塑文化合作，并附言道：当年我的纯文学你嗤之以鼻，如今我的励志文价高你攀不起。非但如此，她联系其他鸡汤作者时也惨遭拒绝，大多数作者在她表明重塑文化编辑身份时，便不假辞色拒绝之，更拒绝解释原因。

王萌和赵国鑫都物色到好几个选题，只有自己还没有着落，张晗君直感觉自己是后进生，而且不知道如何后进。今天工作不算忙，她本想多刷刷藤萝，兴许能临门一脚找个把作者搪塞一下，但没想到一上午才忙活完新书信息资料包，下午刚上班孙蕾就跟她说，印制部周跃辉找她有要事面谈，并且特意说不准孙蕾插手。印制主动找编辑一般不会是什么好事，也都不是小事，“不准孙蕾插手”更是吓得张晗君不行。昨天她刚跟爸爸吹“有什么事儿也有我们孙总顶着”，难道今天就出了严重到上司也保不住她的问题？

张晗君急忙赶到印制办公室，却看到周跃辉正在被上司痛骂。印制部总监吴光批评周跃辉不经他同意就换厂，印制无小事，印厂更换更是大事，不能自作主张。周跃辉据理反驳说该厂备纸不够，调纸来不及。年底要赶印一大批书，换厂的这本又是重点书，发行要求年前发货，情急之下，他就换到了一家正好有纸有档期的印厂。吴总监无法反驳，但还是粗暴地骂了一句："那你他妈的换厂也要告诉我一声，不能自己说换就换，出了问题还不是首先找到我头上。"为了堵住周跃辉的嘴，吴光又加了一句，"好了，别废话了，抓紧忙你的吧，这不有人来找你吗？！"就出去了。

周跃辉本以为上司会夸他会变通，不料被劈头盖脸臭骂一通，憋了一肚子窝囊气，正愁没地方撒，看到一直在等他的张晗君，周跃辉打量她一眼，估计这么年轻的同事不会是部门总监，就摆起谱说："你是编辑吧，哪个部门的，找我有什么事吗？"

张晗君不知道应该先回答哪个问题，没动脑子就说："是你叫我来的，说是有问题要问我。"

周跃辉一听更怒："我有问题要问你？！我能有什么问题问你们这些小编辑啊？！肯定是你的书出了问题！我叫你过来是解决问题的，肯定不是向你请教的！你叫什么名字，哪个部门的？"

工作以来第一次被人训斥，张晗君战战兢兢地回答："我是第七编辑部的小编辑张晗君。"

三十来岁的周跃辉摸了一下深深的"地中海中心"，瞥了她一眼说："是你啊，我就说我不可能有什么问题请教你，我叫你来是因为你有问题，你的书出了大问题！"

张晗君现在不仅点战战兢兢，简直要浑身发抖："大问题，什么大问题啊？"

肥猫周跃辉终于捉住一只小老鼠，故意不谈问题，继续训斥："印制无小事，在印制上出了什么问题都是大问题！之前有一个封面文件出了个小问题，那本书首印十万册，废了十万个封面不说，还错过了最好的上市时间，小问题变成大问题。最后编辑被开除，部门总监降职。”

周跃辉举的例子吓得张晗君冒出一身冷汗，虽然自己的书没能印十万册，但听起来也有小问题酿成大问题的可能：“那周经理，我的书到底出了什么问题啊？”

肥猫玩腻小老鼠，摸了一下三层下巴：“你的问题说大不大，说小也不小，印张搞错了！印制单上填的是 18 个印张，16 开，应该是 288 页，但你的清样稿只有 286 页，少了两页！”

张晗君想起印制表是提前填好的，但稿子在出版社和质检组审读后最后一章删掉一页的内容，虽然目录、书眉无变化，但有字页码最后一页由 283 变成 282，版权页加背后的无字页两页、目录两页，最后要加两个白页才能凑够 288 页，18 个印张。稿子没问题，但印制表错了，确实是小问题，改一下印制表即可。

张晗君松了一口气，但慎重起见，她决定把稿子拿回去再核对一遍：“确实是我出了问题，谢谢周经理，我把稿子拿回去再检查一遍。”她拿起稿子和印制表就要走，但被周跃辉拦住：“你先别走，我话还没说完呢！”

张晗君只好暂停站定：“您还有什么要指教的吗？”

周跃辉坐在那里手里转着一支笔说：“指教不敢，但作为一个年长你几岁的图书行业从业者，我传授你一点选题经验：你们部门的选题都太没有……怎么说，用你们的话说是太没有市场号召力了！你看看这些书名：《在黑暗中等待》《所有的失败都会将人生照亮》，尤其是你这本《你一定爱读的极简美国史》，这书名简直烂大街，我最近下厂的书得有八本叫‘极简史’的，但是书一本比一本厚，应该叫极厚！你这本书 288 页，一点都不简，定价还 39.8！”

虽然印制的职责是印刷图书，发行的职责是发行图书，质检的职责是审校图书，但不知从何时起，重塑文化编辑以外的员工，都会抓住一切机会教编辑找选题、起书名、做封面。唯独编辑不会教编辑，倒不是编辑就没有好为人师者，只是编辑才不会把真正有用的宝贵经验传授给冤家同行！但周跃辉说得也不无道理，自从《你一定爱读的极简欧洲史》畅销之后，“极简史”简直成为很多历史书名必用词，大有赶超当年的“一本书读懂”之势。

张晗君无法也无意反驳周跃辉，连忙拿着稿子，边走边说：“感谢周经理的指教，我一定将您的宝贵意见反馈给我们部门。我先去改印制表和拼版顺序了，您忙吧，不打扰了！”

张晗君一边往办公室走一边恨自己粗心，有时候她恨不得自己是吹毛求疵的处女座，也许只有心细如发才不会出印制错误、校对错误。回去之后她还得主动向孙蕾报告错误，少不了又得被“指教”一番，顿觉自己确实是个不合格的新编辑。

她拿着稿子直接去孙蕾的办公室，但孙蕾不在，张晗君往回走时遇到第六编辑部总监王懋平，点头打过招呼后，她正要回去，王懋平却把她叫住了。张晗君感觉自己好像是回到中学时代，哪个老师想批评一下就把自己叫到办公室去，她敢怒不敢言，只能乖乖听命，跟着王懋平去他的办公室，关门的一瞬间特意留了一条缝。

王懋平是重塑文化著名编辑，但他著名不是因为年年超额完成码洋任务，而是业内有一些他对女编辑私生活过于关心的传闻。郁震也知道此传闻，虽然并不太信，但他做人事总监时为避免一些不必要的纠纷，就只推荐男编辑给他面试，所以在图书行业阴盛阳衰的情况下，王懋平的部门竟然五个编辑全是男性。

张晗君没听过此传闻，留门缝是因为她想起了爸爸说的职场复杂、处处小心，又想起之前在藤萝看到的一篇职场女性新人如何与难缠的男上司周旋的文章。王懋平看到但没说话也没关门，坐在办公椅上，也请张晗君坐在对面后，滔滔不绝起来：“你们编辑部就是传说中的别人的编辑部，编辑们工作都很认真，感觉你们每天都充满干劲，我部门的编辑一个个天天在那儿混日子，什么工作都要催，不催不赶不往前。我真羡慕你们孙总，只要找选题就行，我得找选题，还得盯封面、改文案，现在我都沦落到亲自编校稿子的地步了。”

张晗君不知道他这个王者编辑葫芦里卖的什么药，觉得拍马屁是唯一的回应：

“王总您能者多劳，多劳多得嘛！”

几句没什么水平的马屁拍得王懋平很开心：“多劳是多劳，但是不多得，我只有工资和年度码洋提成，平时编校没有编校费，做完一本书也没有项目费。我也不拐弯抹角了，我觉得你是个非常优秀的图书编辑，我手上压着很多重点选题没有人做，你有没有兴趣到我的部门来？”

刚因犯低级错误被印制批判一番，现在又被人夸是“非常优秀的图书编辑”，还盛情邀请自己做“入幕之宾”，职场果然复杂无比。张晗君虽是职场新人却也知道这种事情即使有答案也不能立刻回答，而是要假装慎重考虑：“我们部门的编辑都很羡慕你们部门的编辑，是我们眼中的‘别人的选题’，但我也很喜欢我们部门的工作氛围，孙总对我也不错。感谢王总抬爱，我先考虑一下再给您答复可以吗？”

王懋平也知道不会立刻得到答复：“你慎重考虑更说明你是个认真的编辑。我等你消息，有什么需要帮忙的，你也可以随时找我。”

张晗君鞠躬感谢后回到办公室，她确实曾经怀疑过自己跟着孙蕾签投名状、领最高码洋任务是不是头脑一时发热，也很羡慕其他部门动辄三四万首印的重点选题，更希望自己能够操作一本重点书，而不是做这种连印制都不看好的小选题。

同时她又觉得孙蕾对自己非常好，工作上有问必答，倾囊相授，自己犯错也不会横加批评，而是积极帮忙解决问题。反观其他部门，编辑无一不在背后骂部门总监工作时如何把自己当牛当马使，邀功时如何把自己当空气，甩锅时如何推自己挡箭。

她并非完全没有心动，但念头只刹那转过。最近一段时间张晗君深切体会到经验的重要性，自己现在的编辑能力尚不足以单独操作重点选题。她给自己的规划是先在孙蕾的指导下做几本书，成为一名合格的文字编辑，再在孙蕾的教导下学习策划选题，成为一名策划编辑。王懋平也许只是让自己做案头工作，从长远来看，工作能力不会得到提升，也不会成为真正的图书策划编辑。况且，她还有与父母的半年之约，只做文字编辑肯定毫无胜算。

打定主意后，她决定先核对一下稿子和印制表，再主动跟孙蕾承认印制错误，然后再报告王懋平抛橄榄枝的事，免得她从其他渠道得知解释不清，万一被讹传成是自己投诚就不只是解释不清的问题了。

因为孙蕾不在，也因为孙蕾之前说过，如果她不在公司，工作上有问题可以先向赵国鑫请教。最近一段时间以来，他们三人的关系也越来越像一个团队，虽然图书编辑的工作性质决定编辑之间不会有太多协作，但因为同在一个编辑部，有共同的码洋任务，加之《所有的失败都会将人生照亮》的事故，着实拉近了三人关系，办公室的氛围好了很多，经常边聊边干活，倒也算是劳逸结合。

张晗君核对完印制表后又问了赵国鑫一些下厂前要注意的问题，装作很八卦的样子问赵国鑫："我们中心其他部门是怎么签到像余华、余秋雨、严歌苓和毕淑敏这种大作家的？我们部门的作者怎么最多也不过是名气还可以的作家，没有首印五六万、十几万的大作家呢？这种书一本就能完成将近一千万任务啊。"

赵国鑫以长者的姿态答疑："这确实是个问题，但公司码洋考核不是这样算的，前提还得看这本书能赚多少钱。如果成本高于一定的比例，码洋会相应降低，比方说你签了一个大作者，首印 25 万册，版税 15% 甚至更高，印制成本也高于 17%，那么算下来，码洋可能最多也就相当于普通书的三四万册，最多也就两百万。"

张晗君听后十分吃惊："有这样的规定，我怎么没看到啊？"

王萌插嘴："劳动合同里有这样一条，你肯定没有仔细看。"

赵国鑫继续展开："赚不到钱，码洋再高也没用，如果真单纯考核码洋，我们可以做套装书，两套十几本的大书，定价再高点，码洋任务不用说 4000 万，7000 万都不在话下。"

张晗君十分不解地问："那为什么还有人做大作家的书啊？"

赵国鑫干脆暂停工作，一本正经地科普起来："但即使这样，折算下来，也比做一本首印一万的书强啊！况且名家的书好卖，加印的可能性比较大，加印才是做名家作品的重点，如果能够加印三五万，就会多出两三百万码洋，这些就能全部算进码洋任务。”

张晗君想了想说：“确实，加印才能多完成码洋。我们不做名家名作，怎么能完成任务呢？”

赵国鑫说：“这确实是个问题，不过你放心吧，完不成也不会被开除，以我对公司的了解，对我们不会怎么着。”

王萌不太相信赵国鑫的推断：“虽然前段时间离职和被离职的人不少，没完成任务留在公司的也大有人在，以前确实不会因为完不成任务辞退编辑，但今年不好说啊，郁总也许来真的呢！”

张晗君更认同王萌的分析：“我觉得萌总分析得对，郁总看起来不像是开玩笑。”

赵国鑫沉吟道：“郁震应该是想改革，我们部门是试验田。可是吧，公司人际关系错综复杂，他一个人撬动不了。最后极有可能失败，但愿城门失火，不会殃及我们这些池鱼。”

张晗君原本想旁敲侧击的是六部总监的底细，就拉回正题：“为什么五部和六部都有那么多重点选题啊，他们的总监好厉害啊。”

赵国鑫原本已经收心准备写文案，但现在被她扰得写不下去，干脆继续神侃：“五部的罗总监是鞠主编的老部下，很多选题是他给的，自己也干了多年编辑，作者资源还是有的，所以能找到大选题；六部王总是个诗人，非常擅长混圈子，你看他的朋友圈天天发的都是跟这个作家、那个名人的合影。王总通过给圈子中的人出书结交混圈子的作者，这些混圈子的作者也就愿意帮他联系大作者，所以能签到大选题。不过他们俩都不喜欢部门编辑报选题，跟以前的王翰林一样，觉得部门里只有自己是策划编辑，其他人都是自己的文字工作者。”

张晗君暗暗庆幸自己的选择，并继续向前辈请教：“真是‘鼠有鼠路，蛇有蛇道’，那你们说我们孙总是什么路数啊？”

一个部门出版什么书往往取决于部门总监的喜好和市场判断，因为报选题要通过的第一关就是部门总监。聪明的编辑想要自己做选题就得投总监所好，所以摸清部门总监的路数十分重要。

赵国鑫笑说：“小鸡不撒尿，各有各的道。孙总可能是孙大圣的路数，谁也摸不清她是七十二变中的哪一变。”

张晗君感慨：“职场还真是复杂，光找选题都各有各的不同。”

王萌不同意赵国鑫的看法：“孙总可不是孙猴子路数，她是‘八仙过海’的路数，让我们‘各显神通’。”

王萌不出口则已，一出口必既诙谐又辛辣，张晗君和赵国鑫大笑不已。王萌却正色问道：“话说回来，你们的选题找得怎么样了？我找到一本健身书选题，作者在知乎还算是个大V，但文章比较杂乱，不太好编排分类，也不知道该怎么提炼主题。”

赵国鑫说：“我也算是找到一个，一个讲植物的博物科普选题，一个很火的公众号，内容一般，但作者是个标题党，所以几乎每篇文章阅读量都能达到10万+。我这个也不太好编排，还不知道怎么填选题表呢！晗君总你呢？”

张晗君听到赵国鑫对自己的称呼是在戏谑非但没有不高兴，还代之以自嘲：“晗君总最近总被拒绝，藤萝鸡汤作者都拒绝了我。一开始聊得挺好，但他们一知道我是重塑文化的编辑就立马拒绝。我截图给你们，帮我看看是不是沟通方式不对，你们教教我怎么跟作者打交道。”

赵国鑫看完截图后觉得张晗君的沟通完全没问题，但作者也确实在她表明身份后都一口回绝，他不认为是她沟通有问题，但张晗君还是觉得自己沟通不慎是唯一解释。

无法说服她的赵国鑫把自己跟作者的沟通截图给她看：“你看我跟作者的沟通，跟你差不多，或者说不如你的沟通方式圆润，但作者很快就同意了。可能不是你的问题，是不是藤萝作者的问题？”

王萌再次插嘴：“我听说藤萝作者一半自称有抑郁症，一半已确诊。当然这是玩笑话，也许是其他问题，我也不太清楚。赵总你觉得呢？”

赵国鑫也百思不得其解：“也许大概可能是藤萝作者的问题，然而未必不见得就不是我们编辑的问题，但应该不是沟通问题。”

张晗君现在相信也许真不是自己的沟通问题，但其他编辑找到选题，自己一个也没有找到，她还是感觉相当挫败。印制表和清样稿核对无误后，她实在不想再见周跃辉，怕他再传授编辑经验。周跃辉虽然工作多年，天天与书打交道，但从不读书，更不了解图书市场，实在没什么资格教别人找选题，奈何好为人师是他之本性。他经常对来送稿子的新编辑说：“专业的人做专业的人，印制成本要由印务经理核算，不要以为自己知道公式了就擅自计算。”他却经常教图书编辑如何策划选题。张晗君曾听赵国鑫说周跃辉不仅教编辑找选题，还推荐选题给编辑，以前她并不相信，现在深信不疑。好在王萌正好要去印制部找周跃辉核算《所有的失败都会将人生照亮》的成本，她就让王萌帮忙送稿，代为受教。

从微信得知孙蕾今天下午不再回公司后，张晗君将印制表错误原原本本汇报，并主动承认错误。孙蕾没有批评她，而是先承认自己把关不严，以后会严格把关，也希望张晗君工作要更加细心，图书编辑最好像处女座一样对细节吹毛求疵。

接下来她告诉孙蕾王懋平的“邀约”，也说了自己的“谢邀”。孙蕾在电话那头沉默几秒后，淡淡地说：“如果你想去，我也不拦你，毕竟他能授你以大鱼，我只能给你小虾米。我也不会说什么‘授之以鱼不如授之以渔’。原因有二：一、从眼前来看，渔显然不如鱼；二、从长远来看，并不是所有人都能学会捕鱼。”

孙蕾的一番话表面上很大度，但句句透着阴阳怪气，张晗君也能从语气、用词听出她曲解了自己的意思，连忙解释：“孙总，我不是那个意思，我压根儿没想过去他的部门。”

孙蕾丝毫没有掩饰自己的怀疑："既然你不去，那你告诉我的目的是什么呢？"

张晗君急得快哭了："我是想让您第一个知道，也是从我口里知道，不想让您从别人那里知道，产生更大的误会。我很清楚自己是个新编辑，现在最重要的是打好基础，我也掌控不了大选题。我更希望自己能学会捕鱼，做一个真正的图书策划编辑。"

孙蕾没有说话，电话沉默了，两人都无比尴尬，一个尴尬的是自己被误会，另一个尴尬的是误会了别人。最后张晗君换了个话题打破沉默："我在藤萝上约稿都遭到拒绝，我以为是自己的沟通方式不对，请教了一下赵国鑫和王萌，他们俩都觉得问题好像不是出在我这里，但也不知道是什么问题。现在该怎么办，我还一个选题都没有找到呢。"

"我也不知道什么原因，但我觉得找选题的时候先预设一个主题，自己心里有谱比瞎看乱抓会好一些。据我了解藤萝新晋红人的版税一般是七八千首印、七八个百分比。你条件报高一点试试？我们可以报 10000 甚至 12000 册首印，8 个百分点——也许会有用，毕竟混藤萝的人收入都跟图书编辑差不多，条件稍高点也许就能搞定？"

"好的，谢谢孙总指点，那您忙吧，我这就去试试。"

"好，10000 还是 12000 册首印，你根据内容考量。顺便跟你说个八卦：你知道六部为什么全是男编辑吗？"

"不知道，难道——王总不会是 gay 吧？"

"恰恰相反，他对女编辑特别关心，公司就只给他发男编辑简历。"孙蕾加重了"特别关心"四个字的语气，"你做了一个正确的选择，拜拜！"孙蕾说完挂了电话，独留被"特别关心"过的女编辑张晗君原地尴尬。

今天她工作没做多少，倒确实在职场中周旋了数次。先被周跃辉指教，又被王懋平盛邀，再被孙蕾怀疑，令她十分沮丧。但这些经历并非毫无用处，更甚者说是大有用处。她跟孙蕾通完电话，整理思绪时，这些经历蒙太奇般流过脑海，最后变成选题的主题——职场。

沮丧瞬间变为兴奋，她决定根据孙蕾“财帛动人心”的建议再次在藤萝寻找作者。很快她就找到符合主题的作者，果然一报版税条件就得到积极回应——当然也有依然不回应的，毕竟财帛还是不够多，藤萝用户也不全是收入水平跟图书编辑一样的。回应她的人中最合适的是一笑清城，大概有一万粉丝，擅长写职场以及“父母皆祸害”类藤萝热门话题文章，回复如下：

Hello，晗君君，

我是个藤萝深度用户，也是个图书编辑，现就职于 ×× 图书。你们公司给的版税条件真高啊，我们公司原本想签我的稿子，但条件太低，就一直没签。我们春节前见面聊一聊？

么么哒！

一笑清城

两人很快就约定周六下午两点半某咖啡厅面谈。为有备无患，张晗君又联系了几个藤萝红人，也都得到不同程度的答复，有的让她做一个策划案出来再谈，有的则直接给她邮箱发全稿，当然依然有人不搭理她。

第二次单独见作者，张晗君吸取第一次的教训，早到少言。张晗君对一笑清城的印象是人如其文，十分温婉，言谈也让人如沐春风，唯一超出想象的是性别男。两人并没有多谈正事，毕竟目前只是约稿状态，真正要谈工作还得签约之后。因是同行，一笑清城给张晗君讲了很多业内不足为外人道的真相和业外没有人会关注的八卦。他还解开了张晗君一直以来的疑惑，原来她被藤萝作者“抵制”是因为重塑文化有个藤萝认证图书编辑天天骂纯文学作者，骂他们是瓶底都覆盖不了却晃荡成半瓶的装腔作势之辈，明明写的是烂鸡汤还自称严肃文学。结果帮重塑文化的编辑一举得罪了纯文学作者和鸡汤作者，重塑编辑集体遭到抵制。其实很多藤萝红人很赞同他那句“除了摆拍时的表情，我不知道这些自称严肃文学作家的人与严肃二字有什么关系，至于文学，除非学过汉语言文学专业，不然我也看不出来他们跟文学有什么关系”。

很少有作者，尤其是新作者会去抵制一家图书公司，毕竟会有在该公司出书的可能，况且重塑文化还算是比较大的图书公司。但藤萝新作者更怕得罪严肃文学作者，因为严肃文学作者在藤萝非常受追捧，无论写得多烂，粉丝都有三五万。他们虽非一呼百应，但也应之者众，他们的随手转发对提升新作者名气非常有帮助，所以一众新作者就积极捧他们的臭脚，抵制他们抵制的出版方和编辑。

张晗君翻开笔记本说：“最近联系到三个作者，选中一篇职场文的，我正在整理。”

孙蕾赞许地看着她：“不错，选题能力比我刚做编辑时强很多！”

张晗君憨憨地说：“按孙总的方法，上来就报了版税条件，收到不少回复，昨天甚至还有个写情感的作者回复说跟其他出版社谈好合同了，但也想到我们公司来面谈一下。”

“第一个你整理好报选题。面谈的这个，除非稿子特别好，作者特别有号召力，不然就算了吧。虽然同行抢作者不算什么，但这种首鼠两端的作者不好合作，免惹是非。”

张晗君本就对这种脚踏两条船的作者有微词，况且她现在处于找到预设主题的兴奋阶段，眼中只有职场类鸡汤：“嗯，那我就回绝他吧。”

孙蕾又问赵国鑫和王萌：“你们俩呢？”

照例是赵国鑫先回答：“我从公众号上联系到一个科普选题，内容还不错，浏览量和回复率都很高，目前在整理文章，稿量足够，但没编排好，也没定主题和书名。”

王萌接着说：“我的情况基本一样的，唯一不同的是，我从知乎上找到的是一个健身大V的稿子，争取本周内把选题表整理好，主题和书名也没有确定。”

“主题和书名是重中之重啊！你们这三个选题跟以前的专栏文章集结成书一样，也可以向专栏出成的书学习一下目录编排和主题的提炼。”

张晗君问：“孙总，我记得您说过《民国国民》就是专栏文章，有什么经验可传授吗？”

孙蕾没有假意谦虚：“我当时将文章全部读了一遍，把主题相近的文章分门别类放在一起，然后再根据分类主题拟出了一个大主题，确定主题，之后起的书名。”

赵国鑫说：“我还是觉得书名太不好起，这种集结文章虽然可以归纳出几个主题，但有时候这些主题并不能提炼一个大的主题，上次那本影评集就是。”

孙蕾说：“那就用另一种方法，用主题之一做书名，比如刀尔登的《中国好人》、崔卫平的《思想与乡愁》和汪曾祺的《人间草木》都是用部分主题做全书主题、起书名。这几本书虽然跟咱们这几个差别很大，但方法论是一样的。”

王萌和赵国鑫若有所思地点头，张晗君听得似懂非懂，孙蕾又补充了一句，“这种方法在编辑短篇小说集时最常用。”张晗君脑中闪过《受戒》《有人喜欢冷冰冰》等小说集，恍然大悟。

讨论完编辑的选题，轮到孙蕾汇报工作，她打开笔记本说：“我上周找了四个选题：一个是重译经典‘反乌托邦三部曲’；一个是欧美民谣赏读；第三个是台湾男作家方舒的旧书再版；最后一个不能算是选题，联系到一个研究美国历史政治的专家，想找他写一本书，但主题还没有定。‘反乌托邦三部曲’交给王萌负责，另外三本选题你们再认领一下吧？”

话音甫落，就听到张晗君兴奋地说：“我喜欢方舒，我看过她的《假如哑巴会说话》，我认领她的。”

赵国鑫紧随其后说：“我对美国历史时政比较感兴趣，认领美国专家吧。”

王萌见状只好说：“我也看过方舒，也读过一些美国历史政治书。但目前只能选美国民谣了，虽然我只听过大陆土摇。”

孙蕾听得出来王萌对美国民谣赏读没太大兴趣，同时她也怕王萌做不好这本自己心心念念好几年的书，就说：“美国民谣我自己负责吧，毕竟是我的个人兴趣，还算有一些知识储备。”

说完孙蕾直接进入下一个议题：“我们来算算已完成码洋，也统计一下将要出的书，好规划一下步骤。你们报一下各自已完成的码洋吧！”

张晗君没有计算，直接报出数字：“《你一定爱读的极简美国史》定价 39.80 元，首印数是 12588 册，码洋是 501002.40 元。”

孙蕾站起来写在白板上张晗君的名字后。

赵国鑫没有说话，在记录本上计算着，王萌很快就算完抬头报数：“《所有的失败都会将人生照亮》定价 39.80 元，首印数是 11588 册，码洋是 461202.40 元。”

孙蕾写在王萌的名字后。

赵国鑫也计算完毕：“《在黑暗中等待》码洋是 453960 元，因为定价高一些，45 元。”

孙蕾写在赵国鑫的名字后，用手机计算了一下，在白板上合计完成处写下一个数字——1416164.80 元：“一月结束，目前只完成了 140 万，任重道远。现在再讲一下手上项目的进展。”

多次开会所形成的惯例都是张晗君先汇报：“《你一定爱读的极简美国史》下班前会看到样书，马上就能入库；《民国国民》作者前几天新加了一个章节《汪伪时期的饮食男女》，我也已经校对完毕，封面也出了三个小样，设计师在调整；梁老师的创业者观察稿子整理完毕，目前主要是编排问题；《漫长的挽歌》作者说春节后交稿。”

赵国鑫接着汇报：“《在黑暗中等待》配合营销做一些媒体稿，也找作者的影评人朋友多写文推荐；《超凡出圣：王阳明的胜者之路》已经交稿，一校完成在排版，文案我也在写；《普京传》春节后交稿。”

王萌好像没什么可汇报："《所有的失败都会将人生照亮》也是配合营销写一些媒体稿;《林徽因传》最快得两个月后交稿，终于说服作者同意写成正常传记。其他的没什么，我就再多联系选题吧。"

虽然根据码洋任务分配，孙蕾把大部分选题给张晗君合情合理，但她意识到自己过于偏心，才给王萌一个选题，给赵国鑫的只是一个作者，担心"分赃"不均，赵、王二人必有腹诽，但现在手上也确实没有其他选题可分配："那就各忙各的吧。下午没事就不要出去了，要跟营销部开会讨论一下营销。"

孙蕾刚一离开，赵国鑫就神秘兮兮地说："昨天下班我看到孙总、张让，还有一个中年女性一起去吃饭了。"

王萌兴致缺缺地说："他们是EX，现在又是同事关系，吃饭应该也算正常吧？"

张晗君也附和："孙总不是说过'无论过去、现在、将来是什么样的私人关系'，都不会影响工作的吗？"

赵国鑫说："你忘了她后面还有一句，'正面除外'。她跟张让关系好的话，对我们是有利的。"

王萌又淡漠地说："但孙总好像不怎么重视营销，她觉得营销用处不大，还不如发行多铺点货有用。"

赵国鑫赞同也不赞同："也对也不对，大多数时候营销的作用的确不大，除非你做的是《秘密花园》，但有总比没有强，也许同样的书，张让多向我们倾斜一下营销资源，积少成多就能帮我们完成任务呢！"

王萌没回应，张晗君本就只是侧耳倾听，赵国鑫又说："我好奇的是那个中年女性是谁，不像是我们公司的，但看举止三个人好像又很熟。"

张晗君说："也许是作者吧，上次余兴振不也是他们俩一起搞定的？"

赵国鑫的搭档王萌今天没有兴致捧哏儿，又不咸不淡道："但愿吧，但愿我们也能多有几个好选题，不然一个月完成140万，一年连2000万都完成不了。"

上司的八卦变得索然无味时，老板“适时”发了一条世界五百强总裁语录到朋友圈。

“现在是北京时间十六点整（洛杉矶时间零点整）今天老板发的是——宏伟的事业，只有靠实实在在、微不足道的一步步积累，才能获得成功。稻盛和夫如是说。今天这条竟然有点道理，让人无法吐槽啊。”张晗君读完点评。

“只要你想吐，没有找不到的槽。”赵国鑫接话说。

“‘微不足道的一步步积累’，最终积累起来的可能是取消出版。取消出版的书积累多了，码洋积累得就不够，最终获得的不是成功，而是被辞退。”王萌确实吐起槽来，但这个槽不同于以往的嬉笑怒骂，反倒让人不好接茬。

赵国鑫说：“遇上唐总那档子事，只能认栽，能出版就是万幸了。不用急，慢慢来，你马上就有至少三部稿子，码洋肯定能完成。”

张晗君也想说几句话安慰王萌，但她现在处于兴奋又紧张的状态，根本无暇顾及，因为印务助理微信通知她去拿《你一定爱读的极简美国史》样书。

她几乎是跑步冲到印制办公室，拿到自己做的第一本书《你一定爱读的极简美国史》，刚印完半天的书还散发着浓浓的刺鼻油墨味，张晗君顾不上难闻的味道，拿起来左看右看。周跃辉看了她一眼，轻蔑地说：“别兴奋了，先拿回去好好检查一下，看有没有印装问题，然后签字给我。”

张晗君一路强压兴奋往回走，到办公室后再也压不住：“快看，我做的第一本书印出来了！”

赵国鑫接过来看了一眼封面、封底又翻了翻内文：“品相挺好。”

张晗君说：“印制让我检查，我检查哪里啊？”

赵国鑫回答：“你看蓝图和封面打样时检查哪里，现在就检查哪里，再加上装订。”

张晗君认真检查了封面文字、颜色，又看了一遍装订顺序，核对了目录页码，浏览了一遍内文印刷。之后又按此顺序检查了一遍，她还想再检查一遍，被赵国鑫劝阻："可以了，不要再看了，万一真看出错误来，你的好心情就被毁掉了。"

张晗君一听瞪大了眼："那怎么行，有错一定要改过来啊，不然还检查什么啊！"

王萌笑说："你现在检查出错误来，也改不了了，到看样书的阶段就已经全印刷完了，现在主要让你看装订，页码顺序有没有错，有没有装倒，有错误现在也只能将错就错。"

张晗君："你别吓唬我啊，如果真有错怎么办啊？"

赵国鑫说："'无错不成书'，你现在检查一下封面所有文字、版权页、书号、目录、书眉和页码。这些地方没有错，就在扉页上签名送印制吧！"

张晗君小心翼翼地又检查了一下赵国鑫说的地方，确认无误后签名，然后立体、平放、侧放、封面、封底各拍了几张照片，写着"策划编辑：王翰林 张晗君 特约编辑：张晗君"的版权页和后勒口更是大拍特拍。她又摩挲了一遍后，才在扉页上工整地写下"确认无误，请装订"，签上大名，美美地拿着样书去了印制部，几天前不愿意见周跃辉的样子全然不见。

送完样书后回来，她立刻发了一条九宫格朋友圈：这是公司的一小步，却是我图书编辑生涯的一大步！近三个月的努力，从只有一个文档到一摞文稿，从无数个封面修改加无数次文稿编辑，终于印刷成书。一本新书的诞生，是一个结束，更是一个开始！

十　再次进击

张让入职后，一直马不停蹄座谈各编辑部，按顺序七部早应沟通完毕，但因孙蕾一直以不在公司或即将外出为由推托，导致本部成为张让率部座谈的最后一个编辑部。无论张让、孙蕾还是张晗君三人都清楚这是孙蕾有意为之，但如今再也逃无可逃。

周四临近下班，难得不用加班，三人收拾细软准备走时，办公室门被人从外推开，张让探进半个身子："明天下午三点，我们部门要跟你们聊聊你们的选题，请诸位务必拨冗出席，谢谢，再见！"他顿了一下又道："张晗君你通知一下你们总监，任何人不得迟到。"之后缩身闭门而去。

三人一时不知如何反应，但觉来者不善，同时也有些许期待，毕竟营销虽非至关重要，但也能锦上添花，甚至雪中送炭。虽然张晗君不觉得张让没有告诉孙蕾，但她还是"通知"了一下，直到她下地铁快到家时，孙蕾才淡漠地回了一个"OK"。

张晗君今天心情不错，因为她拿到了两本《你一定爱读的极简美国史》样书，留一本工作用，另一本可以拿回家向父母炫耀。虽然这本书的可预期销量并不高，但毕竟是她除了找选题外，全程负责的书，更是作为图书编辑生产出的第一本书，迫不及待地想与父母分享。但直到她到家才想起家中无人，父亲去外地出差，母亲跟闺密出国旅游，根本无人分享她的喜悦。

吃完外卖后，她又摩挲了一会儿新书，然后看了会儿B站，又刷了会儿藤萝，觉得非常无聊，在将书放到书架上时，看到了周末送她的自己做的第一本书——《都市传说》，顺手就将两本书放在了一起。张晗君回想起当初周末拿到第一本书时的兴奋，直接坐地铁奔到学校找她，与奋战考研的她分享喜悦。以前关系有多密切，如今关系就有多冷漠。她并不想失去周末这个亦师亦友的同事，但也不愿意主动释放善意。

最近工作之余她一直在为周末抢至交好友选题之行为寻找合理的理由，许久才想明白周末并不是真正想抢她的选题，而是嫉妒她的幸运。作为一个小地方来的人，张晗君拥有的一切周末都得付出许多努力才能得到，更多的还得不到。但在所有人都需要付出努力方能得到的事物上，比如学习成绩和工作能力，周末一直觉得自己高于张晗君。学习成绩部分事实如此，但工作方面只有在张晗君入职试用时如此，之后事情就因她遇到一个好上司而起了变化。张晗君才工作不到半年就可以成为《民国国民》这种次重点书的策划编辑，而自己工作一年有余一直是只能署名特约编辑的文字编辑。当张晗君与他分享自己的喜悦时，他面带微笑，内心却因看到别人的优秀或好命运而感到气恼、羞辱、不满或不安，所以当她向自己求助如何跟作者余兴振打交道时就“感到一定程度的厌恶，以及对占有相同优势的渴望”，恶向胆边生，横刀夺选题。

张晗君难过，更确切地说是失望了很长一段时间，觉得自己永远不会原谅周末，但后来孙蕾说到“每个人都值得拥有第二次机会”时，她觉得周末何尝不值得拥有，或者说她与周末之间的情谊值得拥有第二次机会，可直到现在都没等到周末主动示好道歉。她一边这么想一边又刷了几集《燃情克利夫兰》，想到自己竟然没有闺密也是蛮奇怪，但转念一想又觉得自己原来一直将周末当成了闺密。现在周末在操作大选题，心理应该平衡不少，她就更想给这份友情第二次机会，差点就发微信给周末，但还是选择等明天再决定。

几天前令赵国鑫百思不解其身份的“影子女士”正是孙兰宇，但赵国鑫永远也猜不到孙兰宇去重塑文化附近却与他有一定的关系。当天下班时间，张让到孙蕾的办公室说要介绍一个大作者给她，十有八九可以签一个大选题。如果是一个月前，孙蕾可能会断然婉拒，因为她不想欠张让人情，可现在选题进展不顺利，选题分配也不均衡，恐怕会让编辑觉得自己过于厚此薄彼。如果张让能帮自己搞定一个选题，分配给赵国鑫也是一举两得的事。可没想到大作者竟然是孙兰宇，而且孙兰宇与张让串通一气想要毁约，然后将选题签给孙蕾。此事完全突破孙蕾的职业底线，如果年轻五岁，她可能当场翻脸走人，但年龄渐长，演技也见长，所以无论孙兰宇如何动之以情，张让如何晓之以理，孙蕾都岿然不动，断然不从。

孙蕾今天到家也比往常早，见了几个作者，转了几家书店已经疲惫不堪，无心更无力下厨，青年作家、中年女性孙兰宇正忙着赶稿，也无暇洗手做羹汤，就叫了外卖。两人十分默契地默默狼吞虎咽。不到十分钟进食结束，孙兰宇刚要回书房继续写稿却被女儿喊住："孙老师，我们来聊聊解约的事情吧？"

"哎呀，我的一根筋闺女终于想通了啊！"孙兰宇笑侃。

孙蕾不置可否，笑问："这到底是谁的主意呢？"

孙兰宇张口要说张让，但觉得孙蕾后半句语气不妙，硬憋成了听起来像"之"字的"是"："是——我的主意。我看你太辛苦了，跟张让了解了一下你们公司，想帮你一下。"

孙蕾当然听出她改了口，但没拆穿："那你不觉得这很不讲信誉吗？"

"信誉也得分亲疏远近！"

"信誉就是信誉，不分先后左右中间，这还是你以前教我的！"

"除了想帮我，还有其他要解约的原因吗？"

"没有，就是怕你任务完成不了难堪。"

"你知道最令我难堪的是什么吗？是亲妈抛弃从小教给我的道德观，不顾契约精神，联合外人拖我下水！"

越是亲近的人互相伤害起来越能稳准狠地击中要害，这句话深深刺痛了孙兰宇："我没道德还不是替你着急，道德能当饭吃，还是能替你完成一块钱码洋？我联合外人，我问你工作情况你跟我讲吗？"

“我们不是约法三章，互不干涉工作的吗？”

“这不算干涉，这是关心则乱，况且是张让提的，是你的同事想帮你。”

“呵呵，你终于承认是你伙同外人干涉我的工作了。”

“我是为你好啊，张让说以你现在的选题情况根本不可能完成任务啊！”

“才上班一个月，他就能判断我完成不了？他信口说我完不成，你就相信？”

“不然我还能相信谁啊，谁还关心你的工作啊，谁能告诉我哪怕一点点你的工作情况？”

虽然孙蕾并非不感谢孙兰宇的关心，但她现在更多的是生气，生气孙兰宇伙同张让对付自己，动机不仅仅是帮自己完成任务，更有可能劝他们复合，就口不择言：“你是好了伤疤忘了痛！两年前你崩溃不就因为相信他，放任他把你的书包装成卖惨文学营销，结果被读者骂得狗血淋头？”

孙兰宇被孙蕾讥讽得浑身发抖：“我当然没忘！没有人是完美的，所有人都会犯错，但所有人都应该有将功补过的二次机会！”

“这是将功补过吗？违背职业道德是错上加错！”

孙兰宇哑口无言，孙蕾也没有再火上浇油，沉默了几分钟后，孙兰宇吁了一口气，试探性地问道：“你们俩有和好的可能吗？”

“没有！”孙蕾不假思索，脱口而出。

“我努力做一个不干涉子女工作和生活的人，但好像没做到，可能我太希望你能快乐了吧。”

“我现在就很快乐啊，虽然工作确实不大顺利，但任务肯定能完成。”

“我对你的工作不是最担心的，完不成任务大不了换家公司，以你过往的资历说不定还能升职加薪，我担心的是你的感情生活。”

这个话题令孙蕾十分不耐，她知道孙兰宇毁约打的是一举两得的算盘，一是帮自己多完成一些码洋，二是解约需要张让协调就可以给他们二人制造更多的接触机会，就会有更多的复合机会。孙蕾勉强一笑：“感情的事情顺其自然吧。如果你非要关心，还是关心一下自己的感情生活吧。”

“你又来了，又胡说八道，我都五十好几的人了，还要什么感情生活。”

“哦，你小说里的人物可以五十多岁有第二春，但你自己不可以？”

“小说是小说，不一定比现实更荒诞，但一定不如现实真实。”

“我觉得没什么不可以，五六十岁再婚的人比比皆是，你只是迈不过你心里的坎。”

“等等等等，我们是在说你的感情问题，你不要转移到我头上来。”

“我不是说顺其自然吗？要不你也摒除成见，顺其自然？”

“可以，我们都摒除成见，你摒除对张让的成见，我摒除不可以有第二春的成见。”

孙蕾想了想说：“好啊，我期待你的第二春，但你不要期待我跟张让复合，可能性不大。”

孙兰宇又吁一口气：“如果当初不是因为我，也许你今天都当妈了，也可能会是某个图书公司的总编。我不仅毁了你的感情，还毁了你的事业。”她说着抹了一把眼泪。

“你又来了，跟你说过八百遍了。我跟他分手不是因为你崩溃，是价值观分歧。你更没有毁我的事业，一切都是我自己的选择。我选择辞职照顾你，我选择再就业时去了其他行业，我也选择重返图书行业。”

“一点可能也没有了吗？”

孙蕾刚要再次脱口而出“没有”，但她知道孙兰宇会不满意这个回答，继续纠缠，就违心地说：“行行行，好好好，我摒弃成见，顺其自然，可以了吗？”

孙兰宇也知道孙蕾在敷衍自己，但起码比不敷衍强，也假装满意：“好，就都顺其自然，给自己也给别人第二次机会。我去写稿了，你也忙你的去吧。”

无论孙蕾给不给张让再次进击的机会，她都无法再推迟营销部与七部的选题座谈会。下午3点所有编辑都到齐，张让也带领林舒等营销编辑鱼贯而来。

两个部门的编辑面对面而坐，像两个律师团队谈判。“客场律师团首席律师”张让说：“请孙总介绍一下七部的选题情况。”

孙蕾低头在笔记本上急速写字，抬头说：“目前在做的选题最了解的是各位责编，由他们介绍吧，张晗君你先开始吧？”

张晗君很快介绍完《你一定爱读的极简美国史》《民国国民》《漫长的挽歌》《假如哑巴会说话》、梁清锋的非虚构合集，以及自己刚签的职场鸡汤文选题，赵国鑫更快地介绍完《在黑暗中等待》《超凡出圣：王阳明的胜者之路》《普京传》，以及自己的健身选题，王萌也三两句就介绍了《所有的失败都会将人生照亮》《林徽因传》“反乌托邦三部曲”，以及自己的科普书选题。

“原告”方陈述完毕后，“客场律师团”沉默不语几分钟后，“公诉人代表”张让说：“没有大选题，有几本再版书，其他都是常规书，都不太好找营销点。”

领导定了调子，枪手立刻跟进，林舒说：“是啊，没有大选题、重点书，申请不到经费，营销只能靠写软文，也只能在网上随便发发，难办啊。”

其他营销编辑要么一语不发，要么随声附和。本来很期待营销助力的三个“原告”现在面面相觑，偷偷看向孙蕾。

孙蕾合上笔记本：“是啊，难办啊！我还有一个更难办的选题，一本中国人写的美国民谣赏读。”

张让问道：“就是你一直想做的那本书？”

孙蕾扫视了所有营销编辑一眼：“对，就是你一直反对的那本好几十万字的稿。既评不上重点书，又没有营销点，软文都不知道怎么写。”

张让可能也觉得自己一巴掌拍死了所有选题有些过火：“巧妇难为的是无米之炊。只要有选题就有米，我们营销部也会努力挖掘所有选题的营销点，尽最大的努力将每本书营销好，包括美国民谣赏读。当然也希望诸位编辑多多配合。”

领导见风使舵，对方又是跟领导关系非同一般的总监，林舒等营销编辑聪明地选择了沉默。孙蕾见状直言："好，非常好，我们一定全力配合，那就到此结束吧？！"说完收拾东西准备离场。

张让当然不让，严肃地说："我知道你对我有意见，以前那本书营销出错是我的问题，所以我要多听听编辑们的选题理解。这才刚开始，不是结束，你不能退场，请坐！"

孙蕾出乎意料地坐下后，并不代表同意继续："你们营销编辑从来不看书，想当然地定个调子就开始宣传。编辑讲再多也像耳旁风。如果你们确实要'尽最大的努力将每本书营销好'，我建议不要听我们讲，去看一遍书，能提前看电子稿更好，然后再跟我们沟通会更有的放矢。"

所有人都沉默无语，七部编辑沉默是被营销编辑不看内容随意宣传的事实惊呆；营销编辑们沉默则是被人直斥职业态度不合格而略感羞愧。

"既然我们还没开始，那就应该暂时结束，对吧，张总？"现在轮到孙蕾严肃质问。

张让岂能被三言两语说服："我不否认不少营销编辑不看书瞎宣传，但我宣传的每本书都会看，我也要求我部门的编辑认真读至少一遍负责的书。但即使如此我们依然需要提前跟编辑沟通，起码先了解编辑的选题定位，然后再读更容易找到宣传点，这也是我一直以来的做法。"

"刚才编辑们已经介绍过每本书的书名和简介，就是明确选题定位了，对吧？"孙蕾定定地看向张让。

孙蕾的坚持让张让觉得自己的坚持毫无意义："既然孙总不配合工作，那我们就此结束吧。希望进入实际营销工作时，孙总能够配合，谢谢，再见！"

"当然，我们肯定会全力配合，毕竟无营销不畅销是张总的理念，也是我们的希望。"

鱼贯而入的营销部败兴而去，七部编辑也回到办公室。

王萌刚闭上门，赵国鑫就激动地说："孙总怎么回事啊，刚训斥完我当面怼发行，自己就怼起营销来了？！”

王萌也附和：“是啊，而且是一怼怼一片，全部得罪了。”

张晗君不懂营销，孙蕾认为营销不重要，她也就觉得营销不重要，但现在也觉得孙蕾得罪大了，不仅得罪了张让，还得罪了具体负责营销的所有人。她虽然涉世不深，但也曾被小鬼刁难过，明白县官不如现管的道理，所以也附和：“孙总以前说不会因为跟张让的关系而影响工作，可现在——唉，真没想到！”

赵国鑫摇摇头：“完全可以敷衍过去，可她偏偏硬碰硬。”

王萌叹息：“难道她跟张让最近又产生了新矛盾？”

“不应该吧，上次张总还帮我们追回了《漫长的挽歌》呢！”张晗君说完后才意识到自己泄露了一个秘密，但其实只有她以为是秘密，这件事早就在公司里传开了。

赵、王二人自然没什么反应，赵国鑫继续刚才的话题：“我觉得张总人不错，也打听过他的过往工作经历，是个能力很强的人。就算孙总不愿意给他二次机会，但工作上这样呛别人也不合适吧。这次我对她还挺失望的，哪怕事出有因。”

赵国鑫公开批评领导当然是觉得张晗君和王萌二人不会打小报告，但不打小报告并不代表会附和，王萌没有回应开始校稿，张晗君则是被赵国鑫的一番话提醒了要给周未和自己再次进击的机会。

张晗君微信跟周未说晚上请他吃饭，一为庆祝自己做出了人生中的第一本书，二为感谢他一直以来的帮助。周未良久才回她一个“OK”，想必觉得这是鸿门宴，但也如刘邦一样不得不出席。

晚上八点，“鸿门宴”在公司附近一家过气网红店如约举行。世上最尴尬的事莫过于最熟悉的陌生人再次相见，如果有那就是聊令他们变成陌生人的事情。所以他们并没有提起任何可能会令对方联想到《漫长的挽歌》的字眼，可看到对方就很难不想到。点完菜后，还是张晗君打破了空前的尴尬气氛：“师哥最近在做什么书呢？”

“在做一本外国文学，还有一本是——明星写真集。”

“明星写真集？”

“是啊，都是领导安排的工作，我也觉得这种东西算不上书，可是首印高、定价高，码洋会很高。”

“也是，明星只要粉丝够多，卖个十万二十万都轻而易举，可是签约条件也不低吧？”

“舍不得孩子套不着狼，你们部门可以多做点这种书。”

“明星书不好签吧？”

“是不好签，不仅条件高，其他要求也高，甚至封面、版式他们都要过问。”

“我还是不想做明星书，毕竟严格说来，这种东西不能算是书，有违我做编辑的初衷。”

“每个人对书的定义不一样，有些人认为书是神圣的精神食粮，有些人则认为书也不过是一种商品。”

张晗君不是很想继续关于图书定义这个可能会产生分歧的话题，就转而说起了一些他们共同认识的大学同学的近况。饭局接近尾声时，张晗君从包里拿出《你一定爱读的极简美国史》送给周末。几经争抢后张晗君结账，两人道别。

周末自始至终没有道歉，但张晗君认为他心中肯定充满悔意，不张口只是为了维护作为男性的自尊。她更进一步认为，周末愿意与之共进晚餐足以证明，他不仅愿意修复友谊，也愿意继续维系这份情谊。

十一　差不多先生想当然

春节放假前，七部的三本书陆续上市，表现非常一般。虽然如人所料，但包括孙蕾在内的七部所有人还是难免有些失望。春节期间物流停运，大多数人返乡，更是销售淡季，这三本书估计只是“登场片刻”，在放假期间就“在无声无息中悄然退下”，加印的可能微乎其微。

春节提前三天放假，2 月 3 号星期三是节前最后一天上班，其他部门的编辑都已经人在公司心在路上，只有七部还在按部就班地工作。

自决定亲自做美国民谣赏读后，孙蕾干脆常驻编辑部。整个办公室的气氛也维持得跟一个月前一样不尴不尬。倒不是没有人再交流，但原来的群交流，变成单线交流，原来的当面交流变成当面网络交流。要么张晗君微信上问赵国鑫一些诸如书脊厚度算法、天头地角尺寸大小的问题，要么赵国鑫 QQ 问王萌中午订什么外卖。

在春节放假前一天，孙蕾终于忍受不了，打破沉默：“你们平时不交流吗？办公室的气氛这么压抑不利于工作啊。我们又不是车间，不需要时时紧绷，边交流边工作其实更好。”

见大家依然沉默，“抛砖引玉”石沉大海，她意识到可能是自己的问题：“难道是因为我在这里，你们才不说的？”

赵国鑫不愿意搭腔是不满孙蕾对营销的态度，可此刻再沉默就是默认，他连忙矢口否认：“也不是，我们平时偶尔也会聊聊天，只是这几天确实没有合适的话题。”

“我以前做编辑时，吐槽领导是办公室日常，现在我坐在这里，合适话题就没了。”孙蕾笑着“以己度人”。

前几天刚吐槽过孙蕾的张晗君和王萌由尴尬转入窘迫，更加无话可说。好在孙蕾没等他们说话就又开了口：“既然你们找不到话题，那我起一个。前几天的选题除了美国专家的我都报了，这个美国专家你们觉得从哪方面策划选题好呢？”

张晗君终于可以接话，但说了一句蠢话：“美国史？”接着又自我否定，“不对，我们刚出了一本《你一定爱读的极简美国史》。”

一说到选题，孙蕾不自觉变得口若悬河：“是啊，我们刚出了一本，并且如果不是遗留的，我是不会同意做的。倒不是针对谁，而是事实证明，或者说市场反馈，中国人写的外国史往往卖不动。因为我们会觉得没有‘历史同情心’，感觉是外来者浮皮潦草之作，有隔靴搔痒之感，比如京虎子写的美国历史，文笔生动，趣味性很足，知识性也很足，三观也比较正，但销量惨淡。”

张晗君觉得很有道理，又觉得好像不完全有道理，但她不知如何反驳，正思考时王萌开了腔：“可为什么史景迁、孔飞力写中国史的书卖得很好？还有裴士锋，他的《天国之秋》好像卖得也还不错。”

孙蕾继续滔滔不绝：“这个问题我一度也有些疑惑，后来看了他们的书，也还是不太明白，再后来看何伟的‘中国三部曲才明白’。”

王萌问：“什么原因呢？”

孙蕾说：“外国人写中国史、中国现实的视角与我们不一样，往往能够从我们忽略或者习以为常的角度入手，观察到我们刻入骨髓却习焉不察的民族性。这一点也正应了我们中国的一句古话：‘外来的和尚会念经’。”

赵国鑫频频点头：“你这样一说我倒想起来，关于美国观察的书，在中国卖得好的有三本，都不是美国人写的。法国人托克维尔的《论美国的民主》、林达的《近距离看美国》和刘瑜的《民主的细节》，后两者就不说了，尤其是《论美国的民主》，在美国比在中国更畅销，真正‘外来的和尚会念经’。”

孙蕾觉得赵国鑫确实适合做美国专家的选题，起码他有一定的阅读基础：“这三本确实是销量和口碑俱佳的长销书，但后两者都是中国人写给中国人看的，也不太能算是‘外来的和尚会念经’。”

赵国鑫把话题拉回作者身上：“那我们的专家呢？我看过他的公众号，专业水平不用质疑，可读性也很强，应该策划个啥选题呢？”

孙蕾完全停下工作，操作了一下电脑：“《民主的细节》简介有这样一条：全书以讲故事的形式，把‘美国的民主’这样一个概念性的东西拆解成点点滴滴的事件、政策和人物去描述。这句话也适用于‘近距离看美国’系列。但它们都有一个前提，你们说说是什么前提呢？”

张晗君根本不知道是什么前提，也不太了解历史政治类读物，但也很想参与讨论，就大胆假设：“书名起得好？”

“书名确实也还不错，但不是共同的前提，‘近距离系列’单本书名并不好，至少有好几个不怎么样。”见王萌一直不参与，孙蕾说完后加了一句，“王萌你觉得呢？”

王萌先是一愣，继而想了想说：“应该是主题好，以及通俗易懂。”

孙蕾故作夸张地赞扬：“你说得太对了，在这两本书出版的年代，‘民主’是个热门话题，而美国是大众眼中的民主国家典范，所以这两本书主题好，再加上作者写得通俗易懂，可读性又强，想不畅销都难。”

赵国鑫接茬：“那我现在缺的就是一个好主题。哪天我找作者好好聊聊。”

孙蕾说：“作者估计没时间，况且他想到的主题十有八九不是大众通俗读物，专家总想写专题研究。我建议你自己先梳理他的文章。通常来说，作者不如编辑了解市场，我们永远要以市场为导向。”

赵国鑫虽然是个市场派，但并不认同孙蕾的市场导向原则，他认同一个老社长所说：“好书是一个爱读书的人（编辑）与另一个爱读书的人（作者）共同寻找、商讨话题，谋篇布局而成，是一个会写文章的人（作者）和另一个会写文章的人（编辑）共同切磋文字，怀着‘语不惊人死不休’的追求反复打磨出来的。”反正只是漫谈，没必要反驳领导，他便答应一声了事。

再次陷入沉默，大家继续工作，直到中午下班前，孙蕾再次开口：“你们不忙的话，我把刚校对完的稿子分给你们，下午我们以这个二校稿为例，讨论一下稿件编校的注意事项。”说完后没等他们回答忙不忙，她就把早已分好的稿子发给三人。

自从上次被批评编校质量不合格后，三人都认真编校，也更期待孙蕾讲解一下基本编校规范。他们拿到的二校稿几乎每一页都有编校痕迹，好像与孙蕾一直强调的“可改可不改的不改”编校原则不相符。

午饭后稍事休息，孙蕾就开始讲解：“你们刚才应该翻过稿子了吧，我们来讨论一下编校过程中会遇到的一些问题。”孙蕾想了想说，“我们就不一页一页地过了，你们有什么疑问，我们一起讨论吧，就从晗君开始？”

张晗君确实有不少疑问，她翻到某一页指给孙蕾：“这一行就一个字，为什么要圈起来挪到上一行呢？”

孙蕾说：“这是‘单字不成行’的编校规定。”

张晗君点了点头又翻到一页：“这儿也是一个字，为什么没有挪到上一行呢？”

孙蕾赞赏地看着“以子之矛，攻子之盾”的张晗君：“除了省略号、书名号、引号外，其他标点符号配一个单字，都算单字成行。这儿是有单字，但还有半个书名号和一个句号，所以不符合这个标准。”

赵国鑫加了一句说：“其实也有出版社不执行这个标准了。”

孙蕾接过他的话头：“对！但我们尽量还是按‘单字不成行’编校，稿子也有可能送到执行这个标准的社，不执行这个标准的社也不会认为无单字行就是错。”

孙蕾刚解释完，王萌提问：“第 25 页，为什么把带三点水的‘漩涡’改成不带三点水的‘旋涡’，而且在后面还标注了统一替换，这俩不都对吗？”

孙蕾没想到有一年编校经验的他竟然提出一个基本问题，看了他一眼：“哦，这也是编校中要注意的一个问题，这俩确实都对，但有首次之分。”

张晗君不解：“首次之分？”

孙蕾说：“就是首选词和次选词之分。有好多词都是有一个字不同但意思一样，比如掺和（搀和）——”她觉得说起来音同无法分辨，径直走到白板前拿起笔写下了四个词：掺假——搀假，掺杂——搀杂，“理论上，前面的词和后面的词都正确，意思也一样。但我们的编校原则是选用首选词，所以尽量把稿子中的后者改成前者，‘漩涡’改成‘旋涡’就是这个道理。”

张晗君原以为校对就是改病句、错字，最多再有一些常识错误，没想到还有诸如“单字不成行”“首选词、次选词”类复杂问题，可是像“掺杂与搀杂”，她根本分不清哪个是首选词：“可是孙总，我们如何知道哪个词是首选呢？比如掺杂与搀杂，我就分不清。”

孙蕾摊手：“如何知道？只能靠个人积累，再就是不要觉得差不多就行，有疑问一定查证！”

王萌又问：“既然分首次，就说明都正确，为什么次选还非要改成首选呢？”

孙蕾说：“我也认为不一定非得按词典规定来，只要不是错误就行，我个人的编校原则一直是‘只要不是错的就不改’，可惜我不是权威。但首次这儿有一个前提，就是同一本书中同一个词不能既有首选词又有次选词，最好要统一成首选词。”

赵国鑫也附和说：“是啊，词典也不一定就正确。《现代汉语词典》自己都改来改去的，有时还改错，我记得有一版翘大拇指竟然用的是足字旁——”说着他在稿子背后写下一个大大的“跷”字，“我的大拇指是手指，但《现代汉语词典》竟然逼我将手变成脚，真是滑天下之大稽。”

孙蕾说：“《现代汉语词典》是我们最常用的工具，但确实让人不敢恭维，可它又是标准，所以只要不是错误，我们就还是以它为标准吧。”

又讨论了一些令张晗君觉得校对原来大有学问的事情后，孙蕾把稿子收回整理总结道："总之，有疑问的地方一定要多查，出错往往是因为想当然。"之后她转向王萌，"王萌，你把这本稿子——现在暂用名《我逝去的岁月：美国民谣编年史》，帮我拿给美编改稿，封面设计师也抓紧联系一个。"

张晗君等三人都十分惊讶，最惊讶的当然是王萌，孙蕾原本说自己编辑这本书，现在又指派王萌做这种杂事，可是他也不能拒绝领导安排的工作："好的，可是稿子我不太了解，封面没法跟设计师沟通啊。"

孙蕾把稿子拍在他桌子："我们不能什么都了解了再做编辑啊。我会把我写的简介发你，春节期间你可以了解，这本稿子从现在开始由你负责，码洋也算在你名下。"

王萌惊讶复惊喜，无法用言语表达谢意，孙蕾似乎无意接受他的感谢，一边往门外走一边说："公司规定部门总监做书无编校费无单品码洋提成，所以我只好'成人之美'了，除非你觉得这本书有辱你的名声？"

王萌连忙否认："虽然这不是我喜欢的选题，但肯定不会辱没我的名声。"

"春节后见，各位！"孙蕾没等他们回应就扬长而去。

刚听不到孙蕾的脚步声，张晗君就开始嚷嚷："哇，萌总要发财了，这本稿子这么厚，码洋肯定会很高吧？"

王萌回答说："单本码洋肯定不会低，小众书受众也不是特别在乎价格，更在乎内容。"

张晗君继续羡慕："那你的码洋任务肯定能完成！"

王萌皱眉白她一眼："欧美民谣，受众肯定不多，没见出过什么畅销书！除非有什么意外助推，但好运是稀缺的，永远不会发生在我身上。"

赵国鑫反对："不能这么想，常在河边走，总能踩到狗屎。如果内容好，这种书更容易找到受众，形成口碑效应，卖个两三万没问题。定价肯定会很高，两三万册码洋就比其他书四五万高呢！"

张晗君也附和道：“蕾总做这个选题应该有她的市场判断吧？她既然说要永远以市场为导向，至少不会做太没市场的书吧？”

春节前最后一天上班三人根本无心工作，话匣子已经打开，孙蕾已经“知趣”离开，闲话就不只一句地扯出来，当然也不是随便闲聊，都与工作有关。张晗君先提起一个话题：“最近在做《漫长的挽歌》时，为了了解同类市场，我恶补了一些推理小说，发现最近伊坂幸太郎很火。”

赵国鑫说：“你想做他的书？”

“你怎么知道？”

赵国鑫说：“我昨天也看到版权代理发来的书讯了。”

张晗君说：“哦，也对！你们说要不要抢一本啊？他水平不比东野圭吾差，我特别喜欢他的黑色幽默。”

王萌边翻稿子边说：“我昨天也收到了版代邮件。我不太看推理小说，也不了解他，最近知道他还是因为新星出版社的一个腰封文案。”

赵国鑫更不了解日本推理小说，但他很喜欢新星的封面设计，也看到过前段时间业内转疯的《余生皆假期》腰封：“哦，我也知道这个腰封，戏谑地表达了图书编辑的悲伤，比如什么‘在日本人气堪比村上、东野，在国内却不温不火’。”

张晗君没有关注过这个腰封，她只是发现身边偶尔还看小说的人在看伊坂幸太郎，就看了几本他的书，了解了一下他的销量和口碑。她搜索了一下《余生皆假期》，看到这个刮起妖风的腰封是这样写的：作品五度入围直木奖却都抱憾而归，在日本人气比肩村上春树、东野圭吾国内却不温不火，改编影视由堺雅人、金城武主演还是带不动销量，但我们依然爱他，因为他是伊坂幸太郎！

赵国鑫找出这个腰封来朗读一遍，意犹未尽：“我非常喜欢这个腰封文案，这是我今年看过的最好的文案。”

王萌并不赞同：“我不太喜欢这个文案，我还是比较喜欢一本正经的文案。新星出版社的这个文案虽然跟可读那些夸大其词、故弄玄虚的文案不一样，但我觉得还是不太正经。”

张晗君现学现卖，开始掉书袋：“日本作家井狩春男曾在《畅销书经验法则100招》一书中写道：腰封是为激发读者的购买欲而存在的。腰封上的文字，最重要的任务是向读者‘灌迷汤’。萌总喜欢什么样的文案呢？”

王萌说：“我最喜欢的是《我们的小镇》的文案。它的文案十分直接明了：它只讲述了一件事：生活本身。平凡琐碎之中可见生命的威严与意义，悲得有温度、喜得有锋芒。”

关于文案撰写，张晗君自认没有发言权，她现在的文案大都是孙蕾改的甚至是孙蕾写的，所以就一边看稿，一边支着耳朵听他们探讨。

赵国鑫没有马上下结论，他搜索了一下《我们的小镇》，看过后才说：“它的文案很多啊，腰封背面上的文案都是什么‘它绝不仅仅是一部属于美国的戏剧。它抓住了所有生命的共通体验。设定的时间是20世纪初，但这个时间却同样适用于我们现在所处的时代。格洛佛角属于我们所有人，可以是我们的小镇，亦可以是每个地方的小镇’等一长串，正面则是得了这个奖那个奖，与莎士比亚剧作比如何如何。但抛开这一切不说，你有没有发现这个文案有一个问题，一个大多数文案都有的问题？”

王萌抬头示疑。

赵国鑫说：“有深度但没落到实处，因此欠缺传播度。我也很讨厌可读，看到他们书脊上的Logo，就恨不得抠掉，但他们的文案我倒没那么讨厌，因为很有传播度。”

王萌对此并不认同：“可读的文案我看到就反感，怎么会去传播啊？！”

赵国鑫说：“让你产生生理厌恶，厌恶到你去吐槽正是传播啊。我记得你跟我吐槽过他们腰封文案是‘先看简介’的那本书。这就是你向我传播的，而且我记住了，就有去看简介、去买的可能。”

王萌想了想觉得也有道理，自己的文案水平确实也不高，就没再反驳。

赵国鑫继续讲自己的文案心得："《余生皆假期》文案会勾起读者的好奇心，会让读者觉得，这么厉害的作者销量却不好，我得买一本支持！这么厉害的作者故事一定写得不错，我得买一本看看！《我们的小镇》则会让人觉得'悲得有温度、喜得有锋芒'这两句话很有深度，但不是很能勾起购买欲望。"

张晗君假装赞同："虽然不完全懂你说的是什么，但好像有点儿道理。那你们到底觉得伊坂幸太郎的新书值不值得竞价啊？"

赵国鑫说："现在外版书价格也是水涨船高。听说东野圭吾一本小说报价动辄几百万人民币，伊坂幸太郎估计也很贵吧？"

王萌说："我倒觉得最大的问题不是价钱，而是耗时太长。日本人过合同时间尤其长，再加上翻译、编校，等书出来就明年了，没法计入今年的码洋。我个人并不建议你报，但你可以跟蕾总提一下，让她决定。"

张晗君想了想也觉得王萌的分析有道理，当下任务这么重，如果费尽心力却不能计入今年的码洋，确实不如不做，可她又很喜欢伊坂幸太郎，所以决定："我明天问一下蕾总吧。"

王萌问："你为什么喜欢伊坂幸太郎？日本推理作家很多啊！"

张晗君说："其实故事再新奇也都是套路，再精彩也没有太别出心裁。我喜欢的是他的睿智，不经意间道出的人生真相，比如《一首小夜曲》中有一段对话就深深击中了我。"

"什么对话？"

张晗君边说"等我找一下"，边拿起桌子上的Kindle操作，"找到了，我读一下：'她想着，并回忆起织田美绪曾经感叹"一想到为人父母居然不用经过考试，就觉得真是太可怕了"''"唉，要是真的需要考试，恐怕就没有人有资格做父母了，人类就要毁灭了。"'"

赵国鑫听后大笑："哈哈，确实是残酷的人生真相啊，肯定很多人想把这段给父母看但又不敢吧？"王萌也笑了，但没有说话，而是若有所思。

张晗君继续翻 Kindle："还有一段：'"我在高中的时候也这么想过。觉得人生只有一次，我要过和别人不一样的特别的生活。觉得我才不要变成那些认为结婚、养孩子才是唯一生活方式的大人，也不可能会变成那样的人。""结集你现在却成为家庭主妇，过着不怎么用心地照顾孩子的日子。"'"

赵国鑫听完后依然在重复："妈呀，都是残酷人生的真相，我高中时也这样，现在也差不多是过着不怎么用心的日子。"

王萌陷入更深的思考，同时喃喃自语："人生的真相，残酷的人生真相，残酷人生的真相。"

王萌的怪异举动惊动赵、张两人，赵国鑫问他："你在嘟囔什么咒语呢，最近信佛了，还是信原力了？"

"没有信佛，也没有信原力，但是你们刚才的讨论给我的脑子开了光，也给了我原力，我好像找到一个选题。"王萌边说边在纸上奋笔疾书。

张晗君也问："到底找到了什么选题，灵光一现，龙场悟道了？"

王萌没理会他们的调侃，戴上耳机，甩出一句话："你们继续嘲讽吧，现在的我你们风言风语，将来策划出选题的我你们羡慕嫉妒不已。"

话题引起者做了话题终结者，大家就专心回到正事上，各忙各的工作。

王萌奋笔疾书完毕后将纸一撕揣进兜里，拿起《我逝去的岁月：美国民谣编年史》去了美编室。

赵国鑫看到他小心翼翼的动作笑而不语，虽然他防的人包括自己但也理解，图书行业抢选题，甚至偷选题的行为也是屡见不鲜。人们总误以为文化行业从业者品格高尚，其实不然，他们只是比其他行业的人更喜欢文过饰非或擅长颠倒是非，因此他们的下作看起来比较体面，当然也只是看起来而已。

继王萌去改稿后，张晗君和赵国鑫也将稿子打印一份，准备春节带回家编校。虽然孙蕾没有要求，但他们也觉得应该利用一切时间来加快出版速度。好在其他部门的编辑都忙着收拾东西回家，无人改稿，无须排队，他们很快就逼迫美编在下班前改完了稿子。

时光如白驹过隙，春节很快收假，2 月 14 号正式上班，张晗君把假期编校的《民国国民》拿给孙蕾抽检。本以为她只会象征性地抽查几页，不料她竟然说要亲自校对一遍。张晗君想起上次的编校质量令孙蕾大发脾气，更加紧张，以至于都没有发现孙蕾桌边垃圾桶里的一大捧百合花。

孙蕾全校《民国国民》并不是完全不放心张晗君的编校能力，主要是因为她觉得这是一部重要又复杂的稿子，既有比较强的历史知识又有不可不防范的政治性因素，张晗君编校经验和相关历史知识储备都比较欠缺，所以自己必须把关。

王萌和赵国鑫也将稿子送给孙蕾抽检，他们分别负责的《我逝去的岁月：美国民谣编年史》和《超凡出圣：王阳明的胜者之路》，孙蕾只是抽检几页后就送质检、送社。

由于孙蕾没有明说为何全校《民国国民》，以致张晗君脑补了太多想象力过于丰富的情节。但她的幻境漫游并没能持续多久，孙蕾晚上加班到半夜，上午又早早到公司继续编校，稿子在下午三点钟就返给张晗君，并附有一张便笺：编校质量较以前有很大进步，错字病句几乎没有，请以后继续保持。PS：《汪伪时期的饮食男女》一节苏青家客厅引文出处请进一步核实。

读完便笺后，张晗君放心很多，但翻开稿子后她发现孙蕾有些言（掩）过其实，孙蕾还是校对出一些错字、病句以及标点符号用法不准确的硬伤，但便笺只字未提。她既感动又汗颜，当然也有自得之处，那就是书中所有人名、地名、事物名（包括书名和文章名）都核实过，引文也都核查过，苏青家客厅引文她不仅认真核查过还跟作者沟通过，一切毫无疑问。

张晗君再次将稿子浏览一遍后，向孙蕾汇报了她与作者就苏青家客厅引文的沟通结果。孙蕾觉得既然跟作者求证过，就让她改后送质检、送社，同时嘱咐尽快做封面，准备 PPT 参加评级会。

本来作者保证没问题时，张晗君因相信作者也觉得不会有问题，可孙蕾一关注，反而让她惴惴不安。不过她也没有担心多久，一是要做封面，准备评级会，二是要持续跟一笑清城沟通稿子编排，根本无暇顾及。最主要的原因是《民国国民》编校质量得到公司的认可——被质检组评为月度优稿。

重塑文化一直有一个编校质量奖罚制，每个月会评选两部编校质量好的稿子进行奖励，同时也会对两部编校质量最差的稿件进行处罚。《民国国民》因编校质量好被评为优稿，奖励张晗君 1000 元、孙蕾 500 元。赵国鑫的《超凡出圣：王阳明的胜者之路》没有被奖励，但也因编校质量好而受到表扬，但王萌的《我逝去的岁月：美国民谣编年史》却被评为差稿，处罚王萌 500 元，孙蕾 500 元。看到通知后孙蕾大吃一惊，因为她校对了两遍《我逝去的岁月：美国民谣编年史》，即使不优，但自信也不差，及至看到处罚原因才明白，怪自己没有提醒王萌注意翻译的特殊问题。

王萌被处罚除了因为太想当然，还因为太不想当然。王萌春节期间费尽九牛二虎之力才编校完《我逝去的岁月：美国民谣编年史》，因为稿子涉及的欧美音乐知识太多，不仅要一一核对英文，还得一一核对中译。在编校过程中，他发现作者翻译的歌名和歌词有不少与常规译法不同，他想起孙蕾说的“出错往往是因为想当然”，就认真一一将其修改为常规译法。结果因为稿子太厚，前面很多认真改为常规译法的歌名、歌词，后面再次出现时却没有改，或者想当然地改成另外一种译法。因此造成很多同一事物名前后翻译不一致的错误，被评为差稿。

王萌还按孙蕾的要求将编校后的稿子发给作者审核，质检组只是处罚了他们，作者则是大发雷霆，严厉指责孙蕾自作主张，太想当然。作者并没有指责她不尊重作者，而是不尊重歌者，很多翻译之所以跟大众译法不同，是因为有些大众译法是错译并以讹传讹。作者的翻译不仅尽量尊重歌者原意，还想“正本清源”，却被编辑自作主张改错。作者说之所以交给孙蕾出版，是因为觉得她热爱美国民谣，对美国民谣的理解跟自己相匹配，不承想却落得如此下场。

代人受过的孙蕾急忙把稿子要来一看，果然发现很多翻译被王萌改得面目全非，他甚至将用作书名的歌 My back pages 也由作者译的《我逝去的岁月》改成马世芳译并用作书名的《昨日书》。孙蕾越看越“心惊肉跳”，甚至懊悔交给王萌编校，更后悔的当然还是没有叮嘱王萌一定要遵循“非错不改”的编校原则，不要将编辑的个人意志强加于作者。

孙蕾想当然地以为王萌不是新编辑应该不会犯“手莫伸，伸手必被捉”的编校原则错误，但她忽略了编辑手伸太长与工作经验并无关系，自己也曾见过仅仅因为作者语言风格与自己不同，就将稿子改得面目全非的退休返聘老编辑，更见过仅仅因为稿子中有《现代汉语词典》查不到的词语，就认为作者乱造词而擅自删改的资深编辑。

王萌主动向孙蕾承认错误，孙蕾没有批评他，毕竟自己也有督导之责，取而代之的是借机又对他们进行了一次编校培训。

孙蕾先举例说：“有一个美剧 Six Feet Under，通常翻译为《六尺之下》，但我们都知道 Feet 是‘英尺’的意思，所以正确的翻译应该是《六英尺下》，但将错就错久了就正确了，‘戛纳’一词如此，《南方公园》剧名也是如此。所以，Six Feet Under 可以翻译成《六尺之下》，也可以翻译成《六英尺下》。”

张晗君不解地问：“那到底用哪个更准确呢？”

孙蕾没有回答，转问赵国鑫：“你觉得呢？”

赵国鑫说：“我觉得这种没有首选、次选之分吧？”

孙蕾点头：“没有首次之分，全取决于作者。”

赵国鑫又说：“我前几天恰好读了坂本龙一的传记《音乐使人自由》，因为采用的是台湾译本，《战场上的快乐圣诞》译成《俘虏》。虽然不是大众熟知的译名，但严格来说《俘虏》也不算错吧？”

孙蕾说：“不能算错，但如果是我们编校，在无作者特殊用意的情况下，最好改为通译的《战场上的快乐圣诞》。如果作、译者有其个人解读，反而不可与通译统一，例如 F.S. 菲茨杰拉德的 The Great Gatsby，乔志高翻译成《大亨小传》有其个人解读，就不能改成通译的《了不起的盖茨比》。”

《我逝去的岁月：美国民谣编年史》虽出现重大编校差错，虽已送社审读，但图书只要没有开印，一切都可以挽回，加之现在图书出版前期工作都是电脑办公，所以不仅能挽回，还几乎不会造成经济损失。当然也不是没有任何损失，出版社对他们改来改去非常不满，不过他们的不满由总编室代受。

王萌找出孙蕾的二校稿一一将译法悉数纠正，孙蕾在他全部改完后再编校了一次，之后“呈送”作者和质检再次终审。

虽然质检组只是按规定处罚了他，孙蕾也没有批评他，出版社的不满也由总编室代受，但王萌还是觉得自己“三面受敌”，无比沮丧。但他更沮丧的是自己的编校质量又出了问题。他不禁想起早上刚看到的老板朋友圈总裁语录：

> 在我们的生活中最让人感动的总是那些一心一意为了一个目标而努力奋斗的日子，哪怕是为了一个卑微的目标而奋斗，也是值得我们骄傲的，因为无数卑微的目标积累起来可能就是一个伟大的成就。金字塔也是由每一块石头累积而成的，每一块石头都是很简单的，而金字塔却是宏伟而永恒的。
>
> ——俞敏洪

金字塔确实是“由每一块石头累积而成的，每一块石头都是很简单的”，王萌的编校问题也是由每一个简单的错误累积而成的，但累积而成的不是“宏伟而永恒”，而是耻辱与扣工资。但他也怪不得别人，只能怪自己太想当然。

十二　天下文章一大抄，你抄我来我抄你

编辑的日常工作平静而琐碎，时间在找选题、编稿子和磨封面间飞逝，不觉已是3月。

当然，平静而琐碎的工作中偶尔也有好事发生，王萌和张晗君的第一本书竟然意外地在2月底各加印三千册。3月中旬评级会上，张晗君的演讲也比上一次成功很多，虽然还是难免紧张，但也敢直面听众，还能回答发行提问，有些还答得头头是道。在她的良好表现和作者不断大增的名气下，《民国国民》被评为A级重点书，首印量达到25088册。

根据能量守恒定律，有好事发生一定会有坏事发生。根据墨菲定律，如果你担心一件坏事发生那么它一定会发生。张晗君一直担心《民国国民》中《汪伪时期的饮食男女》一章会出问题，果然在该书上市不久后就引起轩然大波。

3月18号上午，张晗君刚到公司坐下，准备刷五分钟微博后查看《民国国民》网站销量。刚一刷就发现微博大号反抄袭大联盟转发了一条《民国国民》相关微博，并言辞激烈地@了重塑文化官方微博和作者梁清锋。它转发的微博举报《民国国民》中《汪伪时期的饮食男女》一章涉嫌抄袭，原微博认为梁清锋抄袭了知名女作家郭舒《民国太太的厅堂》一文中苏青家客厅相关内容。

这条微博被很多对抄袭深恶痛绝的读者和作家转发后，更有好事者做出调色板。调色板显示，涉嫌抄袭的部分，无论是作者行文还是所用引文都无二致，文后参考书目也完全雷同——《浣锦集》《饮食男女》《日军占领时期的上海》《〈天地〉的天地》《日伪统治下的上海》《上海时代》，仅仅在排列顺序上略有不同。

网络搜索显示，郭舒《民国太太的厅堂》一文发表在先，张晗君查了一下邮件，也发现梁清锋发给自己的《汪伪时期的饮食男女》一节的日期晚于郭舒《民国太太的厅堂》一文网络发表时间。

虽然现在民国历史已经不再是热门题材，《民国国民》也是一本再版书，但毕竟是本初版口碑还不错，如今仍未过时的书，再加上作者梁清锋近来因写非虚构作品而名气大增，所以还很受欢迎，两万五千多册首印在一周之内几乎售罄，公司正在准备加印、加大营销力度，却出现抄袭事件。

重塑文化此前遇到抄袭事件时都积极回应，但无论辩驳还是道歉，都被围观者骂得毫无招架之力，之后再遇此类事件就索性冷处理。既然无论如何都是费力不讨好，那最好一句话不说，毕竟这种小热点事件过几天就不会再有人关注。但事情因为梁清锋的单方面回复而继续发酵，闹得一发不可收拾。

梁清锋发了一条大言不惭的微博并 @ 反抄袭大联盟和郭舒：你们能证明这是郭舒原创吗？再者，天下文章一大抄，别人抄得，我就抄不得？！我要起诉你们诽谤！

此言一出，微博立马炸锅。大多数人都在骂梁清锋文人无行，抄袭者不仅不道歉反而理直气壮要起诉，简直是史上最无耻的抄袭者。当然也有人质疑郭舒一直没有回应是不是说明这并非她原创，可这种声音要么迅速被淹没，要么被怼得哑口无言：即使郭舒抄袭，那梁清锋抄袭抄袭者，也是抄袭，更加可恶。愤怒的读者、看热闹不嫌事大的好事者见梁清锋死猪不怕开水烫，还展开了人肉行动，把他的所有信息曝光到网上，有人甚至扬言要给他寄刀片。

事情越搞越大，有些客户也向发行反应梁清锋的恶劣行径影响销售，发行便追责编辑部。孙蕾依然选择冷处理，并安慰忐忑不安的张晗君不用担心，抄袭内容只有七八百字，加印照常进行，最多删掉相关内容，只需略为调整页码和印张。当然孙蕾也自责过于想当然，过于轻信张晗君，但她一句也没有批评张晗君，毕竟张晗君也是被作者欺骗，只是反复强调出版无小事，以后但凡觉得有问题的地方一定要彻底搞清楚，千万不要存疑付印。

张让入职重塑文化后一直想搞点证明自己能力的营销行动，但大力并没有出奇迹。他得知此事后觉得天赐良机，没打招呼就带领自称“有才姐”的林舒等几个部下直奔七部办公室。

张晗君以为张让来兴师问罪，但见他满脸兴奋的表情便知不是，张让刚进来就让她马上把孙蕾叫来开紧急营销会议。

孙蕾一脸不情愿地落座后，张让直奔主题：“《民国国民》最近出了抄袭问题，我们觉得这不是好事，但也不是坏事。我们——”

孙蕾立刻打断他：“什么叫‘也不是坏事’？抄袭就是抄袭，抄袭在任何时候都是坏事！古今中外，概莫能外！”

张让一点都不让：“好好好！是坏事，但你先听我说完，再进行你的正义审判好吗？”

孙蕾也觉得自己粗暴打断对方十分不礼貌，可张让一张口就让她非常不爽，不爽到没再说话。

张让见她闭嘴开始说这件“不是坏事”的事：“梁清锋抄袭这事儿确实不是好事，是性质很恶劣的事儿。”他边说边看了一眼孙蕾，孙蕾沉着脸没接话，他继续，“但辩证地看，也不完全是坏事，也有好的，或者说是有利的一面。”

事主之一张晗君适时问道：“有利的一面？”

张让看她一眼回答：“对，有利。营销最怕的是一本书没有点，只要有可以炒作的点，不管是好事坏事，都是有利的事。抄袭是个点，就可以说——”他又看了一眼孙蕾，更加小心翼翼，“就可以说是有利，尤其是他大言不惭还要起诉，就更有点了。”

孙蕾再也按捺不住：“这种事情怎么营销，你们不嫌丢人，我们还嫌丢人呢！现在都有客户来质问我们了。我们好说歹说别人才同意不退货，加印要不要货都还两说。”

张让觍颜反击："我知道你底线高，我们，应该是我这个做营销的没什么底线。我只有一个目的，就是尽全力宣传每一本书，希望每本书的销量都对得起作者的辛苦码字、编辑的辛苦编校。"

孙蕾脸色更加阴沉："你不要什么事情都扯到底线上，最好就事论事，不要乱挥棒子、乱扣帽子，就说你想怎么把这坏事变成好事吧。"

张让说："按你的道德标准肯定不能变成好事，但营销不怕好事坏事，最怕没事。我们觉得是个契机，能促进销售。"

孙蕾面色虽然缓和了一些，但语气如故："那你们是想怎么搞？搞个大新闻？找水军继续把事情扩大吗？"

孙蕾的挖苦讽刺突破了张让一忍再忍的底线："孙蕾，孙总监！我希望你能尊重一下我们，你可以不认同我个人，甚至我的工作方法，但请你尊重我们尽职工作的态度！"

孙蕾当仁不让："感谢你们的尽职工作，别人的书预售期都能上藤萝首页、微博好书榜首页，我们这本重点书上市半个月才因为抄袭问题上了首页，你们的态度可真是尽职尽责。你们想怎么继续尽职呢？"

张让被孙蕾的伶牙俐齿挖苦得直咆哮："我们目前还没有想法，也知道孙总创意最多，想法最多，所以专门来找你们商量商量，大家一起拿出一个方案来把这事儿做好！"

落座之后就是孙蕾与张让一直在唇枪舌剑，张让一直被碾压，"有才姐"忙杀出来助阵："哎呀，你们俩先不要吵了，我们好好讨论下营销方案吧。今年我们公司还没有出过大畅销书呢，我们希望第一本就是《民国国民》，咱们大家是一条贼船上的人呀。当然了，不要把船搞成太平洋大逃杀那艘'鲁荣号'就行，你们说呢？"

自以为幽默的"有才姐"并没有得到任何一个"你们"的回应，讪讪一笑，继续说："我们营销部希望能多听听最了解这本书的编辑的营销规划，希望大家多指点指点我们。张晗君，你是责编，你有什么想法要跟我们分享吗？”

张晗君没想到“有才姐”点自己的名，但她的回复倒也滴水不漏：“我，我不是营销编辑，不懂营销呢！你们怎么规划，我们就怎么配合。”

“有才姐”偶尔也会有点才——口才：“强将手下无弱兵嘛，孙总带你们立下军令状肯定也觉得你们是可造之才。所以我想你也会有自己的营销策略吧，你是《民国国民》责编，看的次数最多，一定有一些想法的！”

张晗君单纯但不愚蠢，现在有想法也不能说：“我真没有什么想法，我应该就是孙总手下的弱兵，蒙孙总错爱才留在七部。”

张晗君的拆招差点让孙蕾笑出声来，她刚要说话，会议室门被推开。张晗君回头一看，竟然是总编大人郁震不请自到。

“我听说你们在聊《民国国民》的营销，过来旁听一下，学习学习。”郁震边说边找到一个空位坐下，“怎么样，讨论出什么结果了吗？”

张让说：“还没有达成共识，在激烈讨论，郁总有什么指教吗？”

郁震摇摇头：“我是旁听生，不敢指教。作者抄袭影响公司形象，我们要借机营销是对的，但也得看方法得不得当。你们继续，当我不存在就行。”

急于表现的“有才姐”又开始施展口才，但说的还是刚才那一套，只是矛头直接对准孙蕾。孙蕾虽然明知张让请郁震来助阵，但没有丝毫动摇，依然坚持不想抄袭事件继续发酵。

张让也依然当仁不让，认为这是千载难逢的机会。两人再次争吵不休，当真视郁震不存在。郁震一句话就证明了自己的存在并终止双方争吵：“你们俩不要再争了，营销工作要做，公司名声当然也不能不顾及。这样吧：营销继续做，努力将《民国国民》覆盖到尽可能多的读者，但不要在抄袭问题上做文章，一点都不要提及抄袭问题，别人评论提及也不要有任何回复。”

郁震“各打五十大板”的做法使双方都不满意，但也都无法反对，会议的下一步就是安排营销节点与营销文章的撰写。孙蕾要求所有营销稿件在发布之前必须经编辑部审核，张让原本并不同意，但郁震认为合情合理，也只好勉强同意。

张让速度非常快，新营销编辑也确实会写稿子，张晗君和孙蕾审核后的几篇营销稿件很快就传播开来，发行也通知再次加印八千册。张晗君早已按孙蕾的要求删改掉涉嫌抄袭的内容，加印流程很快走完送到印制部，修改后的印刷文件也同步到了周跃辉手里，印厂连夜印刷，发行加急发货。

加印完毕后，出于尊重作者，张晗君没有请示孙蕾，就告知梁清锋稿件略有删改。她本以为梁清锋虽然在网上大言不惭，但不过是外强中干，面对读者嘴硬，面对编辑应该会真诚一些，况且删掉抄袭内容也是一种保护作者和出版方的行为，梁清锋却气愤地指责张晗君未经允许随意篡改作者文章，不尊重作者，更不尊重读者。张晗君气极大骂："你抄袭！你才不尊重读者，不尊重编辑，不尊重出版方！"

"哈哈哈哈，我抄袭，你真认为是我抄袭？"没等张晗君回复，他又说："难道你不懂帮亲不帮理的道理？即使我抄袭你也不能说嘛，最多说是借鉴或者致敬啊，你看周星驰致敬多少电影，脑残粉也没说他抄袭吧？我们是作者和编辑的关系，同一个战壕里的战友呢！"

作家就是作家，明明理亏还是能抢白得编辑哑口无言，张晗君只好顾左右而言他："那创业者观察文章合集《现代欺世录》您修改得怎样了，我们的编排可以吗？"

"还没来得及看，我现在不就跟那些创业者一样，在干一件'欺世'的事儿吗？你没必要岔开话题，我也不想再跟你扯这件事。顺便说一句，不管你信不信，我保证《现代欺世录》没有抄袭问题。"

张晗君想讽刺他一句"《汪伪时期的饮食男女》一文我提出疑问时，你也拿人格担保没有问题"，但打完字后她又删掉，只发了一个呵呵的表情。

梁清锋秒懂表情，又说了一句："《民国国民》确实存在抄袭问题，但与你所想完全不同。"张晗君这次回复了"呵呵"二字，梁清锋就没再说话。

张晗君虽然气愤不已，但因孙蕾曾禁止她跟梁清锋谈论抄袭问题，只好苦果独吞，连跟赵国鑫、王萌吐槽都不行。不过对她来说，最重要的不是抱怨，而是担心梁清锋向孙蕾告状，虽然她觉得孙蕾会支持自己，但更担心的是自己违反了孙蕾的三令五申。

梁清锋根本无暇告状，因为他很快就抄袭事件再次发表言论，事情也因此文起了巨大的变化，如梁清锋所言，“《民国国民》确实存在抄袭问题，但与你们所想的完全不同”：不是梁清锋抄袭郭舒，而是郭舒抄袭梁清锋！

梁清锋不愧是旧媒体人，不仅会写文章、起标题，发表时机也拿捏得很准。周五上午所有人都无心上班，在等吃午饭盼下班，频繁刷社交媒体。十点钟时，梁清锋在微博、公众号、头条号和几个专栏同时发了一篇文章——《天下文章一大抄，郭舒抄我我没抄！》：

最近我抄袭郭舒《民国太太的厅堂》一文之事炒得沸沸扬扬，当然我也有推波助澜之责。趁现在大家还没有遗忘此事，趁看热闹的人还饶有余兴，我决定把来龙去脉一一道来。当然你也可以认为我在继续兴风作浪，但无论你是何种看客，请继续围观：

去年5月我在一家小众纸媒内刊《思旧》发表了一篇写荀慧生的小文，文中引用了不少鲜有人用的一手资料。根据杂志要求，我只能在他们出刊三个月后再发到网上，但两个月不到的时候杂志编辑问我是不是发到了网上。我是个信守承诺的人，当然没有发，他相信我，但让我上网搜搜看。我搜索发现，不少网站未经允许登载了我的那篇文章，有一点节操的写了转载，没节操的直接无出处无署名，还有的貌似洗了我的稿。这也算是互联网发展之常态，但最令我生气的是我发现有人抄袭我，一个叫郭舒的作者大段抄袭我写荀慧生的小文内容，改头换面写了一篇《章老太不会写不敢写但我一定会写的荀慧生二三事》。这篇标题耸动的文章内容“卑之无甚高论”——基本是一篇东抄西袭拼凑而成的骗稿费文章。我微博私信郭舒，她非但没有回复，反而发了一条微博暗讽我想借机炒作，又在我截图取证前迅速删除。

我奉行的原则是“人不犯我，我不犯人。人若抄我，我必捉之”。这大半年来，我一直在下一盘很大的棋，阅读郭舒的每一篇文章，预测她下一篇会写什么，赶制一篇她可能会抄袭的文章发在比较大的平台上——好在都有稿费。我的文章故意引用网络上搜集不到的图书资料，并在文中埋各种无伤大雅的小雷，比如注释故意改错几个字，引文故意改动几个字，引文涉及的文章、书名，只要不是特别有名的也稍做改动。我一直在等待与郭舒对弈，但一直没等到。

去年9月我恍悟，她应该是有意避开我的文章，我就故意换了一个笔名潘小闲发文，果然仅三个月就钓鱼成功，郭舒《民国太太的厅堂》一文抄袭了我的《汪伪时期的饮食男女》，现在请看证据——

梁清锋先晒出用自己身份证做书签的一本台版书《〈天地〉的天地》，这本书中他引用的内容出自潘予且的《我之恋爱观》，但在文章中他将作者名字改成了汪愚且，文章名字改为《我的恋爱观》。

图片显示，梁清锋所引《我之恋爱观》原文内容如下：“在从前，婚姻是一件终身大事，焉得不谨慎将事。如今，婚姻已经成为生存手段，焉得遇事挑剔，来关闭自己的幸福之门？这一种变迁不能说是不大，更不能说和以前相差不远。婚姻如此，恋爱的方式，手段，性质，结果，遂亦不得不和以前不同了。”

但《汪伪时期的饮食男女》一文中他将“焉得不谨慎将事”改为“焉能不谨慎处之”，将“恋爱的方式，手段，性质，结果”改为“恋爱的方式、手段、性质和结果”。此类证据还有几处，都有图有文有真相，无可争辩。

梁清锋长文说，虽然研究历史讲究言所有据，更讲求“孤证不立”，但在举证抄袭时，只要自己文中的错误，抄袭者全部照抄，孤证反而更可立。调色板表明郭舒文章《民国太太的厅堂》中将梁清锋故意改错的地方全部照搬，且无一抄错。

铁证一出，民意如山倒向梁清锋，抄袭事件在反转中达到高潮，围观者纷纷表示要去下单支持梁清锋，更有不少原来辱骂梁清锋的直接下完单后晒单支持。张让见机又组织部门同事将事态扩大，《民国国民》连续紧急加印两次，销量很快达到86000册，成为本季度迄今重塑文化最畅销的一本书。

梁清锋将剩勇追穷寇，又发表了一篇文章《郭舒不会写不敢写但我一定会写的郭舒抄袭七八事》，有理有据地将郭舒过往抄袭文章逐篇分析。几个网站专栏宣布与郭舒解约，出版商也与她解除新书出版合同。

这一盘大棋梁清锋“双赢”，既弘扬了正义，又给自己的书做了一场声势浩大的宣传。

但有不少读者买到书之后投诉梁清锋删掉了“铁证”，更有人专门到实体书店去买“错版”《民国国民》，对此梁清锋只转不评。

虽然抄袭事件的反转带动了销量，但孙蕾对梁清锋公然故意在图书中制造错误的行为十分不满，对她来说无论因何造成的错误都是错误。她决定约梁清锋到公司来“当面鼓，对面锣”地严肃沟通一下此事，并主动邀请张让等营销同事一起讨论后续也是最后的营销活动。

初次见面，张让着实把梁清锋阿谀奉承得非常受用，功夫之高应该只有郁震拍董事长时的功力能与之争锋。为显正式与表重视，会晤在公司最大的会议室举行，孙蕾还主动将郁震请了过来。郁震到场后又将梁清锋恭维一番，虽然方式跟张让大同小异，内容却有所不同，听起来他好像读过不少梁清锋写的东西。秘书韩小蓓也恭维了几句梁清锋“棋艺高超”后，郁震主持发言：“我今天很荣幸参加这个会议，我们主要讨论一下公司今年目前为止最畅销，也最有口皆碑的《民国国民》后续营销工作。首先我代表公司向梁老师道歉，不应该不告而私自删掉您那篇文章的部分内容。下面就由孙蕾来具体说一下目前的情况吧。”

孙蕾说：“首先我要纠正一下郁总的说法，我们今天开这个会讨论的不是《民国国民》的营销工作，而是如何应对《民国国民》‘钓鱼执法’引起的一些后果。有一件事我一直没有向大家通报。正如我所担心的，出版社现在已经知道了这件事，社里的责编对作者公然制造错误的行为非常不满。"

歪在椅子上，手肘撑桌子托腮的张让迅速坐正问道："出版社有什么好不满意的，我们做错了什么吗？"

"有什么不满意？你不是也做过策划编辑吗？连编辑的基本职业素养都不记得了吗，还是你从来就不知道？"孙蕾毫不客气的连珠炮发问把所有人轰呆了，一时之间没有人敢说话，主要火力承受者张让更是惊得不知如何应对。

怔了几秒后，郁震开口："孙蕾，你今天这是怎么了？怎么给人扣这么大一个帽子，可不是你的风格啊。出版社到底有什么不满，我们这本书不是没有抄袭吗？"

梁清锋也附和道："对啊，我没有抄袭呀，出版社应该不会有什么不满意的吧？"

有两个人给自己"张目"，张让也不客气地问："我做过图书编辑，但没有孙总做得时间长，基本职业道德我应该还是知道的，也许没有孙总知道得全面，请孙总全面科普一下呗？"

两个职位比自己高的同事和一个如日中天的作家的反驳并没有把孙蕾镇住，她不卑不亢继续反驳："你应该不是不知道，而是不在乎，你的行为跟梁大作家的做法一样。"

郁震听她"一石二鸟"，听不下去，严厉批评道："孙蕾，不要说话这么难听，我们是来讨论工作的，不是开批斗大会。"

孙蕾不假辞色："这本书确实没有抄袭，梁老师与张总还无意中进行了一次强强联合的营销活动，使我们这本再版书在民国已经不热的今天大卖。但出版社不满意的是作者故意在书中制造错误，这是一个很严重的问题。"

郁震还是不理解："我们这本书质检不是评了优稿吗？差错率应该是在可接受范围之内吧！"

孙蕾继续不假辞色："我以往做的书也有一些令人汗颜的硬伤，但那是因为工作失误或知识结构缺陷所致，是‘无错不成书’类错误。但《民国国民》是故意为之，性质不同，严重性也不同。”

梁清锋意识到问题的严重性：“我明白了，也就是说社里觉得我这种行为是有意为之，故意制造错误比错误本身更严重？”

孙蕾依然不假辞色：“你理解得对，社里发了加盖公章的文件给总编室。大意是说，非常理解也支持梁清锋维权，但不认可更不支持这种做法。因为公然制造错误不仅损害出版社声誉，也会对读者产生误导，希望相关人员能够正确对待此事，给出版社，也给公众一个交代，以免影响后续合作。我的想法是，公司和作者联合发一个致歉声明给这件事画一个句号。”说完她特意看了郁震一眼。

郁震虽然当副总编辑才两个月有余，但也意识到此事的严重性，《民国国民》的出版社还是公司最大的合作方，万万不可闹得不愉快。但他又觉得再搞一次营销活动，《民国国民》的销量也许能过 10 万，一年出版 25 本 10 万册以上的畅销书可是他军令状中的一项。他不能接受行百里者半于九十：“话是这么说，我们公司也是出版社的大客户，我们跟他们合作这么久，关系没那么脆弱，只要做得自圆其说就不会有问题。”

孙蕾坚持不同意再搞营销：“我还是坚持不再搞事，免得造成不必要的麻烦。”

郁震不耐烦地说：“不是你说不搞就不搞，是我要搞事。你有职业道德，我有工作任务。你把职业道德看得比工作任务重，我把工作任务看得比职业道德重。我坚持继续搞营销，但不强迫你，你可以选择不参与。”

如果领导说不强迫你做某件事，那一定是强迫你自愿做某件事，如果领导说不会怪你不参与某件事，那一定是怪你不自愿参与某件事。这个简单的道理孙蕾当然懂，现在不能得罪郁震的道理她当然也懂，可她也不想担惹怒合作方的责任，如果因此影响出版进度，惹的可是全公司编辑、发行的众怒：“郁总要营销，我们当然不拒绝，也一定全力配合，将郁总主导的《民国国民》最后的营销活动搞好。”

郁震当然听得出孙蕾绵里藏针、话里有话地强调这件事是自己坚持要做的，有什么不良后果也由郁震承担。他嘴角飞快掠过一丝似笑非笑："好，言归正传，我们来讨论一下如何进行《民国国民》的最后营销，大家各抒己见。"

两天后，梁清锋发了一篇微博短文，大意是抱怨重塑文化未经许可随意删改稿件。自己原想通过这种方式将郭舒钉在耻辱柱上，结果费尽心思制造的白纸黑字铁证却被删得一干二净。值得安慰的是，一版一印已发售《民国国民》数万册，郭舒还是会被钉在耻辱柱上，只是柱子有些细矮。

当今社会，或者自有人类开始，同情弱者好像一直就正直正确，即使弱者的行为并不正确。微博发出后，围观者果如所料一边倒向梁清锋，纷纷谴责重塑文化不尊重作者。大多数读者不知道如何区分出版公司和出版社，所以他们在骂出版机构时通常直接骂出版社，出版社也因此经常背锅。但因梁清锋直接点名重塑文化，所以重塑文化被万箭穿心，倒也没有再将出版社卷进来。

第二天，重塑文化为正视听，发了一篇正式公告反驳：

首先，我们很遗憾删除了梁清锋先生《民国国民》中的某些内容，但从法律上来讲我们并没有错。因为当时梁清锋老师承认抄袭，按照重塑文化与梁老师签署的出版协议，重塑文化有权删除作者稿件中侵犯他人权益的内容，所以我们删除"涉嫌抄袭"的内容并无法律过错。

其次，真相大白后我们依然删除这部分内容也许不恰当，但也不能算错，因为梁清锋老师在稿子中故意制造错误，使我们出版的第一版《民国国民》有严重错误，对此我们有必须改正错误的责任，以及维护读者权益的义务。

此事给读者带来不便我们道歉，但于情于理于法我们都不会向作者道歉，请各位理性、中立、客观的读者正确看待这件事。

重塑文化将一如既往地为广大读者提供优质图书，谢谢大家一直以来的支持，祝各位阅读愉快！

理性、中立、客观是一个完美的词组，因为很多不理性、不中立，更不客观的人看到别人用这个词组来形容自己时，也瞬间觉得自己理性、中立、客观，重塑文化的反驳得到很多人的认可，转发也以好评居多。

两篇檄文往还又成功将《民国国民》推上热点，再次火速加印，销量成功超过10万册，共计印115088册。出版社看到两篇檄文后不置可否，一周后无人再关注此事。当然“有才姐”除外，她又将此事大包大揽到自己身上，到处宣扬《民国国民》能够取得今天的销量全因自己营销得力。孙蕾得知后，一笑置之，目击了全过程的张晗君、赵国鑫和王萌则以玩笑置之。

梁清锋得知后更是一笑而过，因为只有他知道，这一切都是孙蕾的谋划。之所以紧急添加《汪伪时期的饮食男女》一章，正是梁清锋在闲聊时告诉孙蕾郭舒抄袭了自己的这篇文章。一个抄袭与反抄袭的大胆想法在她脑中形成，但孙蕾也有不满之处，那就是梁清锋隐瞒了故意制造错误的行为。

重塑文化和梁清锋在事件几近沉寂之时发布了一个联合声明，声称彼此达成谅解，对此次事件给彼此带来的伤害互表歉意，并敬请读者期待重塑文化即将推出的梁清锋新书《现代欺世录》。

注：

本章内容参考《日常生活的奇趣化表现——论〈天地〉杂志散文的话语特色》一文，作者满建。

十三　我是我命运的主宰，我是我灵魂的统帅

梁大作家制造的抄袭事件虽然沸沸扬扬好一阵子，但3月底就淡了下去。赵国鑫、王萌虽然全程目击，但几乎没有参与，他们还是按部就班做自己的编校工作。

赵国鑫忙得团团乱转如陀螺，王阳明传记和普京传记都已交稿，科普选题通过后作者也很快将稿子整理好发过来，现在要同时编校三部稿子，还得跟美国专家沟通选题策划方向。目前他唯一完成的工作是给王阳明传记起了一个初步得到孙蕾认可的名字——《超凡出圣：王阳明的胜者之路》。

王萌手中稿子虽不多，《我逝去的岁月：美国民谣编年史》内文编校接近尾声，但封面迟迟没有做好，出了七八稿孙蕾都不满意，只得继续重新设计，健身书合同双签次日作者就已交全稿。作者迅速交稿对编辑来说是好事一件，但也有不好的地方，那就是自交稿日起就会天天问什么时候上市。

张晗君原本想先编校《漫长的挽歌》，但抄袭事件的后遗症就是，发行、营销一致要求《现代欺世录》提前出版，可《漫长的挽歌》也不能就此延迟，因为她只是《民国国民》的联名策划编辑，爸爸坚持认为她不是畅销书策划编辑，所以就更加忙碌。一笑清城的选题也成功通过立项，但稿量不够，还需要作者再写五六篇，好在伊坂幸太郎新书早就被其他公司高价竞走，更好在伊坂幸太郎不像其他日本作家一样一年有十几本书推介到中国出版，现在她要同时编校的稿子只有两部。

工作与生活又归于琐碎平淡，就连老板的每日鸡汤都无可吐槽之处，唯一的谈资是王萌的神秘选题终于曝光。原来他被伊坂幸太郎选题讨论启发，自主策划

了一个选题《竟无言以对的人生真相》，立意是：古今中外很多大作家都写过一些令人无法反驳的人生真相，比如莎士比亚在《哈姆莱特》中说："他们喜欢一个人，只凭眼睛，不凭理智。""不要借钱给人，因为债款放了出去，往往不但丢了本钱，而且还失去了朋友。"选题就是辑录各个作家关于人生真相的连珠妙语，分门别类编辑成书。

自主策划选题最能显示一个编辑的策划能力，王萌为此兴奋数日并做了一个无懈可击的选题表，但刚一出击，就被孙蕾兜头泼一盆凉水。她觉得这种金句网络上随处可见，不太会有人愿意买一本通篇这种句子的书。王萌反复争取，孙蕾不想打击他的积极性，同意放行，张让反倒很看好这个选题，但他也只有一票而已。鉴于孙蕾不同意，王萌预料可能有不少发行更不认可，而他们又不会认真看选题表，所以他就大胆层层当面"宣讲"，倒也得到了不少同情票，呈报董事长后，董事长一看这个选题稿费只有 8000 块钱，立刻同意立项！

王萌借用了梁清锋的笔名潘小闲，写了段夸张但不失真实的作者简介，然后攒起了这部稿子。当然他也向张晗君和赵国鑫求助，集思广益地找各种"人生真相"，他从张晗君那里得到不少简·奥斯汀的人生真相，也从赵国鑫那里得到不少阿兰·德波顿的人生真相。王萌按图索骥，去阅读这些作者的所有作品，辑录了更多人生真相。

为尽快向自己交稿，王萌经常加班到很晚，孙蕾几次加班结束时都看到他在工作，被他的努力感动之余，也施以援手，贡献了自己多年的阅读摘抄，甚至将原本打算做编剧时摘抄的一些有意思的语句和台词都发给他选用。王萌再次按图索骥，又去阅读这些作者的所有作品，自然又辑录到更多的人生真相。

白板显示，4 月初七部共完成 7179188.8 码洋，定价 48 元的《民国国民》一书独占 550 余万。本书销量突破 11 万册虽属意外，但给整个编辑部极大鼓舞，他们深信一定能完成码洋任务，每个人也都相信自己一定能做出畅销书来，一时之间工作热情比以前更高涨。热情高涨时往往会遇到更多需要热情的问题，仅仅一周之后，他们每个人的稿子都遇到了不大不小的麻烦。

张晗君的《现代欺世录》遭遇出版社退稿，并非稿件质量、编校质量问题，而是该社认为书稿不符合他们社积极向上、弘扬正能量的出版方向。这家出版社原来出过不少此类书，所以在报选题时，孙蕾特意要求总编室选择与之合作，不料仍被退稿，令人十分不解，后来得知是被新社长亲毙。

总编室换报新社，加之《漫长的挽歌》网剧官宣将于 4 月底开播，所以现在这本书又成为张晗君工作的重中之重。

赵国鑫的《超凡出圣：王阳明的胜者之路》编校完毕后很快送社，封面也几易其稿，但发行、营销太迷信可读封面要求照抄。赵国鑫认为公司发行、营销都无法跟可读相提并论，模仿封面也不过是空有其表，并无用处，坚决不从。发行的反击就是不再看好本书，征订不积极，出版也被延后。而《普京传》则因为是当下重要政治人物，需要审读比较长的时间，科普选题也存在很多问题，除了错字、病句，图片分辨率低，还有些名词与惯常用法不一致。

只有王萌因“反乌托邦三部曲”尚未交稿而遇到比较少的问题，除了《我逝去的岁月：美国民谣编年史》封面迟迟没有定稿，除了健身书稿件不知如何编排，就是《竟无言以对的人生真相》选用非公版期作者金句会不会侵权。

大多数图书编辑都会遇到此类问题，虽不难解决，但也不易。不过对他们来说，现在有一个方法可以既容易又一劳永逸地解决——转行！

最近远在美国的老板不再发鸡汤，而是天天转发 IP 相关文章，不仅转到朋友圈，还发到编辑部总监群以及公司员工群，大有也要搞 IP、进军影视行业之趋势。郁震几次跟编辑部总监们聚餐时也频频提到要成立 IP 部，做影视项目前期孵化。因为孙蕾在影视公司工作过，所以一直不太爱发言的她成为聚餐主角，每次都会被问各种五花八门的问题。郁震也曾半认真半开玩笑地说让孙蕾转做 IP，负责重塑文化影视 IP 部，虽遭到孙蕾当场拒绝，但她要去 IP 部的谣言有鼻子有眼地传遍公司。

董事长在会见一家跑到美国去买 IP 的皮包影视公司董事长后，立即发邮件让郁震一个月内筹划成立 IP 影视部。所有人认为 IP 影视部会由孙蕾担任，这也成为七部主要话题。

最担心的是张晗君，在“孙教头”三个月的教导下，她刚找到做图书编辑的感觉，也更加坚定成为畅销书编辑的信心，结果领路人却要抛弃自己。

虽然孙蕾去担任其他部门的总监不会使自己信心倒塌，但肯定会是一个不小的打击。所以其他人还能按部就班地工作，张晗君则心烦意乱，无心工作。今天刚上班，看到老板发的新鸡汤“我们努力向前奔跑，但也选择突然改变方向”后又气不打一处来：“‘努力向前奔跑，突然改变方向’，不轻车不熟路，很容易阴沟里翻船吧？”

赵国鑫一听就知她所指何事：“你最近情绪不太对啊。要稳重点，毕竟另一只鞋子还没落地，不要激动，等鞋子落地再看也不迟嘛！”

张晗君也觉得自己最近情绪容易波动，不过是一个谣传而已。她也觉得孙蕾不可能“突然改变方向”，况且她之前在影视公司工作过，如果想做影视就不会回来做出版，但就是忍不住想吐槽几句。

赵国鑫又说：“你不用担心啊，就算孙总去 IP 部也可能会带咱们部门一起去的吧？毕竟不是真正做影视，需要的还是会策划、懂编辑的员工。”

王萌觉得孙蕾看起来好像十分热爱出版，但并不尽然，因为从她的朋友圈能看出，她读的不少书与编剧技巧有关，还有一些出版毒药——剧本书。他觉得孙蕾可能是在上一家公司做影视时并不顺利，想以退为进先打好基础再出击。他不像张晗君那样焦虑，一是他也明白有一个好上司固然非常重要，但最终还是得靠自己；二是他也认为孙蕾要撑起另外一个部门也得招人，极有可能会带所有人去新部门。当然，他也不希望换部门转行，因为他确实热爱出版。他没有远大的理想，但有步步为营的打算，在第二次去心仪的出版社面试失败后机缘巧合加入七部，暗暗打算历练一年后再去面试。

第二只鞋子很快落地，周例会结束时，孙蕾公开跟他们谈了这个谣传："你们也应该听说了公司要成立 IP 部，估计也听说郁总想让我去这个部门。你们不用担心，当然你们也许根本就没有担心。我是说，如果你们担心我去的话，那就请放心吧，我不会去的。"

鞋子落地最开心的当然是张晗君，但她也好奇孙蕾不去的原因："孙总为什么不去呢？"

"首先，我要兑现承诺，我们签了保证书，就不能临阵脱逃。其次，虽然有人说出版行业是夕阳产业，有不少人转行，但我不这么认为，只要有人类存在，就有阅读的需求。最后，对我个人来说，做出版才让我感觉人生有意义。"

"最后"说得这么重，张晗君和王萌都不敢回话，赵国鑫问道："那您觉得我们做出版好，还是转行做影视好呢？最近一两年确实有不少图书编辑转行做影视去了呢！"

"我不能给你们规划人生，做图书编辑也不是我帮你们选的不是？当然，签码洋任务事后想想，可能是我赶你们上架了，但我确实是相信我们能够完成这个码洋任务。"

王萌也问："纯属好奇，做图书编辑对以后做影视有什么帮助吗？"

"虽然我觉得你问我是问道于盲，但应该是有吧，起码编辑更了解市场上都有哪些书，就是比较了解所谓的 IP 吧？总之，我觉得你们还年轻，人生还可以有很多选择。不要急着跟风，先思考一下自己到底想要做什么。如果确实想去做影视，我可以向郁总推荐你们，先从我们公司的 IP 影视部做起会容易入行一些。"

张晗君说："孙总您也还年轻啊。我们都是年轻人啊！"

孙蕾叹息："年不年轻并不是年龄，而是心态。我感觉自己已经失去了斗志，这可能是我最后一次鼓起斗志了，也许会失败，也许会成功。"她越说声音越小，最后一句仿佛变成了自语，可能是觉得自己有点失态，又重复了一遍，"如果你们确实想做影视，我可以推荐你们去影视 IP 部，但你们要提前告诉我，我也好提前找人来接替你们。”

张晗君急于表态，但还没开口就被孙蕾制止：“像我说的，先思考一下自己到底想要做什么再决定。”

但他们并没有太多时间思考，因为郁震专门召集他们开会讨论此事。最近每次开会都会拿一本三联·新知或广师大·新民说的郁总编今天却拿着一本《你的剧本逊毙了！》，看来公司确实要成立 IP 部做影视。

郁震开门见山道：“我今天是来辟谣的！或者说是将谣言坐实的。”他停顿一下，继续辟谣，“都说谣言止于智者，在座各位都是智者，所以我要跟你们辟一下谣。”

依然无人接话，郁震继续唱独角戏：“今天召集你们来是要正式告诉你们，公司经过慎重考虑，一致认为孙蕾是 IP 影视部总监的最佳人选。”

既然领导提到自己，孙蕾也只得见招拆招：“感谢公司的认可，但我对公司的认可表示不认可。”

郁震早已习惯孙蕾的耿直，也不以为忤，笑看她说：“你越是不认可公司的认可，公司越是认可你，我今天的工作之一就是让你认可公司的认可。”

孙蕾也笑看郁震：“那看来今天你的工作之一很难完成，我‘不忘初心，不改始终’。”

郁震说：“我不信有人没改过‘初心’，人是善变的，人生也是一直在变化的。你孩提时的理想就是做图书编辑吗？我那时候听说过图书，也听说过编辑，但没听说过图书编辑这个职业。再者，你之前不是干过影视策划吗？”

孙蕾反驳得异常轻松：“我是干过影视策划，但因为‘不忘初心’，所以又回来做图书编辑了啊！”

郁震觉得现在的对话把几天前他们的单独对话变成了彩排，就换了个进攻方向：“‘穷则变，变则通。’我认为你图书编辑做得够好的了。不说以前，就说现在，才入职三个月，带着三个普通编辑，做了一本10万册的畅销书，选题储备也还不错——”

“但是呢？”孙蕾不等他铺垫完就打断。

郁震从语气判断出她的戏谑，白了她一眼：“但是呢，你确定能完成4000万的码洋任务吗？三个月的时间你们才完成了700万多一点。”

“敢情郁总不是急于成立IP影视部，而是担心我们完不成任务啊！真是感谢！”

郁震被戳穿，恼怒地说：“我这是一举两得，既快速成立IP影视部，又解你们于完不成任务的倒悬，何乐而不为呢？”

孙蕾收起戏谑表情，严肃对待：“感谢公司的认可。但我还是那句话：如果想做影视我就不会回来做出版，所以郁总另请高明吧！”

郁震假装无奈：“老板命令我成立IP影视部，公司也有人毛遂自荐，但那几个人编辑都没做好更何况影视。万里挑一除了我，只有你。”

郁震最后一句玩笑话缓和了气氛，孙蕾很久没有回答，赵国鑫趁机问了他们最关心的问题：“孙总如果去IP影视部，我们部门可就群龙无首，不对是无头苍蝇，啊，也不对，不就是没有管理者了吗？”

赵国鑫再次看到机会，自己的工作能力比孙蕾不足，但比张晗君和王萌有余，现在招人又比较困难，孙蕾调任其他部门，自己很可能会成为部门主管，或者至少是暂代。

没有人看出他的私心，但郁震的回答也浇灭了他刚生出的希望小火苗：“这你不用担心，把你们全叫来，也是要告诉你们，如果孙总同意调任IP影视部，你们也都会转入IP影视部，你们现在做的书转给其他部门。不愿意做影视也会分到其他编辑部，七部整个撤销。”

张晗君担心孙蕾调走，自己跟去自然成不了畅销书编辑，调到其他部门选题可能就会被重新分配，自己经验不够丰富，可能会被当成文字编辑，也不可能在三个月内成为畅销书策划编辑。她紧张地等待着孙蕾的决定，但孙蕾沉思不语。

赵国鑫再次失望，但也没有表现出来，笑了笑回答说："哦，这样，那我就放心了。"

郁震见孙蕾一直没回答，就问赵国鑫："那你是想做影视，还是继续做图书编辑？"

赵国鑫毕竟是职场老手，回答得滴水不漏："做影视，我需要考虑一下，做图书编辑，我目前觉得还可以。当然，我也不反对做其他工作，学点本事，毕竟艺多不压身嘛！"

"那你们两个怎么想的？"郁震转头问一直一言未发的张晗君和王萌。见王萌无意回答，张晗君就先表态："我觉得我还年轻，刚才赵国鑫也说了，艺多不压身，所以我想先学会做编辑。"

郁震问他们是想各个击破，孙蕾再是强将，手下无兵也不可能完成任务，就有可能就范。目前他只击破半个，剩下的王萌如果支持自己，自己也算是跟孙蕾打个平手，所以就问王萌："你呢，王萌？"

王萌慢条斯理地回答："我打算先工作几年，争取在工作的同时找到自己喜欢的文化方向转去搞创作，工作经历丰富一些有助于创作。"郁震点头赞许，王萌继续说，"我又觉得搞创作得先了解市场，不能闭门造车，做图书编辑最能了解市场，所以我目前还是想再做几年图书编辑。"

郁震看了看胳膊肘下压着的书，觉得自己今天自编自演的这出戏真是"逊毙了"，但也不能就此作罢，他直接逼问孙蕾："孙蕾，你表个态，到底是要做编辑，还是去 IP 部？"

孙蕾神色凝重地说："几年前，我遇到一些问题，行百里者半于九十，离开了图书行业。后来，我一直觉得自己是个可耻的逃兵。现在虽然行百里于十，但我坚决不会再做逃兵！"

郁震觉得说服不了孙蕾，深深叹了一口气，抬手重重拍着书说："那我丑话说在前头，原来觉得你们完不成任务，还可以帮你们求情，毕竟情大于理是我们社会的传统。但既然你们这么坚决，那就按保证书来吧，完不成任务，你们都给我滚蛋！"

说完之后，他连书都没拿就摔门而去，目睹全过程并一言未发的韩小蓓急忙拿起他的书，一路小跑着追出去。

孙蕾关上会议室门说："虽然我们做了一本十万册的书，可离完成码洋任务确实还很远，郁总觉得我们完不成也有道理。完不成不仅我们要滚蛋，他这个同意我们签保证书的也有责任。去 IP 部确实可以一举化解他的两个难题。"

郁震摔门而去的行为把张晗君吓得不轻："那我们怎么办呢？"

孙蕾反问道："你说怎么办呢？尽最大的努力，剩下的交给运气。"

赵国鑫又问："我们完不成任务不会真被辞退吧？"

孙蕾反问道："保证书签的不就是完不成任务部门解散吗？"

她说完后起身推门离去，留下三人在偌大的会议室面面相觑。

十四　我们行走在黑暗中，但依然仰望星空

我们的人生大多数时候平淡无奇，我们的工作亦如是，大多数图书的出版并无故事可讲，有故事可讲者只因出了事故。

《现代欺世录》换合作方后顺利下厂，在张晗君和孙蕾加班加点的努力下，很快全面上市。因为本书都是梁清锋专栏文章，传播度比较广，又因不久前梁清锋自编自导自演的那出抄袭大戏使他名气和口碑双收，所以虽然只是B级重点书，征订数却高达3万册，预售期就加印5000。编辑部和营销部也联合推出几篇营销稿造势，上市不到一周再次加印一万册，销售势头十分凶猛。

非虚构写作普遍能获得良好口碑，《现代欺世录》也霸占了数个网站和媒体月度好书榜单，口碑发酵开后进一步促进销量，很快突破55000千册。

但一本书不可能全是好评，知名书评人杀不死的反舌鸟就写了一篇雄文《〈现代欺世录〉的欺世之举》对此书及作者进行了无情的批判。他说自己虽然与作者私交甚笃，但非常不敢苟同作者只看到社会阴暗面，只揭露社会阴暗面，只批判而不鼓励创业者的非虚构但不客观写作。这种行为就像当年张艺谋、贾樟柯之流拍一些故意暴露社会阴暗面的电影去西方电影节拿奖一样，其心可诛。

这篇文章在不明真相的群众和与此类群众数量不相上下的创业者群体内有了一定的转载量。但还没等扩散开就被梁清锋如椽之笔压倒性击败。梁清锋反击文章《我们依然仰望星空，但也躲避脚下泥淖》的主体思想段落如下：

我虽一直对“孔子作《春秋》，乱臣贼子惧”持质疑态度，几千年信史记载的朝代更迭也证实了我的质疑。但我也相信读了《春秋》的乱臣贼子应该会有一

点点畏惧。这也可以说是我写《现代欺世录》的原因之一吧。我不敢自比孔子，但也希望自己的文字能够起到一点警世作用。我们持笔之手当然希望自己笔锋如刀，但遗憾的是希望只是希望，我们所做的一切唯有警示。我们不能阻挡欺世之人继续欺世，但求能够警示被欺之人免于被欺。

有人批评我只揭露社会阴暗面，故意无视社会光明的一面。我想说的是我没有写光明并不代表我无视甚至看不到光明。我揭露阴暗、批判阴暗是因为我希望阴暗消失，至少能够减少，难道不正说明我多么珍视光明吗？

也有人说我们看多了阴暗面也会变得阴暗，这让我想起了日本导演北野武的一件轶事。有记者问北野武：“有人认为观众会模仿您电影中的暴力情节，对现实生活产生不良影响，对此您怎么看？”北野武回答说：“现在市面上满眼的感人故事和心灵鸡汤，也没见社会变好啊！”也有人问动画大师今敏：“你有没有意识到这种直白的性和暴力描写，会助长现实犯罪行为啊？”今敏回答道：“不管看没看，该犯罪的人还是会去犯罪，不犯罪的人还是不会去犯罪。”同理，我们不会因为看到很多欺世盗名之辈，见识了他们的无耻行径就会对这个世界失去希望，更不会将这个世界拱手让给我们不屑的鸡鸣狗盗之徒，而是以微小的力量与之抗争，创造更美好的世界。成功了固然最好，失败了我们也不会同流合污。我们行走在黑暗中，依然仰望星空，但也小心跨越脚下泥淖。

P.S. 我跟杀不死的反舌鸟老师缘悭一面，也从未在网络上有过深入交流，非微信好友，亦不曾微博互关，他所谓的私交甚笃应该另有其人。

梁清锋的反击再次获得大量转评点赞，又有不少读者用实际行动——买书来表达对他的支持，《现代欺世录》又加印两次，共计 68088 册，连带《民国国民》也加印了 5000 册。重塑文化的编辑们都羡慕不已，他们最羡慕的不是梁清锋的书本本畅销，而是梁清锋是一个令所有营销编辑汗颜的营销高手。

如果说《现代欺世录》还算有一点故事可讲，那么《林徽因传》和《漫长的挽歌》则几乎无故事可讲，顺利出版，普通营销，当然销量也稀松平常。因为张晗君拒绝了父母安排的相亲对象，又因为《漫长的挽歌》被她弄丢过，还因为这是本再版书，爸爸加了条件，除非能卖到八万册，不然不能算是畅销书。张晗君力争但没拧过父母拧在一起的大腿，只能寄希望于一笑清城，但他迟迟没交稿，出版更不知何时，遑论畅销。

随着编辑们编辑能力的提高，加之孙蕾的严格把关，七部出版的书品相也越来越好，《万古人间四月天：林徽因传》得益于传主名气，加印两次，共计21088册。《漫长的挽歌》虽然作者比较有名，品相也比上一版好很多，销量却没有达到预期，但瘦死的骆驼比马大，还是比新作者的书销量好很多，首印多达20088册，加印两次，总共35088册。同名电视剧虽然再次延迟开播，但届时如果能火爆肯定又会推动销量，即使不温不火，应该也能有七八万册的销量。这两本书销量虽然不高，但在重塑文化当月出版的书中也属当之无愧的佼佼者。

赵国鑫战胜营销、发行取得《超凡出圣：王阳明的胜者之路》的封面控制权，但没有取得销量控制权，客户征订理所当然非常差，首印竟然只有9888册，虽然不是重塑文化最低，却是七部迄今最低，赵国鑫惨胜如败。

王萌依然被他“逝去的岁月”折磨，封面易十数稿都通不过孙蕾这一关，最终设计师怒而拒绝再易，王萌只好换了价格昂贵的设计师熊猫布克重新来过。也许是因为新设计师对《我逝去的岁月：美国民谣编年史》比较有感觉，也许是因为王萌此次传达得比较到位，封面设计没易几稿就成功搞定。第一稿风格就很符合这本书的气质，主题元素用的是二十二岁的鲍勃·迪伦和初恋女友十九岁的苏西·罗托洛的一张照片，年轻的歌者和他的缪斯走出格林威治西四街161号时被摄影师唐·汉斯滕抓拍的那张图腾符号式的照片。虽然这一稿设计非常带感，但孙蕾和王萌不得不割爱，不仅是因为照片版权问题不好解决，更是因为鲍勃·迪伦在本书中占比再大，本书也不是鲍勃·迪伦传记，更不是苏西·罗托洛写的《放任自流的时光：一九六零年代的格林威治村，我与鲍勃·迪伦》，最终选定一个简约大方又巧妙运用音符、乐器传达主旨的封面。

编辑和作者都十分满意，营销、发行当然又非常不喜欢简约风格，但因为不是重点书，所以也就听之任之。当然也不是完全没人反对，不过反对的不是封面，而是“我逝去的岁月”这个选题。征订前的宣讲会上，王萌宣讲水平进步很多，但仍被“副总统”丁琰问得哑口无言。不仅如此，他还在王萌无法反驳后，滔滔不绝地对此书大加挞伐。他说的倒也不无道理，更不无水平，因为他是唯一一个知道本书英文名 *My Back Pages* 是鲍勃·迪伦的一首歌的发行，还知道马世芳把这歌翻译成《昨日书》，更知道他用此做书名的那本书销量一般。

这个选题在重塑文化出版不受重视也在孙蕾的意料之中，但扔出去的石头不怕激起千层浪，怕的是吹不皱一池春水。好在《我逝去的岁月：美国民谣编年史》还是打起了一个水漂，所以孙蕾无论如何都要抓住。

会后孙蕾拿着稿子去找丁琰沟通，两个欧美民谣迷又一阵唇枪舌剑。与其他发行不同的是，丁琰从来都就书论书，但两人谁也没能说服谁，最后孙蕾把稿子留给丁琰看，让他自行判断。

半天后，丁琰说他阅读部分内容后非常喜欢这本书，也希望欧美民谣迷都能读到这本书，让好书与读者相遇，是他作为图书发行的一个愿望，他会在自己主管的片区卖力推销，其他片区就爱莫能助了。这番话让孙蕾十分感动，她没想到自己重回出版才遇到一个真正爱书，不仅仅是为赚钱而卖书的图书发行。孙蕾又携丁琰看好此书之消息找张让讨论营销，遗憾的是张让帮理不帮亲，营销部也都觉得作者没有名气，欧美民谣题材非常小众，公司没有给非重点书的营销预算。《我逝去的岁月：美国民谣编年史》只能进行常规营销，发了发书讯、书评，做了做网站选载以及毫无用处的微博转发送书，但因定价高也只送了两本。

其实重塑文化一直有机动营销费用，由营销部自行决定对某本虽非重点但有可能畅销的书做重点推广，因为每年都会有几本非重点书意外畅销。但哪本非重点书会畅销就像哪本重点书会畅销一样不可预测，所以机动费用推广哪本书完全取决于营销部，或者说取决于编辑部主管和营销部主管的关系。

孙蕾为避嫌，从不利用她与张让之间的尴尬关系占用机动营销费用，《我逝去的岁月：美国民谣编年史》当然也不例外。书上市后并没有加印，但因丁琰片区多要 4000 册，首印数为 16888 册，倒也不算低。

虽然从印数来看，《我逝去的岁月：美国民谣编年史》在第七编辑部已出版的书中不算高，码洋却仅次于《民国国民》和《现代欺世录》，甚至比同期上市并加印两次的《漫长的挽歌》还高。《漫长的挽歌》目前印数为 35088 册，定价是 35 元，总码洋为 1228080，《我逝去的岁月》目前印数虽然只有 16888 册，但这本近 700 页的巨著定价 78.00 元，码洋为 1317264。所以当看到印数很低时，王萌有点“Into the dark”，但看到码洋比三万多册的书还高时，他立刻“Out of the blue”。

4 月底，一笑清城终于交了补写的稿子，交稿后就天天问出版进度。他也是图书编辑，比刚做半年编辑的张晗君更熟悉出版流程，所以张晗君无法像应付其他作者一样随意敷衍。她虽然比作者更想立刻出版此书，但她能做的只有加班编校，催促封面设计，其余决定权都在他人手中。

疲于应付的她还要做一个最近加塞的选题——《漫长的挽歌》主演拍摄手记。这个新选题不是孙蕾的，而是出自张晗君的自主策划，因为她发现《漫长的挽歌》主演庞博是一个虽非一线但有不少死忠粉的新晋偶像。

这个选题也可以说是她与《漫长的挽歌》作者聊天时聊出来的。在这本书刚上市时，出于好奇，她问了作者一些剧组的八卦。作者告诉她跟组时看到很多迷妹在剧组外等着看偶像，看到一眼偶像都激动得颤抖，而且为数不少。说者只是吐槽这些少女幼稚，但听者张晗君觉得可以借此做一点《漫长的挽歌》的营销。这一点虽然孙蕾也想到了，营销也提议从剧组要点福利，但剧组根本不配合。因为图书对影视来说可以忽略不计，宣传作用更是微乎其微，尤其是这种销量并不大的再版原著。

但张晗君一直觉得迷妹不利用一下太可惜，可一时又不知如何利用，就从网上查明星书，无意间查到一本刘德华的《我的30个工作天：〈桃姐〉拍摄日记》后，又想起了周末说的话，鉴于现状，她也不能把宝全押在一笑清城的书上，思虑再三，她决定出一本庞博的拍摄手记卖给广大迷妹。

张晗君在周例会提出选题时，遭到孙蕾等人的一致反对，但孙蕾看过她的策划案后很快转变态度，觉得这种东西虽不能算是书，但很可能畅销。最有说服力的是张晗君列的同类书，虽然她几乎不知道它们的存在，惊人的销量却不容忽视，于是同意申报。

张晗君申报选题后就着手联系主演经纪人，但她没有再通过作者联系剧组，而是从微博、微信联系到主演官方粉丝团。因为是《漫长的挽歌》原著出版方，很快赢得粉丝团骨干成员的好感，她表明来意后，粉丝团更是沸腾，迅速帮她与主演经纪人建立联系。

张晗君战战兢兢地提交了方案，出乎意料地很快得到回复，虽然对方提出比她的策划案 PPT 页数都要多的意见，但好消息是策划案获得通过。选题也通过得很顺利，因为公司做过类似畅销书，所以没什么人反对，唯一的反对者是郁震，但董事长没有听郁震的意见，不仅同意立项还多加一句评语：请编辑部将此书作为 IP 部的周边产品操作！

签合同时，张晗君见识到了何为客大欺店，合同中规定排版、设计都得经纪公司审核并书面同意后才可以下厂，还要签保密协议，不得透露主演在本书中允许出现的内容之外的任何内容。

一本图书签两个合同在重塑文化也是史无前例，做惯甲方的法务十分不满，但因为董事长看重这本书，也只好忍做乙方。合同刚签完，张晗君就有点后怕，合同都要签两个，后患肯定无穷，想打退堂鼓，但又不能违约，唯有祈祷销量能对得起她将要忍受的折磨。

为全力以赴做好本书，她提出将方舒的选题转给赵国鑫。孙蕾无异议，赵国鑫欣然接受，本着“收支平衡”的原则，将美国专家转让给醉心于摘抄“毒鸡汤”的王萌。因“毒鸡汤”选题而爱上自主策划的王萌欣然接受，决定挑战一下美国问题专家。

张晗君让渡选题是明智之举，如果一笑清城是事儿妈，那庞博经纪人史麦粒就是事儿姥姥。虽然这本书署名会是庞博，但负责提供内容者或者说编者为史麦粒。

这种书稿子一般是拼凑而成，从导演谈演员的采访中摘出庞博的部分，从编剧的角色解读中摘出庞博的角色部分，再从剧组要来相关剧照，拼贴编排成一本图多文少的书。史麦粒虽然“句读之不知”，但对稿子中的每个句子、每个逗号都有很强的求知欲。她经常提出一些不解之惑，每每令张晗君十分疑惑她是否能写正确自己那并不复杂的名字。

如果说史麦粒是“句读之不知”型事儿妈，那么一笑清城则是“句读之太知”型事儿妈他妈。他对编辑工作了如指掌，恨不得让张晗君靠边站，全部自己来做，但编辑肯定不会将图书把控权让渡给作者，哪怕对方是个编辑经验比自己还丰富的编辑。因此张晗君和一笑清城之间的摩擦真是“天黑都不怕，一步两步一步两步，一步一步似爪牙，似魔鬼的步伐”，一直没有间断。从稿子编排、章节名拟定、字体字号选用、文案撰写、封面设计、单色双色还是四色印刷，甚至是用轻型纸、纯质纸还是胶版纸，事无巨细都要反复讨论，定价上倒没讨论太多，但也是因为签合同时就已经确定为比较高的38元。一笑清城知道自己虽然签的是版税，可也知道大多数书就卖个首印，更知道即使加印，作者也无法掌握实际印数，故而只有定价高才能保证利益最大化。

赵国鑫虽然只有方舒的选题和普京的传记，但忙碌程度不亚于张晗君。两人面对的都是书稿问题，所不同的只是面对不同的人。张晗君面对的是经纪人和作者，赵国鑫面对的人一个是方舒版权所有人——他的儿子方若舒，另一个则是出版社的责任编辑。

方舒之子方若舒是一个台湾设计师，他的主要经济来源是父亲的版税。正因如此，他对父亲的图书出版十分重视。方若舒不仅要求亲自设计父亲的作品，还要求编辑将书做出新意来，这对一本再版四次的小说来说确实有些难度。普京传责任编辑虽非普京之子，但对普京如同对父亲般崇拜。也因为此，他对出版普京传记十分荣幸、万分重视。

方若舒虽非封面设计师，设计水平虽与自己的收入水平相匹配，但他设计的封面让公司美编调整调整，也勉强可用。他最强人所难的是要求改书名，他认为有新意就要新得彻底，但他又做不到太彻底——重写小说，就退而求其次——改书名。

《铁拳男人：普京传》责任编辑就比较彻底，除了像一笑清城一样干涉出版流程的种种外，还干涉图书内容，不仅要求作者修改稿件，有时还不告而越俎代庖，大肆修改作者对普京的评价。他对《普京传：他为俄罗斯而生》内容非常不满，但很喜欢这个副标题，因为他很认可作者对普京的高度评价。赵国鑫也无可奈何，只得不断与适之文化指定的作者经纪邓立轩沟通，让作者尽量按照编辑意见修改，好在适之文化和作者都十分配合，除了对传主的评价，改得都比较令人满意。

张晗君和赵国鑫虽然面对各种问题，但都是稿子，或者与稿子有关的人、事，王萌面对的则是没有稿子的问题。要说完全没稿子也不确切，《竟无言以对的人生真相》在他的努力搜罗下，已有 8 万字，可孙蕾一个建议“删掉”了他 3 万字。他把已经整理好的稿子发给孙蕾后，孙蕾翻看几页提出一个可能存在的隐患问题——侵权。原来王萌生冷不忌地将自己能搜罗到的，以及发动朋友搜罗到的“人生真相”堆到一个文档里，全部发给孙蕾审阅。孙蕾一看这些所寻之章、所摘之句虽然都与主题相符，也都是令她无言以对的人生真相，但有不少是在世作者金句，比如东野圭吾、伊坂幸太郎、阿兰·德波顿、北野武、保罗·奥斯特、乔纳森·勒瑟姆，还有一些作者虽然去世但仍在版权保护期内，比如道格拉斯·亚当斯、比利·怀尔德、约翰·列侬。孙蕾认为存在侵权问题，建议王萌删掉，王萌当然不愿意删，还说早就查过相关法律解释，他找到一段律师解读的“适当引用”发给孙蕾：

“适当引用”指作者在一部作品中引用他人作品的片段。引用非诗词类作品不得超过两千五百字或被引用作品的十分之一，如果多次引用同一部长篇非诗词类作品，总字数不得超过一万字；引用诗词类作品不得超过四十行或全诗的四分之一，但古体诗词除外。凡引用一人或多人的作品，所引用的总量不得超过本人创作作品总量的十分之一，但专题评论文章和古体诗词除外。

但孙蕾认为这本书并非“适当引用”，而是资料汇编。汇编作品的法律解释是“将两个以上的作品、作品的片段或者不构成作品的数据或者其他材料进行选择、汇集、编排而产生的新作品”。《竟无言以对的人生真相》就是“作品的片段”“选择、汇集、编排而成的新作品”。孙蕾熟练地甩给他《著作权法》中有关汇编作品的相关条款，并且十分醒目地标出如下规定：

汇编人行使著作权时，不得侵犯原作品的著作权。如涉及著作权作品，须经原作品著作权人同意，并向其支付报酬。

汇编人汇编有著作权的作品，应当经过原作品著作权人的许可，并支付报酬，还应当尊重原作品著作权人的人身权。在行使著作权时，不得侵犯原作品的著作权。

在法律面前，王萌不得不低下自己并不高昂的头，用一天时间把在版权保护期内的摘句删得一字不留。

安全起见，作者进入公版期、译者还在保护期内的金句，孙蕾也要求删掉。但如果这些也删掉，就剩下不到一万字，真是竟无言以对，唯有泪垂的人生真相。王萌不能接受这样的真相，找孙蕾理论，最终结果是孙蕾让他先摘抄这些句子的中文版，再按图索骥将英文版摘抄出来找人重译。

闻知此事的张晗君心情瞬间好很多，赠王萌半句诗——无可奈何稿删去，闻知此事的赵国鑫心情大好，续张晗君的半句赠诗——似曾相识重译来。对此，王萌回应了一句暂时不用删去的毛姆名言——一个人越聪慧，就越能承受磨难。

王萌聪不聪慧暂且存疑，但他需要承受的磨难则毋庸置疑越来越多。“反乌托邦三部曲”译者陆续交稿，现在他不仅要组稿，还得同时编校三部稿。

公司规定稿件积压时可以聘用兼职校对，孙蕾却严厉禁止。因为孙蕾的经验证明兼职校对质量都非常差，稍有能力的人会做比校对更赚钱的兼职，而真正热爱图书的人可能早就做了编辑。张晗君和赵国鑫疲于应付各路神仙，根本无暇施以援手，王萌只能全部自己编校。除核对原文外，他还要比对其他几个译本，不仅要规避抄袭嫌疑，还要保证人、事、物名称尽量采用常规译法，更要避免重蹈《我逝去的岁月：美国民谣编年史》覆辙。

王萌一校完《我们》后觉得编校难度很大，三本书同时出版，以一己之力很难按计划出版，便向孙蕾提出要外发校对，孙蕾不仅严词拒绝，还警告他如果私自去找，不会签报销单。孙蕾还说如果实在校对不过来，可以替他校对一下《美丽的新世界》，但兼职校对绝对不能找，因为质量难保证，极有可能返工。花钱事小，可能会花费更多的时间，延误出版进度。

好在三部稿子并不是错误都很多，《1984》的稿子甚至是上一版的印刷文件，差错率更是在十万分之一以下。但并不是说这部稿子就没有问题，反而存在另一个大问题，作为附录的《动物农场》出了一个意想不到的问题。

《1984》的很多版本都在书后附录《动物农场》这部同类题材短篇小说，但译者冯青上一次的出版商循例出版后发现有不少读者只读《动物农场》，不看《1984》，就在一年后重新发行《动物农场》单行本，还与译者重新签了一份《动物农场》翻译合同，合同期自然相应延长，所以王萌手中的《1984》并无冯青译的《动物农场》版权。《动物农场》确实是很多读者偏爱的一部小说，作为附录或者别册出版对整套“反乌托邦三部曲”销量都会有很大的带动，孙蕾也早就让王萌物色新译者，赵国鑫也给他介绍了几个译者，但他们不是没有档期，就是没通过试译，最后王萌自己找到一个档期和试译都合格的译者。

王萌找的译者时之间是一个经常在网上给其他译者挑刺的人，有一点褒贬不一的小名气，自认比钱锺书英文水平都要高，也比知乎那些自认比钱锺书英文水平高的人高。时之间自称平时从不看中文书，但一直有志于重译经典，曾自译《在火山下》等冷门经典英文小说，网络口碑还不错，王萌觉得他可能会成为继李继宏之后的“天才翻译家”，也想借用他的名声来给这套书造势。重译《动物农场》自然是重译经典，他便爽快地接受邀约。

时之间的试译稿十分完美，翻译水平几近董乐山，王萌和孙蕾都十分满意，很快签约，甚至破天荒地给他争取到基本稿酬加版税的结算方式。但之后时之间既不像一笑清城一样天天“过问”，也不像史麦粒一样天天“责问”，而是芳踪难问。王萌每次联系他，他都是几天后才回复，回复的还都是令人以为设置了自动回复的“翻译中”三个字。

时间就像海绵里的水，只要挤总会挤干。张晗君、赵国鑫和王萌的5月时间很快就被挤干。好在计划内的工作也基本完成，一笑清城的稿子三校完毕并送审，书名暂定为《我不过未经审视的人生》，书名确定，文案打了草稿，封面开始设计，《〈漫长的挽歌〉主演手记》内文制作完成，封面设计十几稿后选定编辑、营销和发行都不喜欢但史麦粒和庞博非常喜欢的那一版。封面除了书名和作者名（庞博），就是庞博模仿詹姆斯·邦德拿左轮手枪的摆拍剧照，难怪二人如此喜欢。

赵国鑫的磨难也克服不少，方若舒最终承认自己的设计水平配不上父亲的文字水平，放弃亲自设计，但仍坚持改书名。赵国鑫非常抵触，孙蕾也坚决不同意，可在合同面前，他们不得不屈服，当然他们也做好了被读者痛骂的准备。因为书名不仅改了，而且是把原来文学性十足的名字改成鸡汤味浓郁的《山不过来，我就过去》。

相对而言，《铁拳男人：普京传》结果还算不错，赵国鑫虽然没能说服出版社编辑停止越俎代庖，但孙蕾成功说服了他。孙蕾没有从书稿观点上来说服对方，因为她清楚试图说服一个三十多岁、头脑僵化的秃头男人，难于项羽抓着自己的头发把自己拎起来。她从编辑的职业素养出发，旁征博引，讲理举例，最终说服编辑遵从“我不同意你的观点，但我誓死捍卫你表达自己观点的权利”的职业原则，不再擅改书稿。

作为折中，孙蕾建议责任编辑写一篇编辑手记附于书后，说明一下自己不同意作者观点但尊重作者表达，更可以借机表明自己的观点。责任编辑欣然同意，写了一篇 5000 字长文，虽然导致赵国鑫又得调整印张、重新编辑目录页码、修改定价，但较之于编辑不同意作者观点甚至要退稿，这何止是小事，简直是无事。

王萌的时间挤得更干净，既要为《竟无言以对的人生真相》找稿，还得编排，还得找人重新翻译，同时还要编校《我们》《美丽的新世界》和《1984》，还要跟设计师沟通封面设计，排版工作简直可以忽略不计。好在张晗君中旬时帮他二校了《我们》，赵国鑫下旬时帮他三校了《美丽的新世界》，三部稿子也按时送审、送社，但《动物农场》的翻译稿却迟迟未到。时之间现在微信、QQ、微博和邮件都不回，电话更不接，虽然他依然更新社交账号动态，依然在网上对别人的译文吹毛求疵。

王萌对他的态度由初识的佩服到合作的期待，再到催稿不成的腹诽，最后到如今不回信息的办公室辱骂，但除此之外，无可奈何。“反乌托邦三部曲”已送社，下月初就会返稿，留给时之间的时间已经不多。孙蕾建议王萌换翻译，但王萌对时之间还抱有一丝幻想，同时认为新译者即使立刻选定也不会比时之间交稿快。

合同规定的最迟交稿时间还有半个月，王萌祈祷一直在“翻译中”的时之间能按时交稿，但一周过去，时之间依然没有回复他的千万次追寻。孙蕾再次强烈建议王萌换翻译，王萌再次严词拒绝：“蕾总，我们有合同，不能随便换翻译，交稿期还没到呢。”

孙蕾不客气地说："以我的经验推断，他肯定没翻，不然为什么都不回复你呢？"

王萌心虚地反驳："也许他是想给我一个惊喜呢？兴许明天他就交全稿了呢？"

孙蕾十分不悦："他一直不回复你，非常不尊重人。这种人只能带来惊吓，不要心存幻想，抓紧换人，还能赶上出版进度。"

王萌还是心存幻想："那万一他过几天就交全稿了呢？"

孙蕾说："这很好办，几天之内你即使找到合适的译者，合同流程也走不完。他要交了稿，大不了就不跟新译者签合同呗！"

王萌说："那不就得罪新译者了吗？"

孙蕾说："一个正常人没那么容易得罪，实在不行你就以试译不合格为由拒绝。"

王萌觉得虽然这种行为不太符合职业道德，可也不得不如此。他很快找到一个翻译，对方很快交付试译稿，水平比时之间有过之而无不及。时之间依然没有回复，王萌开始走合同流程。他选择先走流程再寄给译者的非常规做法，也是担心万一时之间在合同流程过程中交稿不好毁约，好在时之间很"识趣"地一直不回复、不交稿。

因为之前的《动物农场》翻译合同附在"反乌托邦三部曲"中，签字审批的人并没有太在意，所以这个单独的翻译合同并未引起质疑，顺利签完。王萌将合同寄给新译者后，开始不断催促他尽快翻译。

新译者不辱使命，仅七天就翻译完全书，又三天仔细通读并修改后交了稿。王萌又惊又喜，连夜加班编校，好在这本书字数偏少、编排简单，他成功在出版社返回三部稿子前将《动物农场》寄出。至此，已过最迟交稿日期十多天，时之间依然不回复、没交稿，倒是又发了一篇关于翻译应不应该用成语、俗语的文章。

译稿问题已经解决，交稿时间也已超，王萌不再担心时之间起诉公司违约，现在再看时之间发表观点的心态就像看小丑在网上跳梁。他经常跷着二郎腿，喝着无因咖啡，表情鄙夷地“审读”他的论战文章，不是挑他成语用得不对的毛病，就是挑他标点符号用得不对的问题，几次三番后他庆幸时之间不交稿，认为他没有交稿也许是因为看人担水不吃力，自己根本担不动，主动放弃。但他还是为自动回复变为不回复非常生气，越看越生气，越生气越看，最后他激愤地发了一封言辞还算克制的谴责邮件给时之间，对他不履行合同、不回复编辑询问，影响出版进度表达了极大的不满，并表示以后绝对不会再合作。

时之间破天荒回复了他，他首先表达歉意，并坦承自己确实没有翻译《动物农场》，原因当然不是自己没时间、没能力，而是最近皈依佛教，《动物农场》的观点与自己的宗教信仰冲突。王萌觉得这可能只是托词，如果时之间如自己所言虔诚礼佛，就不会天天在网上与人争长短。更让王萌庆幸没有与之合作的是，时之间讥讽一个译者没有把第三人称自称改为第一人称是不懂中文语言习惯，结果被人反击成筛子，因为用第三人称自称并非英语专利，而王萌也在现实中认识一个喜欢用第三人称自称的中国人——王欢乐。

5 月中旬结束时，张晗君的《我不过未经审视的人生》终于成功上市，定价 38 元，首印 12088 册，码洋为 459344 元。赵国鑫的《铁拳男人：普京传》也终于成功上市，定价 39.80 元，首印 15088 册，码洋为 600502.40 元，《山不过来，我就过去》早在中旬就已上市，定价 36 元，首印 15088 册，码洋为 543168 元。最忙碌的王萌没有成功上市一本书，也没有任何加印，码洋任务为零。

十五　无望之事，大胆尝试，往往难以成功

《我不过未经审视的人生》上市之后表现不好不坏，鸡汤书已经慢慢降温，但也因是慢慢，得以在上市一周后加印3000册。第一次出书的一笑清城很兴奋，到处卖力吆喝，第一次署名为策划编辑的张晗君兴奋程度不亚于作者，卖力程度也是——只是并没什么用，但她依然相信自己会凭借本书成为畅销书策划编辑。

一笑清城的人生是否经过审视未可知，但这本书上市后很快就备受“审视”。一笑清城无时无刻不在关注自己新书的动态，叮叮新书榜升一个名次都要跟张晗君报喜，降一个名次就激动地跟张晗君说“怎么办？怎么办”。开始张晗君还为作者的认真负责而高兴，一天下来，变得疲于应付。一笑清城不仅实时汇报叮叮、咚咚、亚马逊新书榜排名，还汇报藤萝想读人数、分析各大网站读者评论。有好评则手之舞之、足之蹈之，有差评则不是说读者逻辑混乱，就是说读者没读懂他的文字，读者没有审视自己的评论文字，没有审视自己的人生。

一笑清城虽然认真审视了叮叮网以外的读者评论，但他最多也只能跟编辑吐吐槽而已，因为读者是得罪不起的，如果你对一个读者表达不满，哪怕你的不满占据道德道理高地，其他读者也会群起而攻之，因为读者会觉得你没度量，禁不起批评，才不管你遭受的批评是否合理。一笑清城最大的公开抗议不过是在藤萝点了《骂观众》的想读并同步到微信、微博。

一笑清城虽然不像广大藤萝红人一样不谦虚，更或者说是自信地给自己的书打五星，再注册几个小号打五星，但也非常卖力地找藤萝友邻给自己的书点评打分。图书上市一周后，他在几个藤萝红人微信群里求“点想读，给好评”，应者

却寥寥。这种行为虽然不高尚，但也正如很多潜规则一样，是大家都认可并执行的，好多藤萝作者出的书在刚上市时分数会特别高，基本都在9分以上，9.5分的也不在少数，还有不少丧心病狂，唯恐读者发现不了找水军的藤萝红人的书分数竟然会是10分！一笑清城以为大家没有看到他的求助，私信了几个他自认关系还不错的友邻，对方碍于情面点了想读，同时跟他说没有读过，不好打分。一笑清城无比纳闷，首先这本书本就是藤萝文章合集，他们之前至少看过大部分，其次他们没有收到书就打五星从来是家常便饭，怎么现在却较起真来了？他隐隐觉得事情不正常，张晗君也觉得很蹊跷，但也没太当回事，也许只是一笑清城当别人是朋友，别人没当他是朋友罢了。张晗君觉得他们不帮忙推广就不帮吧，反正藤萝也只是营销平台之一，并没有太大的影响力。

藤萝确实没有太大的影响力，但对《我不过未经审视的人生》影响还是挺大的。就在一笑清城和张晗君不再热切关注藤萝读书时，这本书出现了非常多的一星评论，而且都是新注册的小号，评分很快由9分以上降到8分以下。

一笑清城紧急告知张晗君，如临大敌的张晗君马上告诉孙蕾。孙蕾虽然经常用藤萝，但只当它是一个工具，并不在意，也就没把评论评分当回事，还嫌弃张晗君大惊小怪。张晗君相信孙蕾的判断，就安慰一笑清城不必在意。

一笑清城对此“不敢苟同”：“恕我直言，孙蕾是个很厉害的编辑，做了不少畅销书。虽然业内不少人对她为人处世的风格有看法，但没人质疑她的能力。”

张晗君问：“但是？”

一笑清城回答：“但是，她不太了解藤萝作者图书出版现状，尤其是营销方面。”

张晗君说：“我也不太了解，请一笑老师多多指教。”

一笑清城拉开话闸：“我们公司之前做过一本藤萝红人的书，虽然我不是责编，但因为公司人少，所以从编辑到营销我都深度参与了。整个过程给我最大的感触是，藤萝红人离开藤萝毫无影响。藤萝作者出书只能先在藤萝做好营销，做好口碑，发酵起来才会带动藤萝之外的读者。藤萝做不起来，那就永远起不来！”

张晗君现在又觉得他说得有道理：“你的观点我十分赞同，我会反馈给孙总，看我们怎么补救，但是我们得先弄清楚是怎么招的黑呀。”

一笑清城回复说：“目前大概知道原因了，求证后我再告诉你。”

《我不过未经审视的人生》不是重点书，营销部当然不重视，又因作者是藤萝红人，营销编辑连藤萝都没有维护，理由是交给作者自己维护会更有效。但如果营销效果好，功劳当然会出现在他们的周报中，毕竟领导不知道具体工作由谁所做，又属于营销工作范畴。编辑即使不满，也不会举报他们抢功，不然其他书营销时就会悔不当初。

就在张晗君把一笑清城的话转达给孙蕾时，营销总监张让又来到七部办公室。最近张让频频不请自到，名义上是了解他们出版进度，以便更好地展开营销，实际则有着不可告人但显而易见的目的。想了解出版进度当然应该直接问责任编辑，但他几乎不问编辑们出版进度，要么直接去找孙蕾私聊，要么旁敲侧击孙蕾的动态。虽然孙蕾从不谈私人生活，但张晗君从几个月的工作相处来判断，她应该是单身。据说张让跟孙蕾分手后也一直单身，更有谣传他自甘从一家公司副总降为重塑文化营销总监，就是为了接近孙蕾，张让要寻求孙蕾复合的八卦更是甚嚣尘上。编辑部的话题也由最近匪夷所思的各种作者转到令人兴奋的上司恋情上来。但他们也没什么料可作为谈资，众人只是猜测孙蕾与张让分手的原因，以及会不会复合而已。孙蕾好像并不太待见张让，还偷偷嘱咐张晗君看到张让过来就微信通知她，并直接告诉他自己不在公司。

所以当张让刚走到他们办公室门口时，张晗君赶紧跟他说：“孙总不在办公室哟！”

张让不以为意，笑道：“我是来找你聊聊《我不过未经审视的人生》营销的哟！我们去会议室吧。”说完就走了。

张晗君一听来者不善，马上去找孙蕾，发现她真的不在公司，微信得知她刚见完作者往回赶，只好临时拉赵国鑫帮她撑场面。她还想叫王萌助阵，但见王萌正在电话中与美国专家聊美国政局聊得兴奋，只好作罢。

刚进会议室，张让看到赵国鑫就揶揄张晗君说：“厉害了张大编辑，还带助理来了呢！”

张晗君连忙说：“没有没有，我一直把赵国鑫老师当我真正的老师，他教了我很多做书以及做人的道理，我是请他来帮忙出主意的。”

被调侃成助理当然不开心，但被拍成真正的老师则有点飘飘然，赵国鑫也顺便谦虚几句：“哪里哪里，大家是同事，互相帮忙是应该的，我也是来跟张总学习营销的。”

张让笑看两人，不禁想孙蕾一个直来直去的人带的编辑却一个比一个油滑，倒也值得玩味：“我也是来学习的，那我们就先来看一下今天学习的材料吧？”

张晗君没有说话，赵国鑫也在等着学习资料，张让开始上课：“张晗君你这几天应该看到《我不过未经审视的人生》藤萝的大量一星评论了吧？”

早已料到是有关此事，张晗君也想看看营销如何处理：“看到了，作者也跟我反映过，但不知道是什么原因。”

张让略一沉吟：“不管是什么原因，我们得把这些一星评论顶下去，把分数拉上来，不然会严重影响这本书的动销，尤其是现在它还上了读书首页。因为一星评论上首页是好事，增加了关注度，但也因为是一星评论不会带动销量，反而会影响原来的销量，所以我们得尽快顶上去。”

说到这里，大家也心知肚明要雇佣水军，但藤萝对图书刷分的惩罚非常严厉，最近有几本刷评过狠的书页面直接被撤销。一个被黑的图书页面总比没有图书页面要强，所以张晗君并不敢贸然就同意张让“尽快顶上去”的建议，她得请孙蕾定夺。就像刚才孙蕾恰巧不在一样，现在孙蕾也恰巧回来，敲了敲会议室门进来。

张让看到孙蕾进来想献媚，但孙蕾眼皮都没抬就说了一大通：“听说你们在讨论《我不过未经审视的人生》藤萝被黑的事儿。别的我不管，但最好不要雇水军刷评论，被黑顶多影响藤萝的潜在读者，但没了页面，潜在的读者能不能知道有这本书都是问题。”

张让听孙蕾话中有话，想反驳但又不想直接呛她：“那如果我们能做到既刷了评论又不被撤销页面呢？”

孙蕾没有回答他，反而问张晗君：“你觉得呢，你觉得这样做合适吗？”

张晗君正在等着向张让学习，没想到孙蕾把问题抛给自己，只好支吾以对：“我，我觉得，图书评分高肯定是好的，可是雇佣水军刷评论，是不是不太符合我们的职业道德啊，虽然这本书是莫名被黑。”

“那你觉得要不要刷呢？”孙蕾和张让异口同声问道，然后又同时默契地为这默契感到尴尬。

张晗君被两个总监问蒙：“刷？不刷？这是个问题！”后面这一句不知道为什么突然从嘴边溜出来……

所有人都被“这是个问题”的回答逗乐，张让也忍不住戏仿：“那你们到底是 To be，or not to be 啊？”

孙蕾没有回答，看来并不打算替张晗君做决定，张晗君也就只能大着胆回答：“那我个人觉得还是刷吧。虽然不太符合职业道德，但大家都在刷，我们不刷反倒不公平。再者，我们这本书无端被黑，刷一下评论也算是让不公正稍微公正一些吧？”

张让呵呵一笑：“不错啊，张晗君同学，你如果不做编辑的话，最适合你的职业应该是辩护律师。孙总觉得要不要刷呢？”

孙蕾说：“那我们就听未来大律师的吧！但也不能违背了藤萝的基本算法，不能刷到页面消失。”

张让总结性发言：“好，那就这么定了，我们先把分数刷回来，等搞清楚被黑的原因后，我们再做一下评论引导。”

孙蕾见张让总结性发言结束，起身要走，张让拦住她：“晚上我们两个部门一起吃个饭吧，再讨论讨论具体怎么营销。”

孙蕾略一迟疑说：“他们好像都有事儿，对吧，张晗君？”

张晗君愣了一下看到孙蕾盯着自己，连忙说：“哦，对，我晚上约了同学去看，去看《X 战警：天启》呢！”

赵国鑫也心领神会，帮王萌撒谎说：“我和王萌约了人去玩密室逃脱呢！”

张让说：“没别的意思，就是沟通工作。”

孙蕾说：“我可不想占用别人的休息时间。”

孙蕾以为自己一语双关既拒绝了张让，又暗示他也不要占用别人的业余时间，不料正中张让下怀，他说：“那正好，我就不占用别人的时间了，跟你单独吃个饭，叙叙旧吧，就这么定了，再见！”说完他不管她的回答就走了，孙蕾等人呆在原地。

几天后，一笑清城就告知张晗君《我不过未经审视的人生》被“审视”为一星原因有二：一、他最近吐槽过藤萝严肃文学作者；二、他在歧视严肃文学作品的公司出书。

发起“一星运动”的是一个五万粉丝的藤萝严肃文学大拿。虽然他的书都卖不动，他的粉丝大都不买他的书，但都愿意给他的书打五星，更愿意给他不喜欢的书打一星。

一笑清城吐槽严肃文学作者以将简单故事复杂化、常规用词佶屈聱牙化、简短句子冗长化，以及令所有人（包括他自己）看不懂的风格积累了大量粉丝。也许这句话击中大拿软肋，他在自己的微信粉丝群里发出给《我不过未经审视的人生》打一星的通告，为不留下证据还迅速撤回消息。他还私信其他藤萝严肃文学作者，也在两分钟内撤回消息，只是这些所谓的严肃文学作者并不像他的粉丝一样忠诚无害，有人在收到他的“给《我不过未经审视的人生》打一星，下次我会给你的书打五星”信息时第一时间截图留证。

“人的一切痛苦，本质上都是对自己无能的愤怒”，一笑清城对这句据说是王小波的鸡汤有了直接又深刻的认识。他不后悔自己吐槽严肃文学，只是愤怒自己对被黑的无能为力，倒也不是完全无能为力，他完全可以写一篇文章控诉严肃文学大拿，但言而有据就会出卖朋友，还可能会遭到疯狂反击。一个敢于背后捅刀子的人一定敢于、善于颠倒黑白。所以他非但只能痛苦忍耐，还谆谆告诫张晗君千万不要反击，以免引来暴击。他现在已经不奢求出版第一本书就成为畅销书作家，退而求此事不会影响第二本书的出版。

编辑部和营销部虽然认同一笑清城的分析，但也觉得不能听之任之，经过讨论，他们确定的评论引导方向是——《我不过未经审视的人生》因为写得太真实太一针见血而被黑。黑子们也不会出来反驳，因为一反驳就暴露真正原因。营销部从这一点出发，有序地组织了大量评论，分数平复到七分多，销量虽有所增加，但也只是有所，因为这样一来二去已经过去一周，最佳营销发行期已经过去，口碑没有发酵起来，没有第二次加印。

张晗君没能成为畅销书策划编辑，一笑清城也没能成为畅销书作家，营销编辑不能说这本书是多亏他营销卖力才没畅销，发行经理也不会说多亏他发行得力才没畅销。但他们都可以指责是张晗君的选题策划得不好，内文排版不好，封面设计不好。总之，一本书畅销了就是营销出力最大，发行出力最大——同样都是最大，编辑只是坐享其成。一本书滞销了就是营销没问题，发行无过错，编辑——不配做策划编辑。

策划的第一本书没能成为一本畅销书虽然令张晗君感到失落，但才上市一个月也不能盖棺定论，以后会加印到三万五万册而成为畅销书也未可知。不过有一点可以确定，也值得安慰，那就是她做了一本加印过的图书。毕竟，大多数图书最多不过卖个首印量。但也仅仅如此，六个月的时间只剩一个月，她唯一的希望就是《漫长的挽歌》6 月能开播。

6 月 10 日，一再更改档期的《漫长的挽歌》终于在网络平台播出，但反响平平，庞博也没有火，发行副总把原本 10000 册的《〈漫长的挽歌〉拍摄手记》加印单改为 3000 册，在孙蕾的争取下才勉强改成 5000 册。《〈漫长的挽歌〉拍摄手记》当初虽被评为 B 级重点书，现在紧张印刷中，但发行和营销不再看好。原来四色印刷、88 元高定价的优点现在也成为他们口中的缺点，有的发行甚至对张晗君说出“你做的这本书我都不愿意发”这种粗暴又不符合职业道德的话。营销也敷衍了事，原本他们觉得明星书好营销，现在又认为这种书没有引爆点，甚至还说群发书讯都没有人给登，因为明星书不算书，媒体登了掉价。

张晗君备受打击，自主策划的两本书，一本普通书不被重视，另一本重点书更不被重视，再联想到这半年来在公司到处受气，被作者挖苦，被质检刁难，被营销嘲讽，被发行侮辱，被印制教育，悲愤异常，不禁哭了起来。

在一边高谈经济、阔论政治的赵国鑫和王萌听到突如其来的哭声顿时不知所措。王萌根本不会安慰女生，赵国鑫略强，但也手足无措：“你，怎么了，突然就哭了？”他不问还好，一问张晗君哭得更厉害，王萌吓得跑去找孙蕾，急得连门都没敲直接推开。

孙蕾三步并作两步冲进来问张晗君发生了什么事，但张晗君只是哭，孙蕾就把她拉到自己的办公室：“好了，这里没有别人了，你可以跟我说说原因吗？”

张晗君继续哽咽，孙蕾抽纸递给她又试探：“跟男朋友分手了，还是？”

张晗君破涕否认：“不是，为什么我们做编辑的就这么低三下四？明明评上 B 级重点书，发行不愿意发，营销不愿意推广。如果都这样，我们还怎么做编辑啊！口口声声说我们公司最重要的创造者，营销发行竭诚为我们服务，可为什么会这样？”

孙蕾也早猜到张晗君大哭与工作有关，但她也无能为力，可又不能说爱莫能助：“我刚做编辑时，也跟你现在一样，后来转行也是因为遇到类似的事情。”

“那你为什么又做回编辑呢？”

“我转行后做得还算不错，但放弃的那本书一直在折磨我，让我觉得自己是个没担当的逃兵。这种感觉不断吞噬我，最后我就回来了。虽然过去的事情无法挽回，但可以从头再来。”

孙蕾越说越动容，也让张晗君十分动容：“孙总是劝我不要临阵脱逃吗？”

“如果你要辞职，我尊重你的选择，但更希望你能想清楚。”

“我没想辞职，但是——也遇到一个可能不得不辞职的难题。”

“什么难题？”

“年初爸妈安排我去国企，我拒绝了，因为我想做编辑。但他们也很强硬，最终达成的协议是我在半年内如果能做出一本畅销书来，就任由我决定自己的职业规划，否则就服从他们的安排。”

“不是吧？！再说，《民国国民》和《漫长的挽歌》都超过3万册了，你没告诉他们三万就算畅销书吗？”

“我爸说《民国国民》我只是联合策划，《漫长的挽歌》被我弄丢过，所以都不能算。”

“你们达成协议时这些都讲清楚了吗？”

“没有，但我爸可以随时变卦，我妈现在也一点都不支持我了。”

“其实国企工作也好，如果你想轻松点的话。”

“我就想做编辑，但可能做不成了……”

孙蕾想了想说：“目前的新书只有《〈漫长的挽歌〉拍摄手记》了，还有20天的时间，我们拿出一个方案来，好好跟发行沟通一下，也许能帮你达成协议呢？”

张晗君垂头丧气：“发行不发，营销不推广，有什么用呢？”

“不用担心发行不发，营销也不推广，先回去拿出一个可行的方案来，不怕他们不执行。”孙蕾并无十足把握，但也不能不死马当活马医。她也一直在反思自己是不是过于清高，过于不重视营销、发行，毕竟酒香也怕巷子深。尤其是现在，不只是一本书畅销与否，还关系到一个人的职业发展，甚至人生轨迹。

在人们的印象中，编辑都是埋首于万卷书稿中编校文字，几乎不与人来往。

但真正优秀的编辑也必须有超强的交际能力，不仅与作者、设计师等外部合作人员沟通需要很强的交际能力，即使在公司内部，交际能力强的编辑也比较吃得开。编辑与发行、营销处好关系，非常容易得到资源倾斜，尤其是发行，如果每本书多发三五百册，一年做 20 本书，积少成多，码洋也几乎等于多做一本书。

孙蕾因具备专业的编辑素养而与外部人员沟通毫无问题，但与内部人员建立良好的关系靠的不是编辑素养。孙蕾在其他编辑眼中是一个孤傲的嗜书狂，每天除了买书、看书，就是做书。营销、发行根本都不读书，他们聚在一起喝酒、吹牛，孙蕾志不同，道自然难和。但凡事总有例外，例外的不是孙蕾能跟发行一起喝酒吹牛，而是发行丁琰是极少数真正爱书的发行。作为同好，孙蕾与他的关系还算不错，自《我逝去的岁月：美国民谣编年史》后，丁琰也格外关注孙蕾部门的书，《我不过未经审视的人生》就得益于他的力推，叮叮网加货 1500 册，其他片区跟进，最后达到最低加印数 3000 册。所以她在跟张晗君谈完后，也想到是否再找丁琰江湖救急，可又担心人情欠得太多无以回报。

张晗君回到工位准备方案，出了数个却无一可行，最后还是用了孙蕾不成方案的方案——直接找发行说情。

孙蕾轻轻敲副总刘文明的门，听到一声洪亮的“进来”。

孙蕾推门而入。刘文明看到是她后很是吃惊：“孙总？稀客啊！怎么到我这儿来了？”

孙蕾没跟他单独打过交道，不知如何投其所好，就直言：“我有一个不情之请。”

刘文明手一扬，无比大度：“孙总是我们公司的明星编辑，七部从拖后腿的部门变成了领头羊部门，有什么要求您尽管提，只要在我能力范围之内。”

“我们部门那本《〈漫长的挽歌〉拍摄手记》，三大网店能不能多推推？”

刘文明手又一扬，但只扬了一半就无力地垂在大腿上：“这个真爱莫能助，现在不能‘顶风作案’啊。”

“顶风作案？”

“你不知道二部的明星写真集被叫停了吗？”

“二部有本当红明星写真集，费了老鼻子劲才下厂，刚印完就有新闻爆出该明星吸毒，影响非常恶劣，董事长连夜叫停了，赔了几十万。”

“这跟我们的书有什么关系呢？我们这个明星没负面新闻，也不当红，我们就想多卖几本给死忠粉以及路人粉。”

“二部那个明星下厂前也没有负面新闻，就怕万一啊。”

“我们能不能先推推，毕竟印出来了，能多卖点算点，这个小明星不火但粉丝不少。”

“你执意要推，我也不能拒绝，但各渠道发行拒绝我也没办法。除非——”

孙蕾没接话，看着刘文明，等他继续：“除非你能说服三大网店发行总监。”

她早就听闻刘文明是踢皮球高手，依然没料到第一次单独打交道就领教。三大网店两个负责人是刘文明亲信，太极肯定会再打回来，两个店不同意，丁琰也可能拒绝，这是刘文明的算盘。孙蕾的算盘差不多也是如此，除了觉得丁琰也许会答应，于是勉强接受：“那就这样，我去找他们谈谈，谢谢刘总支持。”

亲信果然是亲信，婉拒了孙蕾，非亲信也果然是非亲信，丁琰同意并要求做独家签名限量版！

明星书如果有明星加持会更能吸引粉丝，其中以签名版最受欢迎，张晗君联系史麦粒，得知签名可以，需要付费50万，因为庞博出席活动一天就能赚上百万，而签名即使只有一万本也得签至少一天，看在是合作方的情分上只收五折。张晗君一反馈，孙蕾和丁琰胆都吓破，赶紧退而求其次做印章版。印章不用庞博亲盖，经纪公司也早就有，史麦粒大方地表示印章可以不收费，但会派一个助理监工。

叮叮网正在进行下半年重点书申报，丁琰顺势将《〈漫长的挽歌〉拍摄手记》资料报上去，但能不能通过则取决于编辑的演讲能力。

在孙蕾的劝说下没有临阵脱逃的张晗君现在真想脱逃。虽然她现在能在评级会上完成宣讲，但无论发行如何刁难，毕竟都是同事，还会留三分情面。去网站宣讲，面对的可是一点都不留情面的大店，作为小客，必然被欺。张晗君当然不会脱逃，她既害怕又兴奋，害怕的当然是自己演讲时紧张，兴奋的则是因为能去叮叮网宣讲是很多编辑求之不得的事情。她需要做两项准备工作：一是演讲 PPT 制作、彩排，二是去印刷厂代庞博盖章。

赵国鑫告诉她网站宣讲会不仅有网站采购人员，还有同行竞争者，全是“不怀好意”的陌生人，让她再次牢记演讲必杀技：一、声音要尽量大；二、盯紧演讲稿，不要看听众；三、不要临场发挥，一字一句读完整个 PPT。另加一条：不要与挑事的同行争论。

但事情并没有如她设想那样发展，她确实去网站演讲了，但网站采购态度不错，比公司发行更像自己人，只是要求三万起发，并将《漫长的挽歌》作为赠品一起销售。丁琰当场同意，但要求手记七折发货。如此捆绑比两本书分拆打折利润高，网站欣然同意。她也没有代庞博盖章，因为印厂通知盖章的时间正好与宣讲时间重合，就由赵国鑫和王萌代劳。

回公司后丁琰再次强力说服发行副总裁，紧急将《〈漫长的挽歌〉拍摄手记》首印加到 3 万册，并加印 2 万册《漫长的挽歌》，加上库存各凑足 3 万册。

紧张印刷完毕后，《〈漫长的挽歌〉拍摄手记》独家印章版（附赠《漫长的挽歌》原著）于 6 月 15 日晚上七点半在叮叮网开始限量预售。虽然公布限量 1000 册，但网站第一天试水时其实放出了 5000 册，结果被抢购一空。

网站立刻通知加印，并在第二天后只放出 3000 册，好在持续 7 天只放出 3000 册给印厂争取到足够时间，之后又继续限量抢购了 7 天，总共预售出 4 万册后抢购数低于 500，便停止限量，又加印 3 万册进行独家印章版普通销售。至此，《〈漫长的挽歌〉拍摄手记》共计印刷 7 万册，《漫长的挽歌》也作为赠品又加印 5 万册。

世事往往如此，有心栽花花不开，无心插柳柳成荫。抱最大期望的《我不过未经审视的人生》没有畅销，本着充码洋数的目的做的《〈漫长的挽歌〉拍摄手记》大大地充了一次数。张晗君虽然很开心跻身畅销书策划编辑之列，但并不满意，不是终于登顶之后的虚无，而是因为她并不觉得《〈漫长的挽歌〉拍摄手记》是一本真正意义上的图书，只不过是一本有商业价值，但毫无阅读价值的粉丝书。对此孙蕾有不同的看法，打趣道："你才是真正做过畅销书的策划编辑，图书，图书，有图才成书，只有文字没有图的书是不完整的。至于有没有阅读价值，也不能一概而论。对粉丝来说，它要比我最近读的最有价值的书《甲骨文》还要有价值。"

赵国鑫也附和安慰她："对啊，一本书有无市场价值可能需要出版者判断，但有无阅读价值则完全取决于读者。"

两番话让张晗君略感安慰，但她更暗暗发愿早日做一本自己觉得有阅读价值的畅销书。当然她现在最高兴的是自己终于达成目标，从此以后就可以"我命由我不由天"——也就是父母了。

十六 并不美丽的新世界

在张晗君忙于《〈漫长的挽歌〉拍摄手记》，希望最后一击必中时，王萌忙于“反乌托邦三部曲”的营销工作。但因这三部曲是公版书，宣发也就只能照常规进行。作为版本众多的经典名著，也确实并无新意可营销。更何况害怕一星运动的孙蕾也不敢在腰封上写诸如“纠正现存其他五十个《老人与海》版本的一千多处错误”的广告语，更不敢说“让您读到最纯正、最优美、最准确的译文”，更何且他们的译者并不是“天才翻译家”。翻译竟然也能有天才，可见真是天下之大，无奇不有。

但“反乌托邦三部曲”6月下旬上市后发生的两件事才真是“无奇不有”。先是遭到大客户咚咚网的阻击。咚咚网卖了几年书后觉得掌握了大数据，宣布向图书产业链的上游——出版大肆进军。一向以虚张声势著称的联席CEO兼代言人吴东波一边继续在网络中假扮公共知识分子，一边扬言要成立十几个图书事业部，实现自产自销。遗憾这盛事未能如他所愿，咚咚图书事业部最大的动静就是吴东波扬言要杀进图书出版，之后就无声无息。就在编辑们幸灾乐祸，嘲笑吴东波不知图书出版水深几许淹死时，一些公版书发行时被咚咚图书事业部的回马枪杀得措手不及。

“反乌托邦三部曲”的咚咚网征订数低得异常，孙蕾去找发行部总监了解情况。发行总监一反编辑质问发行不力时的不耐与狡辩之常态，跟孙蕾大吹大擂自己如何看好这三部曲，如何磨破嘴皮子卖力向咚咚网推销，差点跪下都没有说服对方增加征订数，非但如此，折扣还被强行压低不少。孙蕾细问之下才得知，原来大家以为范儿起得很高，但旋即摔死台上的咚咚图书事业部并未销声匿迹，而是专门做公版书。原来的供货商再做公版书不仅给咚咚图书事业部提供源源不断的选题，还因为是竞品而被大肆减少征订、降低折扣。店大欺客从来都是咚咚网的作风，供货商都只能忍辱发货，重塑文化也不例外。

咚咚网也做了一套“反乌托邦三部曲”，自然会极大打压重塑文化这一套，不仅征订极少，也不会重点推广，导致这套书首印数只有 15088 套。但事情在这套书上市一周后有了转机。

咚咚网采取天才翻译家式的营销模式，遭到网友大力抵制，更有英文水平高的网友指出咚咚网的“天才翻译家”可能在其他方面是个天才，翻译水平却只配得译后记里自谦的“拙译”二字，文笔拙劣无比，误译层出不穷。封面设计、版式设计之粗糙，用纸之差让人觉得虽是正版，但放在盗版书摊上绝对能“以真乱假”。咚咚网在读书频道首页推广了这套书，但销量非常差，反而带动了其他几个版本的销量。作为新书，重塑文化的这一套自然大受其益，很快冲到新书榜前十名。其他以咚咚网为标杆的大小客户也加大“反乌托邦三部曲”的推广力度，销量有大幅增长。虽是竞品，但有钱岂能不赚，咚咚网立刻加货，其他客户也马首是瞻，“反乌托邦三部曲”因此很快加印两次，每次 5000 套，真是奇事一桩。

第二件“无奇不有”之事更是出乎所有人预料，有媒体记者打电话到编辑部请编辑代为联系三位作者做一个采访。接到电话的王萌很冷静地跟记者说：“我们也想让作者接受采访，但是很抱歉，我们帮不了您这个忙，电话恐怕无法接通。”

听声音比较年轻的记者说：“为什么电话打不通呢？不打电话也行啊，邮件采访更好，我们可以把采访提纲翻译后发过去，他们文字回答更便于我们整理。”

王萌强忍笑意：“对不起，这恐怕也不行，因为我们没有他们的电子邮箱地址。”

“你们没有他们的邮箱地址？那你们怎么跟作者沟通，难道你们不需要跟作者沟通吗？”

王萌深吸一口气说：“通常情况下，如果我们要跟作者沟通，会通过作者代理，代理会转达我们的意见，也会将作者的反馈转达给我们。但这三本书，我们不需要跟作者沟通，所以很抱歉帮不到您。”

记者失望又气愤地责备王萌：“你怎么这么不专业？我们之前让其他出版社编辑联系作者时，他们非常配合。难道我们采访一下，对你们没有好处吗？”

王萌调侃腻了，即将憋不住：“您手边有我们出版的《美丽的新世界》吧？如果有的话，请打开这本书，翻到前勒口——对，前勒口，翻到了吗？好的，您看到作者名字阿道司·赫胥黎了吗？看到了是吧，您看他名字后的括号，对括号，那里面就是他的电话号码。您打过去就可以采访到他，拜拜！”

挂了电话后他终于哈哈大笑，张晗君和赵国鑫也在一边笑得不行，几乎惊动了整个大办公室。正好又刚从孙蕾的办公室出来的张让循笑而来：“什么事儿这么开心？”

王萌说：“张总见笑了，没什么开心事儿，有记者打电话来要采访死人。”

张让眼睛放光：“采访死人，你们哪个作者死了？！我们抓紧营销营销，没准能畅销！”

“‘反乌托邦三部曲’的三个作者都死了，记者都要采访，死人不会说话，所以做不到。”

张让一听有些失望：“他们啊，我还以为是有什么作者刚死呢！”

赵国鑫说：“我们又没签孔飞力、杨绛，哪有那么好的运气。”

张晗君也插科打诨：“死人不会说话，但活人想让死人说话。”

赵国鑫又说：“让死人说话？你当我们演 CSI 呢！”

张让突然大拍桌子，兴奋地说：“张晗君说得对！我们可以让死人说话，我们可以像洋葱日报一样，弄个一看便知是杜撰的采访，这也是一种非常好的软文写作手法，各位！”

张晗君只是张口胡诌，没想到张让认真对待，王萌瞪着他问：“杜撰？这——采访也可以杜撰吗？”

张让笑说：“当然可以啊，一本正经胡说八道不仅可以用来搞营销，还有人出过一本书呢！没听说过《剑桥倚天屠龙史》吗？”

他说完无意解释，快速折返孙蕾的办公室。好奇《剑桥倚天屠龙史》的三人赶紧上网搜索，看到网上如此介绍：《剑桥倚天屠龙史》是新垣平博士恶搞《倚天屠龙记》和正史的戏作。新博士运用奇妙的想象和精妙的推理，将正史和武侠完美地熔为一炉……用最严肃的历史叙事笔调来书写最荒诞不经的虚构情节。这位新垣平博士以正史研究方法解读了《倚天屠龙记》，并言之凿凿、煞有介事地分析了张无忌以及明教对元末明初政局的影响。竟然有奇人写这种奇书，确实是“天下之大，无奇不有”。但他们还是觉得以孙蕾的保守风格是不会同意“让死人说话”的。

但不仅人生不可预料，人更加不可预料，孙蕾不仅同意，还组织他们开会讨论杜撰怎样的访谈能达到营销最大化效果。

最后讨论的结果是：派一个中国记者穿越到欧洲采访叶夫根尼·伊万诺维奇·扎米亚京、阿道司·赫胥黎和乔治·奥威尔三位作家。先到1930年的法国巴黎采访流亡至此的叶夫根尼·伊万诺维奇·扎米亚京，再到1932年的英国采访阿道司·赫胥黎，最后于1949年再次到英国采访乔治·奥威尔。这名记者他们本来派的是子虚，后来给了他一个根本不用给的姓——吴，再后来觉得可以杜撰得更假一些就将吴子虚改名为伍子胥。

因为是责任编辑，也因为只有他最近看过这三本书，王萌责无旁贷地成为脑袋挂城门的中国记者伍子胥，负责杜撰访谈录。经过三天努力，十几次推倒重来，无数次修改，伍子胥完成一篇名为《“1Q84”之后，“我们”是否生活在“美丽的新世界”》的采访稿。编辑部同事看过后觉得非常好，营销部自然又提出一些能彰显他们水平的意见，好在只是细枝末节，王萌很快就修改到令他们满意的状态。营销部将稿子撒网到所有他们能联系到的媒体。王萌也发给一个记者，就是原本要采访三位作者的记者。现在她已经明白王萌之前在调侃她。但因为喜欢这种一本正经胡说八道的文章，非但不以王萌挖苦为意，还给他的访谈录争取到比较大的版面，唯一遗憾的是配图用了其他版的“反乌托邦三部曲”。

然而就像所有刻意而为并抱有极大期望的营销行为一样，“伍子胥”先生的采访稿并没有传播起来，公司公众号虽然几乎所有编辑都在转评，但也仅限于此，总点击都没有过万，其他平台更是几无反响，销量有增但并不大。并不是这篇文章没什么作用，而是因为市面上有好几个版本的“反乌托邦三部曲”，重塑文化这一套虽然包装、印刷都属上乘，但除此之外并无过人之处，所以只加印5000套，倒是其他几套因是名家名译名社，攀升并盘踞分类榜单数日。

当然也并不是没有任何作用，起码引起总编辑注意。重塑文化虽然不像有些变态图书公司一样实行日报制，但周报制还是有的。每周五部门总监都会以周报形式向董事长、总编辑、副总编辑汇报工作。

大多数人喜欢形式主义也只是形式上喜欢，周报根本没有多少人看，起码董事长、副总编辑根本不会看。董事长只看财报，郁震只听各编辑中心每月汇报，但总编辑唐梦几乎期期周报都看。本周营销部工作乏善可陈，张让就把“死人会说话”的采访稿附在周报中汇报，当然文档中删掉了作者王萌的名字。

周一上午重塑文化所有员工收到一封公司群发邮件，通知所有编辑下午一点半到公司大会议室参加总编辑唐梦的培训，任何人不能请假，不得迟到！

除质检工作外，唐梦经常通过编辑培训的方式让大家重视他作为总编辑的存在，但收效甚微，因为没有人愿意天天去听他那讲了八百遍且毫无借鉴意义的人生经历。越是如此，他越是要求大家都去，但每次大多数人都以各种工作为由拒绝参加，他也无可奈何。这次有些不同，因为发通知的不是质检组秘书，而是董事长秘书，且措辞十分严厉。

还不到一点半，公司最大的会议室就塞满了人，连郁震都到了。总编辑唐梦站在投影仪前的小台子上环视一周，看一眼腕表：“都到了吗？现在开始点名吧！”

闹哄哄的会议室瞬间静得可怕，质检组秘书一个个地念起名字。虽然是同一家公司，是同工同事，编辑部之间并没有太多往来。张晗君听到一个个陌生的名字，感觉像大学大课点名。董事长秘书的邮件果然更有“号召力”，大多数编辑都准时参加。唐棼很满意，但也有不满意的地方，因为质检组竟然一个人都没来，他便让“检察长”去喊人。

“检察长”小声嘟哝：“不是只叫编辑的吗？”却被唐棼听到。他怒斥：“质检编辑不是编辑吗？非得名片上写着‘编辑’二字才是编辑吗？把他们全叫来，三分钟内全部到！不到的下班收拾东西滚蛋！你也滚蛋！”

“检察长”立刻跑着从会议室滚去质检组，边走边打电话给质检组的审读编辑们。

不一会儿走廊上就传来急速的脚步声，花白“地中海”的质检老师们急急忙忙跑进来随便找个地方站好。唐棼扫视他们一眼，确认人到齐后，开始培训：“最近公司的图书编校质量有了显著提高，还有好几本书内容也非常好，弘扬了传统文化，传播了正能量。这是可喜可贺的事，也是值得表扬的，所以本月好书我们破格增加了两本，差书相应减少了一本。我周末正打算向董事长汇报这个喜讯，却发现了一件让我非常担忧的事情。”

说到这里，他顿了顿，喝口酽茶，再次扫视听众：“你们知道我发现了什么吗？”

无人知晓，无人回应，他也无意听谁回应，继续慷慨陈词：“我发现公司编辑竟然公然造假，虚构历史！我周末在公众号上看到一篇文章《‘1Q84’之后，‘我们’是否生活在‘美丽的新世界’》——”

听到这里，孙蕾、张晗君和赵国鑫同时看向王萌，其他知情编辑也看了他一眼，更多编辑看的则是营销部总监张让。

“我打开一看，这竟然是一篇采访稿，春秋名将伍子胥不仅复活，还成了一个中国记者，穿越到西方采访了这三本书的作者！让一个历史人物采访三个历史人物，你们知道这是什么吗？这是历史虚无主义！”

帽子越扣越大，王萌越听越紧张，心跳不断加速，虽然大家都不把唐梦当回事，但董事长非常把他当回事。编辑非常不把他当回事是因为他的文化水平根本不够格当总编辑，培训时经常乱用成语——这也许是有些编辑不愿意参加培训的原因之一。董事长非常把他当回事是因为他在出版行业人脉非常广，对公司非常有用。董事长重视的人，懂事的编辑们当然也得面子上给予重视。

"虽然这篇文章写得很好、非常有水平，看得出来作者有较高的文字功底，但是我们是一家严肃认真的图书公司，我们出版图书的目的是传播知识，弘扬正气，绝对不允许这种造假行为，所以我已经向董事长汇报了这件事。他也觉得这件事非常严肃，亲自吩咐秘书召开这次会议。"

虽然被夸了几句，但更多的是批评，唐梦说得这么严肃，王萌感觉仿佛他下一句说的就是要开除自己，心怦怦地跳着。

"周末的时候我就想知道这篇文章是谁杜撰的，但公众号文章作者全部署名营销部，所以也就无从问起。今天上午我重新看大家的工作周报，看到这篇文章在营销总监张让的周报附件里。所以，这篇文章是张让你亲自写的？"

有时候被人抢功也未尝不是好事，因为今日之功可能会成为明日之过。大家的目光全部聚焦到张让身上。张让还是第一次跟唐总编辑接触，众目睽睽之下，他想撇清但又怕被众编辑认为他是揽功诿过最强者，就语无伦次地回答："不，啊，是的，是我写的。"

王萌松了一口气，孙蕾等人也为他松了一口气。唐梦瞅准目标，火力全开："你们营销部身为公司的门面，工作最容易影响公司的公众形象。一直以来做得也不错，可为什么这次却犯了如此重大的错误呢？你们有没有考虑过公司的品牌？"

张让被当众批评，脸上有些挂不住，但还得对他表示重视："唐总批评得对，但我有点没懂您批评我们的重点在哪里，我们也好改正。"

"我说了半天，你竟然还没搞懂重点，重点就是你们不能虚构一个采访稿，死人怎么能张口说话呢？死人怎么能采访死人呢？我们做书，甚至做人做事都要讲求唯物主义，不能搞唯心。这是我们的纲，也是我们的线，知道重点了吗？”

张让点头如捣蒜：“唐总批评得对，我们知道错在哪里了，会后我们马上从所有平台撤稿。以后保证不会再犯类似的严重错误。”

见张让自我批评态度非常好，唐棼的批评态度也变好一些：“哎，这就对了，批评的目的不是批评，也不是让你自我批评，目的是改正错误，以后不再犯类似的错误。下不为例！”

张让再点头如捣蒜，唐棼继续：“开这次会呢，也不是为了批评营销部，而是希望公司所有编辑都能把住纲、把住线，不要压线，营销编辑注意，图书编辑更要注意，我们部门的质检同事也要注意，听清楚了吧你们？”

底下几个编辑附和着回了句“听清楚了”，幸灾乐祸的王萌也附和，但带着笑意，被唐棼“捕捉”到：“你笑什么笑，这么严肃的事情，你怎么能笑呢？你是哪个部门的编辑？”

营销部顶了包，“有才姐”不服，见机报复：“他就是‘反乌托邦三部曲’责任编辑。”

王萌被出卖，一下子紧张起来，唐棼一脸不悦：“责任编辑？我怎么感觉你没太负责任呢？你最清楚书的内容了吧，怎么能让营销同事发这种稿子呢？”

王萌正不知如何回答时，孙蕾替他挡下了箭：“唐总批评得对，王萌是责任编辑，但更多的责任在我。我们虽然没有参与这个营销行为，但也应该把一下关，但我没在意，也没提醒王萌注意，以后我们一定会多多注意。”

孙蕾短短几句话既撇清编辑部与这件事的关系，又做了自我批评，唐棼非常满意：“你们不参与是对的，但一定要把关，毕竟你们才是对图书最知根知底的，一定要时刻警惕，多加注意。作为编辑不仅要注意工作的事，还要眼观六路，耳听八方，多关注政策，多关心政治，关心国家大事、国际大事，只有这样才能紧跟时代，才能策划出好选题，做出好书来，才能弘扬传统文化，才能传播正能量……”

本以为批评完张让就结束的会议进入了思想政治教育课时间，坐着的编辑们开始变得心不在焉，站着的编辑们纷纷假装接电话，借机遁走。更多编辑见唐梦对此没什么反应，也开始假装有事，纷纷逃离。会议室门就在讲台不远处，没有人能逃过唐梦的法眼，他迅速把门闭上，继续培训。没有逃出去的编辑只好继续听他那毫无趣味、毫无逻辑、毫无用处的培训。他用事实告诉王萌，“1Q84”之后，他并没有生活在“美丽的新世界”。

张让不仅顶了包，而且也没有撤稿，“检察长”来检查他的工作时，他说给所有平台发了撤稿通知，但大都不同意撤，自己也无能为力，唐梦也就没有再要求。实际上张让根本没有发，因为他原本就不想撤稿，对他来说，一是这种稿子根本无伤大雅，二是打都挨了，难道还不应该让贼吃点肉，留点工作业绩？“反乌托邦三部曲”在6月底又加印了3000套，这大概是并不美丽的新世界唯一还算美丽的事情吧？

毕竟是名家作品，毕竟再版数次，在宣传发行时也着重提醒客户、读者《山不过来，我就过去》就是原来的某某书，所以在中旬时还加印10000册。本月截至23日，七部码洋又增加了11303488，张晗君完成800余万，王萌完成290余万，赵国鑫完成36万，共创七部月度码洋新高。

十七　向恶势力低头

虽然唐梦用事实告诉王萌他没有生活在美丽的新世界，但唐梦关心社会时事，做普罗大众图书的建议却给了他一定启发，至少对他策划美国专家的选题很有帮助。

唐梦说不仅要心系国家，关心国家大事，还要眼观天下，关心国际大事，多了解国内国际形势，想想什么事情最受人关注，也许就能挖掘到好选题。

回到办公室后，开始大家还在一起嘲笑唐梦毫无糖分的培训，但嘲笑到“眼观天下”时，电脑弹窗恰巧弹出一则新闻——美国共和党提名特朗普为总统候选人惹全世界热议。

王萌又像策划《竟无言以对的人生真相》时那样，灵光一现，突然一句话也不说，快速在电脑上操作。一连串紧张有序地百度、亚马逊、叮叮、咚咚、新华文轩、北发、博库、中国图书网、天猫、淘宝、藤萝读书以及旧书网查找后，他确定了自己要做的选题之前没有人做过。

他松了一口气，兴奋地跟赵国鑫说：“美国问题专家的选题我找到了一个很不错的切入点，感谢上帝，感谢你，当然更要感谢唐总编辑，我今天尽快找作者确定一下，明天就告诉你们是什么选题！”

因有故意吊人胃口之前科，张晗君和赵国鑫都故意不问他是什么选题。赵国鑫平淡地回了个“哦”，张晗君淡淡地说了“期待”二字，继续忙自己的工作。

王萌灵光一现策划出的选题是美国大选常识普及。现在最热门、最持久的新闻当然是美国总统大选，他刚才搜索得知，市面上没有一本讲述美国总统大选过程的图书，而中国人对美国大选的关注程度可能除了不能投票外，不亚于美国人，只是大多数人看的都是热闹，所以做一本普及美国大选常识、让看热闹的人也看懂门道的书确实是一个不错的选题。

他快速浏览一遍美国专家的各专栏目录，欣喜地发现专家此前写过很多美国大选常识性文章，只是并不成系统。想到自己也并不了解美国总统选举的种种，王萌抓紧下单买了一本《美国总统制：起源与发展》，这是市面上仅有的讲述美国总统制度的图书，但因为是美国政治学学者写的学术著作，对普通大众来说过于深奥，销量十分一般。

书到货后，王萌偷偷跑到会议室把门从内反锁争分夺秒阅读。虽然有太多新知识，虽然选举人团制度把他看得头昏脑涨，他还是一天之内基本看完，加上之前的知识储备和最近对美国问题专家文章的阅读，王萌对美国总统选举制的了解达到一个编辑所需程度。他不仅知道如何策划、编辑这个选题，还将书名拟好——《美国总统是如何选出来的》或者《一个美国总统的诞生》。

当人们遇到阻挠时就会用“好事多磨”来安慰自己，真正的好事从不多磨，多磨的事情要么是自己误入歧途，要么是被别人领入歧途。王萌的这个选题就没有遇到什么磨难，一份稿赚两份钱，还能出成书，作者乐得同意，虽然有一些内容需要新写，但并不多，不过是对大选候选人分析以及大选结果预测。王萌功课做得很足，选题表也填得堪称完美，任谁看完都觉得一本畅销书呼之欲出。选题审批过程非常顺利，唯一意见不一致的地方是各位审批者对书名有不同看法。这是个可以搁置的争议，等最后再定也不迟，所以很快通过。

6月底，合同签订完毕，王萌迅速整理编校稿件。与此同时，王萌的健身书和赵国鑫的科普书终于拿到出版社返稿，但出版社编辑认为图片版权不明晰，请编辑提供图片所有者版权合同，否则只能退稿。这个意见令所有人十分惊讶，因为图片在报选题时就已出示过授权书。

近年来随着版权意识越来越强，图书出版已经不能随便从网络上下载图片用，都需要购买版权，向出版社提供版权购买合同，但也有一些书因为图片来源比较复杂，无法一一提供，就由作者统一提供授权声明，如果侵权由作者承担全部责任。重塑文化还有几本图文书报给这家社，其他书正常返稿，只有正常编校修改，并无编辑提出图片版权异议。

图书公司编辑极少跟出版社审稿编辑直接沟通，一般都由总编室流程编辑统一负责，赵国鑫和王萌再三向流程编辑询问图片版权问题，总编室主任亲自告诉他们确实只有他俩的稿子因图片版权面临退稿。总编室主任还说，出版社返稿意见中还有如下一条：健身、科普都是非常严肃、非常专业的知识领域，但从这部稿件编校水平来看，相关编辑既没有严肃对待，也没有专业知识，似乎并不具备编辑此类图书的资格，请出版单位自行斟酌是否请专业人士把关。既然由出版单位自行斟酌，言外之意就是也可以不斟酌，总编室主任就没有将这条伤编辑自尊的意见转达给责任编辑。

赵国鑫和王萌觉得事态严峻，最好集思广益所有的合理怀疑，再向孙蕾汇报。经分析，两人觉得“始作俑者”应该是一审审稿编辑。虽然出版社实行三审制，但最重要也最主要的审稿是一审。二审、三审大都是抽查，所以问题的症结就在一审编辑。两人经过多方打探，终于真相大白，原来一审编辑是原来七部的编辑李安宁。

图书行业是个很小的圈子，熟人动态很快就传遍，但李安宁自离职后形同消失，他屏蔽了重塑文化的所有人，也不再参加编辑圈社交活动。赵国鑫以为他也像很多高不成低不就的图书编辑一样转行做影视去了，不料竟真去了出版社，仔细想想也许去出版更加合理，因为他在重塑文化时刚拿到中级编辑资格证书。

原来“君子报仇，半年不晚”，原来风水真的会轮流转，今天到李安宁家。整个公司跟李安宁关系最好的是赵国鑫，但他也被全面拉黑。李安宁还换了手机号码，赵国鑫只好让总编室给要座机电话。

赵国鑫以为李安宁会不接自己的电话，但没想到电话打过去才响两声李安宁就接起来。一听是赵国鑫，还假惺惺地寒暄："好久不见啊，最近在忙什么呢？你是怎么找到我的座机号码的呢？"

赵国鑫见他如此虚情假意，也跟他假戏真唱："也是最近才有幸得知李兄在出版社高就，电话是我们总编室主任给的。最近也没怎么忙，想请教一下您我们这边两部稿子的问题呢！最近有没有时间，我们一起出来吃个饭？"

李安宁在电话那头夸张地回复："吃饭啊？！我最近看了你们那本健身的稿子，正在按那本稿子教的方法健身呢！那上面说，饮食是健身最重要的一环，所以不能随便乱吃呢！"

赵国鑫退而求其次："那我们找个地方坐坐，喝杯咖啡，好好聊一聊怎么样？"

"咖啡也不能喝，我最近睡眠不太好，刚去看了中医，医师告诉我要戒断咖啡因，茶也最好不要喝，我现在天天喝决明子呢！"

李安宁拒绝喝咖啡，也"谢邀"喝茶，赵国鑫也没耐心再跟他兜圈子："李主编，我打电话来其实就是想问一下，我们那两部稿子，怎样才能通过您的审核呢？"

李安宁哈了一声："谢谢抬举，我现在只是副主编，意见难道总编室没有转达吗？只要你们提供了所有图片的版权合同就可以啊！"

赵国鑫有些气恼："我们不是提供了图片版权授权书吗？"

"授权书这个东西，大家都很清楚里面有什么猫腻，真出了法律纠纷，具不具备法律效力都两说。为保证万无一失，你们还是按版权法的规定提供版权合同的好！"

赵国鑫哈哈一声："李主编也在图书公司干过，所以我们明人就不说暗话了，如果我们一张一张图片去签合同，可能得到明年才会签完。你也知道我们签了码洋任务，所以，除了提供图片购买合同外，我们怎样做才能令您满意呢？"

"话说到这个份儿上了，我也不装什么谦谦君子了。用授权书，可以！但必须得你们孙大总监亲自向我道歉，我才会同意。否则，我们只能按照出版法规合作。”说完他直接挂了电话。

“向他道歉？我有什么可向他道歉的？”听完赵国鑫支支吾吾的解释后，孙蕾怒气冲冲地说，“没什么本事就会给别人使绊子，还成能耐了？我没做过对不起他的事情，不会向他道歉！提供购买合同就提供购买合同，你和王萌抓紧去找作者提供图片版权合同吧！我绝对不会向恶势力低头！”

总监不向恶势力低头，编辑就得向恶势力低头，王萌和赵国鑫只好向作者寻求帮助，好在并不用低三下四，而是拿出版社又出幺蛾子新规定来要求作者提供图片版权合同。

王萌的健身书提供图片版权合同并不难，只是比较烦琐。因为作者提供的图片不是自拍就是摆拍，还有一些同行朋友的照片，搞定版权非常容易，不过签字费点事。赵国鑫的科普书则没这么简单，因为书中用的不少图片是外国摄影师作品。虽然作者也可以帮忙联系到摄影师，但中外合同双签往还可能需要两三个月，还有些摄影师正满世界跑，只有电子邮件可以联系，根本没有合同邮寄地址，也许合同寄到 A 处时，摄影师已去 B 地。健身书很快就搞定图片授权合同，双签后王萌将合同复印件寄给出版社，李安宁“求仁得仁”，也无话可说，出版社很快放行。

相比之下，赵国鑫更加焦灼。但想马上放行，只能向李安宁道歉，可无论他道多少次歉都于事无补。赵国鑫也不想为难孙蕾，但是这本书对他来说十分重要。这是他策划的第 N 个可能成为畅销书的选题，也是一本即使只印一万册码洋也很高的书。鉴于以上两点，无计可施的他只好硬着头皮再去求孙蕾向恶势力低头。

“孙总，我有个不情之请，不知道该不该说？”

好像所有“不知道该不该说”的话最终都说了出来。孙蕾知道他要说什么，很想回一句“不该说，不要说”，但还是让他说了：“你说吧，当然我也不知道该不该听、会不会听。”

赵国鑫说：“我想求您向李安宁道歉……”

“我不可能向他道歉，我没做错任何事，为什么要道歉？”

“我，我知道，可是，现在我那本科普书根本弄不齐图片版权合同。”

孙蕾丝毫没有让步：“那你就把图片全部删掉！”

“可这本稿子图片占了至少一半的内容，删掉图片一是不完整，文字取代不了图片；二是排版就得重新调整，会错版，会出很多意想不到的错误；三是印张会少很多，定价就会降低很多，大大影响我的码洋任务。”

孙蕾说：“码洋也不会减少太多，最多费点事，你抓紧改一下还来得及。”

“孙总，上半年我们完成的码洋确实不低，但我们的选题储备情况你最清楚……张晗君、王萌不懂，我懂！如果上半年完不成大半码洋，下半年就很困难。”

孙蕾最近工作并不顺利，找到的选题不是别人捷足先登，就是没有通过审批，将近一个月没搞定一个选题。她很清楚赵国鑫所说的现状，可也不敢跟部门编辑明说，不想打击他们的积极性。

三年的图书编辑工作经验也不是完全没用，至少赵国鑫成功分析出七部现状。如果这本书再因图片问题无法出版，任务完不成的可能性就更大。而即使删掉图片出版，码洋可能得减半，完不成任务的可能性依然很大。现在每一块钱的码洋都弥足珍贵，少一块都有完不成的可能。

在残酷的现实面前，孙蕾颓然道：“我考虑一下吧，你先把他的电话给我。”

赵国鑫把电话号码发到她的微信，又说：“孙总，您也知道我做了三年多编辑，但毫无建树，原因很多，最主要的是没有策划到好选题。之前那几个选题都没有畅销，没一本到三万的。这本书我非常看重，我也希望自己能做一本拿得出手的书，起码销量在业内算得上畅销书，所以还请孙总帮我一把。”

孙蕾说“考虑一下”也不是婉拒，见赵国鑫说得这么严肃又认真，她也严肃认真地说：“你放心，我保证解决这个问题！”

虽然出版社跟图书公司是合作关系，但在交易双方中出版社依然占强势地位，所以李安宁大可以假借认真负责的名义，刁难赵国鑫和王萌。孙蕾当然不愿意向李安宁道歉，但小不忍则乱大谋，她选择向恶势力低头，向李安宁道歉。

在孙蕾选择向恶势力低头时，张晗君则选择第一次反抗父母。经历过父母的出尔反尔后，她决定先确定自己有十足胜算后再“告白”。在从发行处得知《〈漫长的挽歌〉拍摄手记》发货完毕，从父母处旁敲侧击确认明星写真也算书后，在6月的最后一天她告诉父母完全自主策划的《〈漫长的挽歌〉拍摄手记》销量已达7万册。

女儿成功兑现承诺，父母心情却很复杂，他们一直觉得毫无经验的女儿半年做一本畅销书是不可能的任务，现在则觉得女儿做编辑也许真能闯出一片天地，可他们又不放心更或者说是不甘心任由她决定自己的人生。

晚饭时父母没有说话，张晗君以为他们需要证据，就在饭后拿出偷偷复印的有各个领导签字的加印单证据，结果父母更加沉默不语。她明白父母是要再次变卦，就主动出击：“自主策划、销量七万，证据在此，难道还有什么不符合要求的吗？”

“明星写真——”

“是明星写真，前几天你不是说明星写真也是书的吗？”没等爸爸说完，张晗君就反驳。

“可那说的是周末啊，不是你。”

“我也一样啊，我也是编辑啊，难道我做的明星写真就不是书了？”

眼见父女要吵起来了，张母赶紧做和事佬儿：“算，当然算，你确实是兑现了承诺，可是你想好了吗，一定要做图书编辑吗，小君？”

张晗君确定父母是要再次食言，但她也不能就此认输：“一定、确定以及肯定！我兑现了承诺，争取到自己的工作自己做主的权利，所以我确定要继续做图书编辑！”

“可是，我不想看到你天天早出晚归地忙碌，何必活得这么累呢？”

“我就知道你们又要变卦，”张晗君第一次朝父母冷笑，“既然你们现在又不同意，当初何必要同意，让我活得这么累呢？”

张母嗫嚅：“我们以为你完不成呢，所以就同意了，没想到……”

“没想到，呵呵，早就知道你们根本不相信我，呵呵。”

一直铁青着脸的张父见她冷笑，暴怒：“你这是什么态度？我们是为了你好，给你个台阶下，你别——”

“我别怎么？给我台阶下？我看是你们现在下不来台了吧。一而再，再而三地出尔反尔，现在没法再食言而肥了就想直接毁约是不是？”

张父没想到一直温良恭俭让的女儿竟然如此巧舌如簧，气得口不择言：“既然你什么事都要自己做主，那衣食住行你也自己做主，以后就别再住在这儿，别在这张桌子上吃饭，爱干什么干什么，爱去哪儿去哪儿，不用告诉我，我也不会再过问！”

张晗君刚要反唇相讥，被张母阻拦：“你们俩这是要断绝父女关系吗？话说得这么狠，别吵了，我们好好商量商量。”

“没什么好商量的。”父女异口同声。

“那就各回各屋，都冷静冷静，明天再谈！”

亲妈第一次这么严厉，亲夫和亲女儿也第一次听从，各自摔门进屋。

张晗君越想越气，越气越想，觉得明天再谈的结果并不会有什么变化，最后“气向胆边生”，决定衣食住行自己做主，轻手轻脚打包衣物，明天就爱去哪儿去哪儿。想到这儿之后，她反而冷静下来，甚至还有一点自己做主的兴奋。

第二天上午一切照常，但下午上班后她就奇怪父母为什么还不打电话来寻求和解，直到下班时她才想起自己像往常一样早早出门，并无异象，但也担心父母发现但觉得她会服软回家，到下班前她就不得不思考晚上住哪里的问题，好在最终找到一个关系还不错的“北漂”女同学处借住，因为恰巧与该同学合租一间的室友今天出长差，归期未定。

她在办公室一直待到晚上9点多，边加班干一些零碎工作边查看微信，没有收到任何消息，直到整个大办公室真正加班的同事要下班关门时，她才一起离开，赶往女同学的住处。

直到下地铁张晗君才接到妈妈的电话：“你今天加班要到很晚吗？”

“嗯——我今天晚上就不回去了。”

“不回来？要加一通宵吗？”

“不是，我要衣食住行自己做主。”张晗君很平静地说。

“自己做主，你要怎么做主，你现在在哪儿？”

“我现在在大街上呢，不过你放心我不会睡大马路，我先去一个同学家借宿。”

“不行，你马上回家，不要耍脾气，你爸那是说气话。”

“不管是不是气话，我今天晚上肯定不会回去，我留了一封信在我屋里的桌子上，你们看完再说吧。我马上到同学家了，先不说了，妈，拜拜。”

张晗君挂断电话后，亲妈立刻再打过来，但她都拒接，之后直到找到同学的出租屋前没再接到电话，应该是父母在看信或者看完后商量对策。

同学租的房子是典型的“北漂”合租屋，两室一厅的房子客厅打了一个隔断成为三室，分租给三个人，这三个人又各自跟一个人合租，共住六人，好在都是女生，比较像大学宿舍，非常容易适应。

她刚打量完整个房子和自己的——自己暂时借住一半的房间后就接到了妈妈打来的电话：“小君，我和爸爸刚看完你留的信——”张母还没说完就听到一旁的张父大喊：“让她赶紧给我滚回来！”

“你能不能先闭嘴让我先跟她说完。”这是张晗君第二次听到亲妈吼亲爸，但并没什么用，只听到张父在不断吼叫。如果不是知道电话另一头在吼的是自己的爸爸，张晗君会觉得是在看国产电视剧，因为他说的话跟电视剧里那些遭遇子女反抗的父亲一模一样，无非“现在不回来以后就永远不要回来了”“以后不要踏进家门一步”“告诉她我没她这个不孝女”等。

在张父咆哮般的背景音下，张母柔声跟她讨论信中内容：“小君，我认真看了几遍你的信，我觉得也许我们是错的——”（我们有什么错，供她吃供她喝供她上大学！）

“你能不能先闭嘴，让我跟她好好谈谈？”电话那头传来张母的吼声后，张晗君又听到妈妈温柔地对自己说，“你上大学后，我一直在努力建立一种跟你情同姐妹的关系，看来并没有成功。因为就像你信中说的，我一直把你当成一个小孩，而不是有独立思想的成年人。”（她就是个孩子，还是一个不懂事、不听话的死孩子！）

“你闭不上你的嘴是吧，那我换个地方打！”电话那头再次传来张母的吼声后，张晗君再次听到妈妈温柔地对自己说：“小君，你先等一下哈，我去卧室给你打。”

一声轻轻的关门声将张父的背景音隔离得几乎听不清，张母并没有立刻开始说话，好像是组织了半天语言：“我一直觉得我们应该信守承诺，让你自己做主。我相信我的宝贝女儿会规划好自己的人生，不会让父母操心，但是你爸坚决不同意。”

听到这句话，张晗君没有说话，她恶意揣测父母也许是在演双簧，唱“好警察，坏警察”，最终让自己招供服软。见女儿沉默不语，亲妈又问：“你现在住在哪里，能不能给我发个定位？”

“不能。”

“我不是要去找你，是担心你的安全。”

“我在同学家，很安全，你放心好了。”

“那让你同学跟我视频一下可以吗，我只是想确认你是不是真的安全。”

张晗君看了一眼一直在假意忙自己的事情但一直支着耳朵旁听的女同学，女同学点了点头，张晗君才把手机递给对方。两人尴尬地打了招呼后，尴尬地说了几句话就确认完毕。

之后母女二人没有再进行实质性的对话，唯一实际且有用的进展是妈妈转给她一万块钱以备不时之需，张晗君想了想回了句“谢谢妈妈，我先借着，过几天还你”后就接收了。

除了借住同学家之外，一切正常，张晗君最担心的是父母来公司“抓她”，好在父母可能担心家丑外扬，一直只是“纸上谈兵”，爸爸更是一直不跟她直接对话，只通过“好警察”妈妈传达他的强硬态度，张晗君一直不“招供”，也传达了自己的强硬态度——只有爸爸白纸黑字兑现承诺，才会回家。

没有人知道孙蕾如何道的歉，但所有人都知道她向李安宁道了歉。因为李宁安很快打电话给重塑文化总编室，告知科普书和健身书都不用提供图片版权合同，只要提供一下加盖公章的授权书即可。

王萌的健身书倒不用再提供授权书，因为他早已将签署好的所有图片版权合同寄给出版社。但就因为王萌多此一举，让出版社总编室主任觉得既然健身书能够提供图片版权合同，为什么科普书不能提供，便以此为由再次向赵国鑫索要科普书图片版权合同。

事情起了严重的变化，如果只是审读编辑李安宁刁难，道个歉就可以解决。总编室提的要求，基本就得“有求必应”。事实证明确实如此，孙蕾跟总编室主任费尽唇舌都毫无作用，只能求助于副总编辑郁震。

自从上次她拒绝为他成立 IP 影视部之后，郁震对她的态度就迅速由青眼有加变为冷眼旁观，最近申报的选题他也要么压着不批，要么不同意立项。可是逃避不仅可耻而且也没有用，孙蕾只好补了补妆去向更大的恶势力郁震低头。

郁震答应帮忙跟总编室主任沟通，但提出一个条件：“这是我分内之事，但我需要你帮我做一件分外之事。”看到孙蕾张嘴要说话，他立刻打断她，“不用担心，不是强迫你去做 IP，是想让你给我推荐一个合适的人选。最近面试了很多人，水平都太差，问他们最近看什么好电影，不是回答《夏洛特烦恼》，就是《美人鱼》。且不说这是老电影，这是好电影吗？”

“可能他们觉得票房好就是好吧？”

“票房好是一回事，电影好是另一回事啊！为什么现在这么多人连基本的逻辑都理不清呢？”

“人类曾经逻辑清晰、思维正常过吗？”

郁震不想讨论人类的宏大主题：“你觉得公司的编辑有没有适合来负责 IP 影视部的，最好是部门总监级别的。”

“刚成立的直属部总监梁玉紫不是很适合吗？做的都是国产青春文学，最容易转化的 IP 种类。”

“她啊，坚决不行，她的部门年底应该会裁撤。目前为止，她的部门码洋完成度全公司最低，做的书要么是 30 多岁还自称少女的人写的爱情小说，要么是没谈过恋爱、相亲结婚的人写的‘致前任’合集，大都首印七八千册，发货三四千册，一半堆在库房里。”

因为不在同一个编辑中心，做书类型差别很大，孙蕾不了解梁玉紫那个部门的情况，听郁震这么一说，她还是十分震惊：“有这么差吗？上个月她那本《致已然消逝的纯情时光》不是还搞了个新书发布会什么的，阵仗还搞得挺大的呢。”

“不要再跟我提《致已然消逝的纯情时光》，我当初把这个选题毙了，但她以每个编辑可以‘任性’一次的合同条款来要挟我过这个选题，还向我保证这本书一定会畅销。”

孙蕾并不知道公司竟然还有这样一个“任性规定”，就问：“那你就给她过了？”

“不过不行啊。结果这本书的销量也够任性，新书发布会签售 25 本，20 本是公司的托儿，这个月一共卖了 2 本。做的书本本赔钱，还不如十一部，什么都做不出来，最多只赔工资。”

“也许她去做影视会‘东方不亮西方亮’呢？”

“一个人连书都做不好，更不可能做好影视。让她去做影视，一赔就是一百本书的成本。当然了，我的观点也许不对，但我有权不让她在重塑文化做 IP。”

郁震强调自己的权力，孙蕾没再推荐梁玉紫：“其他人，我觉得都不太合适，我们公司主要做非虚构类图书，小说也只是各部门零零散散地做，确实没有太适合直接转去做 IP 的部门负责人。”

“我在图书行业并没有太多的人脉，在影视行业是根本没有人脉。我帮你搞定版权合同问题，你帮我搞定 IP 总监人选。另外——”说着他从抽屉里翻了一会儿找出两份文件，分别打开翻到最后一页，“你的这个版权书选题，也‘同意立项’了。”他说着唰唰签上了“同意立项。郁震”。郁震根本无意掩饰他的挟嫌报复，可能觉得自己是真小人没必要遮掩，也可能觉得孙蕾并无报复自己的能力。

向两个恶势力低头后，孙蕾发现虽然自己没做错事，但只要别人认为是你的过错，道歉是解决问题的唯一办法。她对李安宁本就没抱期望，她对郁震虽然有些失望，但更怪自己抱有错误的期望，毕竟自己的人生信条之一就是求人不如求己。

张晗君原本以为自己一离家出走，事情就会有个比较好的结果，但现在她觉得这可能会是一场持久战，一直处于劣势的张晗君现在遇到了一个更大的难题——出了十天差的女同学的舍友马上就回来，她得马上搬走，好在手上有一万几千块钱，足够去公司附近的快捷酒店住个把月。她中午从网上看了看附近几家酒店的环境，发现评价都不好，感觉不是很安全，加之最近酒店女顾客被陌生人强行拖走的新闻让她更加害怕，就没敢预订。她十分沮丧地认为也许是时候认输、认命了，我命由天（父母）不由我了。

想到这里她更珍惜所剩不多的编辑生涯，更加努力认真工作起来，反而没有那么挫败心烦。为了推迟认输的时间点，下班后她又主动加班到很晚，戴着耳机翻看以前的质检校样、写文案，浑然未发觉整个办公室只剩她一人。10 点多张晗君准备回家时，突然想起在公司群里看到其他中心同事加班到很晚时直接睡在公司的光荣事迹，就决定自己也睡一晚公司，明天再找找朋友或者同学借宿，好在6月天温度不是问题，早上也有地方可供洗漱，只要她在第一个人来上班前收拾好“作案现场”，抹除“作案痕迹”即可。

到12点多时，她觉得不会再有人回办公室，草草洗漱后，便将几把椅子勉强拼成一个可以蜷曲的空间躺下，直到两点多才勉强萌生睡意。然而人算不如天算，就在她即将入睡时，大办公室的门突然被人打开，她一个激灵跳起，椅子四散，有的撞到墙上，有的撞到桌子上，不仅吓到了她，也吓到了闯入者。

张晗君心脏怦怦乱跳，浑身颤抖，她随手抓起一把尺子壮胆，哆哆嗦嗦地问道：“谁？”

外面的人听到她的声音，吁了一口气：“是我，孙蕾，是张晗君吧？”

张晗君听到声音也能确认是孙蕾，也放了心，推开门看到大门口的孙蕾手上还举着包，不禁想发笑，孙蕾也想起来，把包放下：“吓死我了，怎么这么晚了你还在办公室，也没有开灯。”她看了看那几把位置异常的椅子又说，“你——不会是睡在这里吧？”

“嗯，加班有点儿晚了，不太好回去，就想在这里凑合一晚。”张晗君撒了半个谎。

孙蕾很清楚张晗君的工作情况，现在根本不需要加班，而且从她闪烁的言辞或眼神也很容易推断出她在撒谎。如果是其他谎言，她会选择装傻，但一个小姑娘独自睡办公室可绝非可以一笑置之的谎言：“我是来拿合同的，忘了带回家，明天，哦，应该是今天早上6点我得赶飞机去厦门跟作者当面签合同。你在加班忙什么呢？”

“也没什么，就是看看以前的校样，找找选题什么的。”

孙蕾沉默了一会儿，直接问道：“出什么事儿了吗？你现在工作不忙不需要加班，就算需要加班，你家好像离公司也不太远，打车最多50块钱，我想你也不至于为了省这50块钱一个人在办公室混一晚，况且就算不敢一个人半夜打出租，你爸妈也会来接你的吧？”

张晗君支吾了半天找到一个孙蕾没有预料到的谎言来圆谎：“我爸妈都不在家，他们一起休年假出国玩儿去了。”

这个谎言显然没能令孙蕾信服，但她也不想再追问：“好吧，我先去拿一下合同，你等我一下。”

张晗君趁孙蕾离开时迅速转动脑筋继续编造谎言，但她编造得再天衣无缝也没用，因为孙蕾回来后用命令的口吻跟她说：“无论是加班，还是别的什么原因，我都不管，但你现在跟我去我家住。”

张晗君刚要张口，孙蕾又打断她：“不要解释，也不要拒绝，你一个人在这里如果出了事，我也得负连带责任，所以就算是为了我，现在收拾一下跟我走吧。”

不知是因为命令式口气，还是因为怕让孙蕾负连带责任，张晗君就坡下驴，迅速收拾东西跟在孙蕾身后离开办公室。

瞥了一眼她塞得满满的背包，孙蕾猜测张晗君应该是跟父母闹了比较严重的矛盾，但依然没有细问。

夜半的城市交通十分顺畅，孙蕾开车只用了半个小时就到家，她将张晗君安排到书房兼客房后就回房间收拾行李，不久之后她就拖着行李箱出门了。

张晗君浏览了半天孙蕾的整面墙藏书后用手机导航查看了一下从孙蕾家到公司坐公交所需时间，订好闹钟。许久以来第一次有一个栖身的单独空间，张晗君空前放松，躺下后很快沉睡过去，以致早上醒来时发现比闹钟时间晚起一小时，自己却根本没听到闹铃响。半年以来她还没有迟到过一次，虽然迟到并不是什么大问题，但她还是不希望迟到，她几乎是从床上跳起来的，迅速穿好衣服，掏出洗漱用品开门准备洗漱时，听到厨房里有声音，纳闷了一秒钟后以为是孙蕾没有出差回来了，就没在意，匆忙冲进洗手间洗漱。

当她从洗手间出来时又被吓了一跳，因为从厨房走出来的人不是孙蕾，而是一个与孙蕾有几分相似的中年女性。中年女性孙兰宇也被她一直以为的没有出差的“女儿”吓了一跳。张晗君推测此人是孙蕾的母亲，就尴尬地笑了笑：“阿姨好。”

孙蕾显然没有告诉孙兰宇有人借住，但长相甜美的张晗君一个笑容就让孙兰宇放下心防：“你是孙蕾的什么朋友呀？”

“我叫张晗君，是孙总——”

“哦，孙蕾的同事啊，听她夸过你。”

张晗君腼腆一笑，孙兰宇说：“一起吃早饭吧，我早上听到闹钟，以为是孙蕾没出差，就做了两人份的。”

张晗君连连摆手：“不了，不了，谢谢阿姨，我得抓紧走了，已经迟到了。”说着她跑回客房抓起手包，跟孙兰宇说了句“再见，阿姨”后出门，疾步奔向地铁站。

在路上时她向孙蕾交代了事情的原委，并对她千恩万谢，孙蕾依然不置可否，只是告诉她想住多久都可以，并跟她统一口径为：父母回老家照顾病重的老人，她不敢一个人住，到孙蕾家来借住一段时间。

虽然一天受到两次惊吓对张晗君刺激不小，但持久战可以继续还是令她有一点高兴，至少暂时不必向“恶势力”低头，从妈妈步步退让的劝降可以推知，“好警察”很快就会代表“坏警察”来与她谈休战条约。

张晗君下班后并没有立刻回到孙家，她在小区外的咖啡店待到 9 点半才进门。孙兰宇刚刚跟她套完近乎，刚问七部码洋完成多少时，孙蕾推门而入。孙蕾出差要签的选题正是郁震刚同意立项的，但她铩羽而归，面谈时作者才告诉她已经全权交给代理负责，他专心搞创作，其他一切事务由代理打点，但告诉她代理将于明天举行中文简体出版权拍卖会。这个选题孙蕾志在必得，只好立刻改签，参加明天的拍卖，晚上到家时已将近 10 点。

“你们在聊什么呢，这么开心？”

张晗君刚要回答被孙兰宇打断：“在聊最近在上映的电影呢。”

“是吗，在聊哪部电影？”孙兰宇的举动显然令孙蕾产生怀疑，她扭头看向张晗君。

但这并没有难倒张晗君，因为她们刚才套近乎时确实在聊一部最近刚上映的电影：“《路边野餐》。”

“都聊了些什么呢？”孙蕾又看向孙兰宇。

“也没什么，就是那个42分钟的长镜头，以及原来名字叫《惶然录》，后来才改成了电影中那本诗集的名字。还有就是小张同学说没看懂，我说诗电影就像诗一样，不是用来理解的，而是用来感受的。”被女儿当成贼盘问，孙兰宇有点不开心地说。

口供对得天衣无缝，孙蕾假装相信顾左右而言他：“你今天怎么手又抖个不停，喝了多少杯咖啡啊？”

“没多少，比巴尔扎克少三十杯呢！”

“那也至少十杯，还是少喝点吧，到临界点再多喝就起反作用了，不抗疲劳也不提神。”

“没办法，还有两个月交稿，我才写了一半多。”

“随你吧。”孙蕾摇了摇头，拖着箱子回屋，“你们继续聊，我去收拾一下。”回到房间她干的第一件事是发信息给张晗君：不要对任何人透露我们部门的码洋情况和选题情况，谢谢！

张晗君并没有寄人篱下多久，因为“坏警察”终于妥协，派“好警察”来与她和谈。她和妈妈几经谈判，最终达成了不平等条约：张晗君及其部门完成年度工作任务后方可工作完全自己做主，但在没找到男朋友前，必须接受父母安排的相亲。

因为张晗君要求必须白纸黑字、签字画押，所以两人约在周五晚上孙家附近的咖啡馆面谈。张晗君跟妈妈喝过不少次咖啡，但以前都是一起逛街累了时找个地方歇歇脚，从来没想到会成为咖啡馆的常客——甲方与乙方。可仔细想想自己在家庭中一直是乙方，以前是毫无权利的乙方，现在也只是一个争得一点权利的乙方而已。她以比看图书出版合同还认真的态度看完和解条约并签上名字，然后回到孙家收拾东西道谢道别。

她现在比较满意，满意的不是乙方的权利，而是自己迈出了争取权利的第一步，以后自然会有第二步、第三步，乃至更多步。

十八　竟无言以对的人生真相

郁震果然很快搞定出版社总编室主任，赵国鑫的科普书《静谧的世界：植物的秘密生活史》很快付印，王萌的健身书《轻硬派健身：从零开始塑造完美身体》早已下厂，首印15088册即将印刷完毕。现在已经是8月，码洋任务完成28,049,724.80，比预期中差不少。孙蕾5月时就觉得情况不妙，改变策略，报了两个大作者选题，但现在一个作者天天上电视做嘉宾，根本无心写作；另一个就是前几天刚竞拍成功的，倒是已经开始写稿，可目前只完成三分之一，年底前完稿也几无可能。遇到此类情况，也只能忍耐，小作者拖稿都无可奈何，更何况大作者，既催不动，又不能走法律程序。一是走法律程序无助于催促作者交稿；二是起诉一个作者拖稿就等于起诉所有作者，以后谁都别想签。

只剩4个月时间，想快速出书只能多做公版书和再版书。今年刮起博物类图书风，赵国鑫《静谧的世界：植物的秘密生活史》征订数竟然近两万册，首印就有20088册。孙蕾想起曾经看过的一本博物名著《塞耳彭自然史》，决定跟一下赵国鑫的风，做一个自然科普系列图书。这本书她本想交给赵国鑫负责，但因为他忙于《静谧的世界：植物的秘密生活史》下厂事宜，就再次交由现在并不是很忙的张晗君负责。虽然要做成系列图书，尺寸、版式和封面也都会在同一范式内制作，但为防患于未然，孙蕾还是让总编室报选题时换了一家合作方。孙蕾从不幻想小概率好事会发生在自己身上，更不幻想小概率坏事不会发生在自己身上。发生过的事情也许还会发生，能避免当然会未雨绸缪是她的原则。

孙蕾把另一个选题《直面死亡：一个癌症医生的抗癌手记》给赵国鑫时，才意识到这是六个多月来自己给他的第一个选题。赵国鑫是部门最有经验的编辑，选题策划能力也确实出乎孙蕾预料，入职之初就声明过他要自力更生，孙蕾也乐见其成，但还是觉得自己过于偏心，所以就给了他这个比较有畅销潜质的选题。

《直面死亡：一个癌症医生的抗癌手记》是一个由来已久的选题，也是孙蕾很看重的一个选题，从作者在世时就在谈，但直到作者离世都没谈妥。后来孙蕾离开图书行业就没再关注，但再回到图书行业时，发现稿子一直没有签出去，热度早已过去。虽然很残酷，甚至不近人情，但现实就是，有时候一个人只有去世才会成为社会热点，才会促进其作品的销量。所以残酷的事实就是，作者生前过于看重自己的作品，迟迟没有签出去，死后家人也过于尊重作者意愿，迟迟未能出版，直到没有人愿意再出版这种“过气”图书。

孙蕾读过稿子，觉得这个选题虽然已经赶不上热点，但依然有畅销潜质和出版价值。《直面死亡：一个癌症医生的抗癌手记》用文字延续了作者的生命，患癌症的癌症医生在书中探讨了死亡和人生意义两个人类终极问题。虽然世界上每天都有几千万人死亡，但不是所有人都有机会在面对死亡时思考死亡和人生意义，所以它有其独特意义，也有超越时代的生命力。

孙蕾将这个选题给赵国鑫还有一个特别的原因，入职后她悄悄关注了他们三个人的微博，看到过王萌和张晗君对她的夸奖和吐槽，从赵国鑫的微博看到的却只有阅读和观影记录。一个聪明的观察者可能从社交平台上观察不到被观察者的私人生活细节，但很容易观察到他的内心或者说精神生活动态。孙蕾悄悄观察赵国鑫的精神世界，发现他有一段时间阅读很多科普书，有一段时间阅读了很多宗教类读物，而最近阅读的是《最好的告别：关于衰老与死亡，你必须知道的常识》《论生命之短暂》《生命的单行道：程浩日记》《天堂的证据》《人生的意义》和《人生有何意义：胡适解读为什么人活得如此艰难》。

整个世界由偶然事件构成，人生也是一个不断偶然的过程。癌症医生患癌症是偶然，写了一本抗癌并思考人生意义的书是偶然，直到现在都没有出版是偶然，孙蕾失而复得也是偶然，赵国鑫在此时阅读关于死亡与人生意义的书也是偶然，但这一切偶然决定孙蕾必然将这个选题交给他。

赵国鑫本来就不指望孙蕾，更或者说是不希望孙蕾给自己选题。因为无论她的选题多好，自己都是在为他人作嫁衣。给作者作嫁是图书编辑的本职工作，但给策划编辑作嫁岂不是给“为他人作嫁衣裳”的人作嫁？刚入职的编辑能忍，没什么选题策划能力的编辑不得不忍，但赵国鑫这种自认策划能力不比任何人差的老编辑当然不能忍。

但大多数编辑都有一个职业梦想，那就是做一本自己真正喜欢的书。当遇到自己喜欢的书时，哪怕给“为他人作嫁衣裳”的人作嫁也会“与有荣焉”，所以看到孙蕾发给他的是这个选题时，赵国鑫不仅没有抵触，反而无比开心。

孙蕾也很喜欢这个选题，再次翻阅稿件更让她技痒难耐，如果是 3 个月前，她还没有码洋任务可能完不成的危机感，也许会自己上手编校，但现在她只得管住手，把工作重点放在找选题上。

近期虽然没有多少选题，但起码没让编辑无事可做，张晗君在编校《塞耳彭自然史》，王萌在做《竟无言以对的人生真相》和《美国总统是如何选出来的》，赵国鑫在与癌症医生家人沟通稿件。

虽然选题储备不足，但只要能找到几本成稿选题，只要目前正在做的书能按时出版，只要首印数还可以，只要已出版图书能有加印，完成码洋任务并非天方夜谭。

但世事岂能尽如人意，世事从来不会如人意，孙蕾的如意盘算刚盘算完，就从公司邮件中收到一个噩耗——《竟无言以对的人生真相》因“价值观导向过于消极，恐对阅读此书的人产生不良影响”，被质检组建议取消出版，具体理由如下：《竟无言以对的人生真相》一书质量不高，格调低下，多处观点、言论均不符合公司出版价值观，有集中散播消极思想的倾向，不宜作为出版物公开发行。

简直是滑天下之大稽，书中所摘录句子全可追本溯源，都出自公开发行图书，集结到一起却不宜作为出版物公开发行。孙蕾看完邮件后几近暴走，质检组真是拿鸡毛当令箭，拿放大镜观察一切，简直忍无可忍。

她冲到编辑部跟王萌说："王萌，你把所有《竟无言以对的人生真相》摘录过的书全整理出来，再打印一份全稿，我们去质检组跟他们理论理论。"

王萌想必早就看过邮件，一言不发，先将稿子打印，后整理放在李安宁的工位上的工作用书。一套《毛姆全集》、一套《王尔德全集》、一套《马克·吐温全集》，再加一套《简·奥斯汀全集》就已经从桌面摞到肩部，杂七杂八的其他两摞参考资料也几乎与肩齐高。还有一部稿子，看来只有他们俩去质检组人手不够，孙蕾又跟赵国鑫和张晗君说："赵国鑫，你帮忙搬一摞书，我搬一摞，晗君你帮忙拿稿子，我们一起去！"

张晗君不禁想起不到8个月前，也是他们整个部门倾巢出动，从十二楼到五楼，那次是去签"生死状"，恍如昨日，如今已经快到收获的季节，更或者说是被收割的季节。

他们坐电梯到五楼后，从楼道经过的同事被这个阵仗惊呆，更惊呆的是质检组秘书，她还没来得及阻拦，孙蕾就径直走到唐棼的办公室门前，一手托书，另一只手的位置用膝盖替代顶住书，迅速敲门。

"进！"一个官气十足的老年男声从门缝传出。

孙蕾用肩膀将门推到九十度角好方便三人将书搬进来。也许是见过大世面，唐棼并未把他们的兴师动众放在眼里，从老花镜框上乜斜一眼："何所闻而来？"

如钟会般手握生杀大权的唐棼竟然扮演起嵇康，让孙蕾一行人稍稍愕然。唐棼向来官腔十足，言语也都是官样文章套路，以他的文化水平以及阅读兴趣——如果有的话，应该不可能看过《世说新语》。说话风格突变至如此奇诡的地步，可能是因为最近有编辑做了一本《魏晋名士真风流》，他看审读意见时现学现卖。

孙蕾把书直接摞在唐棼的办公桌上说："我们抱着这么多书进来，唐总是明眼人，应该早就看出来，我们是为《竟无言以对的人生真相》而来的。"

唐棼扶了扶眼镜："你们这么劳师动众的，我还以为是要把我赶出公司呢！"

孙蕾连忙说："哪敢，哪敢，我们只是来跟您讨教一下，《竟无言以对的人生真相》为什么取消出版？"

唐棼摘下老花镜拿在手里晃着："审读简报里不是写得清清楚楚吗？"

"您给出的理由是——"孙蕾说着拿出手机调出文档读起来，"质量不高，格调低下，多处观点、言论均不符合公司出版价值观，有集中散播消极思想的倾向，不宜作为出版物公开发行。"

"对啊，这不是写得明明白白的吗？"

"是写得很明白，但我们不太理解，所以想听您进一步解释。"

唐棼不答而问："你们都是本科及以上学历吧？"

"我是普通本科，赵国鑫是211，张晗君是985，王萌是师大历史系硕士。"

唐棼把张晗君放在桌子上的清样稿拿过来边翻边说："你们学历都这么高，我一个部队转业人员写的审读简报会不理解？我看你们是不服吧？"

"唐总，我们不是不服，真的是不理解。"

"不理解什么？不要想从字里行间读出微言大义，因为并无真意，就是字面意思。"

"我相信一本书质量和格调高低因人而异，唐总觉得《竟无言以对的人生真相》格调低下一定有您的评判标准，但知道人生的一些真相应该不与'实事求是'的价值观相悖吧？"

"实事求是当然没有错，但也不能违背传播正向能量的出版原则，你看这一句：'对我来说成功唯一的价值在于它能使我摆脱经济上的困难，我一直担心自己收入不稳定。我讨厌贫穷。我讨厌省吃俭用，量入为出。'这一句：'摆脱诱惑的唯一方式是臣服于诱惑。'这一句：'世上只有一件事比被人议论更糟糕，那就是没有人议论你。'这一句：'真实的生活通常就是我们无法掌控的生活。'这一句：'男人因疲倦而结婚，女人因好奇而结婚，最终他们都会失望。'这些都很消极负面！”

听了这些“丧气”满满的句子，孙蕾底气略有不足，唐棼并不好糊弄，她只好强行辩白：“人生的真相也因人而异，人生也是‘一千个人眼里有一千个哈姆莱特’。”

“但我觉得一千个人对‘真实生活通常就是我们无法掌控的生活’这句话也只有两种看法，认同和不认同。你可能觉得人生无法掌控，但我就不认同，以我一甲子多的人生经验来看，真实的生活也是自己能掌控的。我年轻时就写过一篇文章《我是我生活的主宰》驳斥这种观点，有兴趣的话你们可以看看，收录在我即将出版的文集《我们终将给自己最好的安排》里面。”

“好的，我们一定拜读。”

王萌觉得孙蕾的策略并没有奏效，说服一个自信了一辈子的老年人改变观点比说服太阳西升东落要难得多。他决定还是讲事实、摆证据：“唐总，您刚才读的那几句话中，第一句引自毛姆的《作家笔记》，上海译文 2015 年版，现在还在公开发行。‘摆脱诱惑的唯一方式是臣服于诱惑。’这一句出自王尔德的《道连·葛雷的画像》，上海译文 2011 年版，现在还在公开发行。‘真实的生活通常就是我们无法掌控的生活。’这一句也是王尔德所说，出自《温德米尔夫人的扇子》，人民文学版《王尔德全集》有收录，2009 年北京燕山出版社出版的《王尔德精选集》也有收录，现在还在公开发行。‘男人因疲倦而结婚，女人因好奇而结婚，最终他们都会失望。’这一句还是王尔德所说，也是出自《道连·葛雷的画像》，也有版本译作《道林·格雷的画像》，比如译林出版社 2014 年版，现在还在公开发行。”

王萌一口气举出这么多证据，不仅让唐棼很惊讶，也让孙蕾暗赞他真是一个专业又敬业的编辑，连摘句出处及版本发行都记得一清二楚。

王萌举证完后，更是把提到的书挑出来，翻到相关页面递给唐棼过目。唐棼戴上老花镜认真查看摘句，并认真看了每本书版权页上的出版日期后问：“然后呢？”

“然后就是，我举这些例子主要是因为，这些句子都是摘自已经出版过的图书，也许质量和格调并不高，也许思想有些消极，但现在还在公开发行，那么我们为什么就‘不宜作为出版物公开发行’呢？”

唐棽手一挥，不耐且不屑：“你只看到了结果，没看到原因，‘不宜作为出版物公开发行’是结果，最主要的原因是它前面那句——‘有集中散播消极思想的倾向’！没错，这些书确实都在公开发行，但他们的主体思想并不消极，只是偶有个别句子散播消极的价值观。可你编的这本《竟无言以对的人生真相》把这些消极思想集中收录，集中散播，当然不宜作为出版物公开发行！”

孙蕾说：“可是市面上有很多思想消极的书啊，别的不说，《道连·葛雷的画像》主题就不积极啊。它能出版，我们为什么就不能出版呢？”

“那是经典，你们这本书是经典吗？经典有研究的价值，所以会网开一面。《金瓶梅》可以出版，现在有人再写一本，你觉得出版合适吗？”

张晗君也帮了一句腔：“这本书的内容全部摘自经典，所以也算得上经典编译呀！”

“经典编译也是第一次出版，第一次出版就不是经典，不是经典，你这本书就不能出版。”

赵国鑫试探性地问：“唐总，您是不是过于谨慎了呢？这样一本书出版也不会有什么大问题吧？”

唐棽说：“不怕一万，就怕万一。小心驶得万年船。董事长筚路蓝缕，以启山林，创业维艰，上下求索。他让我来负责质检，负责把关，我就得将毁公司名誉万分之一的危险消灭掉。出这一本书能赚多少钱？名声毁了谁承担得起？你们回去吧，这本书已经盖棺定论了！”说着他激动地端起空茶缸喝了一口空气。

话已至此，孙蕾一行竟无言以对，只好回到办公室。他们商量了一下，又想起之前赵国鑫说的希拉里传被特批出版的旧事，决定给董事长写封邮件申诉。孙蕾觉得刚才被唐棽“舌战群儒”，如果理由不够充分，肯定还会败下阵来。不如今日鸣金收兵，待明天商量一个对策，争取一击必中。

第二天上班后，七部确实“一击必中”，但击的是唐梦，中的是他们。公司邮件显示，唐梦在昨天下午端缸送客后就给董事长写了一封邮件，董事长北京时间两点钟回复并抄送全体员工：选题方向由郁震及选题委员会把握，价值观导向以唐梦总编辑为唯一准绳，《竟无言以对的人生真相》不予出版，任何人不得反驳。

虽然王萌不觉得这本书有太大阅读价值，但他觉得有比较大的商业价值。他既在乎这本书的商业价值，更在乎这本书的码洋，但如今也只能是在乎。畅销书编辑梦碎空余恨，王萌既恨唐梦断自己一战成名之路，也恨他使七部码洋至少又少完成 40 万。

孙蕾也无能为力，对他们来说，王尔德那句“真实的生活通常就是我们无法掌控的生活”真是无言以对的人生真相。而唐梦则用事实证明这句话并不是他的人生真相，至少他掌控了这本书的出版。

全程 42.195 千米的马拉松，王萌跑完 42 千米，倒在距离终点 195 米处。这件事对孙蕾来说最多是码洋任务少了 40 万，再大不过是最终完不成任务被扫地出门。但对王萌来说可不仅仅是 40 万码洋，而是直接打击了他的积极性，甚至让他怀疑起自己的职业选择，因为他不仅仅是这本书的责任编辑，不仅仅是这本书的策划编辑，还是一字一句摘抄的编者。

虽然王萌在忙着编校《美国总统是如何选出来的》，假装对这种无言以对的人生真相十分坦然，但孙蕾非常清楚遭遇这种情况的编辑会是什么心态，更担心王萌突然辞职，导致码洋任务更难完成，决定找他谈谈。

“我看了你编排的《美国总统是如何选出来的》，编得不错，现在是几校？”

“现在是二校，作者补写的部分是一校，之后就可以排版。”

“那应该能在大选开始前出版，大选是什么时候来着？”

“初选投票日是 11 月首个星期一的次日，今年是 11 月 8 日。”

“那肯定能在选举开始前发货。”

“不出意外，应该能吧？”

“应该不会出意外吧，你觉得呢？”

“我觉得《竟无言以对的人生真相》也不会出意外呢，结果还不是——”

“最近我们部门确实突发状况不断，很多事情我之前都没遇到过，但我们还得继续不是？”

王萌沉默了一会儿：“孙总是在担心我会辞职吗？”

“你不会因为《竟无言以对的人生真相》辞职吧？”

“8 个月前，我会辞职；现在，我会坚持到最后。”

“为什么呢？”

“8 个月前我打算辞职时，您邀请我加入七部。”

“这我记得，我还记得你考虑了一天给的我答复。”

“我当时很迷惘，第二次投简历、第一次去一直想去的出版社面试失败，又觉得在这里待下去也不会有什么进步。”

“所以，你为什么又待了 8 个月呢？”

“短期，我需要一份糊口的工作；长期，我需要一份提升编辑能力的工作。”

“前者你应该得到了，后者——我不确定。”

“后者，我很确定我得到了部分，但还不够多，所以我不会辞职，我会跑完马拉松全程。”

孙蕾不会表达感情，七部三个编辑也不擅长表达感情。王萌的表达虽依然含蓄，但仍令她十分感动，为让他更好地“跑完马拉松全程”，孙蕾跟他商量了一下，让他走作者解约流程，同时她张罗着将《竟无言以对的人生真相》推荐给“友军”。

如果说抢同事、同行的选题是一些编辑的常见互害行为，那么将自己过不了的选题、出不了的书推荐给同行则是另一些编辑的常见互助行为。对这些编辑来说，一本书出版发行才最重要，即使名利全无，他们也会将自己无力出版的选题推荐给同行，努力使其得见天日。

孙蕾不做编辑时发现好选题也都推荐给编辑同行，凭此积累了一些不错的人脉，现在她开始寻求回报。王萌还没有走完解约流程，孙蕾就得到几个不错的反馈。有的虽然不看好这个选题，但看在与孙蕾的交情上愿意出版，还有的则既看重交情，更看重选题的畅销潜力。最终孙蕾替王萌选定一个从公司规模、选题方向和发行渠道都最适合这本书的合作者。该公司给王萌的版税还大大高出重塑文化，并承诺给王萌署名第一顺位策划编辑。

如此一来，王萌也算是“失之东隅，收之桑榆”，孙蕾也用事实证明“真实的生活通常就是我们无法掌控的生活”这句话并不完全是无言以对的人生真相，至少她能掌控这本书的出版，掌控自己的部分生活，如果工作并非全部生活的话。

十九　劳动、改造，以及重获新生

8月，公司取消出版《竟无言以对的人生真相》的决定只让七部编辑不开心。9月公司做的另一个决定则让所有编辑都不开心。月初周五下午，公司通知所有图书编辑周六团建。国内传统，逢团建必拓展训练，导致团建成为最反人类、最无用、最令人反感的活动。重塑文化董事长应该也觉得无用，所以就改为有用，起码是对自己有用的活动——去库房整理库存。

很多图书公司都有此传统，一是可以节省劳力，二是可以让图书编辑看看自己做的书卖得到底有多差。就像银行账户上的数字没有一沓沓现金视觉冲击力大，库管发的库存数字也没有一件件摞到库房顶梁的书冲击力大。编辑看到自己做的书在库房里堆得如山高，但需要一本一本地卖，瞬间就能感到巨大的压力。

5月时，重塑文化组织过一次团建，图书编辑都以各种理由拒绝参加。编辑们觉得搬书如搬砖，自己虽然收入不如搬砖的高，但身份比他们高贵，况且占用周末时间还不给搬砖费，拒绝得就更理直气壮。虽然老板雷霆震怒，专门开电话会议把编辑们大骂一通，但9月团建依然遭到大多数编辑拒绝，有的编辑甚至私下扬言，就算被开除也不会去做免费劳力。

5月七部编辑都没有去，孙蕾觉得工作日去库房勉强可以接受，但休息日不准调休、强迫免费出卖劳动力则非常过分。当然，为了不落下整个部门一个编辑也没去的口实，她自己当了两天免费劳力。相对于其他编辑部总监强迫编辑们去搬书，自己却以见作者的名义跟各种混混编辑诗酒唱和，孙蕾确实算得上是个体恤下属的小领导。

此次她不仅自己去，还要求三个编辑也都去。非但如此，她还给每个编辑下达额外的任务：用手机将公司出版两年以上、最近半年没有加印的书拍下来。张晗君负责文学生活，赵国鑫负责人文社科，王萌负责经管励志。没有人知道孙蕾葫芦里卖什么药，所有人都只敢腹诽不敢明言，周六得搬书加拍照。

图书公司库房都在非常偏远的郊区，重塑文化库房也很偏远，不在城市郊区，而是郊区的郊区。公司要求所有员工必须早上 8 点抵达某个地铁站，然后统一由公司派车运到库房。虽然比让编辑自行到达稍微人性化，但根本原因是库房偏远到附近 5 公里内连公交车都不通的地步，同时表明中途逃跑完全不可能，因为滴滴司机都不会接单。

在公司和部门总监的双重淫威下，七部编辑起得比上班还早，准时到达指定地铁站，但一直等到 8 点，小巴车装满“猪仔”后才被运走。虽然没有翻过几座山，也没有越过几条河，但颠簸近一个小时才到达目的地。唯一值得安慰的是，当他们走进库房时，发现孙蕾已在灰头土脸地搬书。

新来的编辑刚下车就被不同库区库管抢走，编辑们第一次感到自己受到公司重视。带着任务的张晗君、赵国鑫和王萌恰巧被分到相关品类区。但等他们进入库房后才发现，虽然各库区标有图书分类，但每个库房都囊括所有品类，书全部码得杂乱无章。微信沟通后，孙蕾让他们不管品类，各拍自己所在库区符合要求的图书。如果能发现历年图书出版目录册，则不管年代多久远，一定要拿至少一本回去。

干了半天，拍了几十张照片，他们依然不知孙蕾葫芦里到底卖什么药，其他部门的编辑看到他们拍照时不断发问，孙蕾早就帮他们找好理由——学习前辈们的封面设计和文案撰写。

这一天的时间，所有编辑都发现很多令他们惊讶的图书，他们经常发出“原来公司还做过这种书”的赞叹或鄙夷。重塑文化已成立近十年，虽然董事长最近经常将“不忘初心，方得始终”挂在朋友圈，但选题方向几经变化，整个公司早已无人知晓最初的出版方向。现在只要能赚钱的书都可以做，前提当然是既能通过质检组的事先审查，又不会遭到事后追惩。在大家赞叹或鄙视的“推荐”下，在灰头土脸地搬书、运书、码书中，三人拍到很多照片，拿到五六本历年书目。

一整天的苦力扮演下来，编辑们再也不觉得自己工资不如建筑工人高不合理。以他们的体力，根本做不到一周搬 7 天砖，就算一周搬一天，也得歇 7 天才能缓过来。他们都取消了周六晚上和周日一天呼朋引伴吃饭喝酒海吹神侃的计划，几乎到周一早上闹钟大作为止一直睡在床上。

周一上午孙蕾打开“闷葫芦”时，筋疲力尽爬到公司的三个编辑已经完全失去兴趣，只当这是一次并不有趣的团建。但当他们听说要进行旧书改造时，又好奇心大盛。

对新编辑来说，旧书改造确实是新鲜事；对老编辑来说，旧书改造是一举两得的好事。所谓旧书改造就是将原来出版过的图书改头换面，改名字、换包装，做成新书重新出版。旧书改造最考验图书编辑的策划包装能力，因为需改造旧书之前都失败过一次，不然再版或加印即可，无须重新策划包装。

业内有不少“旧书换新颜”，库存书摇身变成畅销书的先例。最初以《工商巨子》为名出版的洛克菲勒传，首印虽只有 8000 册，却有大量库存。编辑重新编排目录、重新写文案、做封面，最终以《洛克菲勒：一个关于财富的神话》为名重新推出，成为当季最畅销财经书。

孙蕾选择做旧书改造的最大原因并非觉得自己有化腐朽为神奇的能力，而是因为旧书改造比签约新书出版速度快，稿子都是现成的，合同无须重签，最多知会作者一声，有的甚至不必取得作者同意。孙蕾此前并没有做过旧书改造，她之所以“病笃乱投医”，是因为周五收到一本改造房子的书。改造旧房子给了她改造旧书的灵感，正巧公司要求编辑周六去库房团建，她就顺势要求他们拍照，以备筛选。

如果周六是劳力，周一上午则是坐在桌子前的劳力，一上午仅够把拍下的书的资料整理完。张晗君以为下午不仅劳力更劳心，但没想到既没劳心更没劳力。一个有经验的编辑只看内容简介就能判断选题有没有市场，孙蕾三下五除二敲定10本值得改造的旧书，然后分给他们填选题表、走选题申报流程。

旧书改造选题比较好通过，一是因为这种选题不用再签合同、付稿费，二是可以帮助公司消化库存。当然并非编辑想改造哪本就改造哪本，还是需要得到选题评估人员的认可，最终孙蕾部门报的10本旧书改造选题一共通过7个。

这7个选题分别是张晗君的《伍尔夫读书随笔》《西方绘画赏析》，赵国鑫的《我们时代的神经症人格》《七堂经济学课》和《我的职场不慌张》，以及王萌的《祖先的庇荫》和诗集《谁知道笼中鸟儿为何歌唱》。王萌还在库房里发现一本陈旧的《美国总统选举全过程》，本书销量可能极差，以至于他之前在网上都没有查到，以至于在报美国专家选题时，也没有任何审批人员提及。他从库房拿了一本翻阅，内容虽然一般，倒也事无巨细地讲述了美国总统选举全过程，只是佐证事例过于陈旧，加之早已与美国专家签署出版合同，只好作罢。

虽然9月的工作重心是改造旧书，但之前的选题也不能就此暂停，现在每个人手上至少有三本书在同时进行。好在工作有序且并不冲突地在进行，《美国总统是如何选出来的》质检审读中，《塞耳彭自然史》质检审读中，《直面死亡：一个癌症医生的抗癌手记》也在审读中，不过此审读者是作者后人。

也许因为死者为大，也许因为过于重视这本书，死者后人竟然成立一个出版委员会来负责遗著出版事宜，委员长由一位初中退休语文老师担任。稿子每返一次，她都要召集全体委员进行讨论，每次都要逐字逐句对照上一版讨论，比编辑折校还要认真。不用读王尔德，赵国鑫就明白认真的重要性，因为委员长越认真，赵国鑫就越有可能输，可他也只能听之任之。

旧书改造虽然不用征得作者同意，但通常情况下会知会作者以示尊重，出版后也会寄样书给作者以示重视。大多数作者并不在意这种事情，毕竟无钱可赚，随出版社折腾，而且他们也不期待一本改造的旧书能摇身一变成畅销书。但也不是所有作者都不在意，《谁知道笼中鸟儿为何歌唱》的作者就非常期待，非常积极地参与到改造活动中来。

编辑并不喜欢作者在交稿后还参与到编辑过程中，尤其不喜欢他们在封面设计上指手画脚，因为作者并不如编辑了解市场。“上帝的归上帝，恺撒的归恺撒”，写作的工作归作者，编辑的工作归编辑才是最好的分工。但如果作者一定要参与编辑，只要能把握好参与度，只要提的意见可取，编辑们也很欢迎，甚至很感激。王萌目前就非常感激诗人的参与，但不久之后他就发现，诗人果然是诗人，不按常理出牌，他积极参与别有目的。

重新策划基本完成时，诗人提出重新签署出版合同，王萌以旧书改造不必重新签合同为由婉拒。诗人告诉他原出版合同中有如下一条约定：著作权许可权限为五年，但三年内若本书重新出版则需与作者重新签署合同并按首印一万册、8%的版税支付稿酬。重塑文化的合同模板中并没有这样的条款，所以王萌并不相信。慎重起见，他从法务部找到原合同，结果发现确实有这样一条。履行合同是应该的，但公司对改造书的态度是不会再为沉没成本付出成本，也就无法再签出版合同。不能重新签署合同就不能改造出版，王萌又一次做无用功。当然并非完全无用，起码他的遭遇提醒了其他人，孙蕾立刻让他们把另外六本改造书合同找来仔细查看。万幸其他合同中并无此类不利条款。

又少一个选题，意味着又少几十万码洋，孙蕾极其焦虑，王萌特别焦虑，张、赵二人也非常焦虑。王萌现在也意识到自己可能无法完成码洋任务，进而意识到整个部门的任务也有完不成的可能。但他并不会因此而得过且过，还是一如既往地努力认真做每本书，所以《美国总统是如何选出来的》如期在国庆节前一天下厂，节后可以全面铺货。这本书征订还可以，竟然高达 16000 册，创重塑文化同期同类图书征订数新高，首印为 16088 册，看来唐棽的经验之谈也不全是扯淡。

就在《美国总统是如何选出来的》下厂当天下午，孙蕾召集编辑开了有史以来最严肃的一次会议，重新计算了码洋任务，认真统计了即将出版的图书，正式告诉他们，码洋任务极有可能完成不了。赵国鑫和王萌没有太大反应，因为早已知道，张晗君反应略大：“我昨天刚算了算我的任务，只要‘塞耳彭’年前能入库，改造书能完成，我就能超额完成任务，其他人的任务我不太清楚，难道差很多？”

“因为我选题量不够，王萌和赵国鑫都还差得比较多。到年底可能的结果会是，你勉强完成个人任务，赵国鑫和王萌完不成个人任务，部门无法完成总任务，就地解散。”

张晗君第一次真切意识到问题的严重性：“那怎么办，我们就等着被辞退吗？”

孙蕾呵呵一笑：“当然不啊，我们尽力而为，做完所有的书，然后，期待好运！”

好运很快驾临。每年10月都会发生一件对出版行业非常重要的事情，甚至关乎生死存亡——诺贝尔文学奖评选。很多出版机构，尤其是主做文学类图书的公司都像押宝一样期待获奖结果，因为这是对图书销量影响最大的事件。虽然最近几年诺贝尔文学奖评选不按常理出牌，得奖的不是冷门小说家，就是非虚构作家，但好在都还是作家。今年的诺贝尔文学奖得主则出乎全世界人预料。10月13日晚7点，瑞典文学院宣布2016年诺贝尔文学奖授予美国歌手鲍勃·迪伦，以表彰他“在伟大的美国歌曲传统中创造了新的诗歌表达”。

虽然鲍勃·迪伦早就多次被提名诺贝尔文学奖，虽然他觉得自己“先是一个诗人，然后才是个音乐家。我活着像个诗人，死后也还是个诗人”，但仍然没有多少人把他当成作家。因此他得奖争议最大，也最让期待好运的编辑不满。孙蕾并无期待，现在却有意外之喜，并非因为她是鲍勃·迪伦的歌迷，而是因为《我逝去的岁月：美国民谣编年史》中有大量篇幅讲述鲍勃·迪伦的音乐和人生。

诺贝尔文学奖公布的消息刚一传出，她立刻找刘文明提请加印，但刘文明认为这本书作者不是鲍勃·迪伦，主角也不是鲍勃·迪伦，仅是涉及而已，不会带动销量，不愿再向客户推销。无奈之余孙蕾再次去找丁琰。

孙蕾几乎从不接打电话，微信从来只发文字、不发语音，现在却直接打电话给丁琰。

“孙总，我正打牌呢，有什么事情吗？”丁琰接起电话说。

“诺贝尔文学奖。”

“这奖跟我有关吗？”

“跟《我逝去的岁月：美国民谣编年史》有关。”

“有什么关系？”

“这本书跟今年的得主鲍勃·迪伦有极大的关系，书里有大量关于他的篇幅。”

“哦，我没全看没注意到。今年的得主太令人意外了，没有一家公司赌对，刚才我看朋友圈不少编辑在破口大骂，二部总监气得要去炸瑞典文学院。他有个作者呼声挺高，我们发行也很期待，都备好加印单了，没想到得主竟然是鲍勃·迪伦。”

“我刚才查了一下，目前只有一本河大出版的鲍勃·迪伦自传《编年史》在卖，现在也没货了，没有其他相关图书。所以说，这对《我逝去的岁月：美国民谣编年史》是个机会，我们趁机搞一搞，没准儿能畅销！”

“是吗，那确实是个好机会啊！”

“但刘总不支持。”

“你找我也没用啊，我现在还有 1000 库存呢！”

孙蕾沉默了一会儿说：“也就是说你片区卖了 4000，看来还是有市场的。我们部门任务快完不成了，完不成就得所有人滚蛋，我无所谓，但部门的几个编辑都很不错，就因为我一时头脑发热签了保证书。所以我想请丁总帮一下忙，起码让我们试一试，我确实觉得这是个好机会。”

丁琰也沉默了一会儿说：“好吧，那你抓紧准备资料，明天我试试。”

“谢谢丁总，谢谢！那就不浪费您的时间了，再次感谢，明天见！”

孙蕾立刻让王萌写文案，王萌交的几稿都非常文艺，但孙蕾觉得现在需要的是简单粗暴的文案，最后她亲自写了一版，主广告语是——他改变了美国。副广告语是——了解鲍勃·迪伦和被他改变的美国文化，这一本就够了！

丁琰连夜说服所有发行总监第二天开晨会讨论《我逝去的岁月：美国民谣编年史》二次发行计划。为让发行、营销更快速了解本书，尤其是关于鲍勃·迪伦的内容，孙蕾主动要求在会上进行宣讲。她连夜重新做了一个PPT，分析诺贝尔文学奖与鲍勃·迪伦相关图书，将《我逝去的岁月：美国民谣编年史》的宣讲重点调整为全部围绕着鲍勃·迪伦展开，虽偏离主题，但也是不得已而为之。孙蕾“越俎代庖”宣讲时，王萌在美编办公室监督美编设计《我逝去的岁月：美国民谣编年史》海报。

内部很快就达成一致，发行们应该昨天晚上就被丁琰说服，他们的特点是不相信编辑，但相信相信编辑的发行。王萌将海报做好后，各片区发行就去说服各自客户，三大网店和淘宝店很快将海报挂出，不到12点征订数统计完成，总共加印2万册。因为得到发行部一致支持，印制单也一路绿灯签完，12点半印务经理通知印厂开印。这应该是重塑文化史上征订、加印最迅速的一本书，当然也是印刷装订速度最快的一本书，第二天中午就开始陆续入库。

“时无英雄，使竖子成名”，时无鲍勃·迪伦之书，使写鲍勃·迪伦之书成为畅销书，《我逝去的岁月：美国民谣编年史》加印刚铺完货就卖光，之前的库存在加印之前就已售罄，刘文明大笔一挥又加印3万册。本想做旧书改造的孙蕾发现，《我逝去的岁月：美国民谣编年史》的重新发行、营销俨然就是一次旧书改造，也确实焕发出了新生命。

原来孙蕾担心不会加印，现在则有些担心新加印的3万册最终会沦为待改造的旧书。因为其他鲍勃·迪伦相关图书陆续上市，最“名正言顺”的《编年史》已经取代《我逝去的岁月：美国民谣编年史》成为各大网站首推图书。

孙蕾的最后一招是请作者做几场关于鲍勃·迪伦音乐与诗歌的讨论活动，也让营销部将作者推到各广播平台做访谈。在一系列营销活动的推波助澜下，新加印的2万册也陆续发货，销售势头依然很好。剩下的1万册则由作者五八折包销，拿到自己的欧美流行音乐社群里去试水直销。迄今为止，《我逝去的岁月：美国民谣编年史》销量高达 66888 册，贡献码洋 520 多万，出乎所有人预料。

世事真是难料，一本原本绝无可能畅销的书却因缘际会成为畅销书，一堆原本极有可能畅销的书却没有畅销，还有一些原本也极有可能畅销的书竟未能面世。

目前为止，七部共完成 3485 万多码洋，待出版图书 8 本。孙蕾估计只要能在 12 月 31 日之前出完这 8 本书，只要有一本能多卖个三四万册，或者每本都多印四五千册，就一定能完成年度码洋任务！

但更难料的世事是，旧书还不曾开始改造，旧人却被强制借调！公司发布公告，自 11 月 1 日起，孙蕾调离原岗，改任 IP 部总监。孙蕾推荐了很多从事或者有志于从事影视行业的人面试，但无论好坏都遭到否决，IP 部迟迟未能成立，董事长心急如焚，郁震情急之下推荐了孙蕾。他原以为董事长会拒绝，因为七部目前为止表现远超大多数编辑部，可他低估了董事长进军影视行业的决心和野心，董事长亲自下令人事发布公告将孙蕾调岗，筹建重塑文化 IP 部。

消息传出，一片哗然，七部三个编辑被领导“哗变”，孙蕾连知会都不知会一声就把他们抛弃了。虽然现在还有望完成任务，但把握并不是很大，赵国鑫想起了李安宁的预言：“我还记得当初李安宁说她肯定会认领特别高的码洋任务，说不定还会干到中途撂挑子跑人呢！我当时还不信，现在看来是真的，我们的任务不高，但有个保证书更可怕，现在果然撂挑子跑了呢，呵呵。”

王萌，尤其是张晗君虽然也觉得这个消息如五雷轰顶，但更如堕五里雾中，因为她坚决不信孙蕾会不知会一声就临阵脱逃：“孙总不可能转去 IP 部吧，不然早就去了吧。”

王萌也说：“我也觉得不可能，她不是专门回来做出版的吗？”

赵国鑫没那么容易被说服：“人是会变的，昨天不同意的事未必今天就不同意啊，公告都下来了，肯定是板上钉钉了。”

张晗君猜测道："也许是公司强行任命呢？"

赵国鑫不置可否："我觉得可能性不大，肯定得到了她的认可。"

如果是在年初，赵国鑫会对孙蕾调任暗喜，七部再次群龙无首对他来说是个好机会，但10个月工作相处下来，他发现自己根本难以胜任部门总监之职，因为无论是选题能力还是编校技能他都难以与孙蕾同日而语，现在越来越有些依靠甚至依赖孙蕾，更或者说他想再向她学习学习，为以后独当一面打好基础。没想到现在抽冷子被抛弃，所以他才愤愤然："我们部门不到一年两次成为'雾都孤儿'，呵呵。"

王萌也觉得赵国鑫对孙蕾调离应该感到高兴，起码他可以暂代总监一段时间，也是不可多得的历练，可最愤怒的恰恰是他："怎么今天你最沉不住气，都别急，等孙总一手消息。"

张晗君对公告表现得最波澜不惊，除了她相信孙蕾不会临阵脱逃，更因为经过权利争夺战，她越来越相信凡事求人不如求己，无论是在家庭中还是工作中，自立者才能立于不败之地，就算败也不会一败涂地。

张晗君的猜测是正确的，孙蕾确实是被强行任命的，连郁震这个前人事总监事先都不知道公告的发布，更何况孙蕾。看到公告后，孙蕾直奔郁震办公室，一把将门推开，大声质问郁震："郁总是要逼我辞职吗？"

一直在等孙蕾兴师问罪的郁震不动声色："你要辞职我不拦你，但也没有逼你。"

"没有逼我？连知会都不知会一声就给我调岗还不是逼我？！"

"哦，是逼你，但不是我逼你，是别人。"

"别人，公司除了你谁还有这个权力？"

"公司比我权力大的人多了去，法务、财务这些董事长的亲戚就不用说了，唐总编辑、刘文明副总权力都大过我。"

孙蕾没兴趣听他倒这些权力苦水："你说不是你逼我？"

"我刚才了解了一下，公告是董事长亲自让人事下的，我事先也没有被知会。"

孙蕾没想到是老板亲自动手，但依然认为郁震难逃干系："那也肯定跟你有关！"

郁震一副无奈的表情："最近一直没招到人，我也多次跟老板说过你很合适，可不想做影视，就想做出版，七部现在也离不开你。没想到他就给你调岗了。"

郁震也希望孙蕾筹建 IP 部，虽然是老板任命，但孙蕾也是自己网罗的人才，筹建成功自己虽非功不可没，也是功可抵过。他说孙蕾辞职不会阻拦，是深知她不会辞，因为她不会弃七部于不顾，但也知道她不会恭敬从命。郁震觉得只要孙蕾放不下七部，就能逼她就范。

"我不可能去管 IP 部，因为我根本不认可什么 IP！"

"那你是要辞职咯？"

"你明知我不会辞职！"

"那你就去建 IP 部咯？"

"我不去，我还在七部，公司不能随便调动我，劳动合同是双向的，不是卖身契！"

"我也这么觉得，可你知道吗？合同里永远有一条：完成公司交代的其他工作。筹建 IP 部就是公司交代给你的其他工作。"

"我要是拒绝呢？"

"你拒绝就是违约，公司就可以辞退你，还不用给任何赔偿。"

孙蕾不可能被几句话忽悠就范："交代的其他工作，意为本职工作之外的工作，我的本职是图书编辑。"

"你觉得拒绝了会有好果子吃吗？如果董事长知道你的理由是不放弃七部，可能立刻撤销七部。"无法反驳孙蕾的郁震选择恫吓。

孙蕾曾耳闻董事长的"雷厉风行"，也曾目睹逆龙鳞者的悲惨遭遇，心内着实一惊，却依然面不改色，继续讨价还价：“我接受这个职位不难，但有两个条件。”

“你姑妄说之，我姑妄听之。”

“第一，我不离开七部，但也不再担任七部总监，由赵国鑫担任，我从旁协助；第二，七部年底完不成任务可以辞退我，但三个编辑一个也不能辞退！”

“又玩取法其上得其中的把戏？”

“没有，说一是一，说二是二。”

“嗯——那我也有一说一，我会尽量去跟老板谈谈，但有可能得一，有可能得二，也有可能得一加一，但更有可能得二减二。”

“好的，等你消息，无论如何我得给他们一个交代。”

郁震很快给孙蕾一个交代，也只有一个交代——老板同意她协助赵国鑫处理七部的工作，但从此以后她的本职工作就是筹建、管理 IP 部。重大人事变动当然需要重要人物郑重宣布，郁震又一次召集七部所有人到自己的办公室。第二次来的三个编辑发现郁总的办公室跟 10 个月前并无二致，唯一的区别是鱼缸里的金鱼换成了乌龟。

赵国鑫等三人进来时，早已坐等的孙蕾亲切但有些不自然地笑脸相迎，公告发布后这还是他们第一次见到孙蕾。郁震招呼他们坐下后追忆往昔：“10 个月前，你们在这里签了保证书，恍如昨日；如今孙总要履新为 IP 部总监，这是董事长直接任命的，不是我，更不是你们孙总主动要求的，我首先要澄清一下。”

他停顿等赵国鑫三人回应，等到的是一片死寂，就打破了自己制造的沉默：“我并不想这样做，我向董事长建议由孙总兼管 IP 部，部门筹备完毕后视需要再决定她留任何职，但董事长坚决不同意，所以现在的情况是七部不会撤销。”

“那我们的保证书呢？”张晗君忍不住插嘴问。

“当然也不会撤销。不过你们不必慌张，孙总虽然不再担任七部总监，还会协助新总监工作，七部跟以前不会有区别。”

赵国鑫并不相信：“总监都换了，怎么不会有区别？”

“因为新总监就是你。”半天一言未发的孙蕾认真严肃地说道。

“我？”赵国鑫不敢相信孙蕾，看向郁震。张晗君和王萌也期待着他的回答。

“是你，这是你们孙总接受任命的条件，董事长也同意了，但现在是口头协议，暂时不会发布公告。以后会不会正式任命取决于七部码洋完成情况。”

赵国鑫的心情在一分钟内坐了两次过山车，一次是自己成为七部新总监，一次是正式任命取决于码洋完成情况，他喜的自然是非正式升职，忧的是可能最多喜两个月。

目前他当然是喜不自胜，但又假意谦虚：“我，我难当大任啊，还是让张晗君或者王萌担当吧，他们的任务完成得都比我好，尤其是张晗君。”

“谁当总监要考核方方面面的能力，不只是任务完成情况，你资历最深，经验最多，目前最合适，况且董事长已经同意了，现在再换人也不合适，就这么定了。”郁震用不容反驳的语气说，“如果你们没其他事的话，我还有其他事要处理，请回吧。”

靴子落地，尘埃落定，七部虽然经历人事变动，但本质上并无太大变化，孙蕾随他们回七部后又说：“事情变成这样完全出乎我的预料。我一直不愿意离开七部，这你们是知道的。当然现在我也不算离开七部，只是就无法把重心全部放在这边的工作上了，以后就靠你们大家了。”

“孙总办公室不换吧，我们有问题可以随时向您请教吧？”张晗君问。

这其实也是赵国鑫最关心的问题，他不能问，但更迫切想得到孙蕾的回答：“办公室要搬到三楼，以后那儿就是赵国鑫的地盘了。”

赵国鑫连忙说：“孙总千万别这么说，我们随时欢迎您回七部。”突然意识到孙蕾要到11月才调任，自己的话却显得如此迫不及待，他赶紧改口，“您永远是七部总监，永远是我们的依靠。”

孙蕾明白赵国鑫的心理变化，但也没理会他的马屁，她更担心的是赵国鑫并不能顺利完成任务，导致其他人被辞退，之所以让他暂理七部也是不得已而矮子里拔将军。她当然希望自己能够尽快回来，但别人希不希望她回来就不得而知了。

二十 To be or not to be，that is the question

随着竞选投票日越来越近，美国大选的新闻也越来越受关注，《我逝去的岁月：美国民谣编年史》的责任编辑越来越觉得《美国总统是如何选出来的》也有因缘际会成为畅销书的可能，进而觉得自己也有完成码洋任务的可能。

10月19日，特朗普和希拉里第三次电视辩论举世瞩目，《美国总统是如何选出来的》也沾光受到一定注目。次日，从三大网店销售数据来看，电视辩论确实起到一定的推动作用，但远小于预期，库存尚未消化，无法提请加印。好在大选将持续到11月8日，半个多月的时间宣传发行，依然有畅销可能。

虽然《美国总统是如何选出来的》评级不高，但征订较好，在发行部的要求下，营销部也破格进行了比较多的推广活动。此外，营销部大力推广本书是因为他们觉得与热点新闻有关的图书有引爆点，利于他们完成营销业绩。

但热点新闻过热则犹如不及，虽然大选有利于营销，但因铺天盖地全是大选，以致一本关于美国大选的小书无论如何营销都“泯然”众新闻中。

王萌泯然的书不独《美国总统是如何选出来的》，还有《竟无言以对的人生真相》。他对此书期待高除了他是本书策划编辑和编者外，还因为出版此书的公司是业内所谓的“黄埔军校”之一，编辑发行在该公司工作就像镀金，想去其他图书公司基本不用面试。“黄埔军校”的编辑发行营销都非常强，以致王萌以为他的书至少也能卖3万册，不料10月下旬上市后本书很快就淹没群书中。如今也有比较多市场经验的王萌根据网店销售数据估计，《竟无言以对的人生真相》加印的可能性非常小，基本只能卖个首印数。两个自主策划的选题都没能激起涟漪，令他有些失望，甚至自我怀疑。《美国总统是如何选出来的》更是熄灭了他刚刚燃起的完成任务的希望。

为做好旧书改造，为使旧书多印刷几本，为“帮”孙蕾做好善后工作，七部全员比以前更加群策群力，每一本书都会一起讨论书名和策划方向。每本书的责编也都做好充分的准备，大量购买和学习同类成功图书。以《祖先的庇荫》为例，王萌不仅买了《江村经济》《礼物的流行》《林村的故事》，还买了更接近《祖先的庇荫》的同类书《天真的人类学家》《努尔人：对尼罗河畔一个人群的生活方式和政治制度的描述》《安达曼岛人》《西太平洋的航海者》和《斯瓦特巴坦人的政治过程：一个社会人类学研究的范例》，没买最经典也是最畅销的《忧郁的热带》是因为孙蕾有两个版本的此书。

王萌不是实体书拥趸，以上图书也大都能买到或下载到电子书，但作为编辑，了解同类书了解的不只是内容，还有装帧设计、开本用纸，所以最好还是买实体书参考，分析优劣，取长补短，因为并不是所有同类书都畅销，而且也并不是畅销书就没有可以避免的缺点。

《祖先的庇荫》在人类学著作中的地位不亚于《忧郁的热带》，但因名字过于中式，又没有副书名补充，让人误以为是《江村经济》《礼物的流动》等研究中国人的人类学著作。书名错位导致潜在受众找不到，偶遇者并非受众，最终只卖出 3000 多册，积压库存 5000 册。

经过多次开会讨论分析，《祖先的庇荫》最终改造为《寻找真实的人类：先人庇荫与文明入侵下的非洲部落变迁》，封面设计、封面文案、内容简介和编辑推荐也都在参考同类畅销书的基础上向大众通俗读物靠拢。

《寻找真实的人类：先人庇荫与文明入侵下的非洲部落变迁》排版后，王萌接手张晗君的《西方绘画赏析》。张晗君编校时发现自己没有基本美术常识，恐难胜任，而王萌有一定的美术基础，张晗君就主动将这个选题转给他。当然她的选题并没有少，因为赵国鑫将《我的职场不慌张》转给了她。赵国鑫的选题也没有少，因为孙蕾在他们改造旧书时成功通过了本年度最后一个选题——《哲学的问答：从苏格拉底到爱因斯坦的40堂人生课》。

赵国鑫的旧书不像《寻找真实的人类：先人庇荫与文明入侵下的非洲部落变迁》那么麻烦，《我们时代的神经症人格》是美国心理学家和精神病学家卡伦·霍妮的代表作，因是公版，市面上有无数同名版本，最大的困难是如何做出差异性。一本经典著作要做差异性只有两种办法，一是保持原来主题，推陈出新；二是改变原来主题，变陈为新。

大多数公版书编辑采取第一种做法，因为公版书已有既定主题，容易操作，也容易被接受，缺点是因版本众多很难脱颖而出。大多数公版书编辑不会变陈为新，因为改变原书主题会使读者不接受，虽然也有可能剑走偏锋成为畅销书。

读完《我们时代的神经症人格》，赵国鑫决定将书名改为《我们时代的焦虑》，但遭到一致反对，孙蕾等人对旧书改造持第一种观点，他们觉得赵国鑫的做法错误有二：从编辑操守来看，突破了尊重文稿主题的职业道德；从市场来看，过于大胆，有可能剑走偏锋，但更可能过犹不及。

孙蕾首先提出反对意见："我们改造旧书的目的是唤起新的生命力，是老树发新枝，不是苹果树上嫁接梨。你们都吃过苹果梨吧，苹果不苹果，梨不梨，难吃得要命，后来就消失了。"

即将上任的新总监赵国鑫并不同意："首先，我不是在苹果树上嫁接梨，不是搞一个非苹果非梨的苹果梨，而是把苹果直接变成梨。"

张晗君问："苹果直接变成梨？"

"是，因为这本书很大的篇幅是在讲焦虑，焦虑是当下的一个热门话题，包括我自己在内的很多人都非常焦虑。"

王萌说："确实有很多人非常焦虑，我最近也很焦虑，可是焦虑并不是这本书的主体内容，有的版本翻译成《我们时代的病态人格》。"

赵国鑫接过话茬："说到本书《我们时代的神经症人格》以外的译名，还有的译为《焦虑的现代人》呢。这不正好说明，我改的名字是正确的吗？"

孙蕾本想发表意见，看到张晗君在玩手机，就故意问她："晗君你觉得呢？"

张晗君连忙说："这本书我不了解，只看过简介目录。我开始也觉得赵国鑫改的名字不太好。"

"开始？那现在呢？"

"现在，我刚才手机查了一下，觉得他改的名字部分正确。"

"为什么是部分正确？"

"因为这本书的英文原名是 The Neurotic Personality of Our Time，Neurotic 一词的义项包括：神经质的；神经过敏的；神经官能症的；极为焦虑的。所以直译应该是《我们时代的焦虑性人格》，因此部分正确。"

赵国鑫解释说："我觉得只要名字带'人格'二字，书就有一种学术味，不是大众通俗读物。删掉'人格'，也比较容易让人觉得是阿兰·德波顿《身份的焦虑》的同类书，也许能多卖点呢！"

即将卸任的总监孙蕾明白赵国鑫想通过此事证明自己堪当此任，就以退为进："你是责编，你最了解内容。我不赞同大刀阔斧地改造，但也尊重你的做法。"

赵国鑫说："但是？"

"但是书名太宽泛，不如改成《我们时代的精神焦虑》，明确是内心、精神上的焦虑，你觉得呢？"

赵国鑫半拍马屁半由衷地说："'精神'二字加得好，一下子就定义了这是一本探讨个人精神状态的书，不是一本泛泛概括时代的书。因为时代容易变迁，但无论何时，人的精神状态相似，所以我同意改为《我们时代的精神焦虑》。你们觉得呢？"

王萌戏谑道："我从精神上支持你加上'精神'二字。"

张晗君戏谑王萌："那我从精神上支持王萌对你的'支持'二字。"

孙蕾笑着打断他们的戏谑："那这本书定了，我们继续，下一本讨论什么？"

赵国鑫说："继续讨论我的《七堂经济学课》吧？"

张晗君说："不行，你们每人讨论完一本了，我还一本都没开始改造呢！所以我要求讨论《伍尔夫读书随笔》或者《我的职场不慌张》。"

《伍尔夫读书随笔》没讨论多久就确定改造方向，因为这本书有例可循，对标了长销又畅销的《如何阅读一本书》，改名为《如何阅读一部经典》；之后又继续讨论王萌的《西方绘画赏析》，这本书也很快确定改造方向，对标近年畅销书《如何看一幅画》，改为《如何读懂一幅西方画》。在讨论《伍尔夫读书随笔》时，王萌又灵光一现，提出顺便做一本《毛姆读书随笔》，但因为没有现成稿子，只好留作明年的选题储备，如果七部明年还存在的话。

赵国鑫的《七堂经济学课》依然不好改造，争论很久都没得出结论。赵国鑫提议对标薛兆丰的《经济学通识》，但孙蕾认为这本书再版能有销量完全是因为"逻辑思维"，不可复制，无法借鉴。王萌提议对标亨利・黑兹利特《一课经济学》，但说完立刻自我否定，因为名字本就很像，证明初版借鉴失败。赵国鑫还想对标保罗・海恩的《经济学的思维方式》或者 N. 格里高利・曼昆的《经济学原理》，但本书显然非教科书，对标《魔鬼经济学》《牛奶可乐经济学》也完全被否定，赵国鑫更没说自己还曾想要改成《你一定爱读的极简经济学》。最终孙蕾做出一个超出他们思维定式的决定，将其改名为《从壹开始读懂经济学》。

赵国鑫觉得这个名字会让人误以为本书是攒稿，强烈反对。所谓攒稿是指编辑根据一个主题，摘抄别人的文章或者图书内容拼凑成书出版。图书市场刚发展起来时，市面上充斥着大量此类拼凑之作。如今虽然不多，但并未绝迹，各色大全集就是代表，一些名字为《从零开始 ×××》《一本书读懂 ×××》《不可不知的 ××× 个 ××× 常识》也是，读者难以分辨，编辑一看便知。

赵国鑫反对的另一个理由是定位不准确。

孙蕾问："定位怎么不准确了？"

“这个书名太 low，我们这本书的作者是真正的经济学家，不是攒稿子的阿猫阿狗。”

“作者确实是近年来比较有名的青年经济学者，但我不觉得这个名字定位不准确。”

“你不觉得这个名字，让这本书看起来像是攒的吗？”

“像，特别像，名字就是要模仿《从零开始读懂经济学》。”

孙蕾突然变得这么没节操让所有人大跌眼镜，大家吃惊的表情也在她的意料之中：“你们觉得书名借鉴这种书不好？那是因为你们只看到标，没看到本。”

赵国鑫突然大声说：“何为标，何为本？如果我是读者看到标——这个名字，就可能会拒绝看这本书的本——内容，不会买这本书。”

孙蕾不紧不慢地说：“标是给这本书起一个高大上的名字，本是让这本书重新焕发生机，多卖几本、几百本、几千本，甚至几万本。”

“可是如果看到名字就不想买，怎么可能多卖呢？”

“你说如果你是读者，看到这个名字就不会买这本书。但你本来就不是这本书的受众，换个高大上的名字，你就会买这本书吗？”

孙蕾一语中的，赵国鑫支支吾吾地说：“应该，我应该不会买，我是奥地利经济学派信徒，中国没有真正的奥派，所以我不看中国人写的经济学读物……”

“你会买吗？”孙蕾又问向张晗君。

“不会，我对经济学没兴趣。”

“你也不会买吧？”孙蕾反问王萌。

王萌说：“我确实不会，这本书的内容比较常识性，我看张维迎、米尔顿·弗里德曼，这种书叫什么名字都不会吸引我。”

“你们都不是本书受众。这本书是讲经济学常识的，还有什么书名比《从壹开始读懂经济学》更合适呢？”

赵国鑫还是不能接受：“我还是觉得这个书名有点儿掉价……”

孙蕾说：“我理解你的感受，我之前也这么想，但因为是从业者，我们才一眼就分辨出什么书是认真写的，什么书是拼凑的。可在读者心目中，每本书都是作者一字一句认真写的。他们不会因为名字就看低一本书，反倒会因为名字就购买，这不是我们编辑最大的心愿吗？”如此自圆其说又令人无法反驳，如果生在美国，再过三年满三十五周岁，孙蕾完全可以去竞选总统。

需要改造的旧书只剩下《我的职场不慌张》，一本非常普通的职场励志书，内容乏善可陈——也不完全是，“陈”当然有，只不过是“陈旧”的“陈”，选做这本的唯一原因是作者潘迢现在是一家互联网创业公司CEO，还是职场励志畅销书作家。

如今的职场励志书已经非常细化，有的专门讲沟通技巧，有的专门讲时间管理，有的专门讲职业规划。如此细化利于精准营销，也利于读者精准选购。

《我的职场不慌张》则大而无当，已经不再适合越来越细分的图书市场。因此花在这本书上的时间远超之前所有书，但并无结果。

从内容来看，这本书根本不值得重新包装，可从作者名气来看这本书又最值得改造。最后孙蕾决定搁置争议，把书拿回去亲自读一遍，希望在10月结束前找到一个符合当下阅读趋势的精准卖点。

10月即将结束时，孙蕾终于给《我的职场不慌张》定了新书名——《新人职场不慌张：轻松搞定第一份工作》。这个名字跟内容相对贴切，因为这本书确实是作者以及一些成功者初入职场的工作经历。虽然内容非常一般，但成功人士的菜鸟职场经历对职场菜鸟向来很有号召力，也算是一个清晰有效的卖点。

事实证明她的改造非常成功，发行非常看好这本书，客户征订数竟然有2万多册，发行要求将这本书破例升为B级重点书，并要求营销按B级书规格进行宣传。

征订2万多，首印最少也得有25000册，整个七部都沸腾了，最高兴的当然是张晗君，她算了一下，只要这本书入库，她就一定能完成个人码洋任务。赵国鑫有些后悔将这个选题转手送给他人，但也不好反悔，只能“额手称庆”。

其他编辑部得知此事后，有人佩服有人嫉妒孙蕾变废为宝的能力，也有一些不良编辑悄悄查看这本书所属部门，妄图将其抢走。可惜的是，也可以说幸运的是，这本书恰恰是无主之书——属于一个被整体裁撤的部门。

很少有编辑、发行和营销同时看好一本书，孙蕾一方面让张晗君尝试联系作者，请他做一次签售或者组织去学校做演讲，另一方面催促张晗君快马加鞭进行编辑工作，将能掌控的时间缩至最短，争取早点让这本“好书”上市。作为一个行动力超强的人，孙蕾当然也没有只坐在电脑前下指令，还亲自去找做过潘迢图书的同行了解作者，以备配合宣传。

她再一次认真核算了一下码洋，并十分保守地预估了即将出版的这几本书的码洋，得出的结果是如无意外，百分之百能完成码洋任务，所以就算自己被迫离开七部，她也不是临阵脱逃，她也守住了自己的承诺。

然而就她交接完所有工作，最后一天到七部上班时得知了一个令她无所适从的真相。一个凭策划潘迢两本书而跻身十万畅销书编辑行列的同行告诉她，潘迢涉嫌学历、履历造假，他的最高学历是东北某地级市普通大学本科生，但所有简历上都写毕业于英国 ××× 大学人力资源专业。工作经历倒只是部分造假，他的确在履历所写公司工作过，但所写职位与事实不符。比如在某 BAT 公司时，他的职位是人力资源专员，简历却写人力资源经理；后来升为人力资源经理，简历写的是升为人力资源总监；就职某网络公司时，职位是人力资源副总裁，简历写的是副总裁。据说现在他也只是所在公司六个副总裁之一，履历却赫然写为 CEO。孙蕾也问真正的 CEO 作何感想，得到的答案是 CEO 非常愿意，因为潘迢越是闹得欢越能宣传公司。

如果只是学历、履历造假并不难解决，大不了将简介改为：潘迢，人力资源管理专家，曾在 BAT 工作，现为某互联网公司总裁。从事人力资源工作多年，在人力资源管理过程中不断学习与研究现代企业人力管理和应用模式，对将欧美先进的人力资源管理理念和模式落地中国，有着非常丰富的实战经验。最致命的是书也都是花钱雇人瞎编的，理论性内容全抄自网络或书本，实例则大半虚构。一个学历、履历造假的人出了一本抄袭拼凑的新人初入职业指导书。所有人抱着极大期望、能帮助部门完成将近一百万码洋的书竟是本伪书。

孙蕾再次合计目前已完成码洋、预估目前在做书的码洋，如果拒绝出这本书，除非有意外之喜，否则七部绝对完不成任务。从个人职业道德来看，孙蕾绝不允许这本书出版，但完不成任务的后果要别人承担，而且是她将别人逼上“贼船”的，自己却即将安全登陆，所以她更不能自作主张，就最后一次召集大家讨论决定。

“耽误大家一点时间，说一件很重要的事，”孙蕾直奔主题，“《新人职场不慌张：轻松搞定第一份工作》是本伪书，我们还要不要出版？”

赵国鑫刚要说话，被张晗君抢先：“什么是伪书？”

赵国鑫抢了孙蕾的话：“简单地说，就是假造的书，作者是假的，内容也是假的。”

张晗君听得糊涂：“我们作者不是假的啊，内容也不完全是假的吧？”

孙蕾说：“确切地说，这本书是半伪书。作者真是潘迢，但学历、履历造假，内容是攒的。”

王萌说：“那我觉得还是不要出了吧？”

赵国鑫反驳：“如果这本书不出，我们会少一百多万码洋，任务铁定完不成啊！”

孙蕾问张晗君：“你是这本书的责任编辑，你觉得要不要出版？”

张晗君不知如何是好：“我不知道啊！如果真像你们说的那样是伪书，那我觉得不应该出，可如果不出，我们的任务就又完不成了。”

孙蕾说：“职业道德上说，我个人认为我们不应该做这种书，虽然这种书有人在出，而且是大有人在。但考虑到现实，不出确实完不成码洋任务。”

赵国鑫说：“谁都可以唱高调，但在现实面前道德有时真不值一提，我向一百万码洋屈服，我觉得应该出版。”

王萌说：“为什么遵守职业道德就是唱高调？不出伪书难道不是做编辑的基本原则？”

赵国鑫显然不赞同，但也无意争执：“原则当然要遵守，但也要考虑现实。现实情况是，《直面死亡：一个癌症医生的抗癌手记》可能本月都返不了稿——”说到这里他看了孙蕾一眼，“忘了跟蕾总汇报了，作者家属说医院院长得知作者写了这样一本书后，非常重视，要亲自看一遍稿子，所以月底很可能返不了稿，那 12 月就出版不了。”

真是祸不单行，孙蕾对这本书抱有比较大的期望。如果这本书能及时出版，征订时多跟发行吹嘘吹嘘，再争取营销机动基金多推广推广，很快就会加印，即使不出版这本半伪书，也有完成码洋任务的万分之一可能。

“如果这本书不能按时出版，我们就又会少 140 万码洋，无论如何完不成。”

张晗君怯怯地说：“我有个想法不知道该不该说……”

孙蕾看了她一眼，不觉得她能有什么好想法：“该不该说你都说吧。”

“我们可以不写上自己的名字吧，这样就没有读者知道这本书是我们出的了吧？”

这个“好主意”把所有人逗笑了，孙蕾白了她一眼：“你这是鸵鸟心态，读者从来不在乎书是哪个编辑做的，甚至有的不知道编辑的存在。这都不重要，重要的是，即使不写名字，我们自己也知道啊。”

所有人都沉默不语，王萌突然把笔一摔：“反正如果是我，绝对不会出版这本书，完不成任务就完不成呗，大不了被辞退，又不是找不到工作。”

赵国鑫说：“你说得很对，工作不难找，问题是我们不能现在就撂挑子。完不成任务全滚蛋你不在乎，其他人呢？别人未必像你一样不在乎，别人未必像你一样觉得被辞退无所谓。”

张晗君虽然没有说话，但点头赞同，她确实很在乎，确实不能完不成任务。

孙蕾说："不要吵，我们是要解决问题，不是'争长短，论是非'。"

新总监赵国鑫发话："当然，我不是策划编辑，也不是责任编辑，没资格做决定。"

张晗君既想完成任务，取得人生自主权，又不想实现理想却成伪书编辑："我不知道该怎么办！出了这本书部门任务也有可能完不成，但我个人任务能完成。自私一点说，我个人能完成任务可能比部门完成更重要，因为如果我完不成任务，这辈子就不能做编辑了。这是我跟我爸妈的约定，孙总是知道的。"

孙蕾点点头，又问："所以现在你要做出一个决定。"

"可我也不想做伪书编辑啊！要不孙总你帮我决定吧，我无法做出决定！"

孙蕾感觉到三双眼睛的压力，更觉得替他人做决定非自己所好与所长："不行，事关重大，你必须自己做决定。"

张晗君沉默了漫长的几秒钟问后："一本书从下厂到入库要多久？"

孙蕾明白她是不想马上做决定："单色书最多 10 天。"

"要不我们到 12 月 15 号再决定？"

虽然孙蕾希望张晗君按自己意愿拒绝做伪书，但更不希望张晗君因完不成任务而抗争失败，将人生交付给父母。她同时也觉得自己固然不希望张晗君将人生交付给父母，也不希望自己的价值观左右张晗君的决定。否则她岂不是成了张晗君的"再生父母"？

张晗君的不选择对孙蕾来说是最好的选择，因为只要到明天做不做伪书都不再与她相关，所以她答了一句"如此甚好"，结束了在七部的最后一天工作。

二十一　To be or not to be，that is not a question

11 月孙蕾开始新工作，她的主要工作是面试新员工、筛选影视版权在重塑文化最值得包装出售的 IP。果然行家一出手就知有没有，仅仅半个月的时间，她就招到两个得力编辑，在熟悉公司全部图书的张让的协助下，筛选出一批合格的 IP，并亲自做好策划案，开始向各大影视公司兜售。郁震相当满意，加油添醋地汇报后，董事长非常满意，又命人事下公告将孙蕾擢升为主编。开始时孙蕾还放心不下七部，但后来发现七部运转正常，加之自己也迅速忙得如陀螺飞转，也就无暇他顾。

七部最重要的工作是尽快将改造书做完，因为越早做完越有可能加印，赵国鑫的《哲学的问答：从苏格拉底到爱因斯坦的 40 堂人生课》当然也最好在月底前就上市。好在因为买的台版译文，可以迅速进入编校流程。王萌的《美国总统是如何选出来的》在大选全民投票日一周前终于加印 4000 册，但大选结束后就绝无加印可能了。因为作者预测入主白宫的是希拉里・克林顿，结果特朗普以压倒性优势当选。

这本书在营销时除了标榜是第一本讲述美国总统大选常识的书，让读者不仅能看到大选的热闹，更能看懂门道，还突出宣传作者的预测结果。但选举结果与预测结果相反大大降低了作者的权威性和本书的可信度，瞬间无人购买。王萌彻底死心，任务绝对无望完成。《塞耳彭自然史》封面已经做好，出版社依然没有返稿，反馈一直是在审读。

赵国鑫现在急得像热锅上的蚂蚁，试图从加印上下功夫，但无功而返。找团购、找直销、找包销、找微店合作全都失败，不是折扣太低公司发行不同意，就是合作方要求做定制版，发行以还有库存为由拒绝。不同意定制的根本原因是编辑找的包销、直销销量不会计入发行工作量，所以他们非但不会帮忙还会阻挠，因为他们觉得这些直销、包销的客户是他们的潜在客户。道理编辑都明白，但也无法反驳，加之消化库存的重要性仅次于回款，制造库存的编辑们理亏认输。他现在明白孙蕾不愿意求发行帮忙并非不愿而是早知无用。徒劳无功的赵国鑫回到编辑唯一能把控的地方——选题入手，依然一无所获。

越急越忙越容易出乱子，赵国鑫才任总监不足一个月就出现了一个重大工作失误——丢掉一个选题。孙蕾押张晗君去自己家住的那天出差签的选题作者竟出人意料地完稿了，更出人意料地被周未横空拦截！

虽然张晗君与周未和好，但未能如初，加之两人各自忙于工作，这种情谊未能再维持下去。也许人与人之间的感情就是如今敏所言：“人际关系不是勉强维持下去的，时不时会有需要的人出现，有亲密无间的时候，也有不得不分道扬镳的某一天。”

两人虽未分道扬镳，可也不再互通有无。偶尔看到周未的朋友圈时张晗君总想起《十八春》里一个不适合形容他们之间的关系，但很适合形容他们之间关系现状的句子：“世钧，我们回不去了。”久之张晗君也就释然，但没想到再次与周未联络却是七部又被他摆了一道后。

张晗君旁听新书宣讲会时感觉周未的一个选题很面熟，但又记不起何时见过。会后她隐约记起与孙蕾有关，询问方知就是她寄居时孙蕾签的那个选题。当时七部只签了报价单，付了预付，后因不知作者何时写完，就迟迟没签合同。周未某次去法务部查询合同，法务繁忙让他自己找，他发现这个报价单后偷偷联系作者代理，瞒天过海将合同签在了二部名下。为防止孙蕾再次夺回选题，他和部门总监一直严格保密，直到新书宣讲才东窗事发。原本只要有七部编辑宣讲，周未就避而不去，可无人宣讲不代表无人参加。

原本孙蕾觉得赵国鑫管理下的七部运转正常，不再需要自己协助，也不想让他觉得自己是太上皇，可此事一出，又是自己的选题，她不得不“摄政”，率赵国鑫、张晗君亲征二部。

二部总监栾志武和周末好整以暇地在办公室迎接七部一行人：“孙总，不对，应该是孙主编、赵总以及编辑大拿张晗君老师，三位稀客大驾光临有何指教啊？”

栾志武明知故问，孙蕾轻蔑一笑：“指教不敢当，倒是想请教一下栾总如何抢同事的选题。”

毕竟做贼心虚，栾志武脸白了半秒：“话不要说得这么难听，不是抢，周末以为你们不要了，觉得可惜，就替你们签了。”

“替我们签了？也是替我们做的吗？”赵国鑫质问。

“看你们太忙，我们就把书做了。既然付出了劳动，这就是我们的选题了。”

“但算我们的码洋，师哥？”张晗君瞪着眼问周末。

毕竟做贼心虚，周末的脸红了一秒，但他没有说话，栾志武替他回答：“选题算我们的，码洋也算我们的，合同是我签的，白纸黑字。”

“你闭嘴！我问我师哥，没有问你！”张晗君不知哪来的胆量，冲着栾志武大喊。

竟然让他“闭嘴”，栾志武目瞪口呆，感觉受到极大的侮辱，指着张晗君的鼻子怒骂：“你他妈让谁闭嘴？你他妈就一个小编辑竟然对总监这样说话，你什么态度？你给我道歉！”

“你他妈就应该闭嘴，没人需要给你他妈道歉，别人说话不要插嘴的道理你他妈不懂吗？”孙蕾笑眯眯地看着栾志武，温和地说出一串“他妈的”，“官大一级压死人是吧？你是总监是吧？我比你级别高吧，我叫你闭嘴，可以吧？！”

以彼之道还施彼身，以同样多的“他妈的”还之“他妈的”，栾志武确实无话可说，但并没有闭嘴：“总之一句话，选题签在我们部门，书是我们部门做的，码洋就归我们部门所有。”

无法继续沟通，孙蕾打算向上级反映，就示意七部编辑离开。张晗君依然瞪着周未不动，赵国鑫拉她走时，她说了一句：“师哥，你的存在，真是极大地丰富了物种种类啊！”

这是孙蕾履新后第一次来到七部。赵国鑫垂头丧气：“难道就这么算了？”

“如果不是张晗君去听宣讲，你是不是到现在都不知道自己弄丢了一个选题，而且这个选题能帮七部完成任务？！”孙蕾越说声音越大，最后几乎是在吼他。

“我弄丢的？我弄丢的？我根本不知道我们有这个选题！你根本就没交接给我！”

“没交接给你？我没嘱咐你去法务查一下所有出版合同吗？”

“查合同就算是交接选题？查了有什么用？你根本就没签合同！”

“早查早发现就不会是现在这个结果！”

“就算你交接后，我第二天就查，也晚了，这个合同是9月签的！”

“如果早点知道，还能在作者交稿前抢过来，现在生米煮成熟饭了，一切都晚了！”

“如果你在作者交稿前就签合同，也不至于会被人抢走！”

“这还成我的错了？”孙蕾被赵国鑫的讥讽气得浑身发抖。

“难不成是我的错？”赵国鑫继续反击。

看到两人吵得不可开交，张晗君又一次大喊：“别吵了，不是你们的错，是我的错！是周未的错！我去找他算账！”说完她走出办公室，砰地关上门，气冲冲奔向二部所在楼层。

张晗君非常自责，觉得这一切都源于周未抢《漫长的挽歌》，自己则是向周未“通风报信”者，即使周未“梅开二度”与自己全不相干。她无比痛苦又无能为力，以致愤怒，以致第一次不顾场合、对象失态喊叫。

她一把推开二部的办公室，当着四五个编辑的面质问周未：“你为什么偏偏抢我们的选题？为什么？！”

周末没说话，边上一个男编辑哼了一声：“你们的选题？只要没签合同就不是你们的。再说了，所有的选题都是公司的，谁做都一样！”男编辑说得不无道理，但偷换了概念，所有选题都是公司的，但也是每个编辑部的、每个编辑的，不然他们为何抢来签在自己部门？

张晗君没有搭理他，继续问周末：“为什么啊，师哥？”

“对不起，这是我的本性，可以了吗？”

“本性？你的本性就是鸡鸣狗盗？”

“是啊，我就是个偷鸡摸狗的货色，我现在很忙，请不要打扰我们工作。”

“好啊，不打扰你替我们做书了！”张晗君加重“替”字的语气，说完砰地摔门而去。

“对不起，这是我的本性”，周末这句话冷冷地打在脸上，张晗君想起蝎子与青蛙的故事：不会水的蝎子求青蛙背它过河，青蛙怕它蜇自己拒绝，蝎子承诺不会蜇它，青蛙同意，到河中央时蝎子还是蜇了青蛙，临死前青蛙问蝎子为什么，蝎子回答“对不起，这是我的本性”。张晗君不愿意相信这是周末的本性，但不管信不信，她都相信自己与周末之间的情谊到此结束，当初她给周末第二次机会时万万没想到周末回赠的是第二次抢七部选题的行为，而且这再次进击没有被孙蕾阻击。

孙蕾确实没阻击得了，就在张晗君得到周末“本性”的答复时，孙蕾在郁震的办公室得到“爱莫能助”的答复：“这个事确实很恶劣，赵国鑫也找过我了，但我现在没法帮你。因为对董事长来说，谁做都是做，对他没什么影响。”

“怎么会没有影响呢？他不是天天鼓吹企业文化是公平、公正吗？这事儿一点都不公正，不应该纠正吗？”

郁震白了她一眼：“我有时候分不清你是真单纯，还是以单纯为幌子达到目的，你工作也这么多年了，见过一个老板践行企业文化吗？”

孙蕾沉默不语，所见位高权重者几近无一不忙着立牌坊的同时忙着干肮脏勾当：“郁总就眼睁睁看着七部解散，对你也影响不好吧，毕竟也是你要求我们立的军令状。”

“唉，我可能看不到七部解散了。”

“看不到？什么意思？！”孙蕾大吃一惊。

“我被主动辞职了。”郁震苦笑。

“被主动，什么意思？”孙蕾完全不解。

“就是董事长让我主动提出辞职。”

“这，这是为什么啊？”

“因为我没有达到他的预期，他对我很失望。”

孙蕾不知如何回答，郁震继续说：“所以我现在说话不好使，帮不了你和七部。”

“那我还有一个不情之请，让我回七部。”

“你回去就能保住七部？你回去赵国鑫往哪儿搁？升一个人的职容易，降可没那么容易啊。”

“以现在的情况，他也升不了几天了。”

“那我也不能让你回去啊，你把 IP 部建起来是我不用签竞业协议的条件啊。”郁震说。

“董事长为什么对你不满意？”

“也没什么，就是出版理念不合。”

理念不合是个万金油借口，但在郁震这里是真正的理由，因为他确实与重塑文化老板有重大分歧。

图书行业从不缺少有出版理念的理想者，但都没有践行机会。郁震接手重塑文化后，立刻着手实践自己的理念。他认为出版已经到了细分市场的时代，眉毛胡子一把抓的图书公司最终会因欠缺深耕细作而丢了眉毛，抓不住胡子。上任之初他曾召集编辑中心主编开会，要求他们细化品类，确定各中心大致出版方向，还要求各编辑中心将码洋考核真正实施起来，每个编辑部、每个编辑都要签任务责任书，不能再吃大锅饭。可各编辑中心眉毛胡子一把抓住又抓不住是个积重难返的问题，不可能一下子拨乱反正。至于不再吃大锅饭，更是遭到大多数人反对。各编辑中心主编本就不服他这种业内外行，所以一致听其言，不奉其命。

郁震也无可奈何，因为他无法直接插手编辑部工作，就无法从出版的根源——编辑入手。暂代第二编辑中心主编后，他才有机会发起二次革命，但遭到其他中心阻挠，最后只好退而求其次，只对孙蕾部门实行真正的码洋考核，同时新成立一个直属部进行市场细化出版。只有两个部门进行“斯坦福实验”，不会伤筋动骨，公司上下也乐观其行，更乐见其败，倒也无人反对。

如果郁震实验成功，一直不服他并觊觎他的职位的人，可能会服他并觊觎他的职位。但现在七部任务铁定难以完成，梁玉紫任总监的直属部图书销量无一本过万。郁震两个实验全都失败，给反对派口实与铁证。不服他的人不再只是觊觎其职，而是设法拉他下马，至于自己能不能取而代之，等下一步棋时再显神通。

沉默良久，郁震跟孙蕾说：“你好好管理 IP 部，没准以后能取代取代我的人呢。”

“覆巢之下无完卵，你走了，我们也不会完好的。”

“你请回吧，我要忙了。我原下属、现人事总监催我抓紧交辞职信呢，12 月中旬前必须办理完离职手续。”

两人相对无言，孙蕾本不会安慰人，郁震也不需要，她悻悻回到办公室，迅速忙碌起来，企图用工作将这两件自己不能左右的事驱散。

11 月底计算码洋时，七部竟然只有《从壹开始读懂经济学》一本书入库，首印数只有 12088 册，定价 39.80，码洋为 481102.4。赵国鑫虽然跟孙蕾吵了一架，虽然选题丢了责任不全在他，但也十分沮丧，但依然强打精神鼓励王萌和张晗君不要放弃，还有一个月的时间，尚可垂死挣扎，还有万一之可能完成任务。

12 月虽然 31 天，但对编辑来说只有前 20 天可用。因为重塑文化码洋计算以图书入库为准。一本书从印刷到入库大概需要 7 天时间，这还得是一本普通工艺、普通用纸、白纸黑字印刷的书。如果四色印刷，工艺复杂、用纸特殊，可能单单印刷就需要十来天，到入库时已是明年。

《我们时代的精神焦虑》1 号下厂，首印 15088 册，定价 39.80 元，码洋 600502.4。《寻找真实的人类：先人庇荫与文明入侵下的非洲部落变迁》5 号下厂，首印 12088 册，定价 45 元，码洋 543960。《哲学的问答：从苏格拉底到爱因斯坦的 40 堂人生课》原来想做双色印刷，首印 15088 册很快入库，定价 48 元，码洋 724224。

王萌算了一下个人码洋，感觉完成无望，但他知道张晗君只要再完成 60 万码洋就可以完成个人任务。《如何读懂一幅西方画》定价 49.80 元，首印 15088 册，码洋超过 75 万。王萌觉得这些码洋对自己来说于事无补，对张晗君来说却是“行百里者半于九十”的十，主动提出把这本书再还给她。张晗君一再拒绝，她不想掠人之美，更不想剥夺王萌的机会，哪怕只有万分之一。

张晗君不想掠人之美的另一原因是，她在等待《塞耳彭自然史》返稿，这本书虽是公版，但更是博物类名著，且版本较少，征订还不错，多达 15000 册。在等出版社返稿时，孙蕾又私下里大力帮她跟丁琰推销，叮叮网加货 3000 册。首印 18088 册，定价 48，码洋 864000，只要年前入库，张晗君一定能完成任务。但一直到上旬结束，出版社仍未返稿。

《如何读懂一幅西方画》交付印刷文件前，王萌再次劝张晗君：“我肯定完不成了，何必一起死呢？”

“完不成多完成一点也好看点吧。”

“好看有什么用？你就拿去！”

“四色书太费劲了，你付出这么多劳动，我不能予取予求啊。”

“是我转赠你的，不是你夺的，别废话了，我把印制单发你，责编名字我都改好了。”

“不行不行，我坚决不能接受。”

“你跟我不一样，我完不成码洋顶多被辞，你完不成码洋，以后就没法做编辑了。”

张晗君被王萌说动，可依旧不想掠取他人劳动果实：“不行，这样还是不好。”

“你要会变通，就当是你欠我的吧，以后我写书你给我出。”

张晗君在王萌的台阶上顺利就坡下驴：“好，那就一言为定，你写我出！”

但他们的如意算盘并未能顺利如愿。《如何读懂一幅西方画》不是重点书，有不能按时下厂之虞。张晗君没有坐以待毙，主动去找周跃辉沟通，就算不能立刻下厂，加塞到前面，也有在 31 日之前入库的可能。第一天去要求加塞时，她被周跃辉撵了出来，第二天又去，没被撵出来，但依然没有机会，第三天“昨日重现”。此后左右无事，她打完卡后就待在印制办公室软磨硬泡。周跃辉对她的态度也由第一天的粗暴撵走到后来的爱理不理，直到现在的偶尔交谈几句，但依然不给加塞。

世上无难事，只怕有心人。这天下午刚吃完饭到印制办公室上班，张晗君听到周经理跟人打电话解释有本四色书因为图片问题，得重新做出片文件，暂停下厂。对方好像很强势，电话断断续续传出大声斥责的话语。张晗君第一次见周经理低三下四给对方赔不是，但对方还是不依不饶。隐约听到对方说纸已经调好，机子也准备好，如果不印，我们大厂一天就亏损几万，最好找本书顶上，不然亏损要平摊，说完就挂了电话。

张晗君听到是四色书，纸已调好，顿觉天赐良机，不管周经理脸色阴沉，赔笑道：“周总，这几天您真是特别忙啊。”

被大厂经理吼了一通的周经理虽然没有伸手打笑脸人，但也没有笑脸相迎：“我哪天不忙啊，天天给你们这些编辑干活也就算了，还得替你们背黑锅！刚才就是因为你们编辑图片搞错了下不了厂，印厂给我一顿骂。”

张晗君继续赔笑:“公司的书全靠您才能顺利出版,周总辛苦,周总能者多劳,虽然不多得。”

周跃辉白了她一眼,张晗君趁机说:“周总,我刚才不小心听到大厂的人跟您说找本四色书顶上。我那本书正好四色,正好可以顶上啊!”

周跃辉语气稍有缓和:“排号的四色书多得是呢!你这本首印多少?低于15000,大厂不开机!”

张晗君赶紧回答:“首印15088,尺寸是170×235,内文四色印刷,用80克胶版纸,封面用210克细格纸,封面工艺是书名烫黑、插图磨砂。”

周跃辉想了想说:“首印比那本少5000,但尺寸和用纸倒差不多,我先看看印制表。”

周跃辉调出两个印制表对比了一下,瞬间不悦:“不行,你这本书封面用细格,那本书封面用高阶映画,大厂调的纸是高阶映画。”

在封面选纸时,张晗君和孙蕾就是在上述两种纸中二选了一。她们看纸样后觉得价格差不多,但细格比较有质感,就定了细格。张晗君说:“那您等一下,我马上电话问一下孙,哦,不,赵总,看能不能改用高阶映画。”

周跃辉一听更加不悦,可能他认为这确实是个解决办法,但张晗君请示就会有变数,就打断她:“打什么打,你要么现在改纸、签字,我马上给你下厂,要么就回去排号等着!”

张晗君从没做过这么重大的决定,可现在真是“机不可失,失不再来”。想了想,她心一横接过周跃辉手中的笔将封面用纸改为“高阶映画”,用力签上“张晗君”三个字,将印制单递给周跃辉,急着回去传达捷报。

许是她忘了说声“谢谢”,周跃辉故意大声朝走出门的张晗君说:“谢谢啊!顺便说一句,大厂不是个大厂,只是名字就叫‘大厂’。”

回到办公室张晗君发现王萌不在,正纳闷时看到赵国鑫进来,准备开口时,却听他说："刚才找你半天，干什么去了啊？"

"啊，什么事啊？我刚才在印制办公室。"

"好吧，快点，我们去会议室讨论一个重要的事情。"赵国鑫扭头走向会议室，又回头补充一句，"不用拿纸笔！"

张晗君快步跟上时他已经走到会议室门口："我也有事儿要跟您说呢！"

赵国鑫边推门边说："会后再说，正事要紧。"

言外之意好像她要说的事不是正事，张晗君也不好反驳，跟着进去时发现，会议室里不仅有王萌，还有王懋平和他部门的一个编辑，与张晗君有点头之交的老编辑李旭辉。

"公司的人都知道我们那本励志书暂停了。王总给了我们一个两全其美的解决办法。"赵国鑫坐下后说。

张晗君一直对这本半伪书又在乎又厌恶，在乎的是出版它整个部门也许能完成任务，厌恶的是它是一本伪书："什么好办法？"

王懋平说："很简单，你们不出，我们出，但我们也不能白拿你们一本书，我们拿一个选题换。你们不用出这本书，还能完成更多码洋，岂不两全其美？"

确实两全其美，但张晗君不同意也没用，见目光再次聚集到自己身上，她开口问："你们拿什么书换？"

李旭辉说："我有一本《我的意大利岁月：法国厨神罗伯茨·朱尔德的美味人生》，跟《新人职场不慌张：轻松搞定第一份工作》出版进度一样，可以立刻下厂，用这本换怎么样？"

赵国鑫问："定价多少，征订多少，首印多少？"

王懋平哈哈一笑："重要人物就是会抓重点，定价48，征订15000册，首印18088，码洋86万多。你们《新人职场不慌张：轻松搞定第一份工作》虽然首印两万多，但定价才39.80元，码洋也就80万。置换后，你们不用出这本书，还能多完成6万码洋，岂不两全其美？"

赵国鑫不置可否："重要人物不敢当，要不要换也不是我一个人说了算。王总不是个愿意吃亏的人，您看中的是这本书的销量预期吧？"

王懋平被一眼看穿："哈哈，果然是明眼人，赵总一针见血。不过呢，每本书的畅销概率都是50%，我们这本《我的意大利岁月：法国厨神罗伯茨·朱尔德的美味人生》也不是没有畅销的可能啊。"

"您拿这本书跟我们换，那肯定是觉得这本书的畅销概率不如我们那本高吧？"张晗君说。

王懋平再次被戳中，也就不再掩饰："没错，我不在乎是不是伪书，只要能赚钱、能畅销就行，这是我的出版理念。你在乎，你愿意为此付出代价，这是你的出版理念。我们很佩服，所以我们互换一下，互相成全，你觉得呢？"

七部所有人沉默不语，二部老编辑说："其实今天本来没我什么事儿的，我刚来，你们可能不了解，我是潘迢这本书的策划编辑。"

赵国鑫等三人不明就里地看着他，老编辑继续说："这本书是我当年编的，现在我重回重塑，希望有机会重塑它。"原来是正主，更应该说是罪魁祸首找上门来了，但重回也依然是新来的，对这本书没有任何处理权。

现在确实有一个既不做伪书又可能完成任务的机会摆在眼前，需要七部做决定。

赵国鑫非常想换，但也得问问责编意见："这个不是我说了算，我再问一下责任编辑，晗君你觉得要不要跟他们换？"

张晗君不慌不忙："考虑码洋，我觉得可以换；考虑职业道德，我觉得不应该换，因为我的码洋任务基本完成了！"

每个人的码洋任务赵国鑫清清楚楚，张晗君明明上午还没完成，现在突然完成令他震惊不已："你上午还差不少呢，怎么现在就完成了？"

所有人都面露惊讶，张晗君羞涩又难掩得意地说："应该说是正在完成中，王萌转给我的《如何读懂一幅西方画》下厂了！"

赵国鑫一愣，轻描淡写地夸她一句："有一点厉害，那你觉得到底要不要跟王总换选题呢？"

张晗君说："最早这本书是赵总的，我把它再还给您吧。"

没想到她竟然把皮球又踢回来，赵国鑫问："那你的劳动岂不白费？"

张晗君说："白费的是王萌，不是我。"

七部以及赵国鑫个人的码洋都差很多，《直面死亡：一个癌症医生的抗癌手记》至今没有返稿，《哲学的问答：从苏格拉底到爱因斯坦的 40 堂人生课》上市表现一般，加印的可能性微乎其微。如果能拿到《我的意大利岁月：法国厨神罗伯茨·朱尔德的美味人生》，码洋任务就算完不成也会接近。而如果《直面死亡：一个癌症医生的抗癌手记》能在 31 号前入库，其他书能加印，他和整个部门都有完成任务的可能，他就有被正式任命为七部总监的可能！

诱惑摆在眼前，他没有考虑太久："换，当然要换！"

编辑部间经常转让选题，只要编辑们沟通好，公司并不阻挠，毕竟一本书在哪个部门出对公司整体并无影响。"我的意大利岁月"和"新人职场不慌张"因为都排在印制名单最前，很快下厂，部门码洋任务又完成 86 万。

一切都在朝着好的方向发展，《我的意大利岁月：法国厨神罗伯茨·朱尔德的美味人生》上市后表现竟然还不错，北上广分销商居然都要求加货。

赵国鑫决定亲自将一切大好的形势报告给孙蕾，毕竟都是她的选题，亲自告诉她出版情况也是对她的尊重，他还别有两个用心。一是借机向孙蕾道歉，二是想利用她跟张让的关系，给"我的意大利岁月"争取营销机动基金，现在这是唯一在短期内可能增加码洋的手段。

"蕾总，《我的意大利岁月：法国厨神罗伯茨·朱尔德的美味人生》市场表现还不错呢，看来换书是对的，您觉得呢？"

孙蕾漠然："销售势头可以，但换给他们跟自己出，其实差别不大。"

赵国鑫问："怎么不大？起码我们没有出伪书！"

"'我不杀伯仁，伯仁却因我而死。'我这几天在想，当初不应该逼你们签保证书的，是我太好胜了。我会提出辞职，以此为条件来争取七部不被解散。"

赵国鑫第一次见孙蕾这么感怀，不知如何应对："我们自愿签的。我觉得码洋任务虽然没有完成，但一来还有十多天，也许会发生奇迹；二来完成度远远高于其他编辑部，公司肯定不会解散我们。"

孙蕾不置可否，惨然一笑："哪有那么肯定？郁总都被辞退了更何况七部？"

"知道啊，我还听说张让张总要升任副总编辑呢！"

"哦？真的吗？那就恭喜张总了。"孙蕾不动声色。张让取代郁震虽出乎预料，但放眼整个公司，以她对张让的了解，也在情理之中。

赵国鑫察言观色，顺势提出要求："我想请您帮忙给'我的意大利岁月'争取营销机动经费，没准儿一营销，一加印，我的任务、我们部门的任务就完成了呢！"

听是此事，孙蕾本能拒绝："现在不太好争取吧，估计也没剩下多少机动经费了吧。"

"蕾总，我这一年从您身上学到不少东西，同时也发现您的一些也不能说是缺点，是不足吧，就是您有时过于保守，不太敢尝试。"

"你说得对，我是越来越保守。这不是弱点，就是缺点。"

"那您能不能改正一下，尝试一下呢？凭您和张总的特殊关系——"

孙蕾已经被说动，但听到他提起张让又变得不悦："你以为《秘密花园》呢？！营销一下就能多卖几十万上百万。你是老编辑，应该知道大多数书无论怎么营销都没用。"

赵国鑫意识到自己口不择言，忙道："我也觉得营销编辑没他们自己吹得那么神通广大，但我不觉得大多数书无论怎么营销都没用。"

意识到自己反应过激，孙蕾又说："你分析得很对，现在也确实只有加印能增加码洋，也只有营销和发行能帮我们。我会去跟营销部争取，但不能保证一定成功。”

“只要蕾总愿意尝试就行，结果当然重要，但也不由我们说了算。别的就没什么了，我就不打扰您了。”

事实证明赵国鑫是正确的，孙蕾争取到了营销机动经费。但事实也证明孙蕾是正确的，张让指定一个非常不错的营销编辑负责营销，但销量毫无起色。这本书确实加印 3000 册，但是发行部发起的，而且是在营销活动开始前就已走完审批流程。当然，这并不妨碍林舒吹嘘自己营销得力，因为她现在已经发展到不仅吹嘘自己负责的书畅销全是因为自己，还吹嘘其他人负责的书加印也是因为自己。作为资格和年龄都最老的营销编辑，每本书她都要参加营销讨论会，哪怕整个讨论过程中一言不发，也通过强大的气场传递了巨大的能量，起到无穷大的作用。

《塞耳彭自然史》终于在中旬将尽时返稿，而且奇怪的是稿子干干净净，几无编校痕迹，所有人百思不解为何出版社审读如此之久却编校如此之少。不过无论如何这是好事一件，张晗君很快做好印刷文件，送到印制部。她以为这本书得元旦后才能下厂，但没想到，周跃辉已经成功将所有排队印刷的书印完，《塞耳彭自然史》当即下厂，一周之内就可以入库。她又帮部门完成将近 89 万码洋，自己更是超额完成任务，真是喜不自胜！

目前为止，张晗君造货码洋 20927317.6，超额 92 万多；王萌造货码洋 11958828.8，还差 104 万多，手上没有在做的书，基本无望完成；赵国鑫造货码洋 6124344，还差 87 万多，手上有一本书在做，有万分之一的希望完成。七部总共完成码洋 39197356，离 4000 万还差不到 81 万。

《直面死亡：一个癌症医生的抗癌手记》定价 45 元，只要能印到 18000 册码洋就有 81 万，只要能在 31 号前入库，七部就能完成年度任务！遗憾的是，作者方依然没有返稿。赵国鑫查了查合同觉得有空子可钻，决定只要质检和出版社返稿，立刻下厂。

蒙神眷顾，稿子很快返回，出版社略有改动，质检组却意外地几乎没改，仅半个下午就改到清样状态，内文准备好印刷文件。

一切都按照计划进行，顺利得让人担心，直到封面设计出了问题才让赵国鑫又担心又放心。担心的是封面出问题可能会导致不能如期下厂，放心的是根据能量或者负能量守恒定律，封面出问题其他地方应该就不会出问题，而封面是他能把控的。

赵国鑫能把控封面，但把控不了封面设计师，他的御用设计师失联了。图书编辑和设计师的协作通常分两种：放羊式和遛狗式。放羊式就是编辑把封面基本要求和文案发给设计师后就不再过问，只等交稿；遛狗式就是编辑把封面基本要求和文案发给设计师后就一直跟踪，事无巨细都要过问，直到设计师做到自己满意后才允许交稿。当然凡事没有绝对，放羊的经常被放鸽子，遛狗的也经常被狗遛。遛狗式图书编辑赵国鑫被放了鸽子。

设计师设计了十几稿，又在赵国鑫“手把手”的指挥下改了十几稿，依然没能做到“高端大气国际化，时尚动感小清新”，大都“颜色不对字太小”，赵国鑫决定“还是用回第一稿”。

18号在第一稿上折腾到凌晨一点，赵国鑫去睡觉，让设计师继续改。三点设计师给他发了一条微信：我不打算“直面死亡”了，就让这个封面胎死腹中吧，设计费我不要了，封面我也不做了，我受够你这个暴君的折磨了，再见！P.S. 去你妈的还是用回第一稿吧！

赵国鑫看到信息差点发疯，回复时发现已被拉黑，接着发现其他即时通讯工具也被拉黑，电话也打不通。

封面设计中途换人时有发生，但改几十稿再换并不多见。一是改了几十稿肯定不是重新设计，而是在比较满意的一稿基础上修改；二是工期耗费太久，再换人来不及，也未必更加满意。

但现在情况紧急，不换不行，虽然征订用了之前的样稿，但最终还得换。原因有二：一是赵国鑫手中只有小样，没有原文件，无法做成印制文件；二是设计师没有收费，如果使用会被视为侵权。

虽然王萌劝他再等一天，但赵国鑫执意换人，他觉得时间等不起，也对被指为“暴君”不满。他找了一圈设计师，不是没兴趣就是没档期，最后孙蕾给他推荐了刚搬到成都的设计师熊猫布克。熊猫布克本也不想接，因为他更没有档期，但又因为刚当奶爸，思考起人生的意义，对这个选题产生了兴趣，就挤出一天时间，设计出一个惊艳三方——编辑、营销和发行——的封面。

22 号，封面设计好的同时，征订完成。征订数竟然达到 19000 册。原来，叮叮网和咚咚网因为《最好的告别：关于衰老与死亡，你必须知道的常识》销量不错，对此类选题比较重视，各比平时多要 3000 册，郁震签字时加到 20000 册，首印数总共为 20088 册。孙蕾觉得七部还可以抢救一下，就也暗中相助，求刘文明、丁琰，差点就去求张让。

首印 20088 册，定价 45 元，码洋 903960，到此赵国鑫共完成码洋 7028304，超额完成年度任务！七部总共完成 40101316，超额 101316 码洋！本来无望之事，大胆尝试，竟然取得成功，七部所有人无比激动，孙蕾也终于舒了一口气。

但他们并没有激动太久，因为《直面死亡：一个癌症医生的抗癌手记》并未能如期下厂。因为能量并没有守恒，至少暂时没有，“直面死亡”在下厂前一刻被总编辑叫停。原来质检组和总编室例行核对稿件送审情况时发现，“直面死亡”质检组根本没有审读完，一切质检记录、签字都是编辑赵国鑫伪造。

总编辑和总编室一起大发雷霆，对赵国鑫提出严厉批评。董事长通告全公司，给赵国鑫撤销代理总监职务、扣发一个月工资的处罚。

扣发工资并不是严重处罚，因为工资本就很低，最严重的处罚是不是处罚的处罚——质检组重新质检“直面死亡”。即使立刻开始重新质检，也需要一周时间，更何况总编辑肯定还会再审至少一天，等下厂印刷时必然已是明年。赵国鑫个人任务无望完成，部门任务无望完成。

人生最悲惨的并不是没有希望，而是在无望时得到的一线希望又被夺走。如果只是因为没有完成任务部门被解散并不丢脸，但为了完成任务而做违背职业道德之事，最终于事无补才最丢脸。

孙蕾对赵国鑫很失望，但也不能责备他，一是不在其位，二是赵国鑫想瞒天过海完成任务也是为了让她不自责。如果不是自己强迫他签保证书，不是自己没找到足够的选题、找到的选题完成的码洋不多，想必赵国鑫也不会做有违职业道德的事。

《直面死亡：一个癌症医生的抗癌手记》铁定无法计入年度码洋任务，赵国鑫一度想听之任之，但最终还是选择认真操作。因为他反省后觉得，对一个编辑来说，一本书能不能出版，远比能不能计入码洋重要。

二十二　最后一次进击

赵国鑫最后一次进击彻底失败，孙蕾发起她的最后一次进击。她直接向董事长提请辞职，条件是留下七部三个编辑。孙蕾失败得更彻底，她发了一条长长的微信，自信能说服董事长，但只得到六字回复——不同意，问张让。

既然董事长不同意，孙蕾觉得就没必要问张让。她不问张让，张让却来问她："听说你要辞职，董事长让我来劝一劝你。IP 部效益很好，公司将正式进军影视制作，他很器重你，想让你明年全面负责影视版块。"

"感谢老板的器重，可是我不能像张总您一样接受老板的器重。"

"为什么，就因为七部被解散吗？"

虽然孙蕾也认为七部毫无疑问会被解散，但依然不愿意听到别人这么说："七部还没解散，我马上就回去！"

"你回去干啥？就算七部被解散，也不是你的错啊！"

"我回去等着被辞退啊！也许不是我的错，但是因我而起。他们被辞退也是因为我。"

"他们自愿签的保证书，你又没拿枪逼他们。"

"我是没拿枪逼他们，董事长也没拿枪逼郁震，他不一样给你——"

张让清楚孙蕾没说出口的是"让位"二字，换作别人，他早已翻脸，面对孙蕾，他只能忍让："成年人做每一个决定都应该是自愿的，至少大部分是自愿。他们就算不是完全自愿，也八九不离十，你没有任何责任，以辞职为代价保他们是不理智的。"

“对你来说，无论何时，自保都是第一位的，对吧？”

“自保有错吗？”

“没错，人人都求自保，但不能只求自保，还要有担当，承担应该承担的责任。”

张让知道孙蕾言外之意说的是导致两人分手的事件。当初张让鼓动不擅长做励志书的孙蕾重金竞得一个自己看好的外版励志选题，结果策划失败、营销失误，销量奇差，张让随后跳槽，留下孙蕾处理烂摊子，后来在张让的劝说下，孙蕾也将烂摊子留给他人。自此她就总觉得自己是个不负责的逃兵，直到重回七部。

“你还在怪我当时鼓动你签那个选题？”

“你还以为我怪你鼓动我签那个选题？”

“难道这不是我们分手的原因？”

“不是，从来不是，我们分手的原因是价值观分歧太大！”

“分歧太大？人与人之间不可能没有分歧，但我不懂你说的太大是指什么。”

“你连我们的分歧是什么都不知道，难道还不够大吗？”

“我是真的不知道，你明白地告诉我，我也好死心！”

“我认为回七部是正确的选择，你觉得是错误的决定，这就是分歧点。”

“我还是不明白，求求你不要总写潜台词，给个明白痛快话可以吗？”

“刚才不是说了吗？就是你认为遇事先求自保，不管责任，但我认为责任是第一位的，其次才是自保。这分歧难道不大吗？”

“我明白了，你还是在怪我当年跳槽跑了，留下你承担责任。”

“你这么理解，我也不否认。但我当年也是没有承担到底，所以现在才要承担。”

张让半晌没说话，孙蕾也闭嘴不语，但还是她率先打破沉默：“我想求你帮我最后一个忙。”

张让现在明白他与孙蕾确实价值观相差很大，除了责任的问题，还有面对功利的选择时，他认为只要达到目的，手段可以不道德，孙蕾则会坚持道德高于功利，所以他们确实不会再有和好的可能，那就最后再为她做一件事吧："你说吧，在我能力范围之内，我一定会尽力。"

"你暂时兼管IP部，把我调回七部。"

张让知道孙蕾心意已决，多说无益，点头答应，孙蕾道谢后离开。他送她到办公室门口，看着她越走越远的背影，心想以后也许还会是同事，但也只是同事。

新晋红人张让果然一言九鼎，12月下旬，孙蕾重回第七编辑部任总监，IP部暂由张让兼任。张晗君等三人既高兴孙蕾没有抛弃七部，又不忍安全着陆的她重登沉船。

就在孙蕾回七部的第二天，发生了一件原本会发生在七部的坏事：潘迢造假被揭发，所有书被勒令下架，刚上市的《新人职场不慌张：轻松搞定第一份工作》首当其冲。前几天还在朋友圈转评赞公众号上此书摘选的董事长大怒，严厉批评了此书责任编辑和所属编辑部总监，不仅扣发了他们当月工资，还要扣发年终奖。王懋平悔不当初，也只能自认倒霉，感慨恪守职业道德有时候还是有好处的。

《庄子》曰："人皆知有用之用，而莫知无用之用。"等待被辞退的张、王、赵三人经常挖苦"有才姐"有没有才未可知，无用却尽人皆知。12月下旬的一件意外之事注解了什么是"无用之用"。

营销编辑经常会给各种各样的人寄送样书，当然希望他们能够写书评推介，但大多数人最多不过是拍个照发发微博、晒晒朋友圈，即使这样也聊胜于无，好在一本书的成本并不高。

擅长交际的"有才姐"每参与一本书的营销都能拓展人脉，参与推广《〈漫长的挽歌〉主演手记》后，庞博经纪人史麦粒自然成为她长长的样书赠送名单上的又一个名字。

《哲学的问答：从苏格拉底到爱因斯坦的40堂人生课》营销也是"有才姐"负责，她就寄了一本样书给"好闺密"史麦粒。史麦粒探班时为打发飞行时间，顺手将书塞进旅行箱带到剧组。演高智商警察的庞博正在拍一场戏，情节是他在阅读。道具组准备的书竟然是《从你的全世界路过》，导演怒斥道具组没文化，要求临时换书，遍寻整个剧组都没找到一本符合高智商人设的书，直到史麦粒拿出“哲学的问答”。

史麦粒敏锐地发现庞博捧读姿势不错，就在收工后给他摆拍了一套假装读书的照片发到微博。舔屏粉丝不仅疯狂转发，还疯狂购买偶像捧读的书。最熟悉此书内容的编辑赵国鑫推波助澜，把书中诸如“人天生具备做泥瓦匠等各种职业的素质，但不能安然地独处卧室”类看似富含哲理实则毫无道理的话，转发并评论在庞博捧书阅读的微博中，庞博为显文化水平转发他的转发。粉丝更加疯狂地购买此书，路人跟风跟进，“哲学的问答”很快断货，经销商反馈给重塑文化发行。发行见识到流量明星的流量，亲自发起一次 2 万册的加印。

当加印单走到编辑部时，孙蕾刚刚正式回七部上班，不敢相信表现一直平平的“哲学的问答”竟然要加印 2 万册。她以为是有人在搞恶作剧，再三找发行确认，发现属实后迅速计算，《哲学的问答：从苏格拉底到爱因斯坦的 40 堂人生课》定价 45 元，加印两万册，码洋是 90 万。赵国鑫拿到单子后，拍着桌子大喊：“我们的码洋任务完成了！‘哲学的问答’加印 2 万册，码洋 90 万，加起来是 40097356，超额 97356 完成全年码洋任务！”张晗君和王萌也兴奋无比。

孙蕾强忍内心喜悦，冷静指示赵国鑫：“你盯紧流程，今天务必下厂，明天去印厂盯着，三天印完，两天入库，留一天缓冲，总共七天。离元旦还有八天，胜败在此一举！”

张晗君、赵国鑫和王萌暗暗佩服孙蕾的冷静沉着，他们光顾着庆祝完成码洋，丝毫没有想到时间如此紧张，这 2 万册如果差一天入库，就无法算入今年的码洋任务。

赵国鑫在印厂盯了三天，又跟了两天车，直到 29 号下半夜，看着库管将最后一包书录入系统并按惯例发送入库邮件到公司全体员工邮箱。

至此，本年度码洋任务全部完成！

12月30日，“最后一分钟营救”成功的赵国鑫回到公司上班，亲自把白板上的码洋数字改为40097356。

成功记录在册，当天又恰巧是元旦放假前最后一个工作日，下班后孙蕾就请他们去一年前与郁震聚餐谈判的地方吃庆功宴。这一次聚餐是气氛最好的一次，每个人都十分开心，也都敞开心扉，畅所欲言，畅想未来。既然码洋任务完成，就得抓紧准备下一年的工作。孙蕾扫兴地安排起工作：赵国鑫元旦后完成《直面死亡：一个癌症医生的抗癌手记》的出版，张晗君和王萌抓紧找选题。

元旦假期间，营销部总监张让将升任副总编并兼任二中心主编的消息传遍公司，“有才姐”顺位升为营销部总监。1月2日上午，公司发布任命公告：

为适应公司战略发展需要，经董事会决议，对张让先生进行人事任命，具体公布如下：

张让，原市场总监，现任命为重塑文化副总编辑兼第二编辑中心主编，全面负责编辑中心管理事务，在公司董事会及董事长的领导下、总编辑唐棼先生的监督下，执行及监督公司各项日常事务。

同时任命丁琰为发行副总裁，主管公司发行业务，刘文明转任西北区发行总监。

以上任命决定自本通知发布之日起开始执行。

特此公告！

重塑文化

2017年1月2日

公告一出，大多数员工又像当初对郁震的任命一样公开哗然。郁震通过酷炫的PPT和过人的马屁功夫胜出，张让如何取而代之则众说纷纭。

鉴于孙蕾与张让的特殊关系，这个公告给七部畅想的明年蒙上一丝阴霾。但这丝阴霾并没有持续超过 24 小时，因为他们没有必要，更没有资格畅想明年。第七编辑部将解散，因为他们根本没有完成任务！

1 月 3 日上午，赵国鑫早早到公司准备《直面死亡：一个癌症医生的抗癌手记》下厂事宜，刚打开电脑，公司邮箱就提示收到一封邮件，他以为是版权代理公司群发的版权推荐。他已经很久没读取此类邮件，但想到现在得储备选题，决定打开看看。当他打开邮箱时才发现最新未读不是版代邮件，而是财务部发的年度码洋任务统计表。

虽然赵国鑫并不了解公司所有编辑部，但也知道公司今年造货码洋不高，但他没料到表格显示所有编辑部都没完成任务！其他部门具体情况他不清楚，但很清楚自己部门超额完成。他不敢相信自己的眼睛，又看了一遍，发现备注栏中码洋完成度为 99.74%！赵国鑫亲自计算过至少三次部门码洋，每次结果都是超额 97356 码洋。为何财务部统计竟然未完成？！

在部门微信群里发截图并说明原委后，他直奔财务室，到达时看到财务室里里外外挤满编辑，一片嘈杂，屋里还传来大声争吵。

“怎么搞的啊，我们的码洋怎么弄错了？”

“就是啊，我们部门的码洋也错了。”

“这么简单的数学问题都出错，你们还是不是财务啊！”

“是不是你们计算公式有问题，还是输错了定价啊？”

一群人七嘴八舌，闹哄哄地你刚说完我继续，看来算错的不只是七部。“人多力量大”“人多势众”“法不责众”，赵国鑫心里冒出这几个词语，稍稍放心，站在一旁听其他编辑跟财务总监争论。

财务总监无意跟他们争论：“所有编辑听着，我们元旦没放假，加班加点算了至少三遍，不会出错！全部回去等邮件，我们马上发一封邮件解释！”

上访的编辑安静下来，虽然还是不服，也都退散。赵国鑫回去后，其他人也已到公司。他们听赵国鑫复述全过程后，也只能等财务部邮件。

财务部很快就发来邮件，内容如下：

各位领导、同事好，

非常抱歉，因为财务部的疏忽令各位编辑造成误会，但财务部没有计算错码洋，也找到了与编辑自己计算的数字有偏差的原因。

从今年开始每本书首印时都多印 88 册，各位编辑在统计码洋时将这 88 册也计算在内，但这 88 册为公司营销推广用书，故不能计入码洋。

这是董事长的指示，请各位同事按此规定，每本书扣除 88 册后重新计算码洋，如果依然有误，请与财务部联系。

祝各位工作愉快，万事顺心！

财务部

2017 年 1 月 4 日

七部三个编辑立刻开始重新计算各自码洋，最终合计的结果与财务部统计数字一致，七部共完成码洋 39993340，完成度为 99.74%！赵国鑫不信 88 本书有这么大的威力，亲自把所有人的码洋计算一遍，依然是 39993340！

计算完的那一刻，他双手直抖，愤怒、失望甚至绝望一起涌来，更多的是无可奈何。孙蕾和其他人的反应虽然没有如此强烈，但也难免气愤、失望，更多的当然也是无可奈何。本以为“柳暗花明又一村”，结果是往前走了“又一寸”，任务只完成一周，又变成“未完成”。

每本书有 88 册不能计入码洋对所有编辑都有影响，其他编辑部只是码洋少了一点点，第七编辑部却会因为减少 104016 码洋而被解散。

事到如今，大家在乎的不是这份工作，在乎的是这一年慢慢滋生的情谊。他们不希望部门被解散，更多的是因为不舍得朝夕相处的同事。

张晗君抱着一丝幻想：“我们部门真会被解散吗？我看了下财务报表，呃，是财务的统计报表，我们部门任务完成度是最高的啊！”

赵国鑫叹气说：“我以前也以为保证书就是个形式，码洋完成得差不多，部门就不会解散。但现在好像不是这么回事。”

张晗君说：“公司怎么能随随便便就决定88本书不计入码洋？还样书，我们一本样书也没多给啊。既然印了就应该算码洋啊！”

王萌说：“公司就是独裁体制，成也独裁，败也独裁，老板说啥就是啥。你可以不服，但要么忍，要么滚。”

张晗君说：“不看业绩吗？我们业绩不算最好的，也是很好的，就因为少完成6660码洋就解散我们？”

赵国鑫说：“是啊，就因为少完成六千多码洋。而且我们签了保证书，好像辞退都不用补一个月工资呢！”

张晗君说：“倒也对，谁让我们签了保证书呢，愿赌服输。”

真相无言以对，众人陷入沉默时收到人事部回应：

关于第七编辑部解散和员工终止劳动合同通知

鉴于第七编辑部所有人员于2016年×月×日签署了任务保证书，经财务部统计，第七编辑部未能在期限内完成码洋任务。

现根据保证书约定解散第七编辑部，并与所有相关人员终止劳动合同。

公司将给予相关人员一个月的工资补贴。

请在1月10日前完成工作交接，办理离职手续。

重塑文化发展有限公司 人事部

2017年1月6日

七部解散原因众口不一。有人说是因为今年公司业绩不好，郁震失宠离职，所有与他的实验有关的人员都会遭到处理，可梁玉紫的部门并没有被解散，梁玉紫还调任 IP 部副总监。也有人说是张让新官上任，一定会将前任“功绩”消灭干净，顺便将前任孙蕾清理掉。还有人说七部任务完成得太好，提成是很大一笔支出，公司借保证书辞退所有人可以一分不付。结果已经注定，原因不再重要。对七部来说，最重要的是接下来的打算。仅隔一周，孙蕾又请他们吃饭。仅隔一周，吃完庆功宴又吃散伙饭。

“真有意思，我们来了三次都在这个包间。”坐下后张晗君说。

“签任务在这里，庆祝完成任务在这里，因没完成任务散伙也在这里。”赵国鑫也说。

王萌说：“你真觉得我们没有完成任务？”

孙蕾、张晗君一脸不解地看着他，赵国鑫也一脸不解地回答：“99.74% 确实功亏一篑啊！”

王萌说：“也许吧，但我的个人任务完成了！”

王萌码洋差得最多尽人皆知，张晗君脱口而出：“你明明还差一百万码洋呢！”

“所以，我说的是个人任务，不是个人码洋任务！”

张晗君刚要说话，孙蕾的电话突然响起，她接听后打开免提放在桌子上，里面传出一个声音：“大家好，我是张让，没打扰你们吧？”

张晗君刚要开口，又听到张让说：“打扰了也没办法，我刚才跟董事长通了越洋电话。这几天我和丁琰丁总一直在跟董事长沟通，你们部门任务完成得不错，每个人都很优秀，就算没完成也应该全部留下，你们才是公司真正需要的编辑，才是这个行业真正需要的编辑。从今年开始，公司码洋考核要认真执行起来，所有部门都要签保证书。”

孙蕾答了一个“哦”，以示大家在听。

张让继续滔滔不绝：“我下半年给董事长写过企业发展计划书，为公司规划了新的发展路线。重塑文化以出版为源头，打通从版权孵化到影视作品，到游戏，到衍生品，再到主题乐园的全产业链条。董事长很认可，所以就让我来主持公司管理工作。

“图书是产业链源头，你们都是好编辑，我想说服董事长把你们留下。董事长既同意也不同意。他不同意七部继续存在，但同意你们重新入职，编辑入职其他部门，孙蕾调任影视部。你们觉得怎么样？”

孙蕾没说话，其他人没敢说话。张让又问了一遍：“我好不容易才争取到的机会，你们可不能就这么放弃啊！”

张晗君问道：“还会有 88 本样书的事儿吗？”

张让回答：“那个，这，我毕竟只是副总编辑，权力不足一百人之上，至少五六人之下，所以我也不确定啊！”

孙蕾回了一句：“感谢张总为我们着想，但这不是我一个人的事，也不是小事，我们商量一下，10 号之前答复您怎么样？”

张让沉默几秒后说：“好，那你们考虑考虑，尽快给我答复，11 号开年会，我好公布消息。”

张让挂断电话后，孙蕾问他们：“你们觉得呢？”

几人一阵沉默，他们对张让的看法略有改观。之后，从来都是最后一个回答问题的王萌首先开口：“我不考虑了！不瞒你们说，前几天公布任务没完成后，我又去 ×× 社面试了。昨天他们人事告诉我通过了！这是我一直想去的地方，所以不管公司辞不辞我，我都要辞职。”

孙蕾说：“祝贺你啊！终于如愿以偿，你确实完成了个人任务。”

王萌感激地跟她碰杯：“感谢孙总一年来的教导，我从您身上学到很多。我相信这也是我一年前面试失败，现在成功的原因。一年前我是个不合适的编辑，现在看来是合格了！”

赵国鑫也举杯敬王萌：“保密工作做得很好啊，面试都没让我知道，所以你确定不留下？”

“我不告诉你是怕第二次面试再失败太丢人了！无论如何我都走，你呢？”

“我？”赵国鑫想了想，“我不知道，我刚才确实想过要留下来，但如果你们都走的话，我也不会留下来。”

孙蕾定定地看着他：“我建议你留下来。”

赵国鑫诧异地问：“为什么？”

孙蕾说：“你要留下来重塑七部。”

赵国鑫非常疑惑：“重塑七部？”

“对，你去其他公司跟现在可能不会有太大的差别，不如留下来，我会利用我跟张让的特殊关系，让他举荐你做七部主管。”她故意加重了“特殊关系”的语气说。

面对孙蕾的认真建议与轻松自嘲，赵国鑫尴尬异常：“谢谢孙总的举荐，我觉得我不合格，一是弄丢了选题，二是冒充唐总签字，三是没出伪书，但伪书因我而出。”

“人人都会犯错，但也都有二次成长机会。我得先向你道歉，选题弄丢的责任主要在我。冒充唐总签字也是因为我逼你签了保证书。至于伪书，确实因你而出，但一、也是因为任务保证书，二、如果我还在七部，我可能也会同意换的。大概这就注定我们完不成任务吧。”

“前科这么多，公司就算同意我留下，也够呛让我当七部负责人。”

“为什么不尝试一下，早晚你都要迈出这一步的不是吗？”

“您离开七部的这段时间，我深深地感觉到自己的不足，还想再学习学习。”

“为什么不边做边学？只要你敢尝试，大多数问题都能解决，向张晗君磨印制学习学习。”

赵国鑫点头默认，见孙蕾提到自己，张晗君说：“一年前我连 CIP 和 ISBN 都分不清，现在我不仅会校稿、编稿、写文案，还会策划选题，这都要归功于你们。

当然孙总对我的帮助，更应该说是教导最多。她给我选题，教我校稿，教我写文案，教我做封面，教我策划选题，以及其他关于图书的一切，不厌其烦地教我，还教我树立了正确的出版理念。”

张晗君一席话说得所有人都很感动，半晌后孙蕾也动容地说：“虽然我的年龄不太适合用‘成长’这个词，但与你们共事这一年，我也学到很多，成为一个比以前合格的图书编辑，更希望成为一个得到你们认可的小主管。”

张晗君说：“何止认可，简直拜服！这一年我不仅成长很多，收获更多。没有孙总，没有你们，就没有我，一个即使被辞退依然很合格的图书编辑。”

“别人三年才会成为一个合格的编辑，你一年就成为一个优秀的策划编辑，绝非教导所致，唯一的解释是你是‘天才的编辑’。”

张晗君说：“再天才的人也需要学习，我很幸运，入行遇到了最好的老师。”

王萌打断她们的互相吹捧：“你到底要不要留下？”

“不留！”都以为问自己的孙蕾和张晗君异口同声回答。

王萌看向孙蕾，她说：“我想休息一段时间，再做下一步的打算。”

他又看向张晗君，她摇摇头。

孙蕾笑说：“看来只有赵国鑫还没决定去留。我还是建议你留下。我们这一行的人事，只看重经验，你没有管理经验，去其他公司未必会有更好的机会。”

赵国鑫点点头：“好，孙总，我考虑考虑。”停顿片刻，他又道：“有意思。郁总让我们签完不成任务就地解散的保证书是在这里，张总让我们考虑留在重塑文化也是在这里。”

王萌说：“我听说郁总去了张让待的上一家公司做总编辑？”

赵国鑫：“俩人这也算是级别平调，职位互换啊。看来我们公司，不对，重塑文化也快成‘黄埔军校’了啊。”

“准黄埔军校 × 期生”张晗君感慨：“只是一年前我们是没有编辑的编辑部，现在我们是有编辑，但没有编辑部。”停顿一下她又玩起文字游戏，“好像也可以说是‘没有编辑的编辑部’！”

“准黄埔军校教官”孙蕾既像回答又像自言自语：“只要有编辑，有没有编辑部并不重要。”

尾 声

赵国鑫重新入职重塑文化，成为新七部总监，很快出版了部门第一本书——《直面死亡：一个癌症医生的抗癌手记》。

王萌入职心仪已久的出版社，每天做的都是自己喜欢的书。

张晗君得到父母的理解，争取到人生自主权，当然相亲权除外，很快入职“黄埔军校”，很快又做出一本畅销好书。

他们虽各居城市一隅，偶尔还会聚在一起，聊聊在做什么书，谈谈在读什么书，但孙蕾一次也没有参加。

孙蕾的下落无人知晓，直到一篇文章刷爆图书编辑朋友圈——《嘿，我准备好了，你准备来吗——漫读文化招聘启事》。

（完）